JUAN RULFO EN EL CINE:

LOS GUIONES DE

Pedro Páramo y *El gallo de oro*

JUAN RULFO EN EL CINE:

LOS GUIONES DE

Pedro Páramo y *El gallo de oro*

ADAPTACIONES FÍLMICAS DE

Carlos Fuentes, Gabriel García Márquez,

Carlos Velo y Roberto Gavaldón

BASADAS EN LAS NOVELAS DE

Juan Rulfo

EDICIÓN E INVESTIGACIÓN DE

Douglas J. Weatherford

EDITORIAL RM FUNDACIÓN JUAN RULFO MÉXICO MMXXI

Índice

7 Presentación
VÍCTOR JIMÉNEZ

11 Nota sobre los guiones
DOUGLAS J. WEATHERFORD

Pedro Páramo

17 "Mi guion no pude filmarlo": introducción al guion de *Pedro Páramo*
DOUGLAS J. WEATHERFORD

41 *Pedro Páramo*: El guion (Versión definitiva, 1965)

201 Los créditos: *Pedro Páramo*

El gallo de oro

215 Sobre las dos versiones del guion de *El gallo de oro*

217 Problemáticas textuales en el guion de 1963 de *El gallo de oro*
JOSÉ CARLOS GONZÁLEZ BOIXO

225 *El gallo de oro*, la fascinación de García Márquez en un guion de 1963
FERNANDO MINO GRACIA

237 *El gallo de oro*: El guion (Versión preliminar, diciembre de 1963)

317 *El gallo de oro*: El guion (Versión definitiva, 1964)

409 Los créditos: *El gallo de oro*

419 Glosario de términos cinematográficos

Presentación

Douglas J. Weatherford es el estudioso más completo, hoy, en el campo de las relaciones de Juan Rulfo con el cine. Doctor por la Pennsylvania State University en 1997 (con una tesis sobre Rosario Castellanos) ha profundizado sobre el tema que aquí desarrolla desde que, como él mismo dice, "a principios de los noventa, vi por casualidad *El Ciudadano Kane* poco antes de volver a leer *Pedro Páramo*. Tuve la fuerte sensación, al leer la novela de nuevo, de que Rulfo pudo haberse inspirado en la cinta de Orson Welles y escribí en esa época un trabajo". En 2006 un ensayo suyo aparecía en el libro *Tríptico para Juan Rulfo* con el título de "*Citizen Kane* y *Pedro Páramo*: Un análisis comparativo". A partir de entonces sus estudios sobre los vínculos entre Juan Rulfo y el cine lo han llevado a explorar los más diversos ángulos de una relación que hasta ahora se consideraba más limitada de lo que realmente fue.

Muestra de la labor de Weatherford es la localización de dos de los tres guiones que ahora se publican por vez primera: el de la versión de *Pedro Páramo* dirigida por Carlos Velo, precedido por un estudio suyo, y el de la versión definitiva de *El gallo de oro*, de 1964, filmado por Roberto Gavaldón ese mismo año. Ya avanzada la etapa de formación de este volumen (que tendrá una segunda parte, detallada adelante) Roberto Gavaldón hijo nos permitió ver un documento conservado en el archivo de su padre: el guion preliminar de *El gallo de oro* elaborado por Gabriel García Márquez y Carlos Fuentes en 1963, no llevado evidentemente a la pantalla pero que sirvió de base a la adaptación de 1964. Era conocido solamente por el propio hijo del director y por Fernando Mino, el investigador por excelencia del cine de Roberto Gavaldón.

Luego de comunicarnos su intención de que este guion preliminar se diese a conocer en la forma de libro, Roberto Gavaldón hijo depositó generosamente el original mecanográfico del mismo en la Fundación Juan Rulfo –gesto de confianza que mucho valoramos–, aceptando que apareciese en el mismo volumen en que estarían los dos guiones sobre la obra de Rulfo ya considerados.

De inmediato enviamos copia de esta versión casi desconocida del guion realizado sobre la segunda novela de Rulfo (aún inédita en 1963) a Weatherford, y se reestructuró el libro en proceso para incorporar el nuevo texto al mismo. Era necesaria una presentación adecuada de este guion en las páginas que aquí lo anteceden, y que son éstas: una a cargo del gran estudioso español de la obra de Juan Rulfo José Carlos González Boixo (autor ya de algunos ensayos sobre la novela *El gallo de oro*, como los que acompañan a la misma en su versión definitiva, aparecida en las ediciones de 2010 y 2017) y otra del especialista en la obra de Gavaldón ya citado: Fernando Mino. Con estos materiales, más los estudios del mismo Weatherford (los créditos de las películas hechas por Velo y Gavaldón sobre las dos novelas de Rulfo, una "Nota" sobre los tres guiones y un estudio específico sobre el guion del *Pedro Páramo* de Velo, además de un valioso glosario de términos cinematográficos usuales en México) se integra el libro que el lector tiene ahora en sus manos, sin olvidar que su continuación, *Juan Rulfo en el cine: caminos por una industria*, presentará el *corpus* restante de los estudios de Weatherford sobre el recorrido de Juan Rulfo por el cine nacional bajo diversas formas: como novelista, fotógrafo, guionista, revisor, actor y asesor.

Douglas J. Weatherford es académico en la Brigham Young University, en Provo, Utah, institución en la que imparte clases sobre el cine de Latinoamérica y España y donde lleva a cabo de manera continua sus investigaciones, además de las que realiza en los archivos mexicanos especializados. Sería imposible resumir aquí todo lo estudiado por Weatherford sobre Juan Rulfo y el cine: conferencias, artículos para diversos libros y revistas publicados en México, España, Estados Unidos e Inglaterra... También fue asesor en la realización de la serie para televisión *100 años con Juan Rulfo*, dirigida por Juan Carlos Rulfo, que se transmitió inicialmente en 2017. Es necesario destacar, sin embargo, que en 2010 primero, y en 2017 después, Douglas ha escrito sendos textos de presentación para la edición definitiva de la segunda novela de Juan Rulfo, *El gallo de oro*, al lado de José Carlos González Boixo, como ya se dijo líneas arriba, siendo también autor de la primera traducción al inglés de esta obra, en un libro que reúne además el texto de *La fórmula secreta* y una selección de doce relatos y una carta del autor jalisciense (esta reunión de textos fue reproducida en 2017 en la edición en lengua española, con el título de *El gallo de oro y otros relatos*).

Las diversas facetas de las investigaciones de Douglas J. Weatherford son ya, y lo serán aún más, una pieza fundamental para complementar nuestra percepción del panorama de la cinematografía mexicana: aquella en la que Juan Rulfo se introdujo por algo más de una década (en tramos de la misma acompañado por Gabriel García Márquez y Carlos Fuentes, así como por Carlos Velo y Roberto Gavaldón sin olvidar a Antonio Reynoso en *El despojo* y a Rubén Gámez en *La fórmula secreta*) para terminar integrándose a esa nueva dimensión de la cultura mexicana que es ya el mundo de la pantalla.

VÍCTOR JIMÉNEZ
DIRECTOR DE LA FUNDACIÓN JUAN RULFO

Nota sobre los guiones

DOUGLAS J. WEATHERFORD

Los guiones de esta publicación contienen ciertos descuidos e incongruencias, algo comprensible en documentos no destinados a la publicación. Estos equívocos, en su mayoría, son mínimos: faltas de ortografía o errores de escritura, alguna inconsistencia estilística (como "LA CÁMARA" vs. "La CÁMARA", "La Caponera" vs. "Caponera", "dolly in" vs. "dolly-in" o crupier vs. CRUPIER), entre otras cosas. En estos casos, he preferido modificar el original para estandarizar el documento. Además, eliminé algunos detalles (como los que indican la continuación de planos y escenas en la siguiente página, por ejemplo) que no tienen importancia en el formato que adoptamos para la presente publicación. Otros problemas son más significativos, sin embargo, y los he dejado como aparecen en los originales. Hay momentos, por ejemplo, en que los guionistas definen algún elemento que queda incompleto dentro del documento. Una raya, por ejemplo, puede indicar un detalle que está todavía por añadir. En otras ocasiones, los guionistas incluyeron números para planos que nunca desarrollaron. Estas lagunas no son descuidos de los autores; más bien representan planos que deben ser filmados pero que, en el contexto de la escena, no requieren una descripción. En el *script* para *El gallo de oro* con fecha de 1964, por ejemplo, al plano #224 lo siguen dieciséis planos sin descripción que representarán los diversos momentos de una carrera de dos caballos que pertenecen a Benavides y Esculapio. Finalmente, el lector que intente seguir los guiones viendo simultáneamente las películas correspondientes notará que el orden en que aparecen las escenas y los planos —especialmente en el caso de *Pedro Páramo*— sufrió cambios durante el proceso de editar las cintas.

Pedro Páramo: *El guion (versión definitiva, 1965)*

La versión original del *script* (descrita sólo como "una línea argumental") que Carlos Velo le enseñó a Manuel Barbachano en 1960 sufrió muchos cambios durante los siguientes años. En efecto, Velo ha indicado que preparó hasta nueve versiones de ese documento.[1] De esas distintas versiones he podido examinar sólo dos (ambas mecanografiadas), una que lleva la fecha de 1962 y la otra, que se reproduce aquí, con fecha de 1965.

El libreto de 1962 muestra los nombres de los guionistas que aparecerán en la versión definitiva (Velo, Fuentes, Barbachano) y ya desarrolla —con algunas modificaciones— los mismos momentos dramáticos. La diferencia más notable entre la versión de 1962 y la de 1965 se encuentra en el perfeccionamiento de la estructura fílmica. El texto más temprano, por ejemplo, no divide los diálogos y las acotaciones en columnas distintas como sucede en la otra versión y como es habitual para ayudar a los actores y los técnicos a leer mejor el guion. Carece, además, en su mayor parte, de indicaciones para establecer los detalles de la filmación (por ejemplo, ángulos y movimiento de la cámara, comentarios sobre las reacciones de los personajes, entre otras cosas).

Una fotografía tomada durante el rodaje de *Pedro Páramo* en 1966 muestra a Carlos Velo sentado en su silla de director (pág. 209). El cineasta tiene, abierto en su regazo, lo que parece ser el *script* de *Pedro Páramo*, con anotaciones que ocupan los márgenes. Aunque no he podido localizar ese texto en particular, sospecho que es la copia personal del director de la versión del guion que se publica en el presente volumen como definitiva. La evidencia de que el documento reproducido aquí es la última de las varias versiones del *script* en que Velo declaró haber trabajado se basa en la fecha de 1965 que lleva (los miembros de la producción habrían recibido sus ejemplares en ese año, ya que el rodaje arrancaría a mediados de enero del año siguiente) y en la existencia de múltiples copias de ese mismo documento que se conservan en diversas instituciones y bibliotecas de México, España y Estados Unidos.[2]

1 Miguel Anxo Fernández, *Las imágenes de Carlos Velo*, trad. de Arantxa Estévez, Universidad Nacional Autónoma de México, México, 2007, p. 180. Castillón Bracho dice que había "ocho o nueve adaptaciones sufridas por la novela a través de los años" (Castillón Bracho, "*Pedro Páramo*", reportaje sin fecha ni procedencia, localizado en la caja en que se conservaban las bitácoras fotográficas de Juan Rulfo y Carlos Velo, Archivo de la Fundación Juan Rulfo, p. 4).

2 Los distintos ejemplares de *Pedro Páramo* con fecha de 1965 que he podido examinar son casi idénticos. Pude encontrar unas variaciones mínimas en el cuerpo de estos documentos (el espaciado, por ejemplo, y, en una ocasión, una línea de diálogo que se omitió, probablemente por algún descuido de un mecanógrafo). La diferencia más obvia entre las varias ediciones se encuentra en el papel y en el estilo de encuadernación usados. Además, una de las versiones de este guion carece de números para identificar las escenas y los planos y no incluye las mismas páginas preliminares. Las variaciones entre estos ejemplares sugieren que la productora preparó e imprimió el libreto más de una vez en 1965 (o al principio de 1966). Mientras tanto, la consistencia que existe en el cuerpo de estas versiones del guion con fecha de 1965 sugiere que el texto, a pesar de algunos cambios mínimos, debe haberse considerado terminado y definitivo. Agradezco la generosidad de José María Paz Gago (y la de José Carlos González Boixo, quien me puso en contacto con él), quien me describió las características de otro ejemplar del guion de 1965 que él consiguió de un familiar del director. Lamentablemente, ese ejemplar no es él que se ve en la foto descrita arriba, cuidadosamente marcado por el cineasta gallego.

La versión de *Pedro Páramo* que usé para transcribir el guion que se publica en el presente volumen es la que se encuentra en el acervo bibliográfico de la Universidad de Stanford (EUA).

El gallo de oro*: El guion (Dos versiones: 1963 y 1964)*

Aunque privilegio en mi introducción el guion de *Pedro Páramo*, es imprescindible en el presente volumen la inclusión de *El gallo de oro*. Uno de los lugares comunes más imprudentes que se repite en cuanto a esta obra rulfiana sugiere que el escritor jalisciense era el autor de sólo dos libros de ficción. Tal afirmación, como he sugerido en otro lugar, "desatiende la valiosa contribución de Rulfo al campo de la imagen visual en el cine y la fotografía, e ignora la existencia de una novela corta —*El gallo de oro*— que frecuentemente y sin justificación ha sido marginada de la *oeuvre* literaria del escritor jalisciense".[3] Juan Rulfo escribió su segunda novela entre 1956 y 1957, pero no la publicó sino hasta 1980, cuando Jorge Ayala Blanco la incluyó en una antología mal titulada *El gallo de oro y otros textos para cine*. La denominación de "texto para cine" resulta nociva cuando los lectores profesionales y aficionados imaginan erróneamente que la obra es el guion (u otro género fílmico marginal) que Roberto Gavaldón habría usado para rodar, dieciséis años antes, una discutida película homónima (*El gallo de oro*, 1964).

La marginación de esta segunda novela de la bitácora creativa de Rulfo se debe en gran parte a la equivocación genérica que surgió en el momento de su publicación. Un pequeño coro de voces se levantó en esos primeros años y ha aumentado recientemente en defensa de la naturaleza y la calidad literaria de *El gallo de oro*. La integración en el presente volumen del verdadero guion que usó Gavaldón para filmar su adaptación (y una versión preliminar de la misma) confirma de una vez por todas que la novela que escribió Rulfo a mediados de los cincuenta no es un texto cinematográfico. Ahora bien, eso no quiere decir que *El gallo de oro* no tenga una conexión profunda con el interés que el novelista desarrolló por el medio fílmico y espero, como he escrito antes, "que la re-evaluación de *El gallo de oro* evite la tentación de denigrar la asociación que tuvieron el texto y su autor con el séptimo arte...".[4]

Se incluyen en la presente antología dos versiones del *script* que se preparó para llevar a la pantalla grande la segunda novela rulfiana. La versión posterior —que es además la definitiva— viene de una copia mecanografiada

---

3 Douglas J. Weatherford, "'Texto para cine': *El gallo de oro* en la producción artística de Juan Rulfo", en Juan Rulfo, *El gallo de oro*, Editorial RM-Fundación Juan Rulfo, México, 2010, pp. 41-73, la cita, en p. 111.

4 *Idem*, p. 140. Esta cita viene de un texto mío que recomiendo al lector que quisiera saber más sobre los orígenes de esta segunda novela rulfiana y su conexión con la industria fílmica nacional.

que lleva la fecha de 1964 (el mismo año en que se filma la propuesta) y que se encuentra, entre otros lugares, en los acervos bibliográficos de la Filmoteca de la UNAM. Lleva en su portada como autores del "cinedrama" los nombres de Carlos Fuentes, Gabriel García Márquez y Roberto Gavaldón, en ese orden. Una versión anterior del libreto (mecanografiada, con fecha de diciembre de 1963) todavía no se divide en dos columnas y ostenta una identidad más literaria que cinematográfica. Conocí esta versión del guion hace poco, cuando me regaló generosamente una copia digital de la misma Roberto Gavaldón hijo.[5] A finales de 2019, este vástago del famoso director depositó el documento en la Fundación Juan Rulfo, que ahora lo conserva.

La determinación de incorporar al presente volumen una versión preliminar del guion al lado de la definitiva se fundamenta en dos motivos principales. Primero, el libreto que lleva la fecha de diciembre de 1963 se distingue de manera apreciable de la versión posterior y ostenta varias peculiaridades reveladoras que pueden resultar fascinantes al lector atento. Por ejemplo, acentúa los poderes sobrenaturales de Bernarda Cutiño (y del gallo de oro), cuando éstos se perciben más sutilmente en la novela rulfiana y en la película gavaldoniana, e imagina a Dionisio Pinzón como una figura más maliciosa que sus homólogos en esos otros textos.[6] De interés particular son la existencia de un pueblo fantasmagórico que recuerda a Comala y la evocación de un terrateniente llamado Pedro Páramo, que engendran una intertextualidad que no existe en las otras versiones de *El gallo de oro.*[7] Y para los que nos interesamos en la intervención de Rulfo en una variedad de iniciativas fílmicas es significativo un comentario que desvela la presencia del novelista —aún si fuera limitada— en la preparación de este guion: "El traje de DIONISIO, *según descripción verbal del propio Rulfo*, son unos pantalones negros con la bocapierna amarrada a los tobillos con cordeles..." (Escena #20, énfasis mío).

El segundo motivo que usé para justificar la incorporación de dos versiones del mismo *script* es la singularidad de cada texto, que depende, en gran parte, del autor que tomó la iniciativa en su redacción: Gabriel García Márquez

5 La copia mecanografiada del guion de 1963 que perteneció al director Gavaldón y que usé para la transcripión del guion para el presente volumen incluye una breve línea escrita a mano que pertenece sin duda a la autoría de Gabriel García Márquez. He incorporado esa línea al guion aquí publicado (véase la escena #40). Fernando Mino Gracia mencionó la existencia del guion de 1963 cuando analizó *El gallo de oro* como parte de la bitácora fílmica de Roberto Gavaldón ("*El gallo de oro*: La nostalgia de la libertad", en *La nostalgia de lo inexistente: El cine rural de Roberto Gavaldón*, Consejo Nacional para la Cultura y las Artes-Cineteca Nacional-Instituto Mexicano de Cinematografía, México, 2015, pp. 219-245; en adelante "E*l gallo de oro*: La nostalgia".)

6 "DIONISIO PINZÓN", aclara el guion en la primera escena, por ejemplo, "es un hombre de condición miserable ... y ojos estrechos y *maliciosos*" [énfasis mío].

7 El pueblo aparece en la escena #33, cuya cabecera lo describe como un espacio irreal: "SAN COSME DE LAS ÁNIMAS (IMAGINARIO)". Aquí Dionisio se encuentra con un "hombre viejo" que parece "como si fuera el único habitante de aquel pueblo fantasma". El cacique de la novela maestra rulfiana se menciona aún antes, en la escena #27, cuando Benavidas y Dionisio hablan del éxito que han tenido al jugar a las cartas. Dice Benavides: "Muy bien, gallero. Otros dos como éstos y le compramos todas sus tierras a don Pedro Páramo".

en el guion de 1963 y Carlos Fuentes en el de 1964. Como explicaré en mi introducción al guion de *Pedro Páramo*, el productor Manuel Barbachano acudió a García Márquez para hacer una adaptación de *El gallo de oro*. El colombiano trabajó el guion primero y Fuentes se sumó al proyecto, según una fuente, sólo cuando Barbachano opinó que los diálogos estaban escritos "en colombiano".[8] En una carta que escribió el 8 de diciembre de 1963, García Márquez le dice a un amigo que había terminado el guion esa mañana.[9] Desconozco el momento preciso cuando se une Fuentes al proyecto, pero parece claro que García Márquez, cuyo nombre se ubica en 1963 en primer lugar como adaptador (seguido por Fuentes y sin aparecer todavía Gavaldón), es el colaborador principal de este primer *script* de *El gallo de oro*. Por cierto, en un comentario que establece la acción para la escena #49, el guionista se refiere a sí mismo como "el adaptador", en singular. Esto sugiere la posibilidad, como ha indicado Víctor Jiménez en una comunicación conmigo, "que el primero que firma la adaptación (en la portada), que es García Márquez, incluye al otro (Fuentes) en calidad secundaria, casi ajeno a la adaptación". "En 1963," continúa el director de la Fundación Juan Rulfo, "García Márquez es todavía un ilustre desconocido, y si escribió su nombre antes que el de Fuentes es porque todos sabrían que él había hecho la adaptación, y que el nombre ya muy prestigioso de Fuentes aparecía casi como un aval...."[10]

Lo cierto es que Fuentes se incorporó a la iniciativa por completo cuando empezaron a hacer revisiones al texto original él, García Márquez y Gavaldón. "La historia," explica Fernando Mino Gracia, "se reescribiría en los siguientes seis meses en reuniones periódicas en casa de Gavaldón, dándole más juego dramático al Gallo de oro, manteniendo hasta el final a Lorenzo Benavides y, sobre todo, creando el personaje de Esculapio Virgen".[11] Con el guion definitivo en mano, Gavaldón rodó *El gallo de oro* entre el 17 de junio y el 24 de julio de 1964 y el filme se estrenó el 18 de diciembre del mismo año. Los tres adaptadores ganaron en 1965 Diosas de Plata por su trabajo en el guion.

Finalmente, el presente volumen se beneficia mucho de la participación de dos investigadores prestigiosos que, en estudios breves, examinan los guiones de *El gallo de oro*, especialmente el de 1963. José Carlos González Boixo se dedica desde hace mucho a la obra rulfiana en general y es uno de los especialistas que mejor conoce *El gallo de oro* como texto literario y como adaptación fílmica. Fernando Mino Gracia, por su parte, es especialista en el cine de Roberto Gavaldón. Agradezco mucho su intervención en este volumen y espero que sus acercamientos puedan complementarse con la introducción

8 María Lourdes Cortés, *Amores contrariados: Gabriel García Márquez y el cine*, Ariel, México, 2015, p. 52.
9 Véase Gerald Martin, *Gabriel García Márquez: A Life*, Alfred A. Knopf, New York, 2009, p. 586, nota 35.
10 Comunicación personal, 11 de noviembre de 2019.
11 "*El gallo de oro*: La nostalgia", p. 241.

que ofrezco yo al *script* de *Pedro Páramo* para inspirar a una nueva generación de lectores —aficionados y profesionales— a profundizar más en la *oeuvre* creativa de tres de los escritores más significativos del siglo XX (Juan Rulfo, Carlos Fuentes y Gabriel García Márquez), cuyos destinos se entrecruzaron en el cine mexicano.

Agradecimientos

Este proyecto no hubiera sido posible sin la intervención de una larga lista de personas y de instituciones que me han animado a llevarlo a cabo y me han brindado ayuda. Agradezco el apoyo que me han ofrecido la Filmoteca de la UNAM y la Cineteca Nacional y todos los empleados de los centros de documentación de estas dos instituciones que se dedican incansablemente a conservar y fomentar los materiales que documentan la historia del cine mexicano. Los admiro sobremanera. Reconozco el respaldo que he recibido de los descendientes de Juan Rulfo, Roberto Gavaldón, Carlos Fuentes, Gabriel García Márquez, Manuel Barbachano y Carlos Velo. Me inspira la dedicación de estas familias a cuidar y prolongar el legado de sus padres. Finalmente, agradezco el soporte incesante de la Fundación Juan Rulfo y de su director, el arquitecto Víctor Jiménez, cuyo fomento de la investigación seria sobre la vida y la obra de Juan Rulfo es siempre constante, profesional y sin igual.

"Mi guion no pude filmarlo": introducción al guion de Pedro Páramo

DOUGLAS J. WEATHERFORD

Al principio de la década de 1960 la llamada Época de Oro quedaba ya en el pasado y el cine mexicano vivía en crisis. Varias iniciativas de estos años se concibieron como proyectos de calidad que podrían reanimar la industria nacional. Dos de ellas se basaban en novelas del joven y talentoso escritor jalisciense Juan Rulfo: *Pedro Páramo* (1966, dirección de Carlos Velo) y *El gallo de oro* (1964, dirección de Roberto Gavaldón).[1] Las exageradas esperanzas puestas en estos dos filmes —especialmente en *Pedro Páramo*— provocaron una decepción más pronunciada porque los resultados parecían no haber igualado la calidad de las fuentes en que se habían inspirado.

Carlos Velo, en particular, sintió el peso de una oportunidad desperdiciada y parecía atormentado cuando algunos entrevistadores lo interrogaron en

---

1 La presente antología organiza sus libretos con *Pedro Páramo* al principio, aun cuando *El gallo de oro* se filmó en 1964, dos años antes de terminarse la filmación de la otra cinta, en 1966. Sin embargo, no es necesario que prevalezca una cronología basada en la fecha de rodaje, ya que una que privilegie otros momentos en la producción de estas dos adaptaciones puede justificar esta decisión. Carlos Fuentes interviene primero en la adaptación de *Pedro Páramo*, por ejemplo, antes de pasar a trabajar con Gabriel García Márquez y Roberto Gavaldón en la redacción del guion para la segunda novela rulfiana. No obstante, la determinación de empezar esta colección con *Pedro Páramo* se debe principalmente a dos razones. La primera es que esta ubicación reproduce el orden de redacción y publicación de las dos novelas del escritor jalisciense (*Pedro Páramo* se publica en 1955 y *El gallo de oro* se escribe entre 1956 y 1957) y reconoce la importancia de la obra que cambiaría la trayectoria de la narrativa latinoamericana. La segunda motivación es personal y evoca la simpatía que guardo por Carlos Velo, un cineasta que, lleno de optimismo, se entregó por completo al proyecto de adaptar una novela que tanto amaba sólo para verse frustrado después ante los resultados. Yo percibo algo ennoblecedor en el esfuerzo malogrado de Carlos Velo, como si el cineasta gallego fuera uno de los idealistas fallidos de los filmes del director alemán Werner Herzog. En última instancia, Carlos Velo ha sido la inspiración para la presente antología. Curiosamente, vi la adaptación antes de leer la novela y siempre he sentido cierto agradecimiento por el papel que Velo tuvo al haberme conducido a la novela. Entonces, por razones objetivas y subjetivas, creo que el guion de Carlos Velo merece el lugar privilegiado que tiene en la presente antología.

años posteriores sobre su tentativa de llevar la gran novela de Rulfo a la pantalla grande. En una entrevista con José Agustín, por ejemplo, el exiliado gallego aceptaba las fallas de su adaptación, pero se disgustaba al hablar de las presiones ajenas que experimentó para cambiar su visión original. "Me siento frustrado", dijo indignado el director, "con la realización de *Pedro Páramo*".[2] La justificación que ofrece Velo a continuación se convierte a lo largo de los años en un tropo personal destinado a explicar las deficiencias de la adaptación. Plantea el director que la culpabilidad corresponde a otros y que los largos años de actividad creativa que dedicó al proyecto no se habían desaprovechado. Condujeron más bien a la creación de una obra artística lograda y loable: el *script* cinematográfico. "Mi guion no pude filmarlo", explicó el cineasta, "se alegó que era muy largo, cuando sabemos que hoy las películas no tienen medida; se sugirió que era muy fuerte no para la censura sino para 'nuestros públicos'". Velo continuaba: "La maldita circunstancia de ser mi primera película profesional me hizo cometer el error de aceptar... estas 'amables sugerencias' que hicieron híbrido, frío, el *film*, cuando contaba con un guion magnífico".[3]

Tanta confianza tenía el cineasta en la calidad de su libreto que indicó su deseo de verlo publicado, algo que no logró hacer antes de su muerte en 1988.[4] El presente volumen tiene, en esta sección, el propósito de realizar el anhelo de Carlos Velo y poner a disposición del público especializado y los aficionados guiones cinematográficos de gran valor que, como éste, han languidecido demasiado tiempo en el olvido. El director de *Pedro Páramo* esperaba que una lectura de ese texto fílmico revelase la calidad de una iniciativa que se desperdició, según él, por la intervención inoportuna de fuerzas ajenas. Ahora, por primera vez, es posible poner a prueba el reclamo de Velo y determinar si tiene mérito el entusiasmo que expresaba el cineasta por su guion. Sin embargo, el alcance del presente volumen va más allá de una simple comparación entre libreto y filme. Más bien, los *scripts* que se reúnen aquí —*Pedro Páramo* y, asimismo, dos versiones de *El gallo de oro*— son textos de enorme valor para la tradición creativa de México y de Latinoamérica. En primer lugar, ambas iniciativas fueron testigos de la intervención cinematográfica de tres de los escritores más significativos de la narrativa del siglo XX: Juan Rulfo, Carlos Fuentes y Gabriel García Márquez. Cada uno de estos novelistas innovadores cultivaba una pasión por el séptimo arte y tanteó la posibilidad de hacer una carrera secundaria en ese medio artístico. Es la doble pasión artística que compartían —una literaria y la otra fílmica— la que

2 Citado en Emilio García Riera, *Historia documental del cine mexicano*, vol. 13, Universidad de Guadalajara, Guadalajara, 1997, p. 23; en adelante, *Historia documental*.

3 *Ibidem*.

4 Dice el director: "Algún día publicaré mi guion y explicaré lo que nunca debe aceptar un realizador cuando está seguro de su obra" (*ibidem*).

reunió a estos íconos de las letras latinoamericanas cuando, al principio de los sesenta, Fuentes y García Márquez aceptaron participar en la redacción de sendos guiones cinematográficos para las únicas dos novelas que publicaría el escritor jalisciense.

El episodio fílmico que forma parte de las carreras creativas de estos tres autores no es desconocido. Por cierto, la fascinación que tenían por el cine se menciona con frecuencia en biografías, investigaciones académicas y reportajes que aparecen de tiempo en tiempo en los periódicos mexicanos. No obstante, sorprende lo poco que todavía se sabe de los detalles de la intervención de Fuentes y García Márquez en la redacción de *Pedro Páramo* y *El gallo de oro*. Uno de los objetivos de esta antología es que el acceso a estos dos guiones despierte la curiosidad de los que se interesan en la narrativa de los tres autores, cuyos caminos se cruzaron en el cine.

Pero la importancia de estos libretos no se limita a su vinculación con el mundo literario. Las iniciativas fílmicas a que corresponden reunieron en todas sus fases de producción a muchos de los artistas y técnicos más significativos de la historia del cine nacional. Carlos Velo y Roberto Gavaldón se entusiasmaron con la obra del joven escritor jalisciense y vieron *Pedro Páramo* y *El gallo de oro* como puntos importantes en sus carreras. Ambos recurrieron a Manuel Barbachano, y este prestigioso productor los apoyó con todo su peso financiero y profesional. Los dos proyectos compartían además algunos de los técnicos más respetados del cine mexicano (Gloria Schoemann como editora, por ejemplo, y Gabriel Figueroa como cinefotógrafo) y ostentaban bandas sonoras basadas en el talento de dos figuras icónicas (Lucha Villa canta como la Caponera en *El gallo de oro*, mientras que Joaquín Gutiérrez Heras se encarga de la partitura de *Pedro Páramo*). Y, a pesar de algunas elecciones controvertidas (siendo la de John Gavin en el papel protagónico de *Pedro Páramo* el ejemplo más conocido), los repartos de ambas cintas incluían a buen número de intérpretes muy competentes, como Ignacio López Tarso, Pilar Pellicer, Narciso Busquets y Graciela Doring, entre otros.

Finalmente, la presente edición de tres libretos rulfianos ofrece a los especialistas y otros interesados una nueva veta para entender mejor los nexos entre la literatura y el cine en México. Desde 1932, cuando Antonio Moreno dirigió el primer largometraje sonoro de México, *Santa*, basado en la novela homónima de Federico Gamboa, el cine mexicano ha vuelto la vista hacia su riqueza literaria para llevar sus historias a la pantalla grande. A mediados de la década de 1950, Juan Rulfo obtuvo gran fama con la publicación de *El Llano en llamas* y *Pedro Páramo* y se convirtió en un escritor atractivo para el séptimo arte. Varios cineastas se acercaron al jalisciense para plantearle adaptaciones en un momento en que éste se entusiasmaba con las posibilidades creativas y económicas que esperaba encontrar en el medio cinematográfico.

Juan Rulfo y el cine

A pesar de ser más conocido por su narrativa, Juan Rulfo tenía también una vocación por la imagen visual y era un excelente fotógrafo, como confirma el auge reciente del interés en su obra fotográfica y el acceso a ella. Rulfo empezó a captar imágenes en la primera mitad de los años treinta y practicaría esa forma artística de manera seria en el mismo momento —las décadas de 1940 y 1950— en que estaba más activo como autor literario. Rulfo, cuando escribía, imaginaba el efecto visual de sus palabras, y es lógico suponer que el autor habría confiado en su pasión por la imagen fotográfica y sus conocimientos en torno a ella al trabajar en la narrativa. La tendencia visual de la ficción de Rulfo, sin embargo, puede haberse inspirado en otro medio artístico visual que le fascinaba: el cine. En efecto, Rulfo era, como sugiere su viuda, "un espectador consumado del cine".[5]

Con la publicación de *El Llano en llamas* y *Pedro Páramo*, el jalisciense sentía cierta presión por emprender nuevos empeños artísticos. La fama de que gozaba el joven escritor con la recepción entusiasta de sus dos obras maestras le abrió la posibilidad de explorar en el cine su interés por la imagen visual. En la década posterior a la publicación de *Pedro Páramo* (1955-1966), Rulfo se involucró de modo significativo —aunque no del todo satisfactorio— en el mundo del cine. El séptimo arte le parecía una fuente imaginativa fecunda, y el jalisciense se dedicó en los cincuenta a trabajar en varios proyectos fílmicos. Participó en esos años en la producción de por lo menos nueve cintas como escritor, asesor histórico, *stillman*, explorador de locaciones y, en una ocasión, como actor secundario.[6] Asimismo, hay evidencias de que el autor sostenía en estos años diversos contactos con el medio fílmico. Imaginaba otros proyectos que podía escribir para el cine y desarrollaba amistades con numerosos cineastas: productores, directores, fotógrafos y actores.[7] La cantidad de conexiones que tenía con la industria cinematográfica en la década que siguió a la publicación de sus obras maestras nos muestra que tomaba en serio la posibilidad de una carrera artística basada en la imagen visual.

---

5 Citado en Alberto Vital, *Noticias sobre Juan Rulfo: la biografía 1762-2016*, Fundación Juan Rulfo-Editorial RM, México, 2017, p. 255; en adelante, *Noticias sobre Juan Rulfo*.

6 Para entender mejor la afición que el jalisciense desarrollaba por la imagen visual y las aspiraciones que mantenía sobre trabajar en el cine (especialmente como escritor), véanse los siguientes estudios de mi autoría: "*Citizen Kane* y *Pedro Páramo*: un análisis comparativo", en Víctor Jiménez, Alberto Vital y Jorge Zepeda (coords.), *Tríptico para Juan Rulfo: poesía, fotografía, crítica*, Congreso del Estado de Jalisco-Editorial RM-Fundación Juan Rulfo-Universidad Iberoamericana-Universidad Autónoma de Aguascalientes-Universidad de Colima-Universidad Nacional Autónoma de México/Dirección General de Publicaciones-Facultad de Filosofía y Letras, México, 2006, pp. 501-530; "Gabriel Figueroa y Juan Rulfo", *Luna Córnea*, 32, 2008, pp. 481-499; y "'Texto para cine': *El gallo de oro* en la producción artística de Juan Rulfo", en Juan Rulfo, *El gallo de oro*, Editorial RM-Fundación Juan Rulfo, México, 2010, pp. 41-73; en adelante, "'Texto para cine'".

7 Rulfo conoció en esos años, por ejemplo, a Emilio Fernández, Roberto Gavaldón, Gabriel Figueroa, Manuel Barbachano, Jorge Martínez de Hoyos y Walter Reuter, entre muchos otros.

Pero Rulfo era además la cabeza de una pequeña familia y el joven escritor sentía una creciente necesidad de encontrar nuevas fuentes de ingresos económicos. Cuando publicó *El Llano en llamas* en 1953 y *Pedro Páramo* en 1955 lo hizo con el apoyo económico del Centro Mexicano de Escritores. Había abandonado en 1952 un puesto estable en la compañía Goodrich Euzkadi y no aceptaría un trabajo duradero hasta 1962, cuando ingresó como editor al Instituto Nacional Indigenista (INI). La doble tensión que sentía Rulfo entre la publicación de *Pedro Páramo* y su vinculación con el INI —una artística y la otra económica— se refleja en la multitud de tareas a que se dedicó el autor en estos años tumultuosos, pero llenos de actividad creativa.[8]

Para mediados de los cincuenta varios escritores (Mauricio Magdaleno y José Revueltas, entre otros) habían colaborado en libretos para diversos directores y podrían haber sido modelos importantes para el joven narrador (como lo serían después también para Fuentes y García Márquez). Rulfo redactó su segunda novela, *El gallo de oro*, entre 1956 y 1957, con la idea de adaptarla a la pantalla grande y, más o menos en esa misma época, trabajó con Emilio Fernández en el libreto que ese director usaría en 1962 para filmar *Paloma herida*.[9] Otra ruta creativa y económica que existía para Rulfo era la venta de los derechos de sus textos ya escritos. *Talpa* (1955, dirección de Alfredo B. Crevenna), la primera adaptación fílmica de una obra rulfiana, estaba en pre-producción antes de aparecer *Pedro Páramo* en marzo de 1955. A pesar de la molestia que sentiría después por los resultados de ese proyecto fílmico, Rulfo todavía pudo tener en ese momento deseos de ver aparecer en la pantalla grande más obras suyas. En una entrevista que se le hizo durante la post-producción de *Talpa*, por ejemplo, Rulfo respondió enfadado a un reporte periodístico que había sugerido que el autor ya "no vendería obras para adaptarse al cine". "'Si me las piden", declaró el jalisciense, "las seguiré vendiendo".[10] La causa del fastidio que expresó Rulfo en esta respuesta es difícil de establecer con precisión. El autor se frustraba de vez en cuando con las inexactitudes de periodistas y críticos y pudo haber manifestado aquí un simple desencanto con un detalle mal interpretado. Aun así, es probable que la intención del autor refleje, además, la esperanza que albergaba todavía en

---

8 Véase Vital, *Noticias sobre Juan Rulfo*, especialmente las páginas 249-298.

9 Para más información sobre el papel de Rulfo en la redacción del *script* para esta cinta, véase mi estudio "*Paloma herida:* Searching for Juan Rulfo in Emilio Fernández", en Dylan Brennan y Nuala Finnegan (eds.), *Rethinking Juan Rulfo's Creative World: Prose, Photography, Film*, Modern Humanities Research Association, Nueva York y Routledge, Londres, 2016, pp. 9-31.

10 Jaime Valdés, "Resulta que Juan Rulfo no ha dicho 'Esta boca es mía'", *Novedades*, 26 de enero de 1956, pp. 15A, 17A; en adelante, "Resulta que Juan Rulfo". A pesar de esta declaración, hecha en 1956, Rulfo nunca se sintió del todo satisfecho con la comercialización cinematográfica de sus obras escritas. Este desencanto empezó con la primera adaptación, *Talpa*, y no se alivió con las versiones de *Pedro Páramo* y *El gallo de oro* que hicieron Velo y Gavaldón. Véase, por ejemplo, mi estudio "Juan Rulfo y la filmación de *Talpa*", en Alberto Vital Díaz, María Esther Guzmán Gutiérrez y Stella Cuéllar (coords.), *60 años de* El Llano en llamas: *reflexiones académicas*, Universidad Nacional Autónoma de México/Instituto de Investigaciones Filológicas, México, 2015, pp. 73-82.

ese instante de que el cine pudiese satisfacer a un tiempo sus ambiciones creativas y sus necesidades económicas. Es razonable imaginar que el novelista aprobó las adaptaciones de *Pedro Páramo* y *El gallo de oro* con el mismo optimismo. Lo seguro es que los varios cineastas y escritores que se dedicaron a estas dos iniciativas se entregaron con entusiasmo a su faena y atraídos por la oportunidad de filmar argumentos de un joven y talentoso novelista. La historia del esfuerzo de traducir las novelas rulfianas al séptimo arte merece contarse, y a ella me dedico ahora, limitándome en este primer espacio, sin embargo, a la labor de los guionistas que trabajaron para redactar el libreto de *Pedro Páramo*. En la segunda parte de este volumen dos estudios sobre las dos versiones del guion de *El gallo de oro* (y éstas mismas) hacen lo propio sobre la segunda novela de Rulfo, de la mano de José Carlos González Boixo y Fernando Mino Gracia.

Pedro Páramo*: De la novela al guion*

Para finales de marzo de 1966, Carlos Velo había terminado dos meses de rodaje y se metía a los laboratorios de los Estudios Churubusco con 38 rollos de *rushes* de *Pedro Páramo*.[11] El optimismo que se sentía en ese momento con respecto a la cinta era formidable. La iniciativa, respaldada por Producciones Barbachano Ponce, CLASA Films y el Banco Nacional Cinematográfico, tenía un presupuesto de unos 3 millones quinientos mil pesos y se basaba en una novela que ya se consideraba una de las máximas expresiones de la literatura nacional. Contaba con un elenco atractivo, un equipo talentoso y un director que se había dedicado más de media década a llevar el proyecto a la pantalla grande. Un reporte anónimo que apareció el 29 de marzo de 1966 en las páginas del periódico capitalino *Esto* lleva un título que muestra la esperanza desbordante que la cinta generaba: "'*Pedro Páramo*', ¿El film más importante de nuestro cine?...". "[Q]uizás sea", anuncia el artículo, "la cinta más ambiciosa de toda la historia del cine mexicano... 'Pedro Páramo' se ha hecho en serio. No es la forma en que nuestro cine trabaja habitualmente. Por falta de ambición algunas veces, por estrechez económica las más, el cine mexicano tiene que hacerse a las carreras y terminarse al grito de ¡'Ai' se va!'".[12] El tono de este recorte no es aislado; refleja el optimismo de una cobertura extensa de los medios de comunicación durante los largos meses de la pre-producción hasta la post-producción. El cine mexicano se encontraba en una época de crisis que afectaba la cantidad y la calidad de las películas rodadas y *Pedro*

11 "'Pedro Páramo', ¿El film más importante de nuestro cine?", *Esto*, 29 de marzo de 1966, sección B, pp. 4-5; en adelante, "'Pedro Páramo', ¿El film más importante?".
12 "'Pedro Páramo', ¿El film más importante?", p. 5.

Páramo representaba para muchos una iniciativa que podía romper el *status quo* y reanimar la industria cinematográfica nacional.

Pedro Páramo quedó listo a finales de 1966 y se estrenó el 26 de enero del año siguiente. Se exhibió como el primer experimento de la llamada "exhibición vertical" (o sea, simultánea) en diez cines de la ciudad de México antes de representar al país como la selección oficial en el Festival de Cannes. A pesar de estos y algunos otros logros, la decepción con que se llegó a identificar la cinta se percibió casi inmediatamente: la crítica nacional reaccionó con frialdad hacia la obra, que ganó sólo dos Diosas de Plata menores en 1968 (Graciela Doring a mejor actriz de cuadro y Julián Pastor a revelación),[13] y algunos espectadores en la exhibición de Cannes abandonaron la sala antes de terminarse la proyección.[14] La promesa inicial del proyecto se volvió, como indicaría Emilio García Riera, "un descalabro para su productor Barbachano Ponce y su director Carlos Velo...".[15]

Carlos Velo y el "proyecto más grande de mi vida"

Cuando Juan Rulfo le concedió los derechos para filmar su primera novela a Carlos Velo, el cineasta gallego aún no había dirigido ningún largometraje de ficción. Algunos han subrayado esta inexperiencia al condenar la elección de Velo para encabezar la filmación de la magistral novela del escritor jalisciense. A pesar de una recepción fría que ha perdurado en los años posteriores al estreno de *Pedro Páramo*, no creo que la presencia de Velo haya sido un desatino evidente. Por cierto, Velo había sido una figura importante en el movimiento documentalista español de los años treinta, hasta exiliarse en México en 1939 después del fracaso de la causa republicana. En su país adoptivo, Velo había trabajado en el campo de los noticiarios, donde "dirige, asesora y edita", en sociedad con Manuel Barbachano, los programas Cámara, Cine-Selecciones, Tele-Revista y Cine-Verdad.[16] Participó en una cantidad impresionante de producciones creativas (muchas con el apoyo de Barbachano) que vacilaban entre el documental y el filme de ficción. Fungió en

---

13 *Los caifanes* (dirección de Juan Ibáñez) fue la película más elogiada en la entrega de las Diosas de Plata de 1968. Esa cinta ganó el premio a mejor película y se llevó estatuillas en diez categorías adicionales. No se otorgó ese año un premio al mejor guion, aunque Luis Alcoriza y Fernando Galiana ganaron el premio al mejor argumento por su trabajo en un episodio de la película *Juego peligroso* (dirección de Luis Alcoriza y Arturo Ripstein).

14 Dice Ignacio López Tarso sobre su experiencia en Cannes: "lo pasamos de maravilla, pero la proyección fue horrible. El público salía en grandes oleadas y si no hubiera sido porque estábamos muy a la vista, creo que todos los de la delegación nos hubiéramos ido al hotel a llorar" (citado en Susana López Aranda, *El cine de Ignacio López Tarso*, Universidad de Guadalajara-Instituto Mexicano de Cinematografía, México, 1997, pp. 88-89). Además de López Tarso, la delegación oficial que viajó a Cannes incluyó, entre otros, a Emilio O. Rabasa, director general del Banco Nacional Cinematográfico, Gabriel Figueroa y Carlos Velo (Miguel Anxo Fernández, *Las imágenes de Carlos Velo*, trad. de Arantxa Estévez, Universidad Nacional Autónoma de México, México, 2007, p. 180; en adelante, *Las imágenes de Carlos Velo*).

15 *Historia documental*, p. 8.

16 Perla Ciuk, *Diccionario de directores del cine mexicano*, Consejo Nacional para la Cultura y las Artes-Cineteca Nacional, México, 2000, p. 631.

1953 como escritor y supervisor para uno de los capítulos de la aclamada cinta *Raíces* (dirección de Benito Alazraki) y en 1956 dirigió *Torero*, un largometraje documental inspirado en las técnicas de las películas de ficción. Aunque nunca logró establecerse del todo como director de largometrajes de ficción, el exiliado gallego siguió activo el resto de su vida en la industria cinematográfica mexicana.[17] Dirigió numerosos documentales y muchos lo consideran el padre del documental en México. Fue uno de los fundadores y el primer director del Centro de Capacitación Cinematográfica (CCC), donde su influencia sigue inspirando a las nuevas generaciones de cineastas.

Además de hacer gala de una preparación ecléctica, Velo gozaba a finales de los cincuenta de dos ventajas que le ayudaron a obtener la oportunidad de dirigir *Pedro Páramo*: había establecido la ya mencionada y prolífica relación profesional con Manuel Barbachano y vivía al lado de Juan Rulfo en la calle de Nazas 45 (Rulfo vivía en el departamento B, Velo, en el D) de la Colonia Cuauhtémoc.[18] Sería erróneo infravalorar la importancia de las relaciones que Velo pudo establecer con el novelista y con un productor que, desde 1955, se había apasionado por la posibilidad de rodar películas sobre la obra rulfiana.[19] Es posible, sin embargo, que lo que más distinguiera a Velo como candidato para dirigir *Pedro Páramo* fuera su pasión por el proyecto. Los orígenes de la iniciativa se remontan a septiembre de 1960 (si no antes), cuando el exiliado gallego le propuso la idea a Barbachano.[20] El productor, según Velo, se burló de un proyecto fílmico que le parecía imposible. Inspirado por el reto, Velo le presentó unos días después una "línea argumental" que interesó a Barbachano. Alentado por el productor, Velo se comprometió enteramente con la iniciativa y dedicaría gran parte de los siguientes seis años a los preparativos para llevar la novela rulfiana a la pantalla grande. "Por eso te escribo", aclaró

---

17 Velo dirigió cuatro largometrajes de ficción después de *Pedro Páramo*: *Don Juan '67* (1967), *5 de chocolate y 1 de fresa* (1968), *Alguien nos quiere matar* (1970) y *El medio pelo* (1972).

18 Testimonio de Juan Francisco Rulfo.

19 Barbachano trabajó con Juan Rulfo en 1955, cuando él y Roberto Gavaldón lo contrataron para desempeñarse como asesor histórico en *La Escondida*, una cinta cuya historia se ubicaba durante la época de la Revolución. Esa relación fue provechosa para Gavaldón y Barbachano y los dos filmarían después *El gallo de oro*. Es probable, además, que la idea de adaptar *Pedro Páramo* al séptimo arte date también de la época del rodaje de *La Escondida*, precediendo por varios años la iniciativa de Carlos Velo. Es sugerente pensar que sólo pocos meses después de la publicación de *Pedro Páramo* (salió a la venta en marzo de 1955 y *La Escondida* se filmó en noviembre del mismo año) ya se hablaba seriamente de la posibilidad de traducirla al cine. La evidencia viene del mismo Juan Rulfo, quien afirmó a un periodista en enero de 1956 que en la adaptación de *Pedro Páramo* "están interesados Pedro Armendáriz y María Félix. Así lo hicieron saber cuando estuvo supervisando La Escondida" (Valdés, "Resulta que Juan Rulfo", p. 17A).

20 "Desde septiembre de 1960, fecha en la que se concibió la idea de llevar a la pantalla la extraordinaria novela de Juan Rulfo, se planeó una película capaz de corresponder en imagen y espíritu a la grandeza de la obra inspiradora" ("*Pedro Páramo*" [guía de prensa original]. n.p., [1967]). Aunque Velo repetiría que el proyecto nació en septiembre de 1960, indicó en otra ocasión que había pensado antes de esa fecha en la posibilidad de adaptar *Pedro Páramo*: "'Pero yo obré con ventaja... Cuando acepté la apuesta [con Barbachano, de hacer una línea argumental para la novela] ya había planeado secretamente la adaptación desde mucho tiempo antes. Me inquietaba sobre todo el tema de la búsqueda de la paternidad en 'Pedro Páramo'..." (citado en Castillón Bracho, "*Pedro Páramo*", reportaje sin fecha ni procedencia, localizado en la caja en que se conservaban las bitácoras fotográficas de Juan Rulfo y Carlos Velo, Archivo de la Fundación Juan Rulfo, p. 4; en adelante, "*Pedro Páramo*").

Velo en una carta que el cineasta le escribió al novelista en marzo de 1961 y conservada por la Fundación Juan Rulfo. "Por Pedro Páramo, el proyecto más grande de mi vida y en el que he seguido trabajando con un entusiasmo creciente".[21] El exiliado gallego no tomó a la ligera la responsabilidad de adaptar la novela, y hasta viajó en 1961 con Rulfo al sur de Jalisco y sus alrededores en busca de locaciones para la filmación de la película y para recorrer la geografía que tanto había inspirado al creador de *Pedro Páramo*.[22] En efecto, Velo se entregó de tal forma a su primer largometraje de ficción que varios miembros de la producción indicarían después que esa dedicación maniática y minuciosa paralizó al director en el momento de rodar. Pasó "años de infinitas discusiones, dudas y vacilaciones," apunta el crítico Emilio García Riera, "guiadas por el prurito de asegurar algo tan imposible como una obra perfecta".[23] A pesar de sus debilidades, la primera adaptación de la novela de Juan Rulfo tiene sus logros, entretiene y sigue proyectándose en la televisión, en cineclubes y en homenajes a Juan Rulfo y Carlos Velo. La atracción del filme se debe, entre otras cosas, a la estatura de los escritores que colaboraron en la redacción del guion.

Los co-guionistas: Carlos Fuentes, Manuel Barbachano y Gabriel García Márquez

Si la idea original de filmar *Pedro Páramo* y los primeros esbozos de la adaptación cinematográfica pertenecían a Carlos Velo, ese esfuerzo solitario de redacción pronto se convirtió en una iniciativa colectiva y durante los siguientes años el libreto pasó por las manos de un largo desfile de "literatos y cineastas de prestigio"[24] cuyos nombres, en la mayoría de los casos, no aparecen acreditados en la cinta ni en el guion. Estos incluían, según un informe, a José Revueltas, Juan de la Cabada, Julio Alejandro, Juan García Ponce y Gabriel García Márquez.[25] El nombre más sugerente de este catálogo de colaboradores es el del futuro Premio Nobel colombiano. Volveré a su intervención después de examinar la de los dos individuos cuyos nombres sí aparecen al lado

21 Carta personal de Carlos Velo a Juan Rulfo (conservada en los archivos de la Fundación Juan Rulfo), con fecha del 3 de marzo de 1961. Velo escribe usando el membrete de las Producciones Barbachano Ponce, S. A., y manda la carta al "SR. JUAN RULFO Tonaya, Jal.".

22 Velo abandonaría su idea de rodar en Jalisco (excepto una escena ubicada en Apulco) y eligió, en su lugar, locaciones más cercanas del Estado de México y de Hidalgo (Tetlapáyac y Apan, por ejemplo).

23 *Historia documental*, p. 22.

24 *Ibidem.*

25 "'Pedro Páramo', ¿El film más importante?", pp. 4-5. Carlos Velo aclaró el papel de dos de estas personas en una entrevista con Gabriela Yanes Gómez: "José Revueltas participó en la corrección de algunos diálogos del padre Rentería; también Juan de la Cabada nos ayudó un poco" (*Juan Rulfo y el cine*, Universidad de Guadalajara-Instituto Mexicano de Cinematografía-Universidad de Colima, Guadalajara, 1996, p. 86; en adelante, *Juan Rulfo y el cine*). En su biografía de Gabriel García Márquez, Dasso Saldívar sugiere que habían leído el *script* también Jomí García Ascot, Juan García Ponce, Álvaro Mutis, Fernando Benítez, José de la Colina y Gastón García Cantú" (*García Márquez: el viaje a la semilla: la biografía*, Alfaguara, Madrid, 1997, p. 424; en adelante, *García Márquez: el viaje a la semilla*).

del de Carlos Velo como co-guionistas, tanto en la portada del guion como en los créditos de la cinta: Carlos Fuentes y Manuel Barbachano.

Es notable que Manuel Barbachano aparezca como escritor en el libreto de *Pedro Páramo* cuando ese no es el caso para *El gallo de oro*. No sé si esa designación indique que el productor haya tenido un papel más significativo en la redacción del texto de Velo que en el de Gavaldón, o si se debe simplemente a obligaciones sindicales. Sea como sea, es dudoso que Barbachano haya intervenido en el proceso minucioso de preparación del *script*. No quiero proponer con esa suposición, sin embargo, que el cineasta no haya colaborado de alguna forma en la adaptación de *Pedro Páramo* (o de *El gallo de oro*). En efecto, cuando Velo preparó en 1960 la primera "línea argumental" para *Pedro Páramo* fue Barbachano quien la leyó y animó al director a continuar con el proyecto. Se supone, además, que el productor había ofrecido valiosos comentarios y sugerencias para la revisión de ese primer borrador y para cada una de las múltiples versiones del documento que compuso Velo.[26] En ese sentido, es innegable la importancia de una persona cuya presencia fue fundamental y evidente desde los primeros momentos de la iniciativa. Asimismo, Barbachano cultivó una relación temprana con Rulfo y lo contrató como asesor histórico durante la filmación de *La Escondida* a finales de 1955, probablemente para granjearse al joven y talentoso escritor y así poder rodar películas basadas en su obra. Y cuando produjo en años posteriores dos de las adaptaciones rulfianas más icónicas, el productor se estableció como una de las figuras más destacadas y ubicuas dentro de la bitácora fílmica del escritor jalisciense.

Carlos Fuentes, el último miembro del trío acreditado como guionista de *Pedro Páramo*, se entusiasmó, al igual que Velo y Barbachano, con las posibilidades cinematográficas de la narrativa rulfiana y prestó sus talentos a no menos de tres adaptaciones del jalisciense (*Pedro Páramo*, 1966; *El gallo de oro*, 1964 y ¿No oyes ladrar los perros?, 1975, esta última dirigida por François Reichenbach) antes de frustrarse ante el medio y abandonar la redacción de guiones durante el resto de su vida. Al principio de los sesenta, sin embargo, se entregó felizmente a la adaptación de *Pedro Páramo* (y a la de *El gallo de oro* poco después) y fue, a diferencia de Barbachano, un colaborador esencial en la redacción del *script*. Por cierto, sería difícil sobreestimar la ayuda que el joven novelista brindó a Carlos Velo.

Desconozco el momento preciso en que Fuentes se incorporó al proyecto y quién fue el catalizador principal (¿Barbachano o Velo, o tenía Rulfo alguna influencia en la decisión?) para invitarlo a colaborar como co-guionista.

26 Velo ofrece una pista sobre la limitada participación de Barbachano cuando sugiere que "Se hizo una adaptación en la que trabajé con Carlos Fuentes y con el apoyo de Manuel Barbachano, a ratos, durante cinco años" (Augusto M. Torres y Manuel Pérez Estremera, "Carlos Velo: entrevista", *Nuestro Cine*, 63, 1967, pp. 27-35, la cita, en p. 29).

Lo seguro es que empezó a trabajar con Velo en los primeros años sesenta, quizás poco después de que Velo hubiera hecho, a finales de 1960, la primera versión del guion que enseñó a Barbachano, aunque es más probable que la intervención de Fuentes pertenezca a 1961 o 1962. En efecto, para 1962 (si no antes) se había terminado una versión del guion que estaba suficientemente pulida para que la imprimiera la productora a partir de un original mecanografiado y que ya llevaba los nombres de los tres individuos que aparecerían también como guionistas en la versión definitiva del libreto: Velo, Fuentes y Barbachano.[27] Esta temprana cronología para datar la participación de Fuentes es llamativa, ya que los primeros años de esa década fueron muy productivos para el joven escritor: había cimentado su lugar en los círculos literarios con la publicación en 1958 de *La región más transparente*; publicó *Las buenas conciencias* en 1959, seguida en 1962 por *Aura* y *La muerte de Artemio Cruz*, siendo esta última la novela que muchos consideran la más importante de la que sería una larga y fecunda carrera literaria. La cercanía entre la redacción del libreto para *Pedro Páramo* y la de *La muerte de Artemio Cruz* plantea la cuestión de la semejanza que puede existir entre ambas obras. Desde luego, la lectura cuidadosa que Fuentes hizo de la novela rulfiana —aún antes de unirse a la iniciativa de Velo— fue una experiencia transformadora para el novelista capitalino, y el lector de *La muerte de Artemio Cruz* podrá encontrar numerosas conexiones entre esa novela de Fuentes y la de Rulfo. ¿Existen resonancias también entre *La muerte de Artemio Cruz* y el *script* que preparó Fuentes con Carlos Velo? ¿O el de *El gallo de oro* que redactó después con Gabriel García Márquez y Roberto Gavaldón? Ésas son algunas de las preguntas que el acceso a estos libretos rulfianos deja en manos de los investigadores y lectores interesados.

Para Velo, la intervención de Fuentes fue imprescindible: "Todo el mérito," dice el director en una entrevista, "es de Carlos Fuentes, que fue un colaborador entusiasta, tenaz; era su primera adaptación. Él la considera su aprendizaje".[28] Fuentes habló poco de los detalles de la adaptación que hizo de la novela maestra de Juan Rulfo y no sé muy bien qué pensaba de su primer esfuerzo de traducir un texto literario a la pantalla grande. Tampoco sé si la modestia de Velo en la cita anterior se fundamentó en una apreciación verdadera de los esfuerzos de su co-adaptador, o si representaba un intento de compartir con alguien más el dolor de una recepción crítica bastante fría. Tal vez sean las dos cosas. No dudo que Velo estaba feliz (como él dijo en tantas ocasiones) con el trabajo de Fuentes, pero el énfasis que puso en la inexperiencia de su socio parece tener la intención de minimizar su propia

27 La versión del guion que lleva la fecha de 1962 es la más temprana que he podido localizar. Véase mi "Nota sobre los guiones" en este volumen para más información sobre esa edición. Existe otra versión, con fecha de 1965, que es la que se publica aquí.
28 Citado en García Riera, *Historia documental*, p. 23.

responsabilidad. Una anécdota que compartió Velo en la misma entrevista revela la tendencia del director a aceptar su responsabilidad y limitarla a la vez. Sugiere, además, la susceptibilidad que Fuentes debía haber desarrollado por los problemas con la cinta. Cuenta el director que el novelista vio la película en París con intelectuales como Julio Cortázar, Miguel Ángel Asturias y Alejo Carpentier: "a algunos les gustó, a otros no, se pusieron a discutir; yo estaba bastante satisfecho, pero Fuentes no, porque le hicieron críticas a su adaptación. Pero yo me hago responsable; creo que es la mutilación de la adaptación al realizarse lo que produce este efecto".[29]

Fuentes nunca se sintió del todo cómodo dentro de la industria cinematográfica y trabajó poco en textos fílmicos después del estreno de *Pedro Páramo* en 1967. En una entrevista de 1973, por ejemplo, un estudioso que no parece conocer el trabajo que Fuentes ya había hecho como guionista, le preguntó al escritor: "Así pues, no te provoca la idea de escribir el argumento para una película, ni tampoco dirigirla". Fuentes responde, subestimando su producción fílmica: "No, no, no. Cuando he escrito para el cine, tengo una carga literaria excesiva; no tengo el *flair* del cine. Lo amo mucho, me gusta mucho, yo creo que soy un buen espectador de cine, nada más".[30] Esta opinión despectiva con respecto a sí mismo no es definitiva, por cierto, y parece matizada con cierta modestia humorística. El acceso que ofrece el presente tomo a dos libretos en los que Fuentes participó exige una evaluación más completa del legado del autor de *Aura* como guionista y del lugar de esta actividad dentro de su bitácora creativa.

Aunque Fuentes fue su colaborador más importante, Velo no vaciló en reclutar a otros individuos que podían ayudarle a afinar su guion. Es escasa la información que he podido encontrar para iluminar la naturaleza de esta colaboración no acreditada. Sorprende, en particular, lo poco que se sabe del papel de Gabriel García Márquez como lector del *script* para *Pedro Páramo*, especialmente cuando la carrera fílmica y literaria del colombiano se asociaba tan íntimamente con su llegada a México y con el vínculo que desarrolló con los textos rulfianos. No era muy conocido el futuro Premio Nobel cuando llegó en junio de 1961 a la capital mexicana, como él explicó en una cita frecuentemente repetida, "con veinte dólares, mi mujer, un hijo y la idea fija de hacer cine".[31]

Esa predilección cinematográfica no era nueva cuando llegó García Márquez al país que le daría refugio el resto de su vida. El colombiano había sido aficionado del séptimo arte desde la juventud y acreditaría la influencia de un amigo, el cineasta y escritor Álvaro Cepeda Samudio, por haberlo empujado años antes hacia una carrera alternativa en el cine: "Para mí el cine no era

29 *Ibidem.*
30 James R. Fortson, *Perspectivas mexicanas desde París: un diálogo con Carlos Fuentes*, Corporación Editorial, México, 1973, p. 86.
31 Citado en Oscar Collazos, *García Márquez: la soledad y la gloria*, Plaza y Janés, Barcelona, 1983, p. 91.

más que una diversión y lo seguía muy poco. [Y llegó Álvaro] con la locura que ésa era la gran cultura del siglo xx. Andamos metidos en esos cines que había en Barranquilla, estupendos, que no tenían techo. Que salían las películas bajo las estrellas, con luna llena. Y allí me interesé tanto por el cine que cuando llegué a *El Espectador* yo logré que me dejaran hacer la crítica de cine".[32] Cuando se cerró súbitamente ese periódico bogotano a principios de los sesenta, García Márquez, quien se ubicaba como corresponsal en Europa, se encontró sin empleo y sin dinero y dirigió la mirada hacia la capital mexicana y su industria fílmica, ya consolidada. La mudanza a México fue un paso fortuito para el novelista, quien, con el tiempo, encontraría en su nuevo hogar las condiciones que le permitirían ganarse la vida y cultivar sus afinidades creativas, primero como cineasta y luego como escritor.

La celebridad estaba todavía en el futuro, sin embargo, y el colombiano no tuvo éxito inmediato en su propósito. Alvaro Mutis recibió en México a su amigo y pronto lo puso en contacto con la gente de cine. El productor Gustavo Alatriste contrató al novelista, por ejemplo, pero para ayudarlo a editar dos revistas populares y no como guionista. Aunque el colombiano trabajara en esta época en ideas para el cine, su suerte sólo cambió cuando conoció a otro influyente productor de la industria mexicana: Manuel Barbachano. El cineasta yucateco le pidió a García Márquez en 1963 una adaptación de *El gallo de oro*, la novela inédita que Juan Rulfo había escrito entre 1956 y 1957 para que se llevara a la pantalla grande.[33] El colombiano no conocía la obra de Rulfo cuando arribó a México dos años antes, pero podría haber sido el entusiasmo que demostraba por el escritor jalisciense lo que le llamó la atención a Barbachano.

Según una conocida anécdota, García Márquez le preguntó a Álvaro Mutis poco después de instalarse en México sobre qué libro de un autor mexicano debía leer. Cuando su amigo le recomendó *Pedro Páramo*, el colombiano devoró la novela como una revelación: "Aquella noche no pude dormir mientras no terminé la segunda lectura... Al día siguiente leí *El Llano en Llamas* [*sic*], y el asombro permaneció intacto. Mucho después, en la antesala de un consultorio encontré una revista médica con otra obra maestra desbalagada: *La herencia de Matilde Arcángel*. El resto de aquel año no pude leer a ningún otro autor, porque todos me parecían menores".[34]

---

32 *Gabriel García Márquez: A Witch Writing*, Films for the Humanities, Princeton, New Jersey, 2002. DVD; transcripción mía.

33 García Márquez sugirió una vez que fue otra persona la que le pidió trabajar en este proyecto: "Carlos Velo me encomendó la adaptación para el cine de otro relato de Juan Rulfo, que era el único que yo no conocía en aquel momento: *El gallo de oro*" (Gabriel García Márquez, "Breves nostalgias sobre Juan Rulfo", *Proceso* 204, 29 de septiembre de 1980, pp. 46-47, la cita, en p. 47; en adelante, "Breves nostalgias"). *El gallo de oro* no fue el primer texto fílmico que redactó García Márquez en México. Escribió en abril de 1963, por su propia cuenta y en cinco días durante la Semana Santa, un *script* titulado *El Charro*, que volvería a escribir a finales de 1964 y que filmaría Arturo Ripstein como *Tiempo de morir* (1966) (Gerald Martin, *Gabriel García Márquez: A Life*, Alfred A. Knopf, New York, 2009, pp. 274, 279-280; en adelante, *Gabriel García Márquez*).

34 García Márquez, "Breves nostalgias", p. 47.

Con el *Pedro Páramo* de Velo languideciendo en la pre-producción, Manuel Barbachano decidió emprender otro proyecto rulfiano que tenía pendiente: *El gallo de oro*, basado en la historia homónima que el jalisciense había escrito media década antes. Urgía terminar una adaptación de esa novela corta y el productor acudió a García Márquez cuando un amigo mutuo, Mutis, se lo recomendó como el candidato perfecto. El joven novelista había explorado en su propia ficción el mundo de los galleros (*El Coronel no tiene quien le escriba*, 1961) y había devorado con entusiasmo la obra rulfiana. García Márquez llegó a México precisamente para buscar oportunidades como ésta, y el escritor que quiso hacer cine pasaría los últimos meses de 1963, todo el año de 1964 y gran parte de 1965 redactando textos cinematográficos.[35]

García Márquez trabajó el guion primero y Carlos Fuentes se sumó al proyecto sólo cuando Barbachano opinó que los diálogos estaban escritos "en colombiano".[36] El dúo, según Gerald Martin, pasó cinco largos meses discutiendo con el director sobre el guion sin llegar a ninguna parte.[37] Roberto Gavaldón rodó *El gallo de oro* entre el 17 de junio y el 24 de julio de 1964 y la cinta se estrenó el 18 de diciembre del mismo año. El contacto entre García Márquez y Rulfo en el cine no había acabado todavía, sin embargo. Ese mismo año, el novelista jalisciense aparecería por primera y última vez como actor en un papel secundario en *En este pueblo no hay ladrones* (1964), película basada en el cuento homónimo del colombiano. Dirigida por Alberto Isaac, la iniciativa gozó de la participación de una cantidad variopinta de artistas e intelectuales afamados de la época: Luis Buñuel, Alfonso Arau, Emilio García Riera, Arturo Ripstein, José Luis Cuevas, Carlos Monsiváis, Juan Rulfo y el mismo García Márquez, entre otros. Finalmente, las *oeuvres* creativas de estos dos artistas se volverían a cruzar cuando buscaron al futuro autor de *Cien años de soledad* para que leyera la más reciente revisión del guion de *Pedro Páramo.*

Carlos Velo ya había terminado múltiples ediciones de su propio *script* cuando se estrenó *El gallo de oro.* Aunque varias personas habían ofrecido sus opiniones sobre *Pedro Páramo*, persistía cierto descontento con el guion y se le pidió a García Márquez hacer una nueva revisión crítica, probablemente en algún momento de 1965. "No había acabado de escapar al deslumbramiento [de mi primera lectura de Rulfo]" explicó el colombiano, "cuando alguien le

35 Martin, *Gabriel García Márquez*, p. 276. Basándose en una carta que García Márquez le escribió desde la ciudad de México a Plinio Mendoza en Barranquilla, Martin indica, además, que el colombiano terminó el guion de *El gallo de oro* "esa mañana", o sea el 8 de diciembre de 1963 (véase p. 586, nota 35). Esa versión, con fecha de diciembre de 1963, es el guion preliminar que se publica en el presente volumen.

36 María Lourdes Cortés, *Amores contrariados: Gabriel García Márquez y el cine*, Ariel, México, 2015, p. 52.

37 *Gabriel García Márquez*, p. 278. Dasso Saldívar explica el proceso de la siguiente manera: "Gavaldón era un viejo director comercial, lleno de resabios y carente de imaginación, que, según recordaría García Márquez, les hizo la vida imposible a los guionistas durante varios meses, haciéndoles deshacer y rehacer el guion, en el círculo vicioso de Penélope... hasta que un día se hartaron y le dijeron a Barbachano Ponce que ahí le dejaban el guion para que Gavaldón hiciera con él lo que le diera la real gana" (*García Márquez: el viaje a la semilla*, p. 424).

dijo a Carlos Velo que yo era capaz de recitar de memoria párrafos completos de *Pedro Páramo*. La verdad iba más lejos: podía recitar el libro completo al derecho y al revés, sin una falla apreciable, y podía decir en qué página de mi edición se encontraba cada episodio, y no había un solo rasgo del carácter de un personaje que no conociera a fondo".[38] Fueron Velo y Carlos Fuentes, según el colombiano, quienes lo "invitaron a hacer una revisión crítica de la primera adaptación de *Pedro Páramo* al cine".[39] Otros estudiosos, mientras tanto, han señalado que la invitación vino más bien de Barbachano, un productor que ya había contratado antes al colombiano como guionista *freelance*.[40] El futuro Premio Nobel removió las aguas con otra posibilidad, sin embargo, al señalar, en otra ocasión, que había leído el guion de *Pedro Páramo* para desempeñar una función específica: "yo entré a trabajar como abogado de Rulfo".[41]

Esta declaración de García Márquez —o sea, que se unió al proyecto para proteger los intereses de Rulfo— es significativa y sugiere, entre otras cosas, que el jalisciense conocía el libreto de Velo y Fuentes y que tenía dudas en cuanto a su calidad. En cuanto al colombiano, es difícil saber cuál fue su aportación al libreto o si el autor de *El Llano en llamas* estaba consciente de los cambios que hubiese sugerido. En su biografía del novelista sudamericano, Dasso Saldívar desaprueba la participación de tantos individuos en el afinamiento del guion y prefiere distanciar a García Márquez y a Carlos Fuentes de la versión definitiva del guion y de la película que se rodó: "El guion original había sido escrito por Fuentes, pero el director, Carlos Velo, estaba muy inseguro y quería un guion casi científico, sometiéndolo a la consideración de un sinnúmero de técnicos y escritores... Cuando llegó a las manos de García Márquez, el trabajo de Fuentes estaba irreconocible: cada cual le había agregado o quitado retazos de aquí y de allá".[42]

Pese a su participación en el filme, el colombiano se quejó del resultado final. Otros críticos de cine estuvieron de acuerdo con García Márquez y la película, que era el proyecto más ambicioso de 1966, ha llegado a considerarse uno de los indudables desatinos del cine mexicano de su época. Irónicamente, la cinta iba a tener una influencia significativa en las carreras fílmicas y literarias de Fuentes y García Márquez. El futuro Premio Nobel, en particular, aprovechó su experiencia con la obra de Rulfo (como lector y como guionista) para poder escribir su obra maestra, *Cien años de soledad*, que se publicó en 1967. "He querido decir todo esto", declaró García Márquez al hablar, en parte, de su intervención en dos proyectos fílmicos rulfianos,

38 García Márquez, "Breves nostalgias", p. 47.
39 *Ibidem*.
40 Véase, por ejemplo, el libro de Mario Vargas Llosa, *García Márquez: Historia de un deicidio*, Barral, Barcelona, 1971, p. 71.
41 Augusto M. Torres, "Entrevista con Gabriel García Márquez", *Cuadernos para el Diálogo*, 66, marzo de 1969, pp. 44-45, la cita, en p. 44.
42 *García Márquez: el viaje a la semilla*, p. 424.

"para terminar diciendo que el escrutinio a fondo de la obra de Juan Rulfo me dio por fin el camino que buscaba para continuar mis libros...".[43] A pesar de las fallas que uno puede encontrar en las cintas *El gallo de oro* y *Pedro Páramo*, estos proyectos fílmicos dejaron una huella profunda en los anales del cine y de la literatura nacional e internacional, en especial por la lectura cuidadosa de la obra de Juan Rulfo que hicieron dos de los escritores más importantes del siglo xx.

Pedro Páramo*: Guion vs. novela*

Una lectura simultánea de *Pedro Páramo* y del guion que la llevaría al cine revela momentos en que Velo y Fuentes prefirieron seguir de cerca a Rulfo y otros en que el dúo se alejó del original. Cada adaptación tiene la necesidad y el derecho de modificar elementos de la obra en que se inspira, y el espectador prudente reconoce tanto la ascendencia como la independencia del nuevo texto, sin caer en la falacia de buscar la fidelidad servil. Aun así, imagino que será acalorada la reacción de los admiradores de *Pedro Páramo* ante algunas de las decisiones que tomaron los guionistas al hacer la adaptación. Ciertas alteraciones que sufriría la novela rulfiana son inventivas y acertadas; otras sorprenden, confunden, e incluso frustran. La lectura del libreto es, a cada momento, sin embargo, un ejercicio fascinante y revelador.

En los años posteriores al estreno de *Pedro Páramo*, Carlos Velo admitiría los defectos que él también veía en su película. Sugirió, como ya se ha mencionado, sin embargo, que esas fallas se debían a un motivo principal: "mi guion no pude filmarlo".[44] Velo aludió en la misma conversación a las presiones del cine comercial que hicieron imposible serle fiel a un libreto que, según su perspectiva, había interpretado tan hábilmente la novela rulfiana. Velo mencionó en ese momento sólo dos de las "amables sugerencias" (como él las llama) que lamentaba haber aceptado: la extensión ("se alegó que era muy largo") y la (¿auto?)censura ("se sugirió que era muy fuerte no para la censura sino para 'nuestros públicos'").[45] Cada una de estas dos imposiciones coinciden en una modificación a su visión original, que parece haber molestado al director gallego profundamente: "Acepté suprimir otras muchas escenas claves...".[46] La protesta de Velo ante escenas del guion que fueron eliminadas es difícil de aceptar del todo, sin embargo, cuando una comparación del libreto con la película demuestra, en la mayoría de los casos, que el director gallego siguió muy de cerca durante el rodaje los detalles de su texto definitivo. Hay excepciones a esta tendencia, sin embargo, y son ellas las que

43 "Breves nostalgias", p. 47.
44 Citado en García Riera, *Historia documental*, p. 23.
45 *Ibidem.*
46 Citado en Castillón Bracho, "*Pedro Páramo*", p. 4.

destacó el director para explicar la frustración personal que sentía con su propia película: "En lo síquico, en lo secreto, en lo intelectual hacen falta y me duelen como si me hubieran cortado un brazo; aún no me repongo del rencor por haberlo permitido".[47] Velo enumeró en esta queja apasionada tres escenas que omitió de su cinta: "la del momento en que Pedro Páramo se enamora de Susana cuando son niños, la de Pedro pensando en ella sentado en el excusado, la de Doloritas Preciado quitándose las botas y aseándose en su día álgido para casarse con Pedro al día siguiente".[48]

La última de estas escenas (de Dolores preparándose para su boda) no existe en el guion definitivo ni en la versión de 1962 que he podido examinar. Sospecho, por lo tanto, que debe ser una de las primeras escenas que el director, por presiones ajenas, se vio obligado a eliminar de su libreto. Las otras dos pertenecen cronológicamente a la juventud de Pedro Páramo. Se encuentran en ambas versiones del *script* y su exclusión de la película debe coincidir con una decisión tardía de modificar ese texto durante el rodaje. La primera muestra la época en que el futuro cacique, al borde de la madurez, se enamora de Susana San Juan al nadar en el río y volar papalotes con ella. La siguiente (con Pedro sentado en el excusado) revela la profunda ausencia que siente el mozo después de que abandonase el pueblo su compañera juvenil. Cada momento se destaca en el guion y funciona para aclarar lo que significa la hija de Bartolomé para Pedro Páramo cuando, años después, este dueño de la Media Luna domine Comala y tenga todo lo que pudiese querer, menos esa mujer y lo que ella representa para él.

La actuación de Pilar Pellicer como Susana es más que adecuada, pero falta algo en la película para convencernos del papel trascendental de este personaje. Creo que Velo aludía a esa ausencia al hacer notar el daño causado por la eliminación de los momentos que retratan la juventud de su protagonista. De alguna forma, la cinta necesita conectar mejor las acciones de Pedro como adulto con la añoranza que siente por una época idealizada que ha perdido. No creo, sin embargo, que la presencia de estas escenas excluidas hubiese solucionado del todo un problema que es, desde mi perspectiva, una de las fallas más notables de este primer intento de traducir *Pedro Páramo* a la pantalla grande: Velo y Fuentes abandonaron en gran medida el trasfondo profundamente metafórico de la novela rulfiana. Apenas se percibe en la cinta, por ejemplo, que esta mujer amada por Pedro Páramo se asocia en la novela con el agua (esto es, el río, la lluvia, el mar, el sudor) o que su apellido la adscriba metafóricamente al poder redentor de San Juan el Bautista. En efecto, la importancia arquetípica de Susana San Juan, quien se describe

47 *Ibidem.*
48 *Ibidem.*

en la novela como "una mujer que no era de este mundo",[49] desaparece casi del todo de la película filmada. Empero, una lectura del guion revela que la base arquetípica que predomina en la novela ya se había abandonado en gran medida en este primer paso del proceso de traducir la obra a la pantalla grande.

La inclinación de Velo y Fuentes a desatender el peso arquetípico de Susana se percibe en la atracción que Pedro siente por la amiga de la juventud, donde la característica de Susana que predomina es su sensualidad y no su importancia como símbolo.[50] Volviendo a la escena del río, por ejemplo, Velo admitió en una ocasión que quería que su protagonista juvenil divisara, en una especie de despertar a la sexualidad, el vello púbico de su compañera mientras los dos nadaban, inocentemente desnudos.[51] Un episodio en el que Pedro y Susana se bañan juntos en el río sí existe en el guion, aunque no se filmó en el momento del rodaje. No permanece en esa escena (ni en el guion definitivo ni en el de 1962), sin embargo, ningún rastro del erotismo naciente que Velo quería incluir y esa perspectiva puede verse como una de las "escenas claves" que Velo se sintió obligado a eliminar y cuya ausencia tanto le dolió. Aunque Velo tuviera que abandonar su visión original para ese episodio, el libreto que escribió al lado de Fuentes conserva el deseo de ver la sensualidad como el origen de la obsesión que el futuro cacique padecerá por Susana San Juan. En efecto, Velo volvió al tema de lo erótico a lo largo de su guion y de su película en un *leitmotiv* significativo, pero uno que nunca logra establecer que los estados emocionales que definen a estos personajes

---

49 Juan Rulfo, *Pedro Páramo*, ed. de José Carlos González Boixo, 25ª edición revisada y actualizada, Cátedra, Madrid, [1955] 2013, p. 172; en adelante, *Pedro Páramo*.

50 Es difícil imaginar que se deba a Carlos Fuentes la decisión de disminuir la importancia del trasfondo mítico de *Pedro Páramo*, ya que el novelista habló en varios momentos de ese elemento esencial de la novela rulfiana (véase, por ejemplo, Carlos Fuentes, "Rulfo, el tiempo del mito", en *Juan Rulfo: homenaje nacional*, *op. cit.*, pp. 19-30). Tampoco puedo estimar cuánto estuvo involucrado Fuentes en las revisiones posteriores del guion como para saber si su participación pertenecía más bien a versiones tempranas de ese documento. El hecho de que Fuentes asistiera al estreno de la película en Cannes y que sintiese tan personalmente las quejas que se hicieron de la adaptación me hace pensar que no debemos eximirlo del todo de este desacierto de la cinta.

51 Velo describió su idea en una entrevista con Gabriela Yanes Gómez: "En mi adaptación incluí escenas y elementos que eran —para mi gusto— fundamentales y que no pude filmar. Me acuerdo de dos secuencias. Una, la de Pedro Páramo niño con Susana San Juan cuando están en el río. Pedro Páramo baja y ve los vellitos del sexo y el cuerpo de la niña debajo del agua. Siente una emoción, como una revelación sexual, erótica, y esto le queda grabado toda la vida. Puse esta secuencia en el *script* original, pero producción la fue retrasando. Me dijeron que se haría después; luego —ya cuando estaba el reparto— que era difícil conseguir a los niños. 'Bueno, no importa, lo tengo que hacer —decía—, porque es fundamental'... Me fueron dejando la secuencia hasta el final y al final me dijeron que ya no se podía hacer. Yo dije: '¡Cómo!, se tiene que hacer. Si no, no funciona la película. Nadie sabe por qué está loco Pedro Páramo buscando a Susana San Juan.' *Pedro Páramo* tiene un fondo erótico tremendo para el que la lee y la estudia bien —no para cualquiera, pues está hecha poéticamente. Pero yo creo que mi visualización de Pedrito Páramo nadando va más allá del libro: él está nadando y a través de las cañas ve el cuerpo desnudo de la niña, ya adolescente: están jugando como adolescentes y así descubren el sexo... La otra secuencia es la historia de los dos hermanos que en el pueblo de Comala —incluso tenía visualizado el lugar—, en una casa totalmente derruida, sin techo, se encuentran totalmente desnudos... Ahí Carlos Velo actuó contra él mismo. Como yo quería la secuencia de los niños ya no quise meter la de los dos hermanos desnudos. Además, producción me decía: 'No, hombre, cómo vas a hacer eso; no te lo va a dejar pasar la censura.' Era una secuencia que le hubiera dado una gran belleza a la película" (*Juan Rulfo y el cine*, pp. 53-54).

en años posteriores se entienden mejor en asociación con las experiencias que definieron sus juventudes.[52]

En lo general, estoy de acuerdo con Velo cuando se queja de la supresión de escenas que exploraban la juventud de sus protagonistas y cuya presencia podría haber precisado mejor algunos elementos notables de la historia que se cuenta. No creo, sin embargo, que el guion que redactaron Velo y Fuentes hubiera resuelto del todo un desacierto significativo de la película. Para Velo y Fuentes, la raíz de la obsesión que domina al cacique y de la locura que agobia a su mujer se encuentra primordialmente en el deseo sexual. Esta interpretación de la obra rulfiana es, para mí, demasiado simplista y desconoce que la motivación de Pedro Páramo va mucho más allá del erotismo. A fin de cuentas, Susana San Juan, cuyo apellido sugiere el poder redentor del agua bautismal, es parte integral de una estructura metafórica que define la novela. Y esa mujer es, para el cacique, un símbolo de todo lo que ha perdido en la vida: el amor, sí, pero también la juventud, la familia, la inocencia y la redención.

Otro elemento del guion que Velo abandonó se percibe al principio del mismo cuando se coloca al pie de la primera página un epígrafe de *La vida es sueño de* Calderón de la Barca: "Idos, sombras, que fingís hoy a mis sentidos muertos cuerpo y voz, siendo verdad que ni tenéis voz ni cuerpo, que desengañado ya, sé bien que la vida es sueño". La cita se reproduce en la película al concluir los créditos iniciales. Un fundido deja la pantalla completamente ennegrecida por un breve instante antes de abrir la primera escena donde Juan Preciado se sienta al borde de la cama en que agoniza su madre. Esta colocación privilegiada del epígrafe se contradice, sin embargo, cuando no aparece durante el resto de la cinta ninguna indicación clara de su importancia.

Una lectura del guion resuelve el misterio y revela una de las modificaciones más llamativas al mismo que Velo se vio forzado a aceptar: el viaje de Juan Preciado a Comala surge de la imaginación enfebrecida del protagonista en el momento de su muerte. Un *Dramatis personae* que se ubica al principio del guion ofrece el primer indicio de esta interpretación de la novela rulfiana. Estas hojas proveen detalles reveladores que nos permiten entender mejor ciertas maneras en que Velo y Fuentes pensaban acercarse a algunas de las omisiones que son parte integral de la desafiante novela escrita por Juan

52 El deseo sexual es la base de la relación que imagina Velo entre Florencio y Susana, por ejemplo, cuando filma a su protagonista femenina retorciéndose en su lecho mortuorio al pensar en su amante/esposo muerto. Vuelve el director a ese tema cuando destaca la relación incestuosa que sufre Susana a manos de su padre. Velo estaba consciente de la queja de algunos que notaron que el incesto entre padre e hija nunca se confirma del todo en la novela rulfiana, y la de otros que vieron demasiado fuerte el tema para el público mexicano: "'Algunas personas pretendieron incluso que suprimiera el incesto de Susana y su padre Bartolomé San Juan, que es la base de la película. Al público le hieren esas cosas y no las aceptará, me dijeron. Pero tenía que hacerlo o de lo contrario hubiera abandonado la película. Yo he confiado en mi buen gusto y creo que este resulta evidente'" (citado en Castillón Bracho, "*Pedro Páramo*", p. 4).

Rulfo. Aclara, por ejemplo, que la región sufre un episodio de fiebres que acaba no solamente con Dolores Preciado, sino también con Juan. En efecto, Doloritas, en las primeras líneas de diálogo, le implora a su único hijo que visite a su padre no sólo para "cobrárselo caro", sino también porque Comala tiene, según ella, "buen aire para curar tus fiebres" (Escena 1, #1). Juan, "con la mirada enfebrecida", responde: "—Así lo haré, madre. Si me alcanzan las fuerzas" (Escena 1, #2). En la siguiente escena, Juan Preciado se encuentra en el camino a Comala donde conoce al arriero Abundio Martínez. No será hasta el final del guion cuando se aclare el resultado de la fiebre de Juan y el significado de la cita de Calderón de la Barca. "En el guion que parecía definitivo," explicó Castillón Bracho, "todo terminaba con la muerte de Juan Preciado sobre el cuerpo de su madre recién muerta. De esa manera la historia, vista a través del recorrido de Juan en busca de su padre, aparecía claramente en su imagnación [*sic*] y los hechos tomaban su lugar en el campo de la metafísica, como fenómenos fantasmagóricos de un atavismo".[53]

Los detalles de la muerte de Juan Preciado no se precisan en la novela, obviamente, y son una de las muchas lagunas que definen esta novela esquiva que desafía al lector. La decisión de Velo y Fuentes de concretar el cuándo y el cómo fallece este hijo de Pedro Páramo es un desvío de la historia original que personaliza su adaptación. Como lector de la novela rulfiana, yo no leo la experiencia fantasmagórica de Juan Preciado como la invención de una mente enfebrecida al borde de la muerte. Reconozco, sin embargo, que esta interpretación no tiene que verse como un desvío de la imaginación creativa de Rulfo. En primer lugar, Juan Preciado parece sufrir de fiebre en la novela en un momento —cuando está en la casa de Donis y su hermana— que muchos lectores asocian con su muerte, y es probable que los guionistas se hubiesen inspirado, en parte, en este detalle para justificar su interpretación.[54]

Además, resulta notable que Rulfo mismo experimentase en otros textos con la estructura que define el guion de Velo: o sea, que en el instante antes de la muerte el tiempo se suspenda mientras el protagonista imagina una conclusión alternativa y más aceptable, pero que resulta ser una invención pasajera. El primero de estos textos, "Iba adolorido. Amodorrado de cansancio" (conocido a veces como "Los girasoles" y recogido en *Los cuadernos de Juan Rulfo*), no se publicó en vida de Rulfo y es dudoso que los guionistas lo hubiesen leído.[55] El segundo, titulado "El despojo", es el argumento que Rulfo escribió para un amigo, el fotógrafo Antonio Reynoso, mientras los dos,

53 "*Pedro Páramo*", p. 4.

54 Véase Rulfo, *Pedro Páramo*, pp. 121-122.

55 uan Rulfo, *Los cuadernos de Juan Rulfo*, presentación de Clara Aparicio de Rulfo, transcripción y nota de Yvette Jiménez de Báez, Ediciones Era, México, 1994. Véanse pp. 105-108. Esta historia se recopiló recientemente en Juan Rulfo, *El gallo de oro y otros relatos*, estudios de José Carlos González Boixo y Douglas J. Weatherford, México, Editorial RM-Fundación Juan Rulfo, 2017, pp. 185-189.

acompañados por Rafael Corkidi, filmaron en 1959 el cortometraje homónimo.[56] Velo y Fuentes subrayaron la importancia de *La vida es sueño* para su interpretación, pero hay otros textos que reproducen mejor la estructura de su adaptación y que también pueden haber inspirado a los guionistas tanto como a Rulfo. El más obvio es "An Occurrence at Owl Creek Bridge" (1890) que compuso el escritor estadounidense Ambrose Bierce antes de desaparecer en el norte de México durante la Revolución. Varios escritores latinoamericanos se entusiasmaron por el cuento de este autor y ofrecieron variaciones personales de esa obra con su estructura imaginativa. Jorge Luis Borges escribió "El milagro secreto" (1944), por ejemplo, y después "El sur" (1949), mientras que Julio Cortázar se apropió de la idea de Bierce para redactar "La isla al mediodía" en 1966 (esto es, posterior al guion de *Pedro Páramo*).

La importancia del epígrafe de Calderón de la Barca y el vínculo que el filme parece compartir con otros textos se perdieron, sin embargo, cuando Velo abandonó la conclusión que él y Fuentes habían elaborado en el guion. Una de las escenas más inventivas del *Pedro Páramo* de Velo se ubica en el camposanto de Comala, donde Juan Preciado se acuesta sobre una tumba que se abre al sacudirse la tierra, echándolo a las profundidades de esa abertura donde —en el guion, pero no en la película— lo espera Dorotea. A pesar de la fuerza de este momento, no es la conclusión de la historia. En el libreto hay todavía otra escena que revela un giro que, a pesar de ser inesperado, aclara la alusión a *La vida es sueño* que da inicio a la obra. Esta última escena vuelve al principio de la acción, donde Juan Preciado sigue sentado al borde de la cama de su madre, quien acaba de fallecer. Ahora alcanzamos a ver que Juan Preciado muere no en Comala sino en Sayula, y al lado de su madre. Explica el guion: "El rostro anhelante de JUAN escucha el eco retardado de la voz maternal y en el último instante de su vida, balbucea, sin aliento, las palabras de su propia agonía. —¡Pedro... Páramo!" (Escena 82, #307).

La pérdida de esta atrevida interpretación cambia por completo una de las perspectivas más novedosas del *script*, y agudizó el enfado que Velo sintió ante modificaciones forzadas que, según su perspectiva, fueron nocivas. La causa de fondo de esta modificación no se debió a la censura o a las exigencias de la producción. Se basó más bien en una condición que decidió imponer a la iniciativa el galán norteamericano que había aceptado protagonizar al dueño de la Media Luna. La elección de John Gavin para el papel estelar es una de las decisiones de Velo que más se ha censurado y que lamentaría el director en años posteriores. Las deficiencias de la actuación de Gavin no se debían a una falta de dedicación al proyecto. Por cierto, el actor extranjero aceptó felizmente

56 Juan Rulfo, "El despojo", en *El gallo de oro y otros textos para cine*, ed. de Jorge Ayala Blanco, Ediciones Era, México, 1980, pp. 103-113.

el papel y llegó a México completamente dedicado a lograr la mejor interpretación de su vida.[57] Por cierto, el actor, cuya carrera se encontraba en declive en su país natal, esperaba infundir nuevo vigor a su trayectoria al aceptar lo que imaginaba sería un papel serio en una película de aliento. Había sólo un problema, según la perspectiva de Gavin: el guion destacaba al final de la historia no la muerte de Pedro Páramo, sino la de Juan Preciado.

Esta inversión de la conclusión de la novela rulfiana habría sido un elemento fundamental de la adaptación tal como la imaginaba Velo desde los primeros momentos. "En un principio", explicó el director, "yo no vi como personaje central de la película a Pedro sino a su hijo Juan Preciado, que anda en su busca sin encontrarlo jamás."[58] En efecto, la conclusión que se encuentra en el guion incluye una serie de planos (no filmados) que extiende la historia más allá de la muerte del cacique rulfiano. Gavin, quien había llegado a México para impulsar su carrera, no podía aceptar la conclusión de Velo y Fuentes que disminuía la importancia de su personaje dentro del filme. Gavin abogó por un retorno al desenlace original de la novela de Rulfo y Velo accedió, aceptando una alteración que tendría el efecto de hacer innecesario el epígrafe de Calderón de la Barca y de abortar la *raison d'être* de su adaptación.[59]

Esta modificación, hecha a última hora, parece haber molestado en particular a Velo. Lo peor es que la escena que ahora da fin a la película y que debía consolidar el prestigio de Gavin resultó ser una de las más vituperadas de la cinta. García Riera, por ejemplo, parecía referirse a ella cuando sugirió que de todos los actores de la cinta "quien más parece un zombie es el apuesto y despistado intérprete de Pedro Páramo...".[60] Al final de la novela rulfiana, Abundio Martínez llega a la Media Luna y apuñala a su padre quien, sentado en su equipal, languidece ante la memoria de Susana San Juan. Gavin, para interpretar este momento clave, se levanta ensangrentado, extiende sus brazos hacia la distancia (como lo hacían los zombies de las películas mediocres de terror) y con su cuerpo rígido toma unos pasos tambaleantes antes de caer muerto con el cuerpo extendido en el suelo. La imagen se congela y

57 Para un análisis de la elección de John Gavin en el papel titular de *Pedro Páramo*, véase mi estudio "El *Casting* de *Pedro Páramo* (1966): acercamiento a un reparto cinematográfico", en Víctor Jiménez (coord.), *Pedro Páramo: 60 años*, Editorial RM-Fundación Juan Rulfo, México, 2015, pp. 171-182.

58 El énfasis que quería poner Velo en el hijo de Pedro Páramo se debía a su lectura de la novela rulfiana: "Me inquietaba sobre todo el tema de la búsqueda de la paternidad en 'Pedro Páramo', y sabía que el hito era tema de esa búsqueda que angustiaba a Juan Rulfo en lo personal y a mí en lo particular" (citado en Castillón Bracho, *Pedro Páramo*, p. 4).

59 Castillón Bracho, después de una conversación con el director, explicó la concesión hecha a Gavin de esta forma: "hubo que saltar tantos obstáculos de todas formas y tamaños que la carrera resultó más bien una odisea. Se hicieron concesiones, como la de una última adaptación a la altura de ciertas exigencias de John Gavin, a quien se le concedió el final de la película como en la novela: la escena de su muerte. En el guion que parecía definitivo, todo terminaba con la muerte de Juan Preciado sobre el cuerpo de su madre recién muerta. De esa manera la historia, vista a través del recorrido de Juan en busca de su padre, aparecía claramente en su imagnación [*sic*] y los hechos tomaban su lugar en el campo de la metafísica, como fenómenos fantasmagóricos de un atavismo. Así ocurre, en efecto, pero el final en honor de Gavin los hace menos claros" (*ibidem*).

60 *Historia documental*, p. 22.

aparece en la pantalla la palabra "Fin".[61] Siempre me ha decepcionado esta conclusión, que simplemente no se compara con el enigmático y arquetípico final que ofrece Rulfo de su rencoroso cacique. Aunque la falla más visible de la conclusión es la rigidez de la actuación de Gavin, su deficiencia es colectiva y pertenece a muchos. Ni la dirección de Velo ni la fotografía de Figueroa supieron representar el peso mítico de la muerte del protagonista rulfiano. Y aunque el guion reconoce la importancia poética de ese fallecimiento, no ofrece ninguna pista sobre cómo se debe llevar a cabo: "LA CÁMARA RETROCEDE, con la imponente figura de PEDRO PÁRAMO, luego SUBE RÁPIDA, cuando el cacique cae, con un golpe seco contra la tierra polvorienta, que suena como si se desmoronase un montón de piedras" (Escena 80, #303).

Velo resintió profundamente las consecuencias de su decisión de alterar la conclusión de su adaptación y es lógico pensar que el cineasta hubiese imaginado que la raíz de la fría recepción de su cinta fuera esa aquiescencia. Es posible que tenga razón Velo en esa percepción. Aunque a mí no me convence el deseo de Velo de representar el viaje de Juan Preciado como la imaginación de una mente enfebrecida, es probable que otros estuviesen de acuerdo con Velo. Me fascina, sin embargo, la penúltima escena del *script* (#81), que sigue a la que desarrolla la muerte de Pedro Páramo. Ubicada en el panteón de Comala, esta escena juega con los sonidos y los silencios y representa una conversación desde la tumba entre Juan y Dorotea. Es un diálogo de ultratumba que, según mi perspectiva, hace mucha falta en la película. La escena es alucinante y culmina en un paneo de la cámara que revela "las inscripciones en cantería rústica, corroídas por los años" de los nombres de Pedro Páramo, Susana San Juan, Miguel Páramo, Ana Rentería y Damiana Cisneros. Imagino que el lector del guion de *Pedro Páramo* (y del de *El gallo de oro*) encontrará en él otras interpretaciones de la obra rulfiana —filmadas o no, acertadas o no— que le llamen la atención.

Conclusión: "Mi guion no pude filmarlo"

Veinte años después del estreno de la primera adaptación de *Pedro Páramo*, Mitl Valdez volvió a la obra rulfiana con sus propias obsesiones fílmicas para dirigir *Los confines* (1987), una cinta que, a diferencia de la de Velo, gozaría de una recepción entusiasta. A pesar de esa aclamación, el director ha confesado la angustia que sentía al intentar traducir a la pantalla grande el mundo rulfiano (la cinta adapta "Diles que no me maten", "Talpa" y un segmento de *Pedro Páramo*). "Es muy difícil aproximarse a Rulfo", explicó Valdez. "Aunque

61 Esta interpretación la tomé prestada de mi artículo "El *casting* de *Pedro Páramo*", p. 180.

parezca contradictorio, la figura de Rulfo pesó mucho; mucha gente seguramente pensó que por ser una obra de Rulfo las tenía todas ganadas, porque me estaba apoyando en un escritor de gran prestigio. Pero no, fue justamente al revés".[62] Carlos Velo había sentido también ese peso y lamentaría el resto de su vida su falta de tino al tratar de igualar la complejidad y la riqueza de la fuente de su inspiración.

La mediocridad de *Pedro Páramo* no se debe, sin embargo, a la falta de preparación de su director, quien se entregó durante más de media década al proyecto. Velo convocó la ayuda de Carlos Fuentes, de Juan Rulfo, de Gabriel García Márquez y de muchos otros artistas de renombre para preparar y afinar hasta nueve versiones del libreto cinematográfico. Cuando se hizo obvia la frialdad de la crítica hacia su cinta, Velo se refugió en una fe inquebrantable en la calidad literaria de esa adaptación escrita. Si sólo hubiera podido filmar ese guion sin tantas intervenciones ajenas, imaginaba el director, sus preparativos no se habrían malogrado. Una comparación detallada de los dos textos —el escrito y el filmado— confirma en parte la opinión de Velo. Ciertamente, su guion sufrió numerosas alteraciones nocivas al ser traducido a la pantalla grande. Tal examen minucioso de ambos textos indica, sin embargo, que un rodaje que fuera más fiel al libreto no hubiese resuelto todos los problemas de la película.

No obstante, Velo expresó su deseo de ver publicado el libreto que tanto admiraba. "Algún día," explicó el cineasta, "publicaré mi guion y explicaré lo que nunca debe aceptar un realizador cuando está seguro de su obra".[63] Esta resolución del director, en combinación con la intervención de tantas figuras imponentes en la redacción de los *scripts* para *Pedro Páramo* y *El gallo de oro*, exige de los lectores y espectadores profesionales y aficionados de la narrativa y del cine latinoamericanos una revisión seria de los guiones en que se basaron las primeras adaptaciones de las dos novelas de Juan Rulfo. Además, es un placer, tantos años después del fallecimiento de Carlos Velo, ver finalmente publicado su guion.

62 Patricia Torres, "El cine por sus creadores: Mitl Valdez", Entrevista, *Dicine*, 41, septiembre de 1991, pp. 18-19.
63 Citado en García Riera, *Historia documental*, p. 23.

PEDRO PÁRAMO: EL GUION

(VERSIÓN DEFINITIVA, 1965)

C L A S A F I L M S M U N D I A L E S, S. A.
Presenta

" P E D R O P Á R A M O "
(" LOS MURMULLOS ")

Una película de

M A N U E L B A R B A C H A N O P O N C E

Novela original de
JUAN RULFO

Adaptación
CARLOS FUENTES
CARLOS VELO
MANUEL BARBACHANO

Fotografía
GABRIEL FIGUEROA

Dirección
C A R L O S V E L O

México - 1965

R E P A R T O

PEDRO PÁRAMO
SUSANA SAN JUAN
JUAN PRECIADO
FULGOR SEDANO
BARTOLOMÉ SAN JUAN
DAMIANA CISNEROS
EDUVIGES DYADA
DOLORITAS PRECIADO
ANA RENTERÍA
PADRE RENTERÍA
MIGUEL PÁRAMO
DOROTEA "LA CUARRACA"
ABUNDIO MARTÍNEZ
TILCUATE
CACARIZO
SALTAPERICO
FLORENCIO
CHACHA MARGARITA
TARTAMUDO
TORIBIO ALDRETE
MADRE PEDRO
MADRE VILLA

PEDRO NIÑO
SUSANA NIÑA
EDUVIGES NIÑA
MIGUEL NIÑO
PERSEVERANCIO
GALILEO
CASILDO
MAMERTO
JEFE REVOLUCIONARIO
LICENCIADO
TERENCIO
UBILLADO
JESÚS
ISAÍAS
MINERO JOVEN
CAPATAZ
SIXTINA
HOMBRE #1
HOMBRE #2
HOMBRE #3
MUJER #1
MUJER #2
MUJER #3

TIMOTEO RENTERÍA_ _ _ _ _ _ _ _ _ _ _ _ _ _ _
DOCTOR VALENCIA _ _ _ _ _ _ _ _ _ _ _ _ _ _ _
HIJA DE MARÍA _ _ _ _ _ _ _ _ _ _ _ _ _ _ _ _
CHONA _
JUEZ_ _
FOTÓGRAFO _ _ _ _ _ _ _ _ _ _ _ _ _ _ _ _ _ _
CABALLERANGO_ _ _ _ _ _ _ _ _ _ _ _ _ _ _ _ _
MAYORAL _ _ _ _ _ _ _ _ _ _ _ _ _ _ _ _ _ _ _
POSTILLÓN _ _ _ _ _ _ _ _ _ _ _ _ _ _ _ _ _ _
NOVIOS_ _ _ _ _ _ _ _ _ _ _ _ _ _ _ _ _ _ _ _
MONJAS_ _ _ _ _ _ _ _ _ _ _ _ _ _ _ _ _ _ _ _
SACRISTÁN _ _ _ _ _ _ _ _ _ _ _ _ _ _ _ _ _ _
SEPULTURERO _ _ _ _ _ _ _ _ _ _ _ _ _ _ _ _ _

DRAMATIS PERSONAE

PEDRO PÁRAMO, cacique de Comala. Nace en Comala en 1876, hijo del terrateniente Lucas Páramo y de doña Ángeles Vizcaíno. Lucas es asesinado y despojado en 1888. La madre y el hijo, temiendo por sus vidas, huyen a Contla, donde crece Pedro. Regresa a Comala en 1901 a reclamar su herencia. Se casa ese mismo año con Doloritas Preciado para obtener las tierras de Enmedio. De Doloritas tiene un hijo, Juan Preciado, al que nunca conoce. De sus múltiples hijos naturales, sólo hay evidencia de Miguel Páramo (madre ignota) y Abundio (hijo de la Chacha Margarita). En los años anteriores a la Revolución, crea su cacicazgo gracias al crimen, el despojo y el terror. La sede de su reinado local es la Media Luna. Sobrevive a la tormenta revolucionaria, acudiendo al soborno y la triquiñuela. Enamorado desde niño de Susana San Juan, logra traerla a la Media Luna en 1914. A la muerte de Susana en 1915, se cruza de brazos y condena al hambre toda la región. De joven es un hombre vigoroso, criollo típico, malicioso, con una pasión interna dominada por la dignidad. Viste trajes campestres de una gran sobriedad. Sus gustos personales son austeros, salvo en el amor, para el cual posee un apetito ilimitado. Al morir Susana, envejece de un golpe y su aspecto es de un hombre anciano, duro y amargo, aunque al morir, asesinado por su hijo Abundio en 1931, sólo cuenta con cincuenta y cinco años de edad.

SUSANA SAN JUAN, único amor de Pedro. Nace en el mineral del Oro, Zacatecas, en 1880. Hija de Bartolomé San Juan y Estefanía Foster. De niña, pierde a su madre y viaja con su padre de mina en mina. Conoce a Pedro Páramo en la infancia. En 1888 Bartolomé se traslada al mineral de La Andrómeda, en la Costa Grande de Jalisco, y allí crece Susana. Violada por su padre a la edad de 19 años, durante algunos meses es la amante del joven minero Florencio, antes de que éste sea asesinado por Bartolomé. Vive largos años en La Andrómeda sometida al capricho de su padre, hasta que las minas son expropiadas por la Revolución en 1913. Susana inicia una larga peregrinación con su padre, hasta que éste es convencido por Fulgor Sedano de que Pedro Páramo puede restituirle las minas de La Andrómeda. Llega a la Media Luna en 1914, enloquecida por el trato anormal del padre, la memoria del amor perdido y la dura vida de los minerales. En su locura, confunde el amor de Pedro con el de Florencio. Al final, asume la voluntad de morir para reunirse con Florencio y es enterrada en el cementerio de Comala en 1915, a la edad de treinta y cinco años.

BARTOLOMÉ SAN JUAN, padre de Susana. Nace en Nogales, Sonora, en 1854, hijo de un comerciante. Casa con la señora Estefanía Foster, vecina de Nogales, Arizona, y con ella inicia su vida de minero en diversas localidades de México. Estefanía muere poco después de dar a luz a Susana, hija única del matrimonio. Bartolomé viaja de mina en mina con su hijita, hasta instalarse en La Andrómeda durante veinticinco años. En 1913, es expropiado por la Revolución y lanzado con su hija, cada vez más pobre, a los viejos minerales agotados. La pobreza rinde su orgullo y acepta el ofrecimiento de Pedro Páramo en 1914. Pedro guarda a Susana y envía a Bartolomé a las minas abandonadas de La Andrómeda, donde Fulgor Sedano y sus hombres lo asesinan. Al morir, Bartolomé tiene 60 años. Magro y cejijunto, descuidado en el vestir, la edad sólo ha subrayado su aspecto de violenta soledad.

DOLORITAS PRECIADO, mujer legítima de Pedro. Nacida en Comala, 1877. Hija de los dueños de la Hacienda de Enmedio. Crece rodeada de todos los cuidados y prejuicios de una niñez. Es ya considerada una solterona cuando, en 1901, Pedro Páramo regresa a Comala y la toma en matrimonio a fin de hacerse de las tierras de Enmedio. Despreciada por Pedro, es enviada a vivir en Sayula en 1903 y allí da a luz a su hijo único, Juan Preciado. El resto de su vida es opaco y tranquilo. Muere en 1933, cuando la fiebre asoló a Sayula.

JUAN PRECIADO, hijo de Doloritas y Pedro Páramo, que nunca lo conoció. Nace en Sayula, 1903, donde es criado por su madre abandonada, dentro de las convenciones de la decencia empobrecida. Idéntico a su padre físicamente, espiritualmente es el hijo entero de Doloritas. Muere durante la fiebre de Sayula, 1933.

DAMIANA CISNEROS, ama de llaves de la Media Luna. Se desconoce la fecha de su nacimiento, pero no tiene más de veinticinco años cuando Fulgor Sedano la lleva a la Media Luna a servir al joven don Pedro. De origen indígena, posee las cualidades de resistencia y los defectos de pasividad de su raza. Se ocupa de lo que hay que ocuparse: criar a Miguelito, asistir a Doloritas en el parto, atender a Susana enloquecida, lo que los demás, demasiado ocupados con sus pasiones, no harían. Damiana es la única persona que acompaña hasta el final a Pedro Páramo. Al morir el cacique, se desconoce su destino y su fin.

FULGOR SEDANO, administrador de Pedro. Nacido en Comala, 1861. Hijo de peones, alcanza la confianza de Lucas Páramo, quien lo nombra administrador de las tierras. Al morir Lucas y huir la familia, malbarata las posesiones de los Páramo y se deja intimidar por los acreedores. Al regresar Pedro

Páramo, Fulgor se convierte en su brazo armado y adquiere su verdadera personalidad: ser la prolongación del cacique, ser alguien "por el poder que tiene atrás". Fulgor supera su carácter ancilar gracias al humor, la cazurrería y un verdadero amor a la violencia que sólo puede ejercitarse con el respaldo del cacique. Es asesinado por una banda de revolucionarios en 1914.

EDUVIGES DYADA, posadera de Comala. Nacida en Comala, 1873. Hereda de sus padres el mesón del pueblo. La profesión de mesonera le permite, desde joven, conocer los secretos del pueblo. Eduviges existe a través de la vida de Comala que pasa por sus patios y sus cuartos. Enamorada desde niña de Pedro Páramo, sólo logra amarlo, disfrazada, la noche de bodas de Doloritas, su íntima amiga. Muere por su propia mano, vieja y abandonada, en 1928.

MIGUEL PÁRAMO, hijo natural de Pedro Páramo y madre desconocida. Pedro lo trae a vivir a la Media Luna en 1901, cuando el muchacho parece tener diez años. El padre lo forma a su propia imagen, exagerando los rasgos pendencieros y eróticos. Miguel asesina a don Timoteo Rentería, hermano del cura de Comala, en 1913 y seduce a su hija Ana. Muere ese mismo año, cuando su caballo no libra la barda levantada por su padre en el camino a Sayula.

ANA RENTERÍA, sobrina del cura de Comala. Nacida en Guadalajara, 1895. Queda huérfana en 1912, cuando Miguel Páramo asesina a su padre don Timoteo. Permanece en Comala con su tío el padre Rentería y es seducida por Miguel Páramo. Se convierte en la solterona del pueblo y acompaña al cura en 1928 al levantamiento de los cristeros, donde muere atravesada por una bala. Es la mujer en eterna espera, que al cabo se une a la violencia para creer que existe.

DOROTEA "LA CUARRACA", mendiga y conseguidora. Fechas de nacimiento y muerte desconocidas. Esconde el drama de su esterilidad detrás de una perpetua payasada trágica. Dedicada en apariencia a la mendicidad, su verdadera fuente de ingresos es la procuración. Su máximo éxito local es haber entregado a Ana Rentería en manos de Miguel Páramo, asesino del padre de aquella. Y su máxima bufonada haber revelado en el confesionario al padre Rentería las relaciones entre Miguel y Ana. Pintarrajeada, gritona, cruel, Dorotea no posee edad o rostro: es una máscara.

PADRE RENTERÍA, cura de Comala y tío de Ana. Nacido en Guadalajara, 1856. Hace un seminario brillante pero es enviado al pequeño pueblo de Comala, donde para subsistir debe someterse a la voluntad de los Páramo. Su venganza histórica consiste en ir a la rebelión de los cristeros para justificar su ministerio olvidado. Después de dar sepultura a su sobrina Anita en Comala, es ahorcado por el Gobierno en Zapotlán, 1929.

ABUNDIO MARTÍNEZ, arriero, hijo de Pedro Páramo y la Chacha Margarita. Nace en Comala, 1903. Nunca es reconocido por Pedro. Vive pobremente con su concubina, la Cuca Refugio. Al morir ésta, pide socorro a su padre para el entierro. Pedro se lo niega y Abundio asesina a su padre a cuchilladas. Huye de la policía y cae muerto en el monte, 1931.

SALTAPERICO, curandero y farsante de edad indefinida, se dedica a "provocar sueños" a fin de introducirse en las recámaras de las mujeres.

FLORENCIO, minero joven y único amor de Susana. Nace y muere en el mineral de La Andrómeda, 1881-1901.

MADRE VILLA, dueña de un expendio de Comala, la mujer más vieja del pueblo, huye de él al morir Pedro Páramo y ella misma fallece en México, D.F., en 1940, donde es conocida como herbolaria. Su nombre de respeto es Doña Inés de Villalpando.

TILCUATE, revolucionario, esbirro de Pedro Páramo.

JEFE REVOLUCIONARIO, del Centro.

LICENCIADO, General revolucionario del Norte.

PERSEVERANCIO
CASILDO — Revolucionarios.
MAMERTO

CACARIZO, lugarteniente de Fulgor Sedano.

TARTAMUDO, otro lugarteniente de Fulgor Sedano.

TORIBIO ALDRETE, terrateniente.

GALILEO ARÉCHIGA, ranchero.

CHACHA MARGARITA, rancherita amante de Pedro.

TERENCIO
UBILLADO — Peones de la "Media Luna".
ISAÍAS
JESÚS

MINERO JOVEN, del mineral "La Mascota".

MADRE de Pedro Páramo.

CAPATAZ, minero de "La Andrómeda".

SIXTINA CISNEROS, hermana de Damiana.

LA "CHONA", criada madre de Abundio.

DOCTOR VALENCIA, médico de Comala.

TIMOTEO RENTERÍA, padre de Ana.

PEDRO PÁRAMO NIÑO (12 años).

SUSANA SAN JUAN NIÑA (10 años).

EDUVIGES NIÑA (15 años).

MIGUEL PÁRAMO NIÑO (10 años).

Campesinos, peones, vaqueros, mayorales, viajeros, postillones, mineros, yaquis, soldaderas, plañideras, monjas, "Hijas de María", monaguillos, titiriteros, mariachis, bandas y pelotones revolucionarios y las gentes o las voces del pueblo de Comala.

Época de la Revolución.   Lugar: Los Llanos de Jalisco.

Idos, sombras, que fingís
hoy a mis sentidos muertos
cuerpo y voz, siendo verdad
que ni tenéis voz ni cuerpo;
que, desengañado ya,
sé bien que la vida es sueño.

CALDERÓN DE LA BARCA
(1600 - 1681)

E S C E N A: 1 (REAL)
INTERIOR. RECÁMARA DOLORITAS SAYULA. (NOCHE)

1 CLOSE-UP DOLLY-BACK: DOLORITAS y JUAN

Abre la película con un GRAN ACERCAMIENTO a la mano seca, arrugada, de DOLORITAS PRECIADO. Los dedos exangües se alargan suplicantes sobre la colcha bordada. La mano joven de JUAN PRECIADO acaricia a su madre en señal de que cumplirá la promesa. Luego, las manos de DOLORITAS se enlazan con las de su hijo, y tiemblan.

DOLORITAS
—Ve a Comala, Juan... Allá vive tu padre. Es buen aire para curar tus fiebres.

JUAN
—Así lo haré, madre.

La CÁMARA RETROCEDE buscando, sobre el camastro antiguo de cobre dorado y mosquiteros, las facciones de DOLORITAS, que fueron bellísimas y ahora, aun demacradas por el dolor, logran esbozar una mueca amarga, una última sonrisa, que se quiebra en tristeza terrible.

DOLORITAS
—No vayas a pedirle nada. Exígele lo nuestro. Lo que estuvo obligado a darme y nunca me dio. El abandono en que nos tuvo, mi hijo, cóbraselo caro.

2 MEDIUM CLOSE-UP: JUAN

La CÁMARA, personificando a DOLORITAS, encuadra el rostro juvenil de JUAN, con la mirada enfebrecida, fija en la madre agonizante, como si quisiera no perder un solo gesto del misterioso tránsito entre la vida y la muerte.

JUAN
—Así lo haré, madre. Si me alcanzan las fuerzas.

3 BIG CLOSE-UP: MANOS DOLORITAS y JUAN

Las manos entrelazadas de la madre se contraen y JUAN no puede zafar las suyas. En la voz moribunda crece el estertor para cortarse, bruscamente, con la muerte.

DOLORITAS
—No dejes de buscarlo... Le dará gusto conocerte. Se llama... Pedro Páramo.

E S C E N A: 2 (IRREAL)

EXTERIOR. CAMINO EN EL LLANO. (DÍA)

4 EXTRA LONG SHOT: JUAN

Bajo la reverberación del sol, la llanura gris. Más allá, la línea de montañas se perfila sobre el cielo blanco lechoso, sin nubes.

Por el llano en llamas avanza la minúscula figura de JUAN, con su itacate y su jorongo.

EXTERIOR. ENCRUCIJADA EN EL LLANO. (DÍA)

5 LONG GRÚA SHOT: JUAN

En la gran lejanía, la soledad de un cruce de caminos polvosos. Llega JUAN. Deteniéndose frente a CÁMARA, mira el horizonte con el rostro fatigado y saca del morral el viejo retrato en óvalo de su madre, carcomido en los bordes y lleno de alfilerazos de brujerías.

6 BIG CLOSE-UP: RETRATO DOLORITAS (MATCHING PLANO)

Vestida de novia, mira fijamente, con la sonrisa más triste del mundo.

VOZ JUAN (F. de C.)

—Madre: siempre viviste suspirando por Comala, pero jamás volviste. Ahora vengo yo, en tu lugar y traigo los ojos con que tú miraste las cosas.

7 CLOSE SHOT DOLLY: JUAN

Guarda el retrato y sigue su camino hacia la encrucijada, tratando de distinguir la ruta de Comala, cuando un campanazo sordo lo paraliza, haciéndole voltear la cara.

8 FULL GRÚA SHOT: ABUNDIO y JUAN

De una espesa tolvanera surge el arriero ABUNDIO, vestido de manta y cubierto de polvo blanco. Detrás una pequeña recua de burros blancos, llenos también del mismo polvo espeso y viejo. Tres campanadas sordas, funerarias, acompañan al arriero hasta que se detiene frente a JUAN quien se toca el sombrero en señal de saludo.

JUAN
—¿A dónde va usted?

El arriero indica con la mano el suelo polvoriento.

ABUNDIO
—Voy para abajo, señor.

JUAN
—¿Conoce un lugar llamado Comala?

ABUNDIO
—Para allá mismo voy.

9 TWO SHOT DOLLY LATERAL: ABUNDIO y JUAN

ABUNDIO continúa su camino al son sordo del esquilón de la recua y JUAN lo sigue, tratando de emparejar su paso.

JUAN
—Hace calor aquí.

ABUNDIO
—Esto no es nada. Ya lo sentirá más fuerte cuando lleguemos a Comala. Aquello está sobre las brasas del infierno. Con decirle que muchos de los que allí se mueren, al llegar a los profundos, regresan por su cobija.

El camino cubierto de polvo calcáreo, desciende abruptamente y a los dos caminantes parece que se los traga un ardiente remolino de tierra.

10 MEDIUM CLOSE-UP: BURROS

Los ojos de los burros reventados por el calor. Una saliva blanca escurre por sus belfos.

E S C E N A: 3 (IRREAL)
EXTERIOR. CAMINO EN BAJADA. (DÍA)

11 TWO SHOT DOLLY LATERAL: ABUNDIO y JUAN

JUAN sigue a ABUNDIO cuesta abajo oyendo el trote rebotado de los burros. Van tan pegados que casi se tocan los hombros.

ABUNDIO
—¿Y para qué va a Comala?

JUAN
—Voy a ver a mi padre.

ABUNDIO
—¡Ah! Sea usted quien sea, se alegrará de verlo después de tantos años que nadie viene por aquí... ¿Y qué trazas tiene su padre, si se puede saber?

JUAN
—No lo conozco. Sólo sé que se llama Pedro Páramo.

12 LONG SHOT PANNING: TIERRAS "MEDIA LUNA" (SUG. ABUNDIO)

ABUNDIO se detiene y señala con la mano el paisaje. La CÁMARA recorre el panorama, lentamente.

ABUNDIO
—¿Ve aquel terrenal? Pues, el caso es que nuestras madres nos malparieron en un petate, aunque todo eso es de Pedro Páramo.

13 TWO SHOT: JUAN y ABUNDIO

JUAN se ha acercado y al girar, siguiendo la mano de ABUNDIO, parece marearse, afiebrado.

JUAN
—Agua... ¿No tiene agua?

ABUNDIO descuelga su guaje y lo pasa a las manos ansiosas de JUAN que empina el guaje sobre su boca, pero no sale ni una gota. Tiene los labios secos. Lo devuelve y sigue al arriero, sin comprender bien.

ABUNDIO
—Sí, nomás que es agua vieja.

E S C E N A: 4 (IRREAL)

EXTERIOR. CAMINO AFUERAS COMALA ABANDONADO. (DÍA)

14 CLOSE SHOT: CORRECAMINOS

Brincando sobre el polvo, un pájaro cruza y desaparece en vuelo rapidísimo.

JUAN
—¿Qué pasó por aquí?

ABUNDIO
—Un correcaminos. Así le dicen a esos pájaros.

15 LONG SHOT COMALA: ABUNDIO y JUAN

A través de un portón descascarado, los muros derruidos de las primeras casas reverberan al sol. Sobresale un torreón, algunos techos pardos. ABUNDIO detiene su recua y JUAN lo alcanza.

JUAN
—No, yo preguntaba por el pueblo que se ve tan triste.

ABUNDIO
—Son los tiempos, señor...

ABUNDIO (continúa)
—Bueno. Yo vivo más allá. Si quiere venir, será bien recibido. Ahora, que si se quiere quedar...

16 FULL SHOT: ABUNDIO

ABUNDIO da la espalda a JUAN y comienza a alejarse.

ABUNDIO (volteando)
—Busque a Doña Eduviges Dyada, si es que vive todavía. Dígale que va de mi parte.

17 CLOSE SHOT: JUAN y ABUNDIO

La esperanza de una respuesta clara ilumina el rostro de JUAN.

JUAN
—¿Y Pedro Páramo...?

ABUNDIO chicotea con rabia los lomos blancos de los burros y sigue su camino.

ABUNDIO
—Pedro Páramo es un rencor vivo.

18 LONG SHOT: ABUNDIO y JUAN

Suena la campana sorda. ABUNDIO y su recua se pierden entre el polvo.

JUAN (gritándole)
—¿Y usted, quién es?

ABUNDIO (lejos)
—Abundio, un hijo de... Pedro...Pá...ra...mo...

E S C E N A: 5 (IRREAL)

EXTERIOR. CALLE ABANDONADA MESÓN EDUVIGES COMALA. (NOCHE)

19 LONG GRÚA SHOT: JUAN

El crepúsculo alarga las sombras cuando JUAN entra a Comala. Sus pisadas caen estruendosas sobre el empedrado de la calle solitaria. Fachadas ennegrecidas, puertas desportilladas, ventanas abiertas en casas vacías, de techos vencidos y derrumbados. JUAN camina, tratando de reconocer el pueblo soñado por su madre.

VOZ DOLORITAS

—"Comala... Mi pueblo, levantado sobre la llanura, como una alcancía donde hemos guardado nuestros recuerdos. Allí hallarás mi querencia, hijo. Un pueblo que huele a pan recién horneado y a miel derramada".

La voz de DOLORITAS, secreta, como si hablara consigo misma, contrasta con la desolación de la calle sin árboles, áspera y rota.

JUAN (murmura)

—¿A dónde me mandaste, madre?

Una noche rápida y misteriosa oscurece el rostro de su hijo.

VOZ DOLORITAS

—"Al lugar que yo amé. Donde quisiera vivir para la eternidad".

EXTERIOR. PATIO ABANDONADO MESÓN EDUVIGES COMALA. (NOCHE)

20 MEDIUM LONG GRÚA SHOT: JUAN y EDUVIGES

Enfrente está el arruinado mesón del pueblo, con el portón desprendido de su marco. Sobre el negro fondo del patio, un bulto blanco se adelanta con pasos mudos, deteniéndose en el quicio del portón. Lleva un vestido blanco muy antiguo recargado de olanes, y un rebozo también blanco, colgado de sus brazos. Del alto cuello, abotonado hasta la quijada, cuelga un cordón y un escapulario de María Santísima "REFUGIO DE PECADORES". Su mano sarmentosa se extiende en la oscuridad, deteniendo a JUAN.

EDUVIGES (queda)

—¡Buenas noches! Pase usted.

JUAN se acerca lentamente. El rostro arrugadito de EDUVIGES DYADA parece de marfil, su pelo blanco se aplasta sobre las sienes y mejillas marchitas.

21 FULL DOLLY SHOT: EDUVIGES y JUAN

Conservando su distancia, EDUVIGES atraviesa el patio, seguida por JUAN, hacia la puerta del mesón.

EDUVIGES
—Ella no me avisó sino hasta ahora.

JUAN
—¿Quién... ?

EDUVIGES
—Doloritas. Me dijo que usted llegaría hoy.

JUAN, sorprendido, se detiene frente al umbral, pero EDUVIGES se voltea y con triste sonrisa, lo invita a pasar. JUAN la sigue como imantado.

JUAN
—¿Quién? ¿Mi madre?

EDUVIGES
—Sí. Yo soy Eduviges Dyada. Entra, Juan Preciado.

E S C E N A: 6 (IRREAL)

INTERIOR. PASILLO ABANDONADO MESÓN EDUVIGES COMALA. (NOCHE)

22 CÁMARA EN RUEDAS: EDUVIGES y JUAN

En la oscuridad del angosto pasillo sólo se distingue la silueta de la mujer que alza un quinqué encendido y avanza con pasos leves. Los fulgores inciertos de la lámpara revelan bultos, mecedoras, mesas, camastros, trastos de cocina, aperos de labranza, sillas de montar, montones de ropa vieja. EDUVIGES y JUAN, seguidos por la CÁMARA, llegan frente a una puerta que EDUVIGES abre en silencio y entran.

EDUVIGES
—Tengo la casa toda entilichada. La escogieron para guardar sus cosas los que se fueron con intenciones de volver y después parecieron olvidarse del pueblo, de nosotros, y hasta de sus cosas... Pero, aquí está el cuarto que te separé...

INTERIOR. RECÁMARA ABANDONADA MESÓN EDUVIGES COMALA. (NOCHE)

23 PANNING 360°: JUAN y EDUVIGES

JUAN mira alrededor del cuarto vacío. Ni un mueble, ni un cuadro. Sólo un aguamanil chueco, el marco oxidado de un espejo sin cristal y junto a él una alcayata oxidada. En el muro del fondo hay una puerta, sólidamente tapiada con adobes.

EDUVIGES (continúa)
—... Lo tengo siempre descombrado por si alguien viene. Luego arreglaré tu cama. Necesitas un descanso y el sueño es muy buen colchón.

24 FULL SHOT: JUAN y EDUVIGES

Ella gira, como danzando, alrededor de JUAN, que se acerca a la puerta tapiada, como si buscara apoyo para su cansancio.

EDUVIGES, con el quinqué en la mano, parece flotar en el aire mientras habla. La voz monótona, flemosa, descascarada, de la anciana, va hipnotizando a JUAN.

EDUVIGES
—¿Y a ti, quién te platicó de mí?

JUAN
—El arriero que me trajo hasta Comala. Un tal Abundio.

EDUVIGES
—El bueno de Abundio. ¿Así que todavía me recuerda? Yo le daba sus propinas por cada pasajero. Era un gran

platicador. Después no. Dejó de hablar, porque le tronó muy cerca de la cabeza uno de esos cohetones que usamos aquí para espantar las trombas de agua. Decía, que para qué hablar cosas que él no oía.

JUAN
—Éste que yo vi, oía bien.

EDUVIGES
—No debe ser él. Además, Abundio ya murió.

25 MEDIUM SHOT: JUAN y EDUVIGES CÁMARA BAJA

JUAN se escurre por la puerta tapiada hasta sentarse en el piso. Los párpados le pesan como plomo.

JUAN
—Vivo o muerto me dijo: "Sea usted quien sea, se alegrará de verlo".

EDUVIGES
—¿Quién?

JUAN
—Mi padre... Mañana debo encontrarlo.

26 LONG a MEDIUM SHOT: EDUVIGES y JUAN. CÁMARA ALTA

EDUVIGES deja la lámpara en el aguamanil y se acerca sigilosamente a CÁMARA, mientras desde el fondo JUAN la sigue con la mirada, esperanzado. La extraña mujer llega al umbral e inclina la cabeza para otear el pasillo. Entonces, circundando su cuello aparece una cicatriz, cuando la CÁMARA GIRA y descubre el pasillo.

EDUVIGES
—Pedro Páramo no podrá negarte. ¡Hasta te pareces a él!

JUAN
—¿Usted lo conoce, doña Eduviges?

EDUGIVES
—¿Cómo no... ?

E S C E N A: 7 (REAL)

INTERIOR. PASILLO MESÓN EDUVIGES COMALA. (DÍA)

27 MEDIUM a LONG SHOT: EDUVIGES NIÑA. CÁMARA ALTA

Vestida de blanco, recargada de olanes y jugando con su rebozo blanco, la NIÑA EDUVIGES corre sus doce abriles por el pasillo de la casa paterna, ahora ordenado, limpio, y sale saltando por la puerta del patio, al encuentro con la luz, los gritos y las risas infantiles.

VOZ EDUVIGES

—... Ahorita mismo voy a jugar con él, en el río.

E S C E N A: 8 (REAL)

EXTERIOR. RÍO COMALA. (DÍA)

28 MEDIUM SHOT: PEDRO NIÑO y EDUVIGES NIÑA

Dorado por el sol, PEDRO PÁRAMO NIÑO, de doce años, enfurecido, rechaza con violencia a EDUVIGES NIÑA, que cae sobre el pasto sorprendida.

EDUVIGES NIÑA (F. de C.)
—¿Jugamos, Pedrito?

PEDRO NIÑO
—¡Contigo no, Eduviges!

29 FULL SHOT: PEDRO NIÑO y SUSANA NIÑA

Clavándose en el agua del río, PEDRO asusta a SUSANA SAN JUAN NIÑA, de 12 años, sumergida hasta el cuello, con las trenzas sujetas con juncos floridos. El niño se queda bajo el agua.

30 MEDIUM CLOSE SHOT: SUSANA y PEDRO NIÑOS

SUSANA lo busca. El niño permanece sumergido.

SUSANA NIÑA
—¡Pedro! ¡No me asustes! ¡Saca la cabeza, Pedro Páramo!

PEDRO emerge de repente, al lado de SUSANA, con gran alharaca.

PEDRO NIÑO
—¡Búuuu!... ¡Búuuu!

SUSANA grita asustada, luego ríe. PEDRO le tira del pelo, intentando sumergirla. Ella le contesta con un manotazo de agua.

SUSANA NIÑA
—No, ya te dije que me da miedo.

31 CLOSE TWO SHOT: PEDRO NIÑO y SUSANA NIÑA

PEDRO se sumerge. Burbujea alrededor, mientras PEDRO nada debajo del agua, pero SUSANA sale del río y cuando PEDRO emerge, SUSANA ya está vestida, riéndose, en la ribera.

32 SHOT SUBACUÁTICO: SUSANA NIÑA

LA CÁMARA, PERSONIFICANDO a PEDRO, gira alrededor del cuerpo de SUSANA.

33 FULL SHOT-PANNING: SUSANA NIÑA y PEDRO NIÑO

SUSANA echa a correr burlándose de PEDRO, que a toda prisa sale del agua para alcanzarla.

SUSANA NIÑA
—Si quieres, juega con Eduviges.

34 FULL SHOT: EDUVIGES NIÑA

EDUVIGES da la espalda, con un mohín, a la CÁMARA.

PEDRO NIÑO (F. de C.)
—Ésa ya no me gusta.

EXTERIOR. COLINA COMALA. (DÍA)

35 LONG SHOT PANNING CLOSE DOLLY-BACK: SUSANA y PEDRO NIÑOS

El papalote sube al cielo. Abajo SUSANA y PEDRO corren juntos con el hilo de cáñamo entre las manos.

PEDRO NIÑO
—¡Ayúdame!

36 CLOSE-UP DOLLY-BACK: SUSANA y PEDRO NIÑOS

Las manos de SUSANA se aprietan sobre las de PEDRO reteniendo el hilo. La CÁMARA SUBE a sus caras, muy juntas, mientras corren mirando a lo alto. PEDRO voltea y accidentalmente acerca su boca a los labios perlados de sudor de SUSANA. De pronto, la pendiente inesperada los hace rodar por el pasto, arrastrando el ovillo de cáñamo que se rompe.

PEDRO NIÑO
—¡Suelta más hilo!

37 TWO SHOT: PEDRO Y SUSANA NIÑOS

PEDRO y SUSANA abrazados por la caída, sobre la hierba, miran en el cielo al papalote fracasado.

PEDRO NIÑO
—No te apures. Mañana te traeré otro mejor.

SUSANA NIÑA
—Mañana me voy del pueblo.

PEDRO la mira confuso por un instante y en seguida ríe.

PEDRO NIÑO
—Tú siempre inventas cosas.

SUSANA NIÑA
—Es de veras. Me voy con mi papá.

PEDRO NIÑO
—¡Yo no te dejaré ir, y ya!

SUSANA se ríe. Inesperadamente besa a PEDRO en los labios y se levanta rápida, justo en el momento que…

38 FULL SHOT: BARTOLOMÉ

Al filo de la loma, aparece la figura de BARTOLOMÉ SAN JUAN, vestido con botas mineras y pantalón kaki, arriando un burro cargado de picos, lámparas y bolsas de lona.

BARTOLOMÉ
—¿Qué haces ahí, mocosa? ¡Ya te advertí que no andes jugando por aquí y menos con ése! ¡Vente a ayudarme, que mañana salimos temprano!

39 FULL SHOT: SUSANA Y PEDRO NIÑOS

SUSANA se levanta rápida y asiente con la cabeza. PEDRO permanece quieto, con el ovillo del papalote entre las manos.

SUSANA
—¿Ves? Te lo dije.

PEDRO NIÑO
—¿Cuándo regresas, Susana... ?

SUSANA se voltea hacia PEDRO, con expresión de crueldad risueña y sale corriendo.

SUSANA
—Nunca.

E S C E N A: 9 (REAL)

EXTERIOR-INTERIOR. EXCUSADO CORRAL MEDIA LUNA. (DÍA)

40 LONG SHOT: NUBES y TEJADO. (LLUVIA). CÁMARA BAJA

Por la ventila de la caseta, las nubes recorren un trozo de cielo plomizo y la lluvia de tormenta rebosa de las tejas.

VOZ PEDRO NIÑO
—¿Dónde te escondiste, Susana?

41 CLOSE TOP SHOT: PEDRO NIÑO

PEDRO NIÑO (Voz Int.)
—No puedo verte. No te oigo. ¿Dónde estás?

Sentado en la tabla del rústico excusado PEDRO, con la cabeza erguida y los ojos extáticos, contempla el trozo de cielo donde rebota, monótona, la lluvia.

MADRE PEDRO (F. de C.)
—¿Qué tanto haces ahí, muchacho?

PEDRO endereza la cabeza.

PEDRO NIÑO
—Nada, mamá.

MADRE PEDRO (F. de C.)
—Va a salir una culebra y te va a morder.

PEDRO dobla la cabeza, encajándola entre sus manos.

PEDRO NIÑO
—Sí, mamá.

42 CLOSE SHOT: PEDRO NIÑO y MADRE. CÁMARA BAJA

En primer término, la cabeza de PEDRO doblada entre sus manos, con los ojos cerrados. Al fondo, el claro de las puertas de la caseta zancona permite ver las gallinas picoteando las lombrices desenterradas por la lluvia y los pies de la MADRE que llega y abre la puerta. PEDRO alza la vista asustado y mira a su mamá.

PEDRO NIÑO (Voz Int.)
—Vuelve, Susana... Vuelve...

MADRE PEDRO (F. de C.)
—¿Por qué tardas en salir? ¿Qué haces?

PEDRO NIÑO
—Estoy pensando.

43 MEDIUM SHOT: MADRE PEDRO

De pie en el umbral. Su cuerpo cubre la luz asperjada del corral. El rostro borroso. Atrás la tormenta ha cesado y las tejas escurren las últimas gotas brillantes de la lluvia.

MADRE PEDRO
—¡Tú y tus rarezas! Siento que te va a ir mal, Pedro Páramo.

E S C E N A: 10 (REAL)

INTERIOR. RECÁMARA PEDRO NIÑO MEDIA LUNA. (NOCHE)

44 PANNING CIRCULAR DOLLY-IN: MADRE y PEDRO NIÑO

LA CÁMARA PANNEA el ámbito oscuro de la recámara, donde duermen PEDRO y su MADRE. Se oyen ruidos confusos de portazos, luego tintineo de espuelas que se acercan. Cuando la CÁMARA AVANZA sobre la puerta, unos golpes secos llaman.

45 CLOSE SHOT TILTING FULL SHOT: PEDRO NIÑO, MADRE y FULGOR

PEDRO NIÑO acostado en su cama se desamodorra, abre un poco los ojos y los vuelve a cerrar fingiéndose dormido.

FULGOR (F. de C.)
—Le despedazaron la cara al patrón...

LA CÁMARA SE ALZA y ENCUADRA a FULGOR SEDANO, embarrado de lodo y sudor, con el sombrero en las manos, hablando con la MADRE a la puerta de la recámara.

FULGOR (continúa)
—... Se quedó allí, tirado en el mero cerro de Vilmayo, con un ojo roto y otro abierto. Nomás mirando. Como vengativo. Los criminales asesinos no dejaron rastro.

La silueta de la mujer voltea y avanza hacia su hijo. Al contraluz del umbral no se distinguen sus facciones.

MADRE PEDRO
—Despierta.

FULGOR
—El difunto don Lucas se fue muy adeudado, señora.

PEDRO sigue con los ojos cerrados. El rostro borroso, sin rasgos, de su MADRE, se inclina sobre él, con su voz quebrada, deshecha, sólo unida por el hilo del sollozo.

MADRE PEDRO
—Levántate. ¡Han matado a tu padre!

46 BIG CLOSE-UP: PEDRO NIÑO

Los ojos atónitos del niño se abren, mirando a su mamá.

PEDRO NIÑO (Voz Int.)
—¿Y a ti quien te mató, madre?

E S C E N A: 11 (IRREAL)

INTERIOR. RECÁMARA ABANDONADA MESÓN EDUVIGES COMALA. (NOCHE)

47 BIG CLOSE-UP: JUAN. CÁMARA ALTA

Que mira, desde el suelo, hacia EDUVIGES, con una mirada semejante a la de PEDRO NIÑO.

EDUVIGES (F. de C.)
—Y a propósito... ¿Qué es de tu madre?

JUAN
—Cuando vinieron las fiebres que asolaron Sayula, todos enfermamos, y ella en un suspiro se nos fue.

48 MEDIUM CLOSE SHOT: JUAN y EDUVIGES. CÁMARA BAJA

Viniendo de la puerta, EDUVIGES se inclina sobre JUAN, con aire confidencial. El escapulario "Refugio de Pecadores" le cuelga del pecho. JUAN, completamente desfallecido, se recarga contra la puerta tapiada.

EDUVIGES
—Pobre Doloritas. Entonces, esa fue la causa de que su voz se oyera tan débil como si hubiera tenido que atravesar una distancia muy larga para llegar hasta aquí... Quizás por eso, tú te ves muy pálido.

JUAN
—¡Estoy cansado, doña Eduviges!

EDUVIGES
—Pues cobíjate con tu jorongo y descansa.

JUAN
—¿No tendría usted un bocado? ¿Algo de algo?

49 FULL SHOT: EDUVIGES y JUAN. CÁMARA ALTA

EDUVIGES da la vuelta, separándose de JUAN y camina presurosa hacia la puerta de la recámara.

EDUVIGES
—Sí, mi hijo. Hoy tengo que mandarles sus bastimentos a los mineros de La Andrómeda, y algo ha de sobrar para nosotros.

E S C E N A: 12 (REAL)

EXTERIOR. CASA GRANDE "LA ANDRÓMEDA". (DÍA)

50 MEDIUM CLOSE DOLLY: SUSANA y MINEROS

Las manos y los brazos desnudos de SUSANA SAN JUAN, ahora de 20 años. SUSANA camina por la huerta, entre hamacas y chillidos de guacamayas. Por el sendero del fondo pasan los mineros: rostros oscuros bajo los cascos, manos ennegrecidas, picas y lámparas. SUSANA se detiene y sonriendo, provocativa, los ve pasar. De lejos, llega un son tropical.

51 MEDIUM DOLLY SHOT: BARTOLOMÉ, CAPATAZ, SUSANA y FLORENCIO

Tumbado en una hamaca, BARTOLOMÉ SAN JUAN juguetea con un pedazo de piedra entre las manos, vigila a su hija y le grita:

BARTOLOMÉ
—¡Susana! ¡Ven acá!

Lanzando la piedra al CAPATAZ que la alcanza al vuelo, ordena:

BARTOLOMÉ (al capataz)
—Que le den un baño de agua regia y así averiguamos si es platino. Aunque sería demasiada suerte.

EL CAPATAZ saluda y se aleja, mientras SUSANA camina con desgano.

BARTOLOMÉ (a Susana)
—Ve tomando las porciones para la Casa Grande.

LA CÁMARA GIRA y descubre al minero FLORENCIO, costeño típico, de unos veinte años, que descargándolos de un caballo sudoroso, termina de amontonar los sacos del bastimento cerca de la hamaca. SUSANA, que ha alcanzado unos botes, se agacha, afanándose por deshacer el cordel de un saco de harina. FLORENCIO se hinca frente a ella para ayudarla.

BARTOLOMÉ (a Florencio)
—¿Qué se dice en Comala?

FLORENCIO
—Nada, don Bartolomé...

52 MEDIUM CLOSE: SUSANA, FLORENCIO y BARTOLOMÉ. CÁMARA BAJA

El nudo se resiste y el cuello del vestido de SUSANA, deja ver la división de los pechos perlada de sudor. FLORENCIO la ayuda y SUSANA sonríe, retirando sus manos del contacto con las del joven.

FLORENCIO (continúa)
—Aquello está muerto. Yo prefiero la Costa Grande, donde la gente es más noble y menos miedosa.

BARTOLOMÉ, desde la hamaca, los observa con disimulo. Al fin, FLORENCIO desata el mecate y SUSANA, acercando uno de los botes, recibe la harina que FLORENCIO, con una pala de cocina comienza a vaciar. SUSANA le agradece la ayuda con una mirada, y se levanta alzando el bote de la harina.

BARTOLOMÉ
—No creas. La gente tiene podrida el alma en todas partes.

BARTOLOMÉ (a Susana)
—Que lleven los bastimentos a la tienda de raya.

53 FULL SHOT: BARTOLOMÉ, FLORENCIO, SUSANA y PEONES

BARTOLOMÉ brinca de la hamaca enfrentándose a FLORENCIO.

BARTOLOMÉ (a Florencio)
—Va a ser necesario reforzar la galería sur de la Andrómeda. Ve a la mina, donde es tu lugar.

Llegan dos PEONES que levantan los avíos.

FLORENCIO alza su guitarra, un casco de minero y se aleja sin comentarios. Al fondo SUSANA entra en la Casa Grande.

FLORENCIO
—Como usted mande, señor San Juan.

E S C E N A: 13 (REAL)

INTERIOR. RECÁMARA SUSANA CASA GRANDE "LA ANDRÓMEDA". (ATARDECER)

54 FULL DOLLY a CLOSE-UP: SUSANA y BARTOLOMÉ

Las estrofas de la canción, mezcladas con rumores de insectos y gritos aislados de changos, invaden la recámara donde con ventanas y puertas abiertas, SUSANA duerme la siesta bajo el mosquitero. BARTOLOMÉ llega del fondo.

BARTOLOMÉ aparta las gasas y la mira un momento. SUSANA se despereza.

SUSANA
—Regresó usted muy temprano de la mina.

BARTOLOMÉ
—No tengo ganas de trabajar...

BARTOLOMÉ (continúa)
—Estás creciendo, Susana. Aquí las niñas se hacen mujeres de repente.

SUSANA se cubre con la sábana. La CÁMARA AVANZA hasta el rostro curtido, barba descuidada y ojos endurecidos del minero, que dice las últimas palabras saliendo.

SUSANA
—¿Qué quiere usted, padre?

BARTOLOMÉ
—Estoy muy solo... pero no importa. Eres delgadita y fuerte. Vístete. Tienes que ayudarme.

EXTERIOR-INTERIOR. TIRO MINA ABANDONADA "LA ANDRÓMEDA". (NOCHE)

55 TOP SHOT: SUSANA

SUSANA baja colgada de una soga, que le lastima la cintura y sangra sus manos.

56 DOWN SHOT: BARTOLOMÉ

Desde arriba, parado sobre unos tablones astillados, BARTOLOMÉ

BARTOLOMÉ
—Te bajaré más y encontrarás

alumbra el pozo con su lámpara de minero.

lo que te dije... Avísame cuando estés en el suelo. ¡Dime si ves algo!

57 FULL SHOT: SUSANA

SUSANA hace pie y se acurruca a la entrada del tiro, contra el muro helado de goteo negro. La voz de su padre cae llena de ecos, entre ráfagas de luz oscilante. SUSANA tantea en la oscuridad. Agarra algo entre las manos y cuando la luz le da de lleno, lo suelta, espantada.

SUSANA
—No veo nada, papá.

BARTOLOMÉ (F. de C.)
—¡Dame lo que está allí, Susana!

SUSANA
—¡Es una calavera!

BARTOLOMÉ (F. de C.)
—Busca algo más, junto a ella.

58 DOWN SHOT: BARTOLOMÉ

BARTOLOMÉ
—Dinero. Ruedas redondas de oro. ¡Búscalas, Susana!

BARTOLOMÉ cuelga la lámpara y se dispone a bajar.

SUSANA (F. de C.)
—No hay nada. No veo nada.

BARTOLOMÉ
—¿Cómo no?

SUSANA
—¡Súbeme!

BARTOLOMÉ
—Espérame. Tendré que bajar yo.

59 FULL SHOT: SUSANA y BARTOLOMÉ

SUSANA tiene en la mano la quijada de otra calavera que se deshace en fragmentos. BARTOLOMÉ toca el fondo del pozo, jadeante y sudoroso. Apenas hay lugar y los cuerpos de padre e hija, se aprietan uno contra el otro.

BARTOLOMÉ (voz baja)
—¿Hace cuánto que murió tu madre?

SUSANA (murmura)
—¿A qué viene eso, padre?

BARTOLOMÉ (sofocado)
—Eres igualita a ella de joven, cuando la conocí... Susana...

E S C E N A: 14 (REAL)

EXTERIOR. ROMPEOLAS. (ATARDECER)

60 CLOSE SHOT: SUSANA y FLORENCIO

SUSANA vestida, húmeda de espumas, parece un cadáver abandonado por la resaca. Sus ojos fijos, están llenos de lágrimas. Una ola se quiebra cubriéndola. FLORENCIO la alcanza y surgen los dos, abrazados por el peligro. SUSANA forcejea, golpeando a FLORENCIO.

EXTERIOR. PLAYA LARGA. (DÍA)

61 LONG SHOT. TILT-DOWN a CLOSE-UP: SUSANA y FLORENCIO

Bajo un sol intenso, la curva del mar al borde de la selva y los pájaros "picos feos" correteando en la arena. En primer término, las cabezas de SUSANA y FLORENCIO, unidas en un beso interminable, caen sin separarse, en la arena ardiente. Ella está encima, y ríe gozosa.

FLORENCIO

—Me gustas más por las noches cuando estamos los dos en la misma almohada, bajo tus sábanas.

Él la voltea jugando y ella lo atrae, para devorarlo con su boca húmeda. Los "picos feos" gruñen como si roncaran.

SUSANA

—A mí me gusta desnuda, en el mar.

62 BIG CLOSE-UPS PARA MONTAJE: FLORENCIO y SUSANA

La armoniosa canción-tema, parece nacer de las olas, extendiéndose en la noche cálida, sobre el corazón de la guitarra que tañe FLORENCIO, los cabellos húmedos o la boca entreabierta de SUSANA, prolongando las horas de los amantes.

CANCIÓN DE AMOR

"Hay un ser que es el dios de (mi vida,
"Cuyo nombre mi pecho estremece
"Si dormida en mi sueño aparece
"Si despierta, me mata el (dolor".

INTERIOR. RECÁMARA SUSANA CASA GRANDE "LA ANDRÓMEDA". (NOCHE)

63 BIG CLOSE-UP DOLLY-BACK: SUSANA y FLORENCIO

La CÁMARA SE RETIRA, descubriendo que los besos continúan en la cama. Cuando FLORENCIO se separa, los rostros quedan juntos sobre la almohada.

FLORENCIO
—¡Qué sabroso sentí tu cuerpo sobre el calor de la arena!

SUSANA (dormitando)
—Florencio... debiste ser tú. Sólo contigo... siempre contigo...

En silencio, él se aparta. Mira a SUSANA dormida, con un profundo amor lleno de ternura. Toma sus ropas. Besa sus pies desnudos y la tapa. El cierre de los postigos suena como un disparo seco.

(OTRA NOCHE)

64 CLOSE-UP DOLLY-BACK: BARTOLOMÉ y SUSANA

Los cristales reflejan las lámparas de los mineros en procesión funeral. La mano de BARTOLOMÉ empuja a SUSANA hacia el hueco de la ventana.

BARTOLOMÉ
—Mira... El entierro de Florencio. Dicen que en la galería sur, se le desplomó el techo de un tiro... Sí, de un solo tiro. Lo llevan a un pozo de la mina. Hay otros muertos allí. Muertos pobres que no dejan monedas de oro... Él se lo buscó.

65 CLOSE-UP: SUSANA

A través de toda la escena, los ojos atónitos de SUSANA, interrogan a su padre, que avanza, hacia ella.

SUSANA
—Debieron enterrarlo en el mar, Bartolomé.

E S C E N A: 15 (IRREAL)

INTERIOR. RECÁMARA ABANDONADA MESÓN EDUVIGES COMALA. (NOCHE)

66 MEDIUM CLOSE DOLLY-BACK:
EDUVIGES y JUAN

EDUVIGES, ingrávida, se acerca a JUAN sopesando las dieciséis monedas de oro, ahora muy oxidadas, en sus manos sarmentosas.

EDUVIGES
—Dinero, muerte, hombres... Todos pasan. Una les da lo que tiene y después se queda sola con su dolor.

JUAN se aprieta las sienes, y humedeciendo los labios pregunta con ansia:

JUAN
—Tengo sed. ¿No hay agua, doña Eduviges?

EDUVIGES toma del destartalado aguamanil un jarro, oscuro de humedad y se lo entrega. JUAN ve, sin comprender, que el jarro no tiene fondo. Ensimismado, lo retiene en sus manos.

EDUVIGES
—¿Ella nunca te habló de mí? Te pregunto, porque muchas veces pensé: "El hijo de Dolores debió haber sido mío"...

67 MEDIUM LONG SHOT: JUAN y
EDUVIGES. CÁMARA BAJA

Desde su punto de vista, JUAN sentado en el umbral de la puerta tapiada, mira a doña EDUVIGES arreglándose los moños con mucha coquetería, frente al marco vacío del espejo. JUAN saca del parche de la camisa el retrato de su madre, y lo mira angustiado, alzando después el rostro interrogante hacia EDUVIGES.

JUAN
—Ella sólo me dijo: "No dejes de buscarlo. Le dará gusto conocerte"... ¿Dónde lo encontraré?

68 MEDIUM LONG SHOT: EDUVIGES y
JUAN. CÁMARA ALTA

EDUVIGES termina de acicalarse mientras le explica a JUAN.

EDUVIGES voltea la cabeza como escuchando algo.

EDUVIGES
—Estás de suerte, hijo. Cuando mataron a don Lucas Páramo, Pedro se fue con su madre a Contla, con el miedo que la muerte también le llegara a ellos. Ahora la madre ya murió, pero por la voluntad de Dios, y tu padre acaba de regresar a Comala...

69 MEDIUM CLOSE DOLLY-IN: EDUVIGES y JUAN

La mujer camina en dirección de la puerta; mirando a la lejanía, parece aguzar el oído. La CÁMARA BUSCA el rostro angustiado de JUAN, que se envuelve en su jorongo y entorna sus ojos, abrumado por el sueño.

EDUVIGES (continúa)
—Alguien pasa por la calle...

EDUVIGES (F. de C.)
—Déjame ver...

E S C E N A: 16 (REAL)

INTERIOR. PASILLO MESÓN EDUVIGES COMALA. (DÍA)

70 MEDIUM CLOSE DOLLY-IN: EDUVIGES y FULGOR

La CÁMARA SIGUE a EDUVIGES JOVEN, con su pelo negro recién peinado y un traje rameado, que camina con vivacidad, asomándose al balcón de fierro forjado, junto con la CÁMARA, para ver cómo FULGOR SEDANO pasa chicoteándose las piernas con el fuete.

EDUVIGES

—¡Con razón! Ahí va el administrador de la Media Luna, todo endomingado... Aunque a mí se me hace que ese Pedro Páramo está medio verdecito.

E S C E N A: 17 (REAL)

EXTERIOR-INTERIOR. PATIO MEDIA LUNA. (DÍA)

71 MEDIUM LONG SHOT DOLLY-IN: PEDRO

Un moño negro sobre el dintel bajo el fierro de la Media Luna. Ante la CÁMARA que AVANZA se abre el portón y aparece el rostro de PEDRO PÁRAMO, joven.

PEDRO
—Pasa, Fulgor Sedano.

72 FULL SHOT: FULGOR y PEDRO. CÁMARA SOBRE RUEDAS

En el contracampo FULGOR, mirada ladina, bigotes de aguacero, traje campero, se pega con el chicote en el muslo, echa hacia atrás su sombrero enriscado y sin quitárselo, entra.

FULGOR
—Caray, Pedrito, si la última vez que te vi, eras un mocosito así de grande.

PEDRO lo mira con sorna, cuando señala su estatura, y se dirige hacia una esquina del patio.

73 MEDIUM a CLOSE-UP: PEDRO y FULGOR (CRISS/CROSS)

PEDRO se ha sentado en su equipal, sombreado por las arcadas del patio y señala a FULGOR una silla, donde el sol cae a plomo.

PEDRO
—Siéntate, Fulgor. Aquí hablaremos con más calma.

FULGOR
—Prefiero estar de pie, Pedro.

PEDRO
—Como tú quieras. Pero no se te olvide el "don".

FULGOR respinga y permanece de pie, doblando su chicote.

PEDRO (continúa)
—¿Y cómo andan las tierras?

FULGOR
—Mal. No queda nada. Hemos vendido el último ganado, "don Pedro"... Aunque llevando yo tantos años de administrador sé lo que hay que hacer.

PEDRO, mirando a lo lejos, pregunta con toda naturalidad:

PEDRO
—¿Y los San Juan? ¿No han regresado a este pueblo?

FULGOR
—Qué va. Deben andar en las minas. Pero usté no se ande preocupando de los ausentes, sino de los presentes. Aquí le debemos a todo el mundo: los Arias, las Preciado, los Guzmanes...

Desde la sombra el rostro y la mirada rígidos de PEDRO PÁRAMO llenos de fuerza, no se apartan ni un momento de FULGOR y lo van obligando a quitarse el sombrero y bajar la cabeza.

PEDRO
—¿Por qué?

FULGOR
—Pues no hay de dónde sacar para pagar. Su familia pedía y pedía sin devolver nada, y a la larga acabaron con todo. Pero en cambio hay quien se interese por comprar los terrenos que quedan. Aunque eso sí, a precio algo mermado.

PEDRO
—¿No serás tú el interesado?

FULGOR, alarmado, comienza a sacar papeles, pero PEDRO lo ataja, levantándose.

FULGOR
—¡Cómo se pone a creer que yo!

PEDRO
—Yo creo hasta el bendito... Luego arreglaremos nuestros asuntos.

74 MEDIUM FULL SHOT: PEDRO y FULGOR. CÁMARA SOBRE RUEDAS

PEDRO se levanta del equipal y FULGOR lo sigue bajo las arcadas.

PEDRO (continúa)
—Entiendo que a doña Doloritas Preciado le debemos más que a nadie... ¿Qué posesiones tiene esta doña Doloritas?

FULGOR
—Usted sabe: el Rancho de Enmedio.

	PEDRO —Mañana vas a pedir la mano de la Lola.
FULGOR se detiene, estupefacto y la CÁMARA también.	FULGOR —Pero cómo quiere usted que me quiera, si ya estoy viejo, y, pues mire mi pinta.
	PEDRO —La pedirás para mí. Le dirás que estoy muy enamorado de ella. De pasada, dile al Padre Rentería que nos arregle el trato.
La CÁMARA SE ACERCA a FULGOR subrayando su comentario.	FULGOR —Palabra que me está gustando tratar con usted, don Pedro.
CÁMARA y personajes continúan su movimiento hasta llegar al portón, donde nuevamente se detienen hasta que, después de iniciar el cierre de la puerta PEDRO lanza la última frase al administrador que va calle arriba, chicoteándose las piernas.	PEDRO —Por lo pronto arregla lo de la Doloritas. Es importante... De cierto, Sedano, la quiero. Por sus ojos, ¿sabes?... ¡Ah, y pídele de una vez un préstamo!

E S C E N A: 18 (REAL)

EXTERIOR. PATIO DOLORITAS COMALA. (DÍA)

75 MEDIUM CLOSE-UP: DOLORITAS

La hermosa DOLORITAS PRECIADO, morena, de altos pómulos y carnes apretadas, riega delicadamente sus crisantemos.

DOLORITAS
—Perdóneme que me ponga colorada. No creí que don Pedro se fijara en mí. Abundan las muchachas bonitas en Comala.

76 TWO SHOT: DOLORITAS y FULGOR

Junto a ella, haciéndole bajar la mirada, don FULGOR SEDANO golpea el chicote con las manos.

FULGOR
—No duerme, pensando en usted, Dolores. De ahí en más nadie... Pongamos por fecha de la boda pasado mañana.

Arcos pesados sombrean la veranda del pequeño patio, lleno de flores y pájaros.

DOLORITAS, alarmada, deja la regadera secándose las manos. FULGOR la cerca, aún más.

DOLORITAS
—¿No es muy pronto? No tengo nada preparado. Necesito encargar los ajuares. No estaré lista antes del ocho de abril. Hoy estamos a uno. Sí, dígale que me espere unos "diyitas".

FULGOR
—Por él sería hoy mismo.

DOLORITAS, apenadísima, llega a P.T. de CÁMARA dando la espalda a FULGOR que la acecha, malicioso e implacable, desde el fondo.

DOLORITAS
—Pero, además, hay algo para estos días. ¡Ay, qué vergüenza! Cosas de mujeres, sabe usted... Me toca la luna.

FULGOR
—¿Y qué? El matrimonio no es asunto de lunas. Es cosa de quererse. Lo demás sale sobrando.

77 MEDIUM SHOT: DOLORITAS y FULGOR. PANNING

FULGOR inicia su retirada, sin dejar de hablar, finalmente, saluda con toda cortesía y se dirige al portón.

DOLORITAS
—Pero es que usted no me entiende, don Fulgor.

FULGOR
—Entiendo todo. La boda será pasado mañana. Ya está avisado el Padre Rentería y se le informó al señor Juez de que los bienes serán mancomunados.

78 CLOSE-UP PANNING: DOLORITAS

DOLORITAS, alarmada, extiende los brazos y sale corriendo, hacia el interior de su casa.

DOLORITAS
—¿Ocho "diyitas", nomás...?

INTERIOR. RECÁMARA DOLORITAS SOLTERA COMALA. (DÍA)

79 CLOSE SHOT, TILT-DOWN: DOLORITAS

DOLORITAS coloca un aguamanil y una jofaina en el piso frente a una silla. Se sienta. Echa agua hirviendo y comienza a quitarse los botines negros.

DOLORITAS
—¡Qué felicidad...! ¡Gracias Dios mío, por darme a don Pedro¡ Aunque después me aborrezca.

E S C E N A: 19 (REAL)
EXTERIOR. CORRAL MEDIA LUNA. (DÍA)

80 MEDIUM SHOT: PEDRO y FULGOR.
DOLLY-BACK PANNING

Los grandes chiqueros vacíos. Un caballejo solitario y unas cuantas gallinas picando la tierra, entra las carretas abandonadas. PEDRO, arrellanado en un pesebre, examina unos arreos mientras escucha a FULGOR, que hace girar su sombrero entre las manos.

PEDRO (F. de C.)
—El padre Rentería quiere sesenta pesos para pasar por alto las amonestaciones. Dice que usted tiene fama de hereje. Y que desde que murió su mamacita, no hemos pagado los diezmos. Le dije que no se preocupara.

PEDRO
—¿No le pediste algo adelantado a la Dolores?

FULGOR
—No, patrón. No quise quebrarle su contento.

PEDRO se incorpora, arroja con violencia los arreos y atraviesa el corral entre el revoloteo de gallinas. FULGOR sigue preocupado.

81 MEDIUM LONG SHOT a TWO SHOT:
PEDRO, FULGOR y DAMIANA

PEDRO, seguido de FULGOR, avanza desde el centro del corral hasta la casa habitación.

PEDRO
—Eres un niño, Fulgor. Contrata ya peones, arrieros, criadas. Todo.

Deteniéndose frente a CÁMARA, PEDRO voltea a mirar a una de las puertas de servicio por donde asoma su rostro una joven indígena con rebozo y trenzas, que apenada, se escurre en seguida dentro de la casa.

FULGOR
—Pues, ahí le tengo una muchacha para que lo cuide. Chsst...

DAMIANA
—Damiana Cisneros. Para servir al patrón.

82 CLOSE SHOT DOLLY-BACK: PEDRO y FULGOR. CÁMARA BAJA

PEDRO sigue mirando a DAMIANA, la CÁMARA RETROCEDE y ENCUADRA a FULGOR en posición de inferioridad frente a su amo, quien parece crecer ante CÁMARA en el transcurso del diálogo.

FULGOR (F. de C.)
—Nomás que hace falta con qué pagarles...

FULGOR (continúa)
—... Y encima tenemos el asunto ese de Toribio Aldrete.

PEDRO
—¿Qué se trae el Aldrete?

FULGOR
—Cuestión de límites. Él ya mandó cercar y ahora pide que echemos el lienzo que falta para hacer la división.

PEDRO
—La tierra no tiene divisiones para mí. Piénsalo, Fulgor, aunque no se lo des a entender.

FULGOR
—Él hizo bien sus mediciones, patrón. Me consta.

PEDRO
—Pues dile que se equivocó. Derrumba los lienzos si es preciso.

FULGOR
—¿Y las leyes?

PEDRO se acerca a CÁMARA y palmea las espaldas de su administrador, dejándolo estupefacto.

PEDRO
—¿Cuáles leyes? La ley, de ahora en adelante, la vamos a hacer nosotros.

83 FULL DOLLY SHOT: PEDRO y FULGOR. CÁMARA BAJA

PEDRO que se alejó de FULGOR da vuelta de pronto. Ya no quiere guardar sus intenciones futuras.

PEDRO
—Dime, Fulgor, ¿quién mató a mi padre?

FULGOR se acerca lentamente, seguido por la CÁMARA.

FULGOR
—La mera verdad, nadie sabe de cierto. Pero apenas cayó muerto, todos los zopilotes de la región se echaron sobre sus bienes.

La figura orgullosa de PEDRO PÁRAMO se alza mirando a la lejanía, como si quisiera que lo oyese todo el pueblo.

PEDRO
—Entonces, podemos figurarnos que lo mató Comala. ¡Todo Comala!... ¿No es cierto?

84 CLOSE SHOT: FULGOR. CÁMARA ALTA

El rostro del administrador expresa admiración y temor.

FULGOR
—Caray, patrón, celebremos la boda. ¡No vayan a pagar justos por pecadores!

E S C E N A: 20 (REAL)
EXTERIOR. PATIO MEDIA LUNA. (TARDE)

85 GRÚA TOP LONG SHOT

INOCENCIO OSORIO, por mal nombre SALTAPERICO, amansador de potrillos de la Media Luna llega el primero a la meta y trata de salir de su costal, da una machincuepa y se acerca con su batón de manta blanca, sembrado de escapularios y medallitas, a recibir el premio en pesos plata que le entrega el JUEZ de lo civil, entre aplausos y dianas. El banquete de bodas terminó y en la enorme mesa presidencial llena de jarros, botellas y pirámides de dulces, DOLORITAS vestida de novia, (= PLANO #______) sonríe al FOTÓGRAFO pueblerino que acaba de retratarla junto a la silla vacía de PEDRO, que de un brinco ocupa el SALTAPERICO, besando a la novia, mientras el PADRE RENTERÍA se hace el disimulado y EDUVIGES frunce el ceño.

SALTAPERICO
—Cantarito que hoy vas a la fuente, allí dejas el asa y el frente.

86 CÁMARA SOBRE RUEDAS:
SALTAPERICO, ALDRETE, PEDRO, FULGOR y CHACHA

Los músicos animan el ambiente y los invitados bailan o forman grupos donde se bebe más de la cuenta. El SALTAPERICO circula, mezclando dichos con pellizcos y bendiciones con refranes maliciosos. La CÁMARA lo sigue y encuentra a TORIBIO ALDRETE, brindando frente al rostro de PEDRO.

ALDRETE
—Por ti, Pedrito. Por tu felicidad y porque me entienda contigo como con tu padre.

PEDRO
—Mi padre ya murió, Toribio Aldrete. Conmigo hay que hacer nuevos tratos.

ALDRETE
—¿Qué, mi palabra no vale?

FULGOR se acerca a espaldas de ALDRETE y el SALTAPERICO da vueltas haciendo aspavientos, y asomándose aquí y allá.

PEDRO (a Fulgor)
—¿Verdad que el señor se equivocó en sus mediciones?

FULGOR se pasa el chicote por las mejillas, mientras observa los cachetes lisos de ALDRETE.

FULGOR
—Seguro, estuvo mal calculado.

Del fondo viene el TILCUATE, un ranchero pobre, muy respetuoso de PEDRO.

PEDRO
—¿Ya ves, Aldrete? Has invadido mis tierras de la Media Luna y te has posesionado del cerro de Vilmayo. Allá, donde mataron a mi padre, Lucas Páramo.

Los hombres se enfrentan un momento. El SALTAPERICO pega un respingo y desaparece.

ALDRETE
—Soy mucho ojal para tus botoncitos, niño Pedro. Y en cuanto a tu padre, él mismo se buscó la muerte por ambicioso y cruel. No puedes culpar a nadie.

ALDRETE da media vuelta y se va. PEDRO echa un trago. Una hermosa muchacha pasa junto a él sonriéndole con coquetería: La CHACHA MARGARITA. PEDRO la sigue con la mirada.

87 MEDIUM SHOT: MESA PRINCIPAL

Desde la mesa observan a PEDRO, DOLORITAS y el PADRE RENTERÍA. DAMIANA está sirviendo de comer al NIÑO MIGUEL PÁRAMO. El CURA se acerca a la nana en actitud confesional.

RENTERÍA
—¿Y averiguaste quién fue la madre?

DAMIANA
—No, señor cura. Pedro Páramo lo trajo y me dijo: "Éste es mi hijo Miguel. Cuídalo, que de grande se cuidará solo".

RENTERÍA
—Esperemos en Dios que, con la sangre que lleva dentro, esté bautizado.

DAMIANA
—Por las dudas, se lo llevaré a escondidas para que le dé su rociada con agua bendita.

DAMIANA acaricia la cabeza del NIÑO MIGUEL, cuando detrás de la silla del PADRE RENTERÍA, aparece el rostro burlón del SALTAPERICO, quien dicho su refrán, sale brincando.

RENTERÍA
—A ver si ahora hay paz. A ver si ahora.

SALTAPERICO
—Vamos rezando mucho padrecito Rentería, ¡para que nos agarren confesados!

88 CÁMARA SOBRE RUEDAS:
SALTAPERICO, CHACHA y PEDRO

Los músicos tocan ahora un bailable y la canción se arranca con sus lamentos entre gritos de entusiasmo. La CÁMARA persigue al SALTAPERICO que engancha por el talle al pasar a la CHACHA MARGARITA, da unos pasos de baile con ella y la suelta enfrente de PEDRO al tiempo que chilla:

<u>SON TAPATÍO</u>
"¡Ay, ay, ay, ay!
"Las olas de la laguna.
"Unas vienen y otras van
"unas van para Sayula
"y otras para Zapotlán".

SALTAPERICO
—Cualquier sarape es jorongo abriéndole bocamanga.

PEDRO, apurando un trago, toma de la muñeca a la CHACHA y la lleva hacia el entarimado.

89 CÁMARA SOBRE RUEDAS: MESA
PRINCIPAL y BAILE

DOLORITAS ya no puede más, se levanta, besa la mano al PADRE RENTERÍA y cruzando entre los bailarines se dirige a los altos de la casa. La CÁMARA, al seguirla, encuentra al SALTAPERICO hablándole al oído a EDUVIGES, que corre para alcanzar a DOLORITAS. La CÁMARA penetra a lo macizo del baile, donde PEDRO estruja a la CHACHA MARGARITA entre las parejas del pueblo.

<u>SON TAPATÍO</u>
"¡Ay, ay, ay, ay!
"Cuánto me gustan las olas,
"las solas, no las casadas,
"pero más me gustan cuando
"las tengo bien abrazadas".

E S C E N A: 21 (REAL)

INTERIOR. RECÁMARA DOLORITAS MEDIA LUNA. (TARDE)

90 MEDIUM LONG SHOT: DOLORITAS, EDUVIGES y SALTAPERICO

El vestido de novia cuelga sobre los bronces garigoleados. EDUVIGES en P.T. vigila, amorosa, el sueño intranquilo de DOLORITAS, que duerme boca abajo con los brazos fuera de las sábanas y las manos contrayéndose. Afuera sigue la fiesta y suben sones y gritos de borrachos. En el quicio de la puerta, al fondo, aparece el SALTAPERICO.

EDUVIGES
—Ha de tener un mal sueño, porque no descansa.

SALTAPERICO
—De repente no sueña nada, y eso es lo malo. ¿Recuerdas cómo te alivié cuando tú ya no soñabas, Eduviges?

El SALTAPERICO se acerca, rascándose las costillas debajo del batón. EDUVIGES sale.

EDUVIGES
—Para eso te llamé, como "provocador de sueños" que es tu oficio. Levanta su calentura, como me hiciste a mí. Ahí te la dejo, embaucador.

91 TWO SHOT: DOLORITAS y SALTAPERICO

El SALTAPERICO se acerca más a la cama y murmura al oído de DOLORITAS mientras le soba la yema de los dedos y le restriega manos y brazos.

SALTAPERICO
—No despiertes... Soy el Saltaperico... Te vengo a pulsear para que te alivies.

92 CLOSE-UP: DOLORITAS y SALTAPERICO

La novia de bruces, murmura palabras ininteligibles. El SALTAPERICO abre la sábana y le soba la espalda. Ahora el brujo besa nervioso sus medallas, abre los brazos, escupe sobre el cuerpo de DOLORITAS y se inclina acariciándola con sus escapularios. DOLORITAS gime como una niña.

SALTAPERICO
—Sueña... ¿No sientes calentura? Sueña, niña... sueña. Esta noche la luna está brava y tu futuro no pinta muy bueno.

E S C E N A: 22 (REAL)
EXTERIOR. PATIO MEDIA LUNA. (NOCHE)

93 CLOSE SHOT GIRO a FULL SHOT:
EDUVIGES, PEDRO, CHACHA y FULGOR.
CÁMARA EN RUEDAS

Detrás de un pilar, EDUVIGES mira con ansiedad a PEDRO, quien abrazado por la CHACHA MARGARITA llega entre vaivenes de borracho a la mesa de FULGOR para dejarse caer en una silla.

PEDRO
—Mañana, vas en comisión con el Aldrete... Le levantas un acta, acusándolo de "usufruto" o de lo que a ti se te ocurra.

PEDRO toma de la cintura a la CHACHA y la obliga a sentarse en sus rodillas. EDUVIGES sale entre los últimos invitados hacia los altos.

FULGOR
—Caray, don Pedro, la cosa no va a estar fácil...

PEDRO
—Ya te lo dije. Quiero que los ranchos de Vilmayo vuelvan a mis manos.

La CÁMARA SE ACERCA LENTAMENTE sobre FULGOR.

FULGOR
—Los demás terratenientes se van a sentir y un buen día usté amanece frío, como su padre.

94 TWO SHOT: PEDRO, FULGOR y CHACHA.
CÁMARA EN RUEDAS

PEDRO reacciona, separando a la CHACHA que se retira de la mesa discretamente. Parece como si la borrachera se le hubiese disipado. Su rostro ensombrecido se acerca cada vez más al de FULGOR, impasible.

PEDRO
—Vamos arrasando parejo, Fulgor. Vamos suponiendo que el Aldrete mató a mi padre.

FULGOR
—Nada se pierde con suponer, don Pedro. Pero este Aldrete es hombre de agallas.

PEDRO se levanta y la CÁMARA RETROCEDE para ver cómo camina unos pasos hacia la CHACHA y desviándose, con desgano, se va hacia la casa, bien borracho.

PEDRO
—¿Más que las mías y las tuyas juntas... ?

E S C E N A: 23 (REAL)

INTERIOR. RECÁMARA DOLORITAS MEDIA LUNA. (NOCHE)

95 CLOSE-UP, TILT-UP a TWO SHOT: DOLORITAS y EDUVIGES

DOLORITAS sola, está sentada en la cama, tocándose la frente. EDUVIGES se acerca con el traje de novia en los brazos y se sienta a su lado.

DOLORITAS
—Ay, Eduviges... Ve tú, en mi lugar.

EDUVIGES
—¿A dónde?

DOLORITAS
—Con Pedro Páramo... El Saltaperico me dijo que esta noche no debía repegarme a ningún hombre.

EDUVIGES
—No puede ser, Dolores. Tienes que ir tú.

DOLORITAS
—Él no lo notará. Hazme ese favor. Te lo pagaré con otros.

La similitud de los peinados hace que los rostros parecidos de las dos amigas se confundan. DOLORITAS la abraza, devolviéndole el traje de novia. EDUVIGES, decidida, sale. DOLORITAS suspira.

96 **E S C E N A: 24**

INTERIOR. RECÁMARA PEDRO MEDIA LUNA. (NOCHE)

MEDIUM SHOT, TILT-DOWN a CLOSE-UP: PEDRO y EDUVIGES

La luna brava brilla sobre el rostro joven del novio. Alguien rasguea un zapateado en una vihuela y el punteado contrasta con el jadear ronco, borracho, de PEDRO PÁRAMO. Unos brazos de mujer aprietan sus hombros, dejándose caer suavemente sobre él, entreverando sus piernas. PEDRO, con los ojos cerrados, recorre con las manos su espalda. EDUVIGES lo besa en el cuello revelando su rostro a la CÁMARA.

INTERIOR. RECÁMARA DOLORITAS MEDIA LUNA. (AMANECER)

97 CLOSE-UP, TILT-UP a TWO SHOT: DOLORITAS y EDUVIGES

Las músicas y los cantos han cesado. DOLORITAS, que duerme serenamente sobre las almohadas, se despierta de golpe al sentir a EDUVIGES, despeinada, que le devuelve el vestido de novia y la abraza.

EDUVIGES
—Ahora anda tú. Ya es otro día.

DOLORITAS
—¿Qué te hizo?

EDUVIGES
—Todavía no lo sé.

E S C E N A: 25 (REAL)

INTERIOR. CUARTO DEL RINCÓN MESÓN EDUVIGES COMALA. (NOCHE)

98 FULL TOP SHOT: FULGOR y ALDRETE

Sobre la mesa, un papel doblado entre botellas vacías y copas con colillas. Los dos hombres espatarrancados en las sillas. FULGOR aprieta y afloja la gasa de una soguilla sanluiseña entre sus manos, mientras observa los gestos vacilantes y la risa seca de ALDRETE, que sigue bebiendo.

ALDRETE
—Ahora, ya sé de qué se trata y me da risa. Con que "usufruto", ¿eh?

FULGOR
—Mire, don Toribio, en firmando esa acta, seguro que gozará usté de sus facultades de cuerpo e "inmente" durante muchos años.

ALDRETE acusa los efectos del mezcal.

ALDRETE
—Con ese papel, nos... vamos a limpiar, usted y yo. Mis límites están... bien marcados... ¿no?

FULGOR
—Que conste: yo cumplo con lo que me mandaron.

ALDRETE dobla la cabeza rendido por la borrachera. FULGOR sereno y frío, se levanta acercándose a él con el lazo preparado.

ALDRETE (somnoliento)
—Usted me habla así, don Fulgor, no por usted mismo... sino por el poder que tiene atrás.

INTERIOR. RECÁMARA MESÓN EDUVIGES COMALA. (NOCHE)

99 MEDIUM TOP SHOT: EDUVIGES y FULGOR

La mesonera, acostada, se tapa los oídos para no escuchar las voces ríspidas de los hombres en el cuarto del rincón. De repente, un alarido de muerte atraviesa la puerta, llenando el cuarto como de cristales rotos.

EDUVIGES de un brinco se sienta en la cama, cubriéndose con la sábana. Entonces se oye el golpe seco de un cuerpo que se derrumba. Luego pasos con tintineo de espuelas. Sale FULGOR, cierra con llave la puerta del rincón y echándosela al bolsillo, se acerca a EDUVIGES que lo mira con espanto. FULGOR lanza a la alcayata, junto al espejo, la soguilla de cerda y cáñamo.

FULGOR

—Mándala tapiar, Viges. Que no se sepa más de él. Nunca. Se portó como un collón. Dizque la fuerza que yo tenía atrás. ¡Vaya! Como si Fulgor Sedano no tuviera todo en su lugar.

La CÁMARA DESCIENDE. FULGOR se afloja el cinturón y EDUVIGES, temblorosa, se hunde suavemente entre las sábanas.

E S C E N A: 26 (REAL)

INTERIOR. COMEDOR MEDIA LUNA. (DÍA)

100 FULL SHOT: PEDRO

PEDRO PÁRAMO, con el rostro más cuajado y la mirada dura, entra del pórtico al comedor.

PEDRO
—¡Doña Doloritas!

INTERIOR. COCINA MEDIA LUNA. (DÍA)

101 MEDIUM SHOT: DOLORITAS, DAMIANA y CHONA

Entre peroles y gatos negros, DAMIANA abanica el humo y DOLORITAS al oír la voz de PEDRO, del susto casi deja caer los huevos rancheros que DAMIANA le vacía rápidamente, caminando presurosa, seguida del rondín de gatos.

PEDRO (F. de C.)
—¿Ya ordenó que me preparen el desayuno?

INTERIOR. COMEDOR MEDIA LUNA. (DÍA)

102 MEDIUM SHOT DOLLY a CLOSE-UP: PEDRO, DOLORITAS y FULGOR

PEDRO ya está sentado a la mesa. DOLORITAS coloca, tímidamente, el plato de huevos enfrente, y se retira un poco hacia atrás. FULGOR aparece al fondo, cuando PEDRO toma un bocado del plato, arroja el tenedor, se levanta y sale.

PEDRO
—¡Este plato está frío! ¡Frío y desabrido como usted!

La CÁMARA AVANZA al rostro de DOLORITAS, triste, con los ojos endurecidos por la amargura y suspirando.

E S C E N A: 27 (REAL)

INTERIOR. RECÁMARA DOLORITAS MEDIA LUNA. (NOCHE)

103 MEDIUM SHOT: DOLORITAS. CÁMARA SOBRE RUEDAS

DOLORITAS está sentada en la cama, vestida con camisón antiguo, las manos cruzadas en la nueva redondez de su vientre, los ojos fijos en la puerta entreabierta. Desde el patio suben ruidos de caballos y vaqueros. Se oye una gran carcajada de FULGOR y una risa nerviosa femenina. DOLORITAS corre hacia la puerta, ve la luz que se enciende en la recámara de su marido, y suspira.

INTERIOR. RECÁMARA PEDRO MEDIA LUNA. (NOCHE)

104 CLOSE SHOT: PEDRO y CHACHA. TILT-UP LENTO

La luz de unas veladoras ante la Virgen de Guadalupe, hace brillar las espuelas de PEDRO PÁRAMO, cerca de los botines de lazo de la CHACHA MARGARITA, a quien aprieta contra la pared tratando de besarla, entre palabras quedas.

La CÁMARA ASCIENDE poco a poco recorriendo los cuerpos en su abrazo, y registra cómo las manos de PEDRO descienden.

PEDRO
—Déjame quererte, Chacha Margarita.

CHACHA
—¿Y si mi padre se muere de rabia con lo viejo que está?

PEDRO
—Deja que se las avenga solo. Tú eres bonita, estás joven. No te faltará nada.

CHACHA
—Aguántese un poquito, don Pedro.

PEDRO
—No me puedo aguantar más.

Mira que fui por ti en persona en vez de mandar que te lazaran mis hombres.

CHACHA
—Ya le falta poco para morirse a mi papacito.

Las manos de PEDRO reaparecen con el olán de la falda cerca del pecho de la muchacha.

PEDRO
—Estás temblando. Parece que vas a echar el corazón por la boca..., Susana.

CHACHA
—Margarita, patrón...

La CHACHA alarga el brazo para cubrir con una mascada la imagen de la Guadalupana.

PEDRO
—Susana... ¿Dónde está tu cuerpo?

CHACHA
—Patrón, ahorita está muy peligroso.

La CHACHA cerrando los ojos, abraza temblando a PEDRO.

PEDRO
—Qué, ¿no quieres un hijo de Pedro Páramo?

E S C E N A: 28 (REAL)

INTERIOR. RECÁMARA SUSANA CASA GRANDE "LA ANDRÓMEDA". (DÍA)

105 MEDIUM LONG SHOT DOLLY: SUSANA

El ramalazo del ciclón tropical mezclado con golpes furiosos en la puerta, llena la habitación. La CÁMARA AVANZA RÁPIDA sobre la cama revuelta, donde SUSANA abraza con piernas y brazos la almohada. Su rostro está oculto por los cabellos y sus manos se clavan en las sábanas, como reteniendo al invisible amante.

SUSANA (murmura)
—No, Florencio, quédate. Abrázame así. Fuerte... Como en el mar.

BARTOLOMÉ (F. de C.)
—¡Abre! ¡Ábrele a tu padre, Susana!

106 CLOSE SHOT DOLLY-BACK: BARTOLOMÉ

El postigo cede bruscamente a los golpes de machete y BARTOLOMÉ salta.

BARTOLOMÉ
—¿No me oías, desgraciada?

107 CLOSE SHOT DOLLY-IN: SUSANA y BARTOLOMÉ

Sentada en la cama, con un cuerpo formado y pleno, SUSANA mira fijamente la mano de su padre que se acerca, y cae resignada en la almohada.

SUSANA
—Sí, Bartolomé, te oía muy bien.

E S C E N A: 29 (REAL)

EXTERIOR. FACHADA IGLESIA COMALA. (DÍA)

108 LONG SHOT TILT-DOWN: PEDRO, DOLORITAS, FULGOR, CACARIZO, RENTERÍA, VECINOS y MENDIGOS

PEDRO, sentado en una calesa, escoltada por FULGOR y el CACARIZO, recoge a doña DOLORITAS, que se despide del PADRE RENTERÍA, al salir entre los vecinos de la misa de domingo. DOLORITAS se sienta y suspira. La calesa arranca. Los MENDIGOS la siguen un trecho.

EXTERIOR. CALLE EMPINADA COMALA. (DÍA)

109 TWO SHOT: PEDRO, DOLORITAS, FULGOR y CACARIZO. DOLLY-TRUCK

PEDRO lleva las riendas, enfilando hacia la Media Luna. DOLORITAS vuelve a suspirar, mirando al cielo.

PEDRO
—¿Por qué suspira usted todo el tiempo, Doloritas?

DOLORITAS
—Quisiera ser zopilote para volar adonde vive mi hermana.

PEDRO
—Ahora mismo irá usted. Que le preparen las maletas. No faltaba más.

DOLORITAS, cariacontecida, se acaricia el vientre y señala con la mirada:

DOLORITAS
—¿Y esto?

PEDRO
—Que Dios los asista.

EXTERIOR. PORTÓN MEDIA LUNA. (DÍA)

110 FULL SHOT: PEDRO, DOLORITAS, DAMIANA, FULGOR, CACARIZO y PEONES

DAMIANA muy endomingada, llega para ayudar a su señora a descender de la calesa, que PEDRO frena bruscamente.

PEDRO
—Allá con su hermana estará más a gusto y puede suspirar toditito el día.

Es PEDRO quien salta de la calesa y ordena:

—¡Damiana! Deja todo; vete con la señora a Sayula y asístela en el parto.

DOLORITAS le indica a DAMIANA que suba, sin más, y ella toma las riendas.

DOLORITAS (suspira)
—Hasta luego, don Pedro. ¿Usted me mandará llamar algún día?

PEDRO
—¿Quieres regresar, Damiana?

DAMIANA
—Yo... Yo sí, don Pedro.

PEDRO
—Entonces regresa tú. Adiós Doloritas. Mañana le mando todas sus cosas.

PEDRO lanza un cintarazo al caballo de la calesa y grita:

—¡Acompáñalas, Cacarizo!

111 TWO SHOT: PEDRO, FULGOR, CABALLERANGO y VAQUEROS. DOLLY-BACK

Lleno de cólera, PEDRO habla con FULGOR, mientras caminan hacia el potrero:

PEDRO
—Ahora mismo mandas levantar un lienzo en los límites del camino a Sayula, tan alto, que ni una calesa, ni un jinete, puedan atravesarlo.

FULGOR
—Nos va a hacer falta una señora en la Media Luna, don Pedro.

PEDRO
—Lo que nos hace falta son otras cosas, como las tierras

de los Fregoso, la hacienda de los Guzmanes, el jagüey de los Pinzón.

FULGOR
—Ellos meros hicieron los despojos. Y ladrón que roba ladrón...

PEDRO se detiene; FULGOR y la CÁMARA también. Han llegado al potrero y PEDRO le arrebata al CABALLERANGO la reata de doma, jalando con furia al semental que se encabrita FRENTE a CÁMARA.

PEDRO
—No se te vaya la lengua, Fulgor. Cuando toda la tierra sea nuestra, recuérdame que todavía me falta algo, que es más que la tierra.

E S C E N A: 30 (REAL)

EXTERIOR. PLAZOLETA MINAS "LA ANDRÓMEDA". (NOCHE)

112 LONG SHOT: SUSANA, LICENCIADO, YAQUIS, TROPA y MINEROS

El rostro agitado de SUSANA se retira y al fondo el resplandor de las oficinas extranjeras incendiadas, iluminan la escena. El Jefe de los revolucionarios, un LICENCIADO norteño a caballo, vestido todavía de civil, con "stetson", saco de casimir con cinturón trasero y polainas de cuero, arenga a los mineros mientras los yaquis, con plumas en sus sombreros, reparten fusiles y cananas.

LICENCIADO
—Así que, por decreto, se les doblan los salarios, trabajarán ocho horas y desde hoy la mina es de la Nación...

...Pero para que el decreto se haga efectivo, tomen sus rifles, y vénganse conmigo a tumbar al borracho Huerta de la silla presidencial.

Brotan vivas. Algunos mineros se ponen sus cartucheras. La tropa criolla a caballo, organiza las filas de voluntarios.

VOCES
—¡Que viva el Cuerpo del Noroeste!

—¡Que vivan Iturbe y Obregón!

Cubriendo la gritería, la tambora de Sinaloa marca el ritmo de un corrido revolucionario.

113 MEDIUM LONG SHOT: LICENCIADO, BARTOLOMÉ y REVOLUCIONARIOS

El LICENCIADO emprende la marcha, señalando de paso a BARTOLOMÉ SAN JUAN, que atado de pies y manos está tirado como un fardo en el suelo, a punto de que lo rematen los mineros.

LICENCIADO
—¡Déjenlo ahí! ¡A ver si solito puede escarbar la mina!

Todos marchan al son del corrido que se aleja. BARTOLOMÉ, descamisado y greñudo, se revuelca tratando de romper las ligaduras.

114 FULL SHOT: SUSANA y BARTOLOMÉ. DOLLY-IN

Sobre el rescoldo del incendio, SUSANA se acerca lentamente a su padre, con frialdad. BARTOLOMÉ le ofrece las manos para que se las desate. Ella lo sigue mirando, sin moverse. Él insiste, gruñendo. La CÁMARA AVANZA cuando por fin SUSANA se inclina, deshaciendo el nudo en las muñecas sangrantes de su padre.

CORRIDO NORTEÑO
"La sangre que es derramada
"por montes y serranías
"es por el traidor de Huerta,
"Mondragón y Félix Díaz".

EXTERIOR. DESFILADERO SERRANO. (DÍA)

115 LONG SHOT: BARTOLOMÉ y SUSANA

Por el estrecho sendero, bajo el sol furioso, caminan BARTOLOMÉ a pie arreando un borrico, cargado de picos, palas y paquetes amarrados, y SUSANA, atrás, sentada en otro borrico.

116 CLOSE TRAVELLING SHOT: BARTOLOMÉ y SUSANA

El viejo minero cintarea al burro, con rabia.

BARTOLOMÉ
—¡Ya me desquitaré cuando los cuelguen de los postes! ¡Latrofacciosos! ¡Hijos de la mala saliva!

SUSANA, cubierta la cabeza con un rebozo blanco, va hablando para sí.

SUSANA
—Y yo, Bartolomé, ¿nunca me libraré de ti?

E S C E N A: 31 (IRREAL)

INTERIOR. RECÁMARA ABANDONADA MESÓN EDUVIGES COMALA. (NOCHE)

117 FULL SHOT: EDUVIGES y JUAN. CÁMARA EN RUEDAS

Por el oscuro umbral del pasillo entra EDUVIGES, con el rostro demacrado y el cabello revuelto. En sus brazos trae una palangana llena de sábanas desgarradas manchadas de sangre que deja en el aguamanil. JUAN, sentado contra la puerta tapiada, abre los ojos saliendo de su profundo sueño.

EDUVIGES
—Nunca nos libramos de los demás, y luego tal vez nos morimos de tristeza, como murió Doloritas.

JUAN
—Lo cierto es que él nunca nos mandó llamar.

118 MEDIUM CLOSE-UP: EDUVIGES. PANNING 360°

La CÁMARA GIRA CIRCULARMENTE siguiendo a EDUVIGES que ronda la recámara vacía, apretando la herida de su garganta, con una mano escuálida y engarrotada.

EDUVIGES
—¡Ay, Juanito!... Pedro Páramo nunca quiso a tu madre. Él sólo piensa en aquella Susanita que ni chiste tiene.

119 CLOSE SHOT. DOLLY-BACK: JUAN y EDUVIGES. CÁMARA ALTA

Del rostro angustiado de JUAN, que respira hondo, tratando de resistir el sueño, hasta encuadrar a EDUVIGES que se quita el escapulario y descuelga de la alcayata la soguilla sanluiseña, colgando en su lugar el "REFUGIO DE PECADORES". Luego voltea y avanza, FRENTE a CÁMARA EN RETROCESO, con pasos hieráticos, cada vez más lentos, mientras tantea con sus dedos sarmentosos la terrible lazada.

JUAN
—Dígame usted el camino para llegar a mi padre.

EDUVIGES
—No hay más veredas que las que llevan al cielo y sólo yo entiendo cómo acortarlas. Porque ya no me quedan fuerzas para más...

120 CLOSE DOLLY-IN: EDUVIGES y JUAN. CÁMARA BAJA (ACELERACIÓN a 64 c.p.s.)

En la lenta ondulación de las faldas, los pies de EDUVIGES, calzados con botines de lazos, parecen desprenderse del suelo por levitación. El quinqué que arde en un rincón comienza a languidecer. La CÁMARA AVANZA al rostro dormido de JUAN y un grito arrastrado rasga, como alarido de borracho, su sueño. La luz parpadea, y se apaga.

VOZ DE EDUVIGES
—¡Ayyy... vida, no me mereces!

121 FULL SHOT: EDUVIGES (MANIQUÍ) y JUAN

Colgado de la alcayata, sobre la pared de la recámara, el cuerpo momificado de EDUVIGES. JUAN se incorpora y avanza tambaleando en la oscuridad, sin voltear el rostro.

JUAN
—¿Es usted, doña Eduviges?

122 BIG CLOSE-UP: POLILLA y PIES JUAN

En la pausa aterradora del silencio, sólo se escucha el rumor de los gusanos de la carcoma royendo las maderas de la puerta de la recámara. Caen los chorritos de aserrín en el umbral, midiendo el paso de los años. Los pies de JUAN se acercan vacilantes. Responde el silencio más profundo. JUAN reacciona. Jala la puerta, abre y sale.

JUAN (F. de C.)
—¿Dónde está usted, doña Eduviges? ¿Qué es lo que está sucediendo... ? ¿Tuvo usted miedo... ?

<u>INTERIOR. PASILLO ABANDONADO MESÓN EDUVIGES COMALA. (NOCHE)</u>

123 FULL SHOT DOLLY-BACK: JUAN

JUAN, después de dudar un momento, buscando la orientación, recorre el pasillo entre la doble muralla de tiliches de los que se desprenden viejas risas de mujeres y los retazos de una conversación olvidada.

VOZ CHONA
—"¿Qué prisa corres por robarme?"

VOZ JESÚS
—"Lo mismo me dijiste hace un año, Chona. Cuando estabas harta de todo en la Media Luna".

La mujer rompe a sollozar cuando JUAN llega a la puerta.

VOZ CHONA
—"No puedo, Chucho. Me da pena. ¿Entiendes? Tú bien sabes que pertenezco a don Pedro..."

E S C E N A: 32 (IRREAL)

EXTERIOR. PATIO ABANDONADO MESÓN EDUVIGES COMALA. (NOCHE)

124 FULL SHOT DOLLY-BACK: JUAN

JUAN se detiene un instante en la puerta con la esperanza de encontrar a doña EDUVIGES. Luego atraviesa el patio, lleno de sombras informes y voces de arrieros, alcanzando el portón.

EXTERIOR. CALLE ABANDONADA MESÓN EDUVIGES COMALA. (NOCHE)

125 MEDIUM SHOT: JUAN. GRÚA-DOLLY

JUAN encuentra el silencio, otra vez. La calle solitaria revestida de piedras enormes, le obliga a caminar despacio. La presencia del pueblo trae a su mente recuerdos maternos.

VOZ DOLORITAS
—"Comala... donde los sueños me enflaquecieron. Ahí, hijo mío, se ventila la vida como si fuera un puro murmullo".

Sin detenerse, buscando con la mirada de uno a otro lado, JUAN va murmurando mientras aprieta en el bolsillo, contra su pecho, el retrato de su madre.

JUAN
—Sí, madre. Se oyen murmullos, gritos, ecos, pero no encuentro a nadie en tu pueblo.

Las bardas descarapeladas de la calle enseñan sus adobes revenidos. JUAN dobla la esquina.

VOZ DOLORITAS
—"Así me oirás mejor. Estaré más cerca de ti. Encontrarás la voz de mis recuerdos y la voz de mis recuerdos y la de mi muerte, si es que alguna vez la muerte ha tenido alguna vez".

EXTERIOR. CALLEJÓN ABANDONADO COMALA. (NOCHE)

126 FULL SHOT: JUAN. GRÚA-DOLLY

JUAN, preocupado, camina por el callejón. De lo alto de una balconada parece caer el lamento de una canción. De lejos, poco a poco llega el rumor de una gran fiesta. Llevado por los murmullos, JUAN desemboca en la plaza.

CANCIÓN (falsete)
—"Mi novia me dio un pañuelo con orillas de llorar..."

E S C E N A: 33 (IRREAL)

EXTERIOR. FACHADA IGLESIA ABANDONADA COMALA. (NOCHE)

127 LONG SHOT: JUAN y ANA.
GRÚA-DOLLY

La plaza está llena de gritos, pregones, rasgueo de guitarras y organillos, mezclados a ese murmullo general de un día de fiesta. Pero la realidad del escenario, con la iglesia derruida y las fuentes rotas, es de profunda desolación. Cuando JUAN llega al frente de la iglesia, suena una descarga de carabinas y muere, súbitamente, el mitote de voces y sonidos. Entonces ve en la puerta de la iglesia una mujer vestida con hábito carmelita: ANA RENTERÍA. JUAN se acerca a ella y entra.

INTERIOR. IGLESIA ABANDONADA COMALA. (NOCHE)

128 LONG SHOT PANNING: JUAN y ANA

JUAN entra y la mujer ha desaparecido. Los altares están vacíos, el púlpito derrumbado, las bancas rotas y los confesonarios quemados. Restos de un pesebre y el esqueleto de un caballo atestiguan el paso de las tropas revolucionarias.

JUAN oye un rumor de agua y voltea. A su lado, de espaldas, ANA saca los dedos de la pila de agua bendita y se persigna. JUAN, ansioso, se acerca.

129 CLOSE SHOT: JUAN y ANA

La pila está llena de piedras secas y zacatones que se mueven lentamente. JUAN, alarmado, interroga a la extraña mujer.

JUAN
—¿Perdone usted, señora... ?

130 MEDIUM LONG DOLLY: JUAN y ANA

ANA le contesta sin voltear la cara, mientras avanza descalza por la nave de la iglesia. JUAN la sigue.

Pasando frente al altar mayor desmantelado, ANA se hinca, se persigna otra vez y continúa caminando hasta que llega a la puerta de la sacristía que abre, volteándose.

131 MEDIUM CLOSE-UP: JUAN

JUAN se detiene asombrado y recorre con la mirada la figura de ANA.

132 FULL DOLLY-IN: JUAN y ANA

El hábito moldea las formas de ANA, desde los blancos pies hasta el rostro encuadrado por el mantelo que le ciñe la frente, resaltando el brillo de sus ojos. ANA entra y JUAN la sigue.

ANA
—No soy señora. Antes me llamaban la señorita Rentería. Ahora me dicen Anita la Quedada.

JUAN
—¿Es usted de aquí? ¿Conoce a Pedro Páramo?

ANA
—Sí. Soy la sobrina del Cura. Supe que andabas perdido y quiero invitarte a reposar.

JUAN
—Gracias... En la casa donde estuve no me dejaban en paz los gritos... Como que estaban asesinando a alguien.

ANA
—Tal vez sea algún eco que se quedó encerrado, pues allí se ahorcó, hace mucho tiempo, Eduviges Dyada. Luego condenaron la puerta y las ventanas hasta que ella se secara. ¿No sé cómo pudiste entrar?

JUAN
—Doña Eduviges me abrió.

ANA
—Pobre Eduviges. Debe andar penando todavía... Pasa, Juan Preciado, éste es mi cuarto.

INTERIOR. SACRISTÍA ABANDONADA COMALA. (NOCHE)

133 MEDIUM LONG SHOT: JUAN y ANA

Horrible hacinamiento de santos, candelabros y balduquinos atiborra la sacristía. ANA conduce a JUAN hasta un túmulo, junto a la ventana enrejada, cubierto de ornamentos desgarrados y cojines abaciales manchados de sudor y tierra, que tienen marcada la huella profunda de un cuerpo.

134 TWO SHOT. DOLLY-IN: JUAN y ANA

JUAN en primer término de CÁMARA, parece buscar algo.

JUAN
—Tengo mucha calentura. ¿No hay algo de beber por aquí?

ANA le entrega una bandeja de plata oxidada con un cáliz y las vinajeras de cristal tallado que parecen llenas de agua y vino.

ANA
—A ver si queda tantito vino de oficiar. Es lo mejor para la tembladera.

JUAN trata de servirse, inútilmente, porque los frascos rituales están vacíos, aunque empañados por el sedimento de los líquidos.

JUAN
—Nada... Nunca hay nada.

ANA sube al túmulo y parece aguzar el oído, murmurando, mientras un rumor de galope, cada vez más cerca, invade la sacristía.

ANA
—¿Cuándo descansarás?

JUAN
—¿Qué pasa, señorita Ana?

JUAN no oye nada.

ANA
—Es el "Colorado" que galopa por el camino de la Media Luna.

JUAN no oye el caballo.

JUAN
—¿Entonces alguien llega de allí?

El tronido de los cascos crece. ANA, recostada en el túmulo, mira atentamente afuera de las rejas.

ANA
—No. Solamente es el caballo de Miguel que va y viene buscándolo por todas partes.

JUAN, que sigue sin oír, se agacha en cuclillas al borde del túmulo.

JUAN
—No oigo ningún ruido, de ningún caballo. ¿Quién es Miguel?

ANA
—Otro hijo de Pedro Páramo.

Un relincho furioso resopla junto a la reja y ANA se inclina sobre los barrotes, tratando de ver hacia afuera.

JUAN
—¿Otro?

ANA
—¡Todos son hijos de Pedro Páramo!

E S C E N A: 34 (REAL)

EXTERIOR. CALLE LATERAL IGLESIA COMALA. (DÍA)

135 CLOSE a LONG SHOT: MIGUEL

El relincho anterior se prolonga sobre la cabeza briosa del "Colorado", que atraviesa la calle, con MIGUEL PÁRAMO castigando sus flancos.

136 MEDIUM TWO SHOT: MIGUEL, ANA y RENTERÍA

ANA RENTERÍA, un pimpollo vestido de negro, con una mantilla que da misterio a su belleza provinciana, lo ve pasar desde el atrio.

ANA (Voz Int.)
—... Pero él sólo reconoció al que no tuvo madre.

A su lado el PADRE RENTERÍA, ahora más calvo y con anteojos de aro dorado.

EXTERIOR. CALLE EMPINADA COMALA. (DÍA)

137 LONG a CLOSE SHOT: MIGUEL, DAMIANA, SIXTINA e HIJAS DE MARÍA

Un alarido cruza el aire. MIGUEL saluda a DAMIANA que se santigua, en la esquina; y barre contra la pared la doble fila de HIJAS DE MARÍA coronadas de flores, que van a la iglesia cantando letanías a la Virgen.

Junto a CÁMARA, MIGUEL alza una de las últimas ofrecidas, y besándola la rapta en su caballo, SALIENDO DE CUADRO con el tumulto y chillidos de la cofradía, que se arremolina junto a su Hermana Mayor, SIXTINA, tremolando furiosa el estandarte.

SIXTINA
—¡Vade retro, Páramo Satanás!
—¡Morirás! ¡Morirás! ¡Morirás!

E S C E N A: 35 (REAL)
EXTERIOR. MILPAS COMALA. (DÍA)

138 EXTRA LONG a TWO SHOT: PEDRO, FULGOR, MIGUEL PÁRAMO, HIJA DE MARÍA y PEONES

FULGOR SEDANO y PEDRO PÁRAMO —más maduro, con bigote— están a pie entre los surcos, viendo quebrar el maíz, cuando al fondo pasa, al galope, MIGUEL con la HIJA DE MARÍA en el arzón, saludando desde lejos a su padre. PEDRO ríe en P.T. de CÁMARA y devuelve el saludo, lleno de orgullo.

FULGOR
—Miguel nos dará muchos dolores de cabeza.

PEDRO
—Déjalo moverse. Es todavía un niño. ¿Cuántos años cumplió? Tendrá diecinueve, ¿no?

Dos PEONES acarrean cestos de mazorcas a las carretas y la CÁMARA sigue a FULGOR, que toma cuenta de la cosecha en su cuaderno de administrador, mientras habla con su amo.

FULGOR
—Será lo que usted diga, don Pedro; pero esa mujer que vino ayer a llorarme, estaba dialtiro desconsolada... Le ofrecí cincuenta cargas de maíz para que se olvidara del asunto; pero no las quiso.

PEDRO
—¿De quién se trataba?

FULGOR
—Es gente que no conozco.

La CÁMARA AVANZA sobre el rostro impasible de PEDRO.

PEDRO
—No tienes por qué apurarte, Fulgor. Esa gente no existe.

E S C E N A: 36 (REAL)

EXTERIOR. PATIO MEDIA LUNA. (AMANECER)

139 MEDIUM LONG SHOT: FULGOR, CACARIZO, TARTAMUDO y 50 VAQUEROS. CÁMARA ALTA

En el portón están firmes a caballo FULGOR y el CACARIZO. Los VAQUEROS salen de dos en dos con sus monturas y cada uno se lleva la mano al sombrero frente a FULGOR dándose por enterados. Uno de ellos, el TARTAMUDO frena su caballo para preguntar:

CACARIZO

—Hay que aventar el ganado de Aldrete más allá de lo que fue la hacienda de los Guzmanes.

TARTAMUDO

—¿Y el de los Guzmanes?

FULGOR

—Córranlo para el jagüey de los Pinzón.

FULGOR entra al patio y desmonta caminando hacia los corrales. El CACARIZO, en funciones de caporal, anima a los VAQUEROS que chiflan y gritan sus albures.

CACARIZO

—¡Y apriétenle que se nos viene el temporal encima!

EXTERIOR. CORRAL MEDIA LUNA. (DÍA)

140 CLOSE DOLLY FULL SHOT: PEDRO, FULGOR, DAMIANA, SIRVIENTAS y PEONES

La CÁMARA SE RETIRA de la boca del gran horno, cuando las SIRVIENTAS sacan largas palas con virotes y pambazos recién cocidos. DAMIANA como caporala de la servidumbre, vigila la operación y entrega a PEDRO, que lleva traje de faena un trozo de pan de grano, que prueba sonriente. FULGOR llega, satisfecho. Los dos hombres caminan hasta los corrales, donde la añada de becerros está mamando las ubres. PEDRO sonríe abiertamente, lleno de optimismo.

FULGOR

—¡Vaya! ¡Otro buen año para la Media Luna! Las puntas de ganado se hartan en los nuevos pastos.

PEDRO
—Ahora sí, encuéntrenme a Bartolomé San Juan. Díganle que yo lo necesito.

FULGOR menea la cabeza con preocupación.

FULGOR
—Por aquellos rumbos anda muy dura la bola, don Pedro. Llegaron informes de que el Minero está perdido en la sierra.

PEDRO
—¡Busquen a los San Juan! Y llévenle al viejo mi oferta.

Las órdenes son terminantes y PEDRO sale, al tiempo que FULGOR se acerca al CACARIZO, que aguarda en el fondo.

E S C E N A: 37 (REAL)

EXTERIOR. MINERAL "LA MASCOTA". (DÍA)

141 PANNING a MEDIUM LONG SHOT: BARTOLOMÉ, CACARIZO, SUSANA, MINERO JOVEN y COMPAÑEROS

En las terrazas abiertas trabajan el cobre no más de doce MINEROS. En lo alto del mineral BARTOLOMÉ se seca el sudor mientras el CACARIZO, que lleva de la rienda su caballo, extiende un sobre al viejo minero.

CACARIZO
—Y dice mi señor, don Pedro Páramo, que allá en Comala usté puede vivir. Le presta casa y todo.

Al fondo, sentada en la puerta de una caseta de madera, SUSANA cuida el comal. Un MINERO JOVEN tiende la mano y SUSANA le ofrece una tortilla y un jarrito.

BARTOLOMÉ
—Dile a tu amo, que yo no acepto limosnas.

BARTOLOMÉ rompe en pedazos la carta y gruñe yendo hacia SUSANA. El CACARIZO jala de su montura.

142 MEDIUM SHOT: BARTOLOMÉ, SUSANA y MINERO JOVEN

BARTOLOMÉ llega junto a SUSANA y habla, sin dirigirse a ninguno de los dos.

BARTOLOMÉ
—Todavía no es hora del rancho.

El MINERO JOVEN sonríe con naturalidad y se aleja, mientras BARTOLOMÉ, resoplando, se sienta en unos costales al lado de SUSANA.

MINERO JOVEN
—Como no hay trabajo y la niña se ve tan sola, pensé que podía distraerla.

BARTOLOMÉ
—No te apures, ya tiene quien la distraiga.

143 MEDIUM TWO SHOT: BARTOLOMÉ y SUSANA. DOLLY-IN

SUSANA atiende el hervor de la olla y BARTOLOMÉ la mira fijamente.

BARTOLOMÉ
—Las vetas se acaban, pero hay cosas que pueden más que todo el metal del mundo.

Ella levanta la mirada, enfrentándose a sus preguntas.

SUSANA
—¿Como qué cosas?

BARTOLOMÉ
—Pues... los condenados afectos, las miradas, las ganas... y si uno no puede quitarse los deseos, hay que quitárselos a los demás.

SUSANA
—¿Crees que esto es vida?

BARTOLOMÉ se incorpora, agitando los brazos y sale rápido.

BARTOLOMÉ
—No hay otra.

La CÁMARA AVANZA sobre el rostro trastornado de SUSANA que empieza a recoger los trastos.

SUSANA
—¿Cuándo podré descansar, Bartolomé? Sola. Con mis recuerdos.

E S C E N A: 38 (REAL)

INTERIOR. EXPENDIO MADRE VILLA COMALA. (DÍA)

144 MEDIUM SHOT: MIGUEL y MADRE VILLA. DOLLY CIRCULAR

La MADRE VILLA ríe y sirve tequila, acompañando en sus tragos a MIGUEL PÁRAMO, sobre el mostrador.

MADRE VILLA
—Te gusta mamar de lo sabroso.

MIGUEL
—Todas las leches son buenas, Madre Villa.

MADRE VILLA
—Sobre todo cuando tu padre es dueño de cuanta vaca hay por estas tierras.

MIGUEL
—¿Acaso dependo de mi papá?

MADRE VILLA
—Así dicen los díceres.

MIGUEL
—Miguel Páramo vale por sí mismo. Y si no lo cree, ahorita se lo demuestro.

MIGUEL desenfunda su elegante pistola y se dirige a la puerta.

MADRE VILLA
—A ver si las poderosas.

MIGUEL
—Así. Sin ver. Al primero que pase.

EXTERIOR. CALLE EXPENDIO MADRE VILLA COMALA. (DÍA)

145 LONG SHOT: SEÑOR, MIGUEL, MADRE VILLA y DOROTEA

En la calle solitaria no se oye nada más que el canto quebrado de un borracho. Un SEÑOR, vestido con elegancia porfiriana, camina, con bastón, hacia el expendio donde está amarrado el

"Colorado". De pronto, MIGUEL salta de la puerta, dando la espalda al hombre y le dispara sin mirar.

El SEÑOR cae fulminado y la canción cesa. Estallan las carcajadas de la MADRE VILLA, asomada a la puerta.

DOROTEA "LA CUARRACA", que estaba sentada en unos escalones como pidiendo limosna, corre chillando hacia el muerto. MIGUEL monta y se acerca.

146 MEDIUM CLOSE SHOT: MIGUEL, DOROTEA y MADRE VILLA

DOROTEA, meciendo un bulto entre los brazos, se hinca junto al muerto e implora.

DOROTEA
—Una limosna, señor, para rezarle al muerto.

MIGUEL
—¿Quién eres?

DOROTEA
—Me nombran Dorotea, la Cuarraca.

MIGUEL
—¿Y ése?

DOROTEA
—Pues venía siendo el señor don Timoteo Rentería, hermano del señor Cura de Comala, que estaba aquí de visita.

MIGUEL
—¿Y tú, además de limosnear, a qué le tiras?

DOROTEA (meciéndose)
—Quiero un hijo, señor. Por eso voy y vengo por las calles, con mi tristeza.

147 MEDIUM LONG SHOT: MIGUEL y DOROTEA. CÁMARA BAJA

MIGUEL, riendo, le arroja una moneda de plata desde lo alto del caballo.

MIGUEL
—Adiós, Dorotea. Olvida al muerto. Y en cuanto al hijo... ¡Quien quita yo te lo pueda dar, por más seca que estés!

148 CLOSE SHOT: DOROTEA y MIGUEL. CÁMARA ALTA

DOROTEA emite un chillido histérico agudo y su risa nerviosa inconfundibles; recoge la moneda y sigue meciendo su molote.

DOROTEA
—El muertito dejó una hija. La nombran Ana Rentería... Ahora seguro que se quedará de tentación en casa del señor Cura.

MIGUEL ríe y se aleja, haciendo saltar las chispas del empedrado con el fuetazo que le dio al "Colorado".

MIGUEL
—¡Ay, qué la Cuarraca! ¡Has de ser conseguidora!

La MADRE VILLA, observa, impasible.

E S C E N A: 39 (IRREAL)
<u>INTERIOR. SACRISTÍA ABANDONADA COMALA. (NOCHE)</u>

149 MEDIUM a FULL SHOT: ANA y JUAN.
DOLLY-BACK

ANA se retira de la ventana enrejada donde, a la <u>luz del día</u> se aleja la carrera del "Colorado".

ANA
—Aquí se acostumbra una a los "derepentes". Así, de repente, se murió mi padre.

JUAN está tumbado en el suelo con los brazos cruzados debajo de su cabeza. Cerca se mueven las arañas "turicatas" enredadas en una espesa bola peluda.

JUAN
—¡Qué pena, señorita Ana!

ANA se recuesta sobre el túmulo, mirando a JUAN.

ANA
—Estoy sola, Juan. Necesito consuelo y cariño.

JUAN
—Todos necesitamos. Si algo se le ofrece, avíseme.

ANA
—Cuídame. ¿O qué, no quieres cuidarme?

JUAN
—Claro que sí, Anita.

ANA
—Pues ven. Descansarás mejor junto a mí.

JUAN
—Acá estoy bien. Gracias. Al fin y al cabo la cama está tan dura como el suelo.

150 BIG CLOSE-UP: ARAÑAS

Los perezosos movimientos de las "turicatas" parecen activarse, como si salieran del sueño invernal.

ANA
—Estás muy desvaído, Juan. Es mejor que te subas, porque si no, ahí te comerán las turicatas.

151 MEDIUM SHOT: ANA y JUAN.
TILT-DOWN

JUAN se levanta rápido y se acuesta en el túmulo, junto a ANA que se inclina insinuante hacia él. La CÁMARA SUBE, encuadrando la cabeza colgada boca abajo, de un asceta, arropado con capa morada bordada en plata. La CÁMARA GIRA y reconocemos el rostro del PADRE RENTERÍA sin anteojos.

E S C E N A: 40 (REAL)
INTERIOR. IGLESIA COMALA. (DÍA)

152 CLOSE-UP: RENTERÍA, ANA, COFRADES, MONAGUILLO y TIMOTEO (MANIQUÍ). DOLLY-BACK a MEDIUM LONG SHOT

Envuelto por el tañido de las campanas que doblan a muerto. El rostro real del PADRE RENTERÍA con sus anteojos de oro y capa morada, levanta el incensario, que desprende humo purificador, a la altura de su rostro. La CÁMARA SE RETIRA, descubriendo el catafalco recubierto con manto de terciopelo negro, franjas de oro y calaveras blancas bordadas, donde reposa el ataúd con el cuerpo presente de don TIMOTEO RENTERÍA, (MANIQUÍ), entre candelabros de bronce bruñido que sostienen cirios encendidos.

RENTERÍA (musitando)
—Señor: el asunto comenzó cuando Pedro Páramo, de cosa baja que era, se alzó a mayor. Lo malo es que todo lo obtuvo de mí. Ellas decían "Me acuso, padre, que ayer dormí con Pedro Páramo". "Me acuso de que tuve un hijo de Pedro Páramo". "De que le presté mi hija a Pedro Páramo"... Siempre esperé que él viniera a acusarse de algo, pero nunca vino. Y ahora estiró los brazos de su maldad con ese hijo, al que él reconoció sólo Dios sabe por qué.

La CÁMARA SIGUE al Padre RENTERÍA que sahúma el féretro, asistido por el MONAGUILLO con cruz negra y recorre los rostros de los viejos COFRADES de la Buena Muerte, que entonan el "Miserere" colectivo y termina en el rostro enlutado de ANA que solloza entre velas incendiadas.

CANTO DE LOS COFRADES
"—Peccavi Domine,
"—Miserere mei.
"—Poenitet me pecasse,
"—Cupio emendare, quod
(fecci...".

E S C E N A: 41 (REAL)

INTERIOR. DESTILERÍA MEDIA LUNA. (DÍA)

153 MEDIUM TWO SHOT: PEDRO y FULGOR. PANNING

Sobre el fondo de los alambiques de olla, PEDRO con un jarro en la mano, el pelo revuelto y un tanto cargado de tequila, se apoya sobre el hombro de FULGOR, rematando su alegata.

PEDRO
—La culpa de todo lo que él haga, échamela a mí.

De la puerta viene el CACARIZO, derrengado, y manchado de polvo.

CACARIZO
—Pues con la novedad de que ese rejego de don Bartolomé nomás rompió sus letras de usted, y cuando volví a "La Mascota", ya había juido con priesa, porque ni rastro dejó... Creo que sus mineros se le fueron a la bola.

PEDRO echa el último trago de tequila, tira el jarrito y agita los brazos frente a FULGOR.

PEDRO
—¡Tú mismo irás a buscar a Bartolomé San Juan! ¡No repares en gastos! Y si aprecias tu pellejo no regreses a la Media Luna sin él, Fulgor Sedano.

PEDRO sale mientras FULGOR agrega:

FULGOR
—¡Caray, don Pedro, me encarga usted cada cosita!

E S C E N A: 42 (REAL)

EXTERIOR. PARADOR DILIGENCIAS DESIERTO. (DÍA)

154 LONG SHOT: BARTOLOMÉ, MAYORAL, POSTILLÓN, RANCHERO, NOVIOS y DOS MONJAS

En primer término, la pequeña recua de los SAN JUAN, con los borricos atados a una argolla, solos. Frente al parador, la vieja y polvorienta diligencia de los caminos serranos. El POSTILLÓN revisa el tiro de caballos. El MAYORAL, sentado al pescante, aguarda la orden de partir. Un RANCHERO rico ayuda, desde el interior del carruaje, a DOS MONJAS que suben. En el estribo los NOVIOS, recién casados, se hacen arrumacos. Todo indica que faltan segundos para que la diligencia arranque.

BARTOLOMÉ, muy inquieto, busca con la mirada a su hija y no la encuentra.

INTERIOR. CORRAL DE CHIVOS DESIERTO. (DÍA)

155 CLOSE DOLLY SHOT: SUSANA, NOVIOS, BARTOLOMÉ y POSTILLÓN

La CÁMARA recorre las cabezas inquietas de los caprinos, hasta encontrar la pileta de agua que oculta a SUSANA con su envoltorio en el rebozo, viendo por las rendijas de la barda la puerta abierta de la diligencia, con los NOVIOS que suben amarteladitos. SUSANA no distingue a su padre. No tiene más que saltar la barda y alcanzar la diligencia, para huir en el último instante.

Pero las botas mineras de BARTOLOMÉ aparecen en las trancas del corral.

El POSTILLÓN de un portazo cierra la diligencia. Se oyen gritos y silbidos y el armatoste arranca. BARTOLOMÉ frente al rebaño de chivos, duda. En el silencio que sigue, se quiebra un sollozo incontenible de SUSANA.

156 FULL PANNING a TWO SHOT: BARTOLOMÉ y SUSANA

Atravesando a patadas el rebaño, BARTOLOMÉ llega junto a SUSANA, que permanece doblada entre la pileta y la barda.

BARTOLOMÉ
—¿Por qué te escondes?

SUSANA
—Quiero descansar.

BARTOLOMÉ moja las manos en la pileta.

BARTOLOMÉ
—Sólo tu santa madre descansa.

SUSANA le da la espalda.

SUSANA
—¿Para qué la recuerdas?

BARTOLOMÉ, bruscamente, abraza a SUSANA que trata de zafarse.

BARTOLOMÉ
—¿Qué hemos hecho, Susana? ¿Por qué se nos ha podrido el alma?

BARTOLOMÉ la aprieta más, pero SUSANA se zafa violentamente irguiéndose para saltar.

SUSANA
—¡Déjame, Bartolomé!

BARTOLOMÉ
—Aguarda. A ver a dónde podemos llegar juntos.

157 MEDIUM TWO SHOT: BARTOLOMÉ y SUSANA

SUSANA salta la pileta, pero los chivos arremolinados, la bloquean, entonces se revuelve contra BARTOLOMÉ, que se ha incorporado y lo golpea con el chipote de su rebozo.

SUSANA
—¡No! ¡Huiré! ¡Huiré mil veces, hasta que me muera y ya no puedas encontrarme, padre!

BARTOLOMÉ (grita)
—¿Tú me dices padre?

Paralizada por el grito, SUSANA desfallece y BARTOLOMÉ la recibe en sus brazos. SUSANA reacciona

SUSANA
—¡Padre! ¡Bartolomé! ¡Florencio! ¡Déjenme!...

y trata de arañarlo. El viejo ríe, la sujeta sentándola al borde de la pileta. Se nota su gusto de que forcejee y en la crisis de SUSANA se adivina su sed de ternura.

¡Vengan... ! ¡No me abandonen!

BARTOLOMÉ

—¡Ya sabes que de mí sólo puede separarte, alguien que te quiera más que yo! ¡Y ése, no existe!

E S C E N A: 43 (REAL)

INTERIOR. RECÁMARA ANA RENTERÍA COMALA. (NOCHE)

158 CLOSE-UP DOLLY-BACK a TWO SHOT: DOROTEA y ANA

Una mano flaca toma delicadamente una fruta en dulce, y al retirarse la CÁMARA, vemos a DOROTEA "LA CUARRACA", envuelta en rebozos negros, sentada en el escritorio, que sin dejar la palabra, sorbetea el chocolate.

DOROTEA
—No llores tanto, hijita. Te vengo a avisar que tu padre quiere hablar contigo, esta noche, antes de perder su encarnación.

ANA, de riguroso luto, con el pelo revuelto y los brazos arremangados, llora, mientras guarda en un arcón las ropas, sombrero y bastón, de su padre.

ANA
—¡Bien sabes que lo mató Miguel Páramo!

DOROTEA se levanta, coloca una mano sobre los labios de ANA y abrazándola maternalmente, la obliga a sentarse frente a la comida.

DOROTEA
—¡Chist! No repitas las habladurías del demonio... Ese Miguelito es un santo. Tiene nombre de arcángel. Créeme, Anita.

ANA
—¡Déjame tranquila, Dorotea! ¡Mi padre está muerto!.. ¡Y yo estoy tan sola!

DOROTEA, cuando ANA responde, le ofrece una fruta escarchada, que ANA mordisquea entre lágrimas, provocando la risa chillona de la CUARRACA.

DOROTEA
—Tú qué sabes de los ires y venires de las ánimas en pena. Esta noche, en el camposanto... ¿Si es que todavía tienes ilusiones... ?

E S C E N A: 44 (REAL)

EXTERIOR. CEMENTERIO COMALA. (NOCHE)

159 TRAVELING SHOT: DOROTEA, ANA y MIGUEL

Las dos mujeres avanzan entre las tumbas adornadas con guías, banderolas y flecos de papel, manojos de flores y ramas secas, junto a las ofrendas de dulces y frutas. De pronto, unos brazos sujetan por atrás a ANA que abre la boca para gritar. DOROTEA se escapa y ANA trata de zafarse, pero MIGUEL la abraza, mordiéndole el lóbulo de la oreja.

MIGUEL (F. de C.)
—Soy Miguel Páramo. No te asustes. Vine a pedirte disculpas.

ANA
—¡Suéltame, monstruo!

MIGUEL
—¿Qué, no sabes perdonar?

ANA
—Mi tío dice que nunca hay que odiar a nadie.

160 LONG SHOT: DOROTEA

DOROTEA brinca chillando entre las tumbas y arranca de una cruz la corona de flores de papel, que ciñe en su cabeza.

DOROTEA
—¡No me hagan caso, palomos! ¡Soy algo que no le estorba a nadie!

161 MEDIUM SHOT: ANA y MIGUEL

La pareja sigue en su forcejeo y ANA no da la cara.

MIGUEL
—Mañana me casaré contigo.

ANA
—Si vienes a matarme, hazlo ya.

MIGUEL la besa en la nuca y la ciñe por la cintura.

MIGUEL
—Sí, te voy a matar... Apretándote. Metiéndome entre tus huesitos. Ana... Anita... Mira... ¡En el cielo hay lluvia de estrellas!

162 FULL SHOT: DOROTEA

Que sube bailando a un montículo, se golpea las rodillas, se levanta las faldas y cae sentada, chillando.

DOROTEA
—¡Ah qué la chicharra! ¡Ah qué sueños malditos! ¡Ése es el amor que nos hace vivir, más de lo debido!

163 MEDIUM a CLOSE-UP: ANA y MIGUEL

La CÁMARA AVANZA y MIGUEL sale de cuadro. ANA, mirando al cielo, abre la boca como si le faltara aire, y los cocuyos trazan sus luces en la negrura.

MIGUEL (F. de C.)
—Al fin puedo encontrarte. ¿Por qué te hacías tanto de rogar?

164 MEDIUM SHOT: DOROTEA

Sentada sobre la tierra, coronada como una virgen, "LA CUARRACA" envuelta en sus rebozos mece su molote-niño, hipando dulcemente.

DOROTEA
—Tengo el estómago tan engarruñado por las hambres, que me quedaré aquí, con mi hijo, en espera de la muerte siriquisiaca.

E S C E N A: 45 (IRREAL)

<u>INTERIOR. SACRISTÍA ABANDONADA COMALA. (NOCHE)</u>

165 MEDIUM SHOT DOLLY-IN: ANA y JUAN

El rostro de ANA, incorporada en el túmulo con JUAN detrás, expresa ansiedad. El redoble de cascos se oye muy lejano.

ANA
—¿Oyes... ? Ese diablo ya viene de regreso.

JUAN
—No oigo nada.

JUAN, dando la espalda a la mujer, suspira, con la resignación del que se muere de sueño y no lo dejan dormir. ANA se recuesta, dudando.

ANA
—Entonces es cosa de mi sexto sentido. Un don que Dios me dio. Sólo yo sé lo que he sufrido a causa de esto.

JUAN
—¿Por qué lo dice?

ANA
—Verás... Lo amé muchas veces contra mi voluntad y aquella noche estaba yo acostada, cuando oí rayar su caballo.

Efectivamente, oímos al "Colorado" rayando la calle, frente a la reja de la sacristía, y toques de nudillos sobre el cristal inexistente de la ventana. ANA se incorpora, ante la indiferencia de JUAN, que no oye nada, abre la ventana y se asoma.

E S C E N A: 46 (REAL)
EXTERIOR. CALLE LATERAL IGLESIA COMALA. (DÍA)

166 CLOSE SHOT: ANA JOVEN

Desde el otro lado el rostro hermoso de ANA JOVEN, vestida con camisón recatado, se asoma a la reja, y dice con voz fresca y temblorosa:

ANA JOVEN
—¿Qué pasó? Traes muy mala cara.

167 MEDIUM SHOT: MIGUEL

Junto a la alta reja, el rostro rasguñado y empolvado de MIGUEL, montado a caballo.

MIGUEL
—¡Quién sabe qué me ocurrió!

168 CLOSE SHOT: ANA JOVEN

Desconfiada y maliciosa, ANA coquetea tras la reja.

ANA JOVEN
—¿No fuiste a Sayula, para arreglar lo de nuestras amonestaciones?

169 MEDIUM CLOSE-UP: MIGUEL
(FONDO NEGRO PARA MAT-SHOT)

Detrás del rostro de MIGUEL, aparecen jirones neblinosos de humo, en la noche, y luego, en el plano siguiente.

MIGUEL
—Eso no fue más que un pretexto que te puse. La verdad es que la Cuarraca me avisó que aquella güerita de Sayula, me esperaba, pero no pude dar con el camino. Había mucha niebla o humo, o no sé qué. Cabalgué y cabalgué, pero Sayula no existe. Vengo a contártelo a ti porque me quieres. Otra gente diría que estoy loco.

EXTERIOR. CAMINO SAYULA. (NOCHE)

170 EXTRA LONG SHOT: MIGUEL
y “COLORADO”

MIGUEL lanzado al galope sobre el llano, envuelto por la niebla, enfrena al “Colorado”, buscando el camino.

EXTERIOR. CALLE LATERAL IGLESIA COMALA. (DÍA)

171 CLOSE SHOT: ANA JOVEN

Desesperada, ANA acerca su rostro a la reja asiendo con fuerza los fierros de la ventana.

ANA JOVEN
—Loco no, Miguel. Debes estar muerto. Ya te anunciaron que ese caballo te iba a matar.

172 CLOSE-UP: MIGUEL (FONDO NEGRO para MAT-SHOTS #______)

MIGUEL, cada vez más fatigado, continúa su relato fantástico. Al fondo desfilan vertiginosas las imágenes siguientes:

MIGUEL
—Sólo hice que el "Colorado" brincara la barrera de piedra que mi padre mandó poner en el camino de Sayula... Sé que brinqué y seguí corriendo.

EXTERIOR. LIENZO CAMINO SAYULA. (NOCHE)

173 MEDIUM LONG SHOT: MIGUEL y "COLORADO"

El corcel hostigado por el jinete se arranca tratando de brincar el lienzo de cantera.

174 FULL SHOT: MIGUEL y "COLORADO"

El caballo se detiene y lanza al jinete sobre el muro, donde se estrella (MANIQUÍ).

175 EXTRA LONG SHOT: "COLORADO"

El caballo con la montura suelta, corre en sentido contrario perdiéndose dentro de la niebla.

EXTERIOR. CALLE LATERAL IGLESIA COMALA. (DÍA)

176 LONG SHOT: ANA JOVEN

Se muerde los labios, a punto de llorar de rabia.

ANA JOVEN
—Y yo que tenía mis cositas listas para irme contigo. A decir verdad,

ya ni me importaba lo de la santificación.

177 CLOSE-UP: MIGUEL

El rostro súbitamente envejecido de MIGUEL llena el cuadro. Atrás, jirones de humo denso.

MIGUEL
—Escúchame, Anita. Como te digo, no había más que humo... y humo... Ahora me siento despedazado, carcomido.

E S C E N A: 45-A[1] (IRREAL)
INTERIOR. SACRISTÍA ABANDONADA COMALA. (NOCHE)

178 MEDIUM SHOT DOLLY-IN: JUAN, MIGUEL, ANA y PEONES

JUAN oye esta última respuesta. Cuando la CÁMARA AVANZA, termina el diálogo y ANA cierra la ventana sobre el rostro muerto de MIGUEL PÁRAMO a quien envuelven en unos costales, los PEONES de la Media Luna.

ANA

—Vete y descansa en paz. Mañana tu padre se torcerá de dolor. Te agradezco que hayas venido a despedirte de mí. Pero... ¡te odio, Miguel Páramo!

1 La Escena 45-A se ubica en el original precisamente en este lugar, después de la Escena 46 y antes de la 47.

E S C E N A: 47 (REAL)

INTERIOR. RECÁMARA MIGUEL MEDIA LUNA. (NOCHE)

179 FULL a CLOSE SHOT: DAMIANA, CACARIZO y HOMBRES

Se abre la puerta y unos HOMBRES tratan de meter a la recámara un bulto de costales viejos, amarrado con sicuas de coyunda, que parece una momia. El CACARIZO dirige la maniobra ante la mirada horrorizada de DAMIANA. Los mecheros de petróleo aluzan la noche.

CACARIZO (voz baja)
—¡Descánsenlo de cabeza! No, así no. Hay que meterlo con la cabeza para atrás. ¡Tú!, ¿qué esperas?

Por fin el cuerpo pasa la puerta. Los HOMBRES quitan el colchón de la cama y tienden el cadáver sobre las tablas, desatándolo.

180 MEDIUM CLOSE SHOT: PEDRO

PEDRO PÁRAMO aparece, enorme, rígido, en la puerta.

PEDRO
—¿Quién es?

181 MEDIUM LONG SHOT: PEDRO, DAMIANA, CACARIZO, MIGUEL, HOMBRES y SIRVIENTA

Los HOMBRES acaban de desprender las tiras y revelan el cuerpo muerto de MIGUEL, en primer término de CÁMARA. Del fondo, despacio, PEDRO seguido por DAMIANA, se acerca a la cama. Una sirvienta trae pedestales con ambleos encendidos y los coloca a la cabecera. El CACARIZO y sus HOMBRES salen, con los mecheros de petróleo.

CACARIZO
—Es Miguel, don Pedro.

PEDRO
—¿Qué le hicieron?

CACARIZO
—Nadie le hizo nada. Lo mató el caballo en el camino a Sayula.

182 CLOSE-UP: PEDRO

PEDRO tiene clavada la mirada en el rostro yacente de su hijo. Sus labios se mueven al musitar:

PEDRO
—Estoy comenzando a pagar. Más vale empezar temprano, para terminar pronto.

183 MEDIUM LONG SHOT: PEDRO, DAMIANA, RENTERÍA y MIGUEL

DAMIANA tapa el rostro de MIGUEL, con un pañuelo negro. A la puerta, acaba de llegar el PADRE RENTERÍA, sin ornamentos. DAMIANA corre, se arrodilla ante él, colgada de su sotana.

DAMIANA
—¡Parece más grande de lo que era!

DAMIANA (continúa)
—¡Padre, queremos que nos lo bendiga!

El PADRE RENTERÍA zafa a DAMIANA con un gesto duro y permanece en el umbral, sin entrar, moviendo negativamente la cabeza.

RENTERÍA
—¡No! No lo haré. Fue un mal hombre y no entrará al reino de los cielos. Dios me tomará a mal que interceda por él.

184 MEDIUM SHOT PANNING: PEDRO, RENTERÍA y DAMIANA

PEDRO habla, primero sin voltearse, con la cabeza baja y luego alzando el rostro, se enfrenta al cura. RENTERÍA avanza un paso. DAMIANA se levanta. PEDRO se acerca, saca un puñado de monedas de oro, abre la mano flácida y temblorosa del CURA y las deja.

PEDRO
—Sé que usted lo odiaba y con razón... Pero olvídese ahora, padre. Considérelo y perdónelo, como quizás Dios lo haya perdonado. Reciba eso como una limosna para su iglesia.

RENTERÍA cierra los ojos y al tiempo que aprieta el puño, dice:

RENTERÍA
—¡Déjenme solo con él!

PEDRO sale con DAMIANA quien cierra, suavemente, la puerta.

185 MEDIUM DOLLY a CLOSE-UP: RENTERÍA, DAMIANA, DOROTEA, MONAGUILLO y MUJERES

El CURA camina unos pasos y se arrodilla en el centro de la recámara, deja las monedas sobre el piso y mirando al techo, lanza su imprecación:

RENTERÍA
—Son Tuyas, Señor. Él puede comprar la salvación. Tú sabes si éste es el precio. Por mí... ¡condénalo, Señor!

El PADRE RENTERÍA, después de cerrar los ojos un segundo, baja la cabeza. La CÁMARA RETROCEDE y vemos cómo recoge el montón de monedas del suelo y se pone en pie, diciendo:

RENTERÍA
—Está bien, Señor. Tú ganas.

Luego abre la puerta y entra un ACÓLITO con DOROTEA y una hilera de MUJERES enlutadas. El MONAGUILLO le entrega a RENTERÍA la estola, que besa, y se pone. Alza el hisopo con ademanes suaves y rocía de arriba a abajo a DOROTEA y a las MUJERES que se arrodillan apiñadas, soltándose a llorar escandalosamente. El PADRE RENTERÍA bendice el cadáver.

RENTERÍA
—"Requiem aeternam dona eis, Domine..."

186 CLOSE SHOT: PEDRO, DAMIANA, CACARIZO y HOMBRES

En la puerta, DAMIANA se persigna para comenzar su rezo. PEDRO le dice, antes de retirarse con el CACARIZO:

PEDRO
—Es mucho alboroto por mi muerto. Si fuera de ellas, no llorarían con tantas ganas.

Una fila de HOMBRES descubiertos e impasibles llena el fondo.

187 MEDIUM SHOT: DOROTEA y MUJERES

Las MUJERES enlutadas con DOROTEA "LA CUARRACA" al frente, lloran sofocando los latines del PADRE RENTERÍA. DOROTEA desenvuelve su "crío": una botella de mezcal. Toma un trago y ríe, pasándola a las vecinas.

E S C E N A: 48 (REAL)

INTERIOR-EXTERIOR. COVACHA CON TRONCOS. (NOCHE)

188 CLOSE SHOT: SUSANA, BARTOLOMÉ y FULGOR. CÁMARA BAJA

SUSANA, tumbada en un catre con los ojos cerrados y la boca entreabierta, respirando enfebrecida. En la puerta de la húmeda covacha, los dos hombres hablan en voz baja.

FULGOR
—... de manera que como me lo dijeron se lo endoso. Allá en la Media Luna mi patrón lo protegerá a usted y a la señora.

189 MEDIUM TWO SHOT: BARTOLOMÉ, FULGOR, TARTAMUDO y HOMBRES. CÁMARA BAJA

Las siluetas de BARTOLOMÉ y FULGOR, envueltas en humo de cigarro, se destacan sobre el cielo nocturno y las negras montañas. Detrás, el TARTAMUDO ensombrerado, y al fondo, HOMBRES a caballo, armados.

BARTOLOMÉ
—¿Y con qué garantías cuento?

FULGOR
—Si mi patrón es tan fajado como yo creo, quien quita y hasta le recupere las minitas.

190 FULL TILT-DOWN a CLOSE-UP: SUSANA y BARTOLOMÉ

BARTOLOMÉ da la espalda a FULGOR y entrando, se acerca al rostro de SUSANA, que sigue con los ojos cerrados.

BARTOLOMÉ (voz baja)
—Otro mandadero de ese hombre que quiere darme trabajo. Quizá podamos regresar a "La Andrómeda"... y descansar... Solos.

SUSANA, con las últimas palabras, reacciona, abriendo los ojos llenos de tristeza:

SUSANA
—Está bien, Bartolomé. No temas. Te seguiré siempre.

BARTOLOMÉ
—Este Pedro Páramo es poderoso, y aquí no tendremos salvación.

SUSANA se incorpora en el catre, mirando a la lejanía. En los labios se dibuja una irónica sonrisa. La CÁMARA ENCUADRA su CLOSE-UP.

SUSANA
—Sí, vámonos a Comala. Viviremos en paz. Presiento que ese hombre nos protegerá a los dos.

E S C E N A: 49 (REAL)

EXTERIOR. CAMINO CEMENTERIO COMALA. (DÍA)

191 MEDIUM CLOSE-UP: PEDRO, DAMIANA, CACARIZO, TERENCIO, UBILLADO, ISAÍAS, JESÚS, MUJERES, GENTES, RENTERÍA, MONAGUILLOS y "COLORADO"

Los dobles transferidos de las campanas de Comala, a lo lejos.

PEDRO PÁRAMO vestido de negro camina detrás del féretro de su hijo. Un poco retirados, vienen DAMIANA, el CACARIZO, MUJERES enlutadas y GENTES de la hacienda. La CÁMARA RECORRIENDO el cortejo, alcanza a los PEONES de adelante, que cargan al muerto y conversan en voz baja.

TERRENCIO
—Dicen que ya anda suelta el ánima de Miguelito. Que lo han visto, con chaparreras y todo, tocando a la reja de una fulanita.

JESÚS
—¡Ándale, Terencio! ¿Crees tú que don Pedro, con el genio que se carga, iba a permitir que su hijo le siga quitando viejas?

ISAÍAS
—Quizá tu hermana esté nostálgica pensando en el regreso de Miguelito.

La CÁMARA ENCUADRA ahora al CACARIZO, que señala a PEDRO, como el "Colorado", con la cabeza baja, viene siguiendo el cadáver. PEDRO saca la pistola y dispara.

UBILLADO
—¡Dile que no llore, que aquí me tiene a mí!

TERENCIO
—Me saludas a la tuya.

192 EXTRA LONG SHOT: CORTEJO FÚNEBRE (IGUAL al PLANO ANTERIOR)

Invulnerable, el "Colorado" se alza de manos y arranca al galope sobre la planicie, mientras el cortejo, con el PADRE RENTERÍA, de ajada capa pluvial con desgastados bordados en negro, y el SACRISTÁN con los MONAGUILLOS, llevando la cruz alzada al frente y ciriales, atraviesan la inmensa extensión de las tierras de PEDRO PÁRAMO.

E S C E N A: 50 (REAL)

<u>INTERIOR. IGLESIA COMALA. (DÍA)</u>

193 CLOSE-UP, DOLLY-BACK: DOROTEA, RENTERÍA, HIJA DE MARÍA y ANCIANAS

Tapada con los rebozos y arrastrándose de rodillas, DOROTEA llega tambaleándose, hasta el confesonario y pega sus labios a la rejilla, hipando su borrachera. La CÁMARA SE RETIRA y vemos al PADRE RENTERÍA, sentado y revestido con el alba, que acaba de dar la absolución a una joven y hermosa HIJA DE MARÍA, que sale compungida. El CURA mira a través de la rejilla, parece oler y hace gesto de repugnancia.

DOROTEA (musita)
—"Yo pecador me confieso..."

RENTERÍA
—¿Qué? ¿Vienes borracha?

DOROTEA
—Es que estuve en el velorio de Miguelito Páramo y se me pasaron las canelas.

Una larga fila de ANCIANAS enlutadas espera de rodillas, rezando.

RENTERÍA
—¿Para qué vienes a quitarme el tiempo?

DOROTEA
—Ahora sí traigo pecados, padre. Y de sobra.

RENTERÍA
—Bueno, confiésate, de una vez.

94 TWO SHOT: DOROTEA y RENTERÍA

Con resignación cristiana, el PADRE RENTERÍA se inclina para recibir la confesión de "LA CUARRACA".

DOROTEA
—Ya que no puedo causarle ningún perjuicio, me acuso de que era yo la que le conseguía muchachas al difunto Miguelito.

RENTERÍA
—¿Se las llevabas?

DOROTEA
—Algunas veces sí. En otras se las apalabraba. Y con otras, nomás le daba el norte.

RENTERÍA
—¿Qué quieres que haga contigo, Dorotea? Júzgate tú misma. Ve si tú puedes perdonarte.

DOROTEA
—Yo no, padrecito. Pero usted sí puede. Por eso vengo a confesarme.

RENTERÍA
—¿Fueron muchas?

RENTERÍA, confuso, corre la cortinilla del confesonario y se incorpora; parece mareado. La CÁMARA RETROCEDE y el CURA sale de prisa, sin volver la cabeza hacia la fila de ANCIANAS que elevan el "Yo pecador" sobre la última frase de DOROTEA, quien se dobla al pie de la ventanilla, para dormir la borrachera.

DOROTEA
—Retemuchas. Con decirle que hasta Anita, su sobrina, anduvo en el rejuego.

RENTERÍA
—Jamás conocerás el cielo, Dorotea. Ni siquiera de lejos lo verás. Pero, que Dios te perdone.

DOROTEA (para sí)
—Si no me queda otra puerta que la del infierno, más me valía no haber nacido.

INTERIOR. SACRISTÍA COMALA. (DÍA)

195 CÁMARA SOBRE RUEDAS: RENTERÍA y ANA

El PADRE RENTERÍA entra decidido a la sacristía y la CÁMARA lo sigue hasta llegar frente al enorme espejo donde, entre delicados paños blancos, ANA limpia meticulosamente las jarritas de cristal tallado, llenándolas después con agua y vino blanco. RENTERÍA se quita el alba, manípulo y estola y los va besando.

RENTERÍA
—Sabías que él mató a tu padre. ¿Qué hiciste para alejarlo?

ANA
—No hice nada, tío. Llegó pidiéndome disculpas.

RENTERÍA
—Démosle gracias a Dios nuestro Señor, que se lo llevó de este pueblo sin nombre, donde causó tanto mal. No importa que lo tenga ahora en Su gloria.

ANA se enfrenta a su tío, sosteniendo una charola de plata con vinajeras.

ANA
—¿Le dio usted el perdón a Miguel Páramo?

RENTERÍA
—¿Qué sabemos nosotros del cielo y del infierno?... Las oraciones no llenan el estómago, y es don Pedro quien da mi mantenimiento.

La CÁMARA RETROCEDE con ANA, que avanza como un arcángel bellísimo llevando los vasos sagrados.

ANA
—Tío... ¿qué ha hecho usted de la fuerza de Dios?

E S C E N A: 51 (IRREAL)
INTERIOR. SACRISTÍA ABANDONADA COMALA. (NOCHE)

196 CÁMARA SOBRE RUEDAS: ANA y JUAN

ANA, destocada, con el cabello suelto, avanza entre las imágenes rotas.

ANA
—Se fue mi padre. Se fue Miguel. Y yo, por no quedarme sola, me fui con mi tío a la guerra aquella de los cristeros.

JUAN está dormido sobre el túmulo. ANA se inclina para arroparlo con su jorongo y en su frente se destaca el limpio agujero de un balazo.

—Y nomás me volví mal hablada entre la tropa y conseguí una bala en la mera sien.

ANA se acerca a la escultura del asceta, que se parece al PADRE RENTERÍA, cuando comienza a oírse, lejanísimo, el galope del "Colorado". ANA descuelga una 30-30 de un Santiago Apóstol.

—Pero le pedí: "Tío, entiérrenme en Comala. Allí anda todavía el caballo de Miguel".

—Y el viejo hijo de la remolacha, dicho sea para su gloria, me cumplió. Creo que es la única vez que alguien me cumplió algo.

Al relincho del "Colorado" sigue el grito inconfundible de MIGUEL. ANA va hacia la puerta y, mirando a JUAN, antes de salir, blande la carabina con exaltación.

—¡Voy que te confundo, mundo!... ¡Ora a ver si me cumple ese hijo de... Pedro Páramo!

197 FULL SHOT: JUAN. PANNING

Suena una descarga dentro de la sacristía. JUAN despierta. Toca en el túmulo el hueco cálido del cuerpo de la señorita Rentería, relleno ahora de lodo húmedo. Salta hacia la puerta y sale.

JUAN
—Señorita Rentería... ¿A dónde va usted? ¡Ana, Anita, no me deje solo, por favor!

E S C E N A: 52 (IRREAL)
INTERIOR. IGLESIA ABANDONADA COMALA. (NOCHE)

198 LONG GRÚA SHOT: JUAN

JUAN sale por la puerta de la sacristía y se dirige a la puerta principal, atravesando con pasos dubitativos el templo, mientras la campana mayor, pesada, lentísima, toca las horas de un tiempo que no se detiene nunca. Sobre las pulidas losas hay cruces de ceniza del tamaño de un cristiano y junto a ellas las insignias destrozadas de las cofradías.

El ruido seco, espeso, rítmico, escalofriante, de las disciplinas, mezclado con sollozos ahogados de hombres, se funde con los salmos apocalípticos, cantados con música de tristísimas chirimías y roncas tamboras.

CORO DE ANCIANOS
"—Dies irae, dies illa,
"—Solvet soeclum in favilla:
"—Teste David cum Sybilla.

El traqueteo óseo de las matracas despide a JUAN hacia el atrio.

E S C E N A: 53 (IRREAL)

EXTERIOR. PLAZA PRINCIPAL ABANDONADA COMALA. (NOCHE)

199 MEDIUM GRÚA SHOT: JUAN

En la plaza desierta sólo hay silencio. JUAN camina con pasos inciertos. Hojas muertas vuelan en círculos a su alrededor, sin que se escucha ni el mínimo zumbido del viento. JUAN gira sin rumbo, sobre sí mismo. Busca el retrato de su madre y después de mirarlo, interroga al vacío, queriendo penetrar con sus ojos la oscuridad.

La voz secreta de su madre, parece iluminar la noche. JUAN, esperanzado, endereza sus pasos calle arriba.

VOZ DOLORITAS

—"Comala... Mi pueblo... Al amanecer, el viento mueve las espigas en las llanuras verdes y al mediodía arrastra las hojas frescas de los árboles por la plaza".

JUAN

—¡Madre! ¡Ya no puedo más! ¡Llévame contigo! ¡Sácame de aquí!

VOZ DOLORITAS

—"Ven... Te guiaré. Sube por esa calle empinada, la calle de los Colimotes y verás la Media Luna, iluminando la noche. Allí vive tu padre, Pedro Páramo..."

EXTERIOR. CALLE EMPINADA ABANDONADA COMALA. (NOCHE)

200 LONG GRÚA SHOT: JUAN

Entre los escombros de las casas, JUAN asciende su calvario. De los alféizares oscuros, brotan risas de hombres ya muy viejas, como cansadas de reír.

Solo y abatido, JUAN llega a lo alto y divisa la Media Luna. Lejos, unos perros aúllan.

E S C E N A: 54 (IRREAL)

EXTERIOR. PATIO ABANDONADO MEDIA LUNA. (NOCHE)

201 MEDIUM LONG SHOT: JUAN y DAMIANA. GRÚA-DOLLY

JUAN distingue la figura de DAMIANA CISNEROS, parada en el centro del patio. Debajo de la corteza de las canas y el gris funerario de sus ropas, vibra aún la savia maternal de una campesina. En su mano izquierda sostiene un aro de fierro, con llaves de todas formas y tamaños. JUAN se acerca a ella.

DAMIANA
—¡Cómo has tardado en llegar!

JUAN
—Me perdí entre los murmullos. ¿Vive usted aquí?

DAMIANA indica a JUAN que la siga, hacia la casa derruida.

DAMIANA
—Soy Damiana Cisneros y ésta es la Media Luna.

JUAN
—¡Ah! ¿Entonces tú eres la nana de quien tanto me platicó mi madre?

DAMIANA
—Sí. Yo soy. Te cuidé desde que abriste los ojos, Juan Preciado.

Han llegado frente a una puerta desencuadernada, sin vidrios ni picaporte, que DAMIANA abre cuidadosamente con llave, y entran.

E S C E N A: 55 (IRREAL)

INTERIOR. RECÁMARA ABANDONADA DAMIANA MEDIA LUNA. (NOCHE)

202 FULL a CLOSE SHOT: DAMIANA y JUAN

Extraño cuarto de cuatro puertas, con el piso hundido en tramos y las vigas al aire, como si un temblor lo hubiese derrumbado. En las esquinas, arcones y sofás destrozados. Una mecedora de mimbre, adornada con viejos paños bordados, en el centro.

DAMIANA invita a pasar a JUAN quien, sorteando los agujeros del entarimado, cae en la mecedora, desfallecido.

DAMIANA
—¿Y a ti, qué te trae por aquí... ?

JUAN
—Vine a buscar a Pedro Páramo, que según parece fue mi padre. Me trajo la ilusión.

DAMIANA mira al patio, intrigada.

DAMIANA
—¿La ilusión? Eso cuesta caro. Pero es natural, hijo, es natural. A tu padre tendrás que verlo más tarde, porque ahorita anda muy ocupado con unos señores que acaban de llegar a la Media Luna.

203 MEDIUM CLOSE-UP: JUAN

Oyendo a su nana, el rostro de JUAN se ilumina de esperanza y por primera vez, reposa confiado.

E S C E N A: 56 (REAL)

INTERIOR. PASILLO MEDIA LUNA. (DÍA)

204 CLOSE SHOT: PEDRO y FULGOR.
DOLLY-BACK

PEDRO PÁRAMO marchando con alegría inusitada en su rostro. FULGOR lo sigue.

PEDRO
—¿Han venido los dos?

FULGOR
—Sí, don Bartolomé y su mujer.

PEDRO
—¿No será su hija?

FULGOR
—Pues por el modo como la trata, más bien parece su mujer.

PEDRO se detiene para explicar a FULGOR el plan, quien, preocupado, sale por un lado, mientras PEDRO, componiendo su alegría, avanza hacia CÁMARA.

PEDRO
—Vete a descansar, Fulgor. Luego nos toca pensar cómo aquietamos al Galileo Aréchiga que se figura que las tierras son de él.

E S C E N A: 57 (REAL)

INTERIOR. SALA MEDIA LUNA. (ATARDECER)

205 FULL SHOT: SUSANA, BARTOLOMÉ y PEDRO. CÁMARA SOBRE RUEDAS

En la ventana, SUSANA mira hacia Comala. BARTOLOMÉ, derrumbado sobre una mecedora, deshace los lazos de sus botas mineras. PEDRO aparece en el marco de la puerta, saluda con cortesía y entra, seguido por CÁMARA.

PEDRO
—Bienvenidos a la Media Luna.

BARTOLOMÉ echa una ojeada a PEDRO, con desconfianza. Pero la perfecta cordialidad del señor de la casa lo obliga a incorporarse y tenderle la mano.

BARTOLOMÉ
—Le agradezco la hospitalidad. Puede cobrarse con mi trabajo.

PEDRO no mira a SUSANA, ni ésta a él, como si misteriosamente se hubiese establecido un acuerdo entre los dos. Durante toda la escena, SUSANA permanecerá lejos del centro del diálogo, pero siempre dentro del encuadre.

PEDRO
—Ésa fue siempre mi intención. Los buenos administradores no abundan. Por eso insistí tanto, señor San Juan.

BARTOLOMÉ (confuso)
—Ah, pues sí. Eso ha de ser. Entonces, gracias.

PEDRO
—No hay nada qué agradecer. Los dos vamos a beneficiarnos.

206 MEDIUM SHOT: SUSANA, BARTOLOMÉ, PEDRO y DAMIANA

Al encuadrar a BARTOLOMÉ, vemos cómo llega a la puerta DAMIANA y mira alternativamente a PEDRO y SUSANA, aguardando órdenes.

BARTOLOMÉ
—Me dicen que usted puede recuperar las minas. "La Andrómeda" tiene posibilidades, trabajándola con fe. Nomás que necesito gente. Todos se fueron a la bola.

PEDRO
—De eso se encargará Fulgor. Usted no se preocupe de nada.

207 MEDIUM SHOT: SUSANA, BARTOLOMÉ, PEDRO y DAMIANA

Cuando PEDRO le dice, DAMIANA se acerca a SUSANA, como sugiriéndole que la acompañe.

PEDRO (a Damiana)
—Damiana, lleva a la señora a su recámara. La que fue de doña Doloritas.

BARTOLOMÉ a punto de respingar, se contiene. SUSANA y DAMIANA pasan a espaldas de PEDRO, en silencio.

PEDRO (a Bartolomé)
—... Permítame mostrarle su habitación, señor San Juan.

PEDRO tiende la mano en dirección a otra puerta señalando a BARTOLOMÉ, con gesto amistoso, su habitación.

E S C E N A: 58 (REAL)

INTERIOR. RECÁMARA SUSANA MEDIA LUNA. (ANOCHECER)

208 MEDIUM a FULL SHOT: DAMIANA, SUSANA y PEDRO. CÁMARA EN RUEDAS

DAMIANA acomoda las ropas de SUSANA en el armario y la CÁMARA la SIGUE, cuando se oyen discretos golpes en la puerta. DAMIANA abre y entra PEDRO. La nana se retira, discreta, y la CÁMARA SIGUE a PEDRO al ventanal donde SUSANA mira a los campos, de lo que suben las risas infantiles.

SUSANA
—Ése es el río, ¿verdad?

PEDRO
—Sí. ¿Lo recuerdas?

SUSANA
—Todavía no sé si quiero recordarlo.

209 MEDIUM TWO SHOT: PEDRO y SUSANA. DOLLY-IN

PEDRO se acerca a SUSANA y delicadamente la toma del talle con una mano.

PEDRO
—He pasado una vida buscándote, Susana. Esperé a tenerlo todo. Todo lo que se puede conseguir para tenerte a ti...

SUSANA levanta la cabeza, mirando tristemente a PEDRO, quien insiste, animoso.

PEDRO (continúa)
—Ahora serás la señora de la Media Luna. Mañana recorrerás toda la tierra. Verás qué grande es.

PEDRO la abraza, para acercarse a su cuello, pero SUSANA, suavemente lo rechaza, deteniendo sus labios con una mano, que PEDRO besa apasionadamente.

SUSANA lo mira fijamente. PEDRO también; sus ojos reflejan una dura decisión. Da la vuelta y sale.

SUSANA
—Ya he visto toda la tierra que cabe en mis ojos... Esta noche, quiero descansar, Pedro. Sólo te pido un favor: no dejes que entre aquí Bartolomé.

E S C E N A: 59 (REAL)

EXTERIOR. PASTIZALES COMALA. (DÍA)

210 TWO SHOT: PEDRO y FULGOR.
DOLLY-TRUCK

Los bramidos de los toros pueblan el llano. Los caporales echan silbidos a la punta de vaquillas y el semental ventea los caballos. PEDRO, desde lo alto de la montura, vigila la maniobra. FULGOR, satisfecho de la arriada, empareja su caballo con el del amo y cabalgando, los dos hablan pausadamente.

PEDRO
—¿Sabes, Fulgor, que ésa es la mujer más hermosa que se ha visto sobre la tierra? Llegué a creer que la había perdido para siempre. Y no quiero volverla a perder.

PEDRO, viendo que FULGOR, oteando el horizonte se hace el desentendido, lo interpela directamente.

—¿Tú me entiendes, Fulgor? Dile a su padre que estoy de acuerdo. Que se vaya a seguir explotando las minas de "La Andrómeda". Y allá... me imagino que será fácil desaparecer al viejo en aquellas regiones adonde nadie va nunca. ¿No lo crees?

FULGOR
—Puede ser.

PEDRO
—Necesitamos que sea. Ella tiene que quedarse huérfana. Estamos obligados a amparar a alguien.

Una punta de toros de lidia, negros y lentos, pasan al fondo, bramando.

FULGOR
—No lo veo difícil.

PEDRO
—Entonces, andando, Fulgor, andando.

FULGOR detiene su caballo y PEDRO hace lo mismo.

FULGOR
—¿Y si ella lo llega a saber?

PEDRO
—A ver, dime, aquí entre nos... ¿Quién se lo dirá? ¿Quién?

FULGOR
—Estoy seguro que nadie.

Los dos jinetes continúan el paso que venían llevando.

PEDRO
—Quítale el "estoy seguro que". Quítaselo, desde ahorita, y ya verás como todo sale bien.

FULGOR sonríe con cinismo y la cara de PEDRO PÁRAMO se ensombrece.

FULGOR
—Me vuelve a gustar cómo acciona usted, patrón. Como que se le están rejuveneciendo los ánimos.

E S C E N A: 60 (REAL)

INTERIOR. RECÁMARA SUSANA MEDIA LUNA. (TARDE)

211 TWO DOLLY SHOT: PEDRO y SUSANA

PEDRO, con el traje campero cubierto de polvo, avanza, lento, hacia SUSANA que viene del lecho en camisón, mirándolo con serena gratitud. Los dos alargan los brazos mientras se acercan de un modo mágico, como si temieran tocarse y, al tocarse, desvanecerse. Al fin se alcanzan, con las puntas de los dedos.

PEDRO (murmura)
—Te quiero para mí solo.

Se abrazan violentamente y él la besa en los hombros y en el cuello. SUSANA se separa y suavemente lo atrae al lecho donde se recuesta. PEDRO la acaricia con lentitud y deshace el lazo del camisón. Los brazos de SUSANA se cruzan sobre la espalda de PEDRO que la cubre con su cuerpo. Hay una pausa.

SUSANA
—Me quieres mucho, Pedro... Haces que me guste... que olvide el mar... ¡Todo!

Bruscamente la escena de la entrega se interrumpe con los jalones del pestillo y la voz ruda del padre que toca con el puño en la puerta cerrada de la recámara. PEDRO levanta el rostro hundido en los pechos de SUSANA que no abre los ojos.

BARTOLOMÉ (F. de C.)
—¡Susana! ¡Ábreme!

INTERIOR. PASILLO MEDIA LUNA. (TARDE)

212 MEDIUM SHOT: BARTOLOMÉ

El viejo minero, en atuendo de viaje, está pegado a la puerta de la recámara.

BARTOLOMÉ
—¿Por qué no me dejas entrar?

INTERIOR. RECÁMARA SUSANA MEDIA LUNA. (TARDE)

213 MEDIUM SHOT: SUSANA y PEDRO

SUSANA continúa recostada, con los ojos cerrados y la cabeza de PEDRO reclinada contra su hombro.

SUSANA
—Estoy desnuda, padre.

INTERIOR. PASILLO MEDIA LUNA. (TARDE)

214 MEDIUM SHOT: BARTOLOMÉ

Con el rostro pegado al visillo de la puerta, BARTOLOMÉ jala de nuevo el pestillo con violencia.

BARTOLOMÉ
—¿Y qué? Sólo quiero decirte que me regreso a las minas...

INTERIOR. RECÁMARA SUSANA MEDIA LUNA. (TARDE)

215 CLOSE DOLLY SHOT: SUSANA y PEDRO

SUSANA se levanta tapándose con la colcha y avanza SEGUIDA POR CÁMARA hacia la puerta, mientras se escucha la voz del padre.

BARTOLOMÉ (F. de C.)
—Y en cuanto tenga con qué, te mando llamar. Allá viviremos como siempre. Pero ahora, protegidos y solos.

INTERIOR. PUERTA RECÁMARA SUSANA MEDIA LUNA. (TARDE)

216 CLOSE SHOT: BARTOLOMÉ y SUSANA

El rostro de SUSANA aparece detrás del visillo enrejado de la puerta, cuando ella abre para interrogar a su padre, quien le responde resignado:

SUSANA
—¿Sola? ¿Protegida? ¿Contigo, Bartolomé?

BARTOLOMÉ
—No hables tanto y cuídate mientras estoy fuera. Recuerda que este hombre es casado y ha tenido infinidad de mujeres.

SUSANA
—Sí, Bartolomé.

217 CLOSE SHOT: SUSANA, BARTOLOMÉ y PEDRO. (CONTRÁNGULO DEL #_____)

El rostro del viejo, enmarcado por cuadrángulo del visillo frente a SUSANA, recobra su furia. PEDRO PÁRAMO se ha acercado a SUSANA, sin que BARTOLOMÉ

BARTOLOMÉ
—No me digas Bartolomé. ¡Soy tu padre! Y ese hombre es, según yo sé, la pura maldad.

pueda verlo y toma la mano a la mujer.

Eso es Pedro Páramo.

218 CLOSE SHOT: BARTOLOMÉ y SUSANA

En el rostro de SUSANA no hay esperanza, ni ilusión.

SUSANA
—¿Y yo, quién soy?

BARTOLOMÉ, furioso, levanta el brazo, pero SUSANA cierra violentamente el visillo. BARTOLOMÉ golpea con los puños, desesperado.

BARTOLOMÉ
—Tú eres mi hija. Mía. Hija de Bartolomé San Juan.

<u>INTERIOR. RECÁMARA SUSANA MEDIA LUNA. (TARDE)</u>

219 CLOSE DOLLY-BACK: SUSANA y PEDRO

SUSANA temblando de emoción, mezcla de amor y horror, cae en los brazos de PEDRO que la conduce al lecho, mientras se oyen las últimas palabras del padre a su hija.

SUSANA
—No es cierto. No. No es cierto.

PEDRO tiende, suavemente, en el lecho a SUSANA que vuelve a cerrar los ojos.

BARTOLOMÉ (F. de C.)
—¿Por qué me niegas a mí como tu padre? ¿Estás loca?

Los pasos recios de BARTOLOMÉ se alejan y los amantes se abrazan y besan en una entrega total.

SUSANA
—Claro que sí, Bartolomé. ¿No lo sabías?

E S C E N A: 61 (REAL)

EXTERIOR. CASA GRANDE "LA ANDRÓMEDA" ABANDONADA. (NOCHE)

220 MEDIUM LONG SHOT PANNING: BARTOLOMÉ y FULGOR

En el pueblo minero abandonado, BARTOLOMÉ descabalga de su mula, cargada de herramientas y entra a la casa, con el candil de kerosén apagado. La sombra armada de FULGOR se oculta en la veranda.

INTERIOR. RECÁMARA ABANDONADA SUSANA "LA ANDRÓMEDA". (NOCHE)

221 MEDIUM SHOT: BARTOLOMÉ, CACARIZO y FULGOR. CÁMARA SOBRE RUEDAS

BARTOLOMÉ entra a la recámara. El CACARIZO se aposta en un rincón. El viejo se sienta en la cama desmantelada de su hija, único mueble que hay. Trata de encender el candil y estallan los fogonazos en las esquinas, aplastándolo sobre las tablas. Las llamas de kerosén corren por las botas del minero.

E S C E N A: 62 (REAL)

INTERIOR. RECÁMARA SUSANA MEDIA LUNA. (DÍA)

222 MEDIUM SHOT: SUSANA

SUSANA SAN JUAN en camisón sobre la amplia cama, revuelve las sábanas con su pesadilla. La canción tropical se escucha como un susurro dentro de la recámara. Las cortinas cerradas impiden el paso de la luz del día.

CANCIÓN DE AMOR (Esc. #____)
"Hay un ser que es el dios de mi vida
"cuyo nombre mi pecho estremece
"si dormida en mi sueño aparece,
"si despierta, me mata el (dolor".

223 CLOSE SHOT: GATO

Se oyen extraños ruidos en la puerta, que se abre lentamente. Por el haz del sol escurre el GATO negro que la CÁMARA sigue, hasta donde sea posible, rumbo al lecho.

224 MEDIUM SHOT: SUSANA, DAMIANA y GATO

El GATO negro salta sobre la cama y se pone a rondar el cuerpo de SUSANA. Ella cierra los ojos. Su rostro en tensión, refleja angustia. Al fin suspira, preguntando con voz sorda:

SUSANA
—¿Eres tú, Bartolomé?

DAMIANA, vestida de negro, se acerca vivaz al lecho, deposita un ramito de hojas de romero sobre la repisa y tapa a SUSANA, con las frazadas. El GATO huye sigilosamente.

DAMIANA
—¿Qué tienes? ¿Estás soñando otra vez?

225 FULL DOLLY a CLOSE TWO SHOT: SUSANA y DAMIANA

SUSANA se incorpora, alarga la mano sobre el tocador, toma un membrillo que abre y se mete entre los dientes.

SUSANA
—Ya te he dicho que yo no sueño nunca.

La CÁMARA AVANZA y DAMIANA lloriquea sacando su pañuelo.

DAMIANA
—Ves visiones, Susana. Cuando venga don Pedro le diré que me voy. Que ya no te aguanto.

SUSANA sonríe y en seguida adopta un aire enfurruñado.

SUSANA
—No te irás de aquí, condenada Damiana, porque nunca encontrarás quien te quiera como yo.

DAMIANA, sentándose en la cama abraza a SUSANA, que le acaricia la cabeza.

DAMIANA
—No, no me iré. Te cuidaré siempre... ¡Pobrecita de ti!

DAMIANA llora. SUSANA le levanta la cabeza, preocupada.

SUSANA
—Ya no llores más. Le diré a Pedro Páramo que eres muy buena conmigo.

DAMIANA
—Lloro porque te has quedado solita, Susana. Me han venido a decir que tu padre ha muerto.

SUSANA se hunde entre las sábanas. Entornando los ojos, ríe.

SUSANA
—Entonces era él. Vino a despedirse de mí.

DAMIANA, sorprendida, deja de llorar y levantándose, mira a SUSANA con desconfianza creciente. Ella habla con los ojos cerrados.

DAMIANA
—¿Quién?

SUSANA
—Él. Viene desde el mar. Él y yo sólo sabemos amarnos en el mar. ¿No entiendes?... Lo oigo. Vete ya, Damiana... ¡Déjame sola con él!

La sombra de un hombre se proyecta sobre la cama. DAMIANA alza el rostro y sale ligera.

226 FULL a CLOSE SHOT: PEDRO y SUSANA. TILT-UP

PEDRO PÁRAMO, desnudo hasta la cintura, con pantalón, como cuando era niño, se acerca descalzo a la cama sentándose junto a SUSANA. Besa en silencio: el cabello, el cuello, el lóbulo de la oreja, la redondez de la barbilla. Los ojos de SUSANA siguen cerrados. PEDRO oculta con su espalda, el cuerpo tembloroso de SUSANA.

Los brazos de la mujer se cruzan sobre la espalda del hombre arañándolo y gimiendo, ante la fuerza de su pasión.

COPLA VIEJA

"Y tú tan ingrata que eres,
"que no te acuerdas de mí;
"recuerda, por tus amores,
"que yo soy, quien antes fui".

SUSANA continúa con sus ojos cerrados.

E S C E N A: 63 (REAL)
EXTERIOR. RANCHO SERRANO COMALA. (DÍA)

227 MEDIUM LONG SHOT: GALILEO

A la puerta de una casita rodeada de pinos, GALILEO ARÉCHIGA, un campesino lleno de dignidad, se enfrenta a los brazos criminales del cacique.

GALILEO
—Las tierras son mías.

228 FULL SHOT: FULGOR y TARTAMUDO

FULGOR y el TARTAMUDO, ensombrerados y a caballo, se detienen. El TARTAMUDO apresta la carabina y FULGOR desmonta en el suelo cenagoso.

FULGOR (riendo)
—Oyes, Galileo, eres medio tarugo. ¿Después de tantos años todavía no sabes quién es Pedro Páramo? Yo que tú, ya andaría juyendo por el monte con toda la familia. ¿Verdad, Tartamudo?

TARTAMUDO
—Sss... sí, don Ful-Fulgor.

229 MEDIUM LONG SHOT: GALILEO
y FULGOR

GALILEO, sonriendo, adelanta unos pasos y FULGOR entra a cuadro, caminando con dificultad en el barro.

GALILEO
—Nomás que ahora ya no estamos solos.

FULGOR, corajudo, saca la pistola.

FULGOR
—Ya verás cuánto me dura un rebelde en estas tierras.

230 MEDIUM LONG SHOT: GALILEO,
FULGOR, TARTAMUDO, PERSEVERANCIO
y REVOLUCIONARIOS

Como si brotaran de los árboles, aparecen OCHO REVOLUCIONARIOS armados. De la casita sale PERSEVERANCIO, guerrillero malencarado con el pecho cruzado de cananas. FULGOR retrocede un paso en el terreno encharcado. El TARTAMUDO huye con su caballo.

GALILEO (grita)
—¡Perseverancio!

PERSEVERANCIO
—¡Se les acabó la risa, gorriones! Ya estamos aquí los revolucionarios... y venimos por las tierras de tu patrón.

231 MEDIUM LONG SHOT: FULGOR

FULGOR, lleno de espanto, arroja su pistola y trata de correr en el pantano. Estalla una descarga cerrada y el administrador cae de bruces contra el suelo.

PERSEVERANCIO (cont.)
—¡Vaya y dígale a Pedro Páramo que allá nos veremos! ¡Córrale!

E S C E N A: 64 (REAL)

EXTERIOR. CORRAL MEDIA LUNA. (DÍA)

232 MEDIUM CLOSE-UP: PEDRO

Vestido de faena, el cacique de Comala tiene su mirada más dura.

PEDRO
—¿Quién mató a Fulgor?

233 FULL DOLLY-BACK: TARTAMUDO, PEDRO, CACARIZO y PEONES

Arriba del caballo el TARTAMUDO se explica como puede, frente a PEDRO erguido y el CACARIZO desconfiado. Al fondo los PEONES pasan cargando granos y salitre hacia los trojes.

TARTAMUDO
—Unos que se no-nombran revolucionarios. A don Fulgor le gritaron: "Dígale a su pa-patrón que allá nos veremos. ¡Có-córrale!"

PEDRO
—¿Y qué esperas? Anda y diles a esos que aquí estoy para lo que se les ofrezca... Pero antes, date un rodeo por la Consagración. ¿Conoces al Tilcuate? Allí estará. Dile que lo necesito, más que de prisa.

TARTAMUDO
—Así lo haré, pa-patrón.

PEDRO pega un manazo sobre los lomos del caballo del TARTAMUDO, que sale al galope entre las enormes carretas copeteadas de mazorcas, chiles y yerbas de pará. PEDRO, escoltado por el CACARIZO, se dirige a los altos.

E S C E N A: 65 (REAL)

INTERIOR. RECÁMARA SUSANA MEDIA LUNA. (TARDE)

234 CLOSE a FULL SHOT, DOLLY-BACK e IN: SUSANA y DAMIANA

El viento golpea los postigos y agita las ropas de la gran cama donde SUSANA, recostada sobre las almohadas, rechaza con desgano platillos y jugos de frutas que DAMIANA le ofrece. SUSANA se abriga con unas mañanitas, en actitud infantil.

DAMIANA retira la charola y acude a la ventana, se inclina en el alféizar y aguza el oído. Un tropel de caballos se acerca. La nana cierra los postigos, disimulando su alarma. Se oyen apagadas voces de mando.

DAMIANA

—Ya vienen bajando de la sierra esos hombres y no tardarán en llegar.

SUSANA

—¿Otros hombres? ¿Vendrá Florencio entre ellos?

DAMIANA

—¿Cuál Florencio? ¿De qué hablas? Dicen que no hay quien sepa quererla a una como Pedro Páramo. Eso dicen todas.

DAMIANA viene al lado de SUSANA y la arropa cariñosamente.

SUSANA

—Yo nunca he estado con Pedro Páramo. Mi padre me lo prohibió, antes de irse.

DAMIANA

—¡Ay, hija! No hay noche que él no entre a tu cuarto.

DAMIANA remete las sábanas a los pies de la cama y la CÁMARA SE ACERCA SUAVEMENTE, en dirección del rostro de SUSANA, que se incorpora riendo.

SUSANA

—¿Quieres decirme que no sé quien me ama? ¿También tú crees que estoy loca? ¿Qué hay que estar loca para poder soñar?

235 MEDIUM SHOT: DAMIANA y SUSANA. CÁMARA EN RUEDAS

DAMIANA se resigna y con aire comprensivo se acerca a SUSANA en actitud maternal.

DAMIANA
—Di lo que quieras. Antes me hacías renegar. Ahora sé bien que estoy aquí para cuidarte.

236 CLOSE-UP DOLLY-BACK a LONG SHOT: SUSANA y DAMIANA

La CÁMARA permanece en GRAN ACERCAMIENTO hasta que SUSANA cada vez más excitada, saca los brazos y jala las ropas.

SUSANA (riendo)
—Es que tú no entiendes. Pobre, tonta, Damiana. Tú no sabes que nada es verdad. Yo sí sé que alguien nos está soñando. Y cuando despierte, tú y yo y Pedro Páramo y la Media Luna... nos desvaneceremos como una pesadilla y todos estaremos muertos antes de nacer.

La CÁMARA SE RETIRA hasta abarcar en la amplitud de la recámara el abandono total de SUSANA que ríe a carcajadas, y la desesperación de DAMIANA, que sale, cerrando con mucha suavidad.

DAMIANA
—¡No quiero oírte ya! ¡Por favor, haz por querer a Pedro Páramo que es tu esposo por ley natural! Hazlo por todos nosotros, Susana. A ver si así acaban nuestras desgracias.

E S C E N A: 66 (REAL)
INTERIOR. COMEDOR MEDIA LUNA. (TARDE)

237 TILT-UP GRÚA SHOT: PEDRO, TILCUATE, CACARIZO, PERSEVERANCIO, CASILDO, MAMERTO, JEFE y 20 REVOLUCIONARIOS

La CÁMARA SE ELEVA, a espaldas de PEDRO PÁRAMO, descubriendo la mesa repleta de REVOLUCIONARIOS que acaban de sorber el chocolate. Enfrente del cacique está PERSEVERANCIO; a la derecha de éste, el JEFE REVOLUCIONARIO; a la izquierda CASILDO y MAMERTO. En el resto de los asientos, SIETE de los GUERRILLEROS. Todos con el sombrero puesto, encarabinados y terciados de carrilleras. Atrás de PEDRO, de pie en la sombra, el TILCUATE y el CACARIZO.

PEDRO
—¿Y... ?

PERSEVERANCIO
—Pos eso es todo. Nos hemos levantado en armas. ¿Le parece poco?

PEDRO
—¿Pero por qué lo han hecho?

238 MEDIUM SHOT: MAMERTO, CASILDO, PERSEVERANCIO y JEFE

MAMERTO y PERSEVERANCIO meten las tortillas en el frijol refrito, mientras CASILDO alega:

CASILDO
—Aguárdenos tantito a que nos lleguen instrucciones y entonces le averiguaremos la causa. Por lo pronto, ya estamos aquí.

El JEFE REVOLUCIONARIO apenas come, escuchando todo con los ojos bajos.

PERSEVERANCIO
—Yo sé la causa. Nos hemos rebelado contra el gobierno, por rastrero y contra ustedes porque ya estamos aburridos de aguantarlos.

239 MEDIUM SHOT: CACARIZO, PEDRO y TILCUATE. (CONTRÁNGULO DEL ANTERIOR)

PEDRO, respaldado por el CACARIZO y el TILCUATE, no come, pero atiende a sus invitados con toda cortesía, como gran señor.

PEDRO
—¿Cuánto necesitan para hacer su revolución?... Tal vez yo pueda ayudarlos.

240 MEDIUM LONG SHOT: TODOS. CÁMARA ALTA

Abarcando el total de la mesa con el JEFE y PERSEVERANCIO a la izquierda y PEDRO y el TILCUATE a la derecha.

MAMERTO
—¿A ver, Casildo... Como cuánto sería menester?

CASILDO
—Pos yo, ahí al cálculo, diría que unos cincuenta mil pesos no estarían mal para el comienzo. Ora que quien sabe si al señor se le haga poco. Con eso de que tiene sobrada voluntad...

PEDRO
—Les voy a dar cien mil pesos. ¿Cuántos son ustedes?

CASILDO
—Semos trescientos.

241 CLOSE SHOT: PEDRO, CACARIZO y TILCUATE

PEDRO recorre con su fría mirada las caras de los revolucionarios, mientras expone su hábil propuesta.

PEDRO
—Bueno. Les voy a prestar otros trescientos hombres. Dentro de una semana tendrán, tanto los hombres como el dinero. El dinero se los regalo. A los hombres nomás se los presto. ¿Está bien así?

Al oír la aceptación, PEDRO se levanta.

CASILDO (F. de C.)
—Pos cómo no.

242 MEDIUM LONG SHOT: TODOS. CÁMARA ALTA

Todos los REVOLUCIONARIOS se levantan, pero PERSEVERANCIO los detiene.

PERSEVERANCIO
—Nomás que hay un inconveniente. El dinero lo queremos ahoritita mismo.

PEDRO, con visible enojo, hace una seña al CACARIZO que se adelanta y deposita sobre la mesa unas bolsas cargadas de monedas. CASILDO mete el puño en una de ellas y hace brillar la plata.

PEDRO
—Ahí tienen la mitad. Lo que falta se los doy dentro de ocho días, señores. Y he tenido mucho gusto en conocerlos.

243 MEDIUM THREE SHOT: CACARIZO, PEDRO y TILCUATE

Todos van saliendo del comedor. El último en despedirse dando la mano a PEDRO es PERSEVERANCIO.

PERSEVERANCIO
—Acuérdese que si no nos cumple, oirá hablar de Perseverancio. Que así me nombro.

El CACARIZO sigue a los REVOLUCIONARIOS hacia el patio. PEDRO mira significativamente al TILCUATE, que saliendo de la sombra lo sigue.

EXTERIOR-INTERIOR. SALA MEDIA LUNA. (ATARDECER)

244 FULL SHOT: PEDRO, TILCUATE y REVOLUCIONARIOS. CÁMARA SOBRE RUEDAS

Saliendo de CÁMARA y seguidos por ella, PEDRO y el TILCUATE que conserva una respetuosa distancia, se acerca a la ventana.

PEDRO
—¿Quién crees tú que sea el jefe de éstos?

El TILCUATE se acerca y entre los dos hombres vemos, en la calle, los REVOLUCIONARIOS con su JEFE, que montan sus caballos y salen al trote. PEDRO se voltea.

TILCUATE
—Pues a mí me late que es el barrigón ese, que ni siquiera alzó los ojos.

245 FULL a CLOSE SHOT: PEDRO y TILCUATE

PEDRO viene, desde la ventana, hablando. El TILCUATE, al fondo, se rasca la cabeza y se carcajea, luego se acerca a PEDRO que ha tomado una caja de puros y le ofrece. El TILCUATE agarra uno, lo huele y sonríe. PEDRO le insiste para que tome más y el TILCUATE se aprovisiona de una buena vez. PEDRO enciende el cigarro de su cómplice, dándole tiempo para decidirse.

PEDRO
—No, Tilcuate, el jefe eres tú. ¿O qué, no quieres ir a la revuelta?

TILCUATE
—¡Pero si hasta se me hace tarde!

PEDRO
—Entonces, júntate trescientos muchachos de confianza, y enrólate con esos alzados...

Después de una pausa, saboreando los cigarros, PEDRO, viendo que el TILCUATE no se franquea, saca del chaleco un documento tieso y se lo entrega. PEDRO, al escuchar su respuesta, le coloca una mano sobre el hombro y seguidos por la CÁMARA van hacia la puerta. PEDRO abre y el TILCUATE se despide, saludando con el título de propiedad.

PEDRO (continúa)
—A propósito: ¿Te gustaría el ranchito de la Puerta de Piedra?... Es tuyo desde ahorita.

TILCUATE
—Caray, gracias, patrón. Aunque con eso y sin eso, yo iría a la bola por puro gusto.

PEDRO
—Bueno, ya sabes, procura no alejarte mucho de mis terrenos, por si vienen otros, que vean el campo ya ocupado.

TILCUATE
—Nos veremos, patrón.

EXTERIOR. CALLE PRINCIPAL COMALA. (ATARDECER)

246 MEDIUM LONG SHOT: JEFE, PERSEVERANCIO, REVOLUCIONARIOS y CANCIONEROS. DOLLY-BACK

El pelotón revolucionario viene al trote por la calle. Se cierran, apresuradamente, ventanas y comercios. El JEFE va a la cabeza y PERSEVERANCIO se acerca a él.

PERSEVERANCIO
—El tal Pedro Páramo es el dueño de toda esta zona. Nosotros nos levantamos para quitarles sus tierritas a estos señorones, ¿o no?

JEFE REVOLUCIONARIO
—No te preocupes, Perseverancio. Primero vamos a sacarles los centavos que nos hacen falta para tener fusiles y tumbar al Gobierno.

PERSEVERANCIO
—¿Y enluego?

JEFE REVOLUCIONARIO
—Luego, que nosotros seamos el Gobierno, ya repartiremos las tierras del vivo éste, para dárselas a los que las trabajan.

E S C E N A: 67 (REAL)

INTERIOR. RECÁMARA SUSANA MEDIA LUNA. (NOCHE)

247 BIG CLOSE-UP TILTING: SUSANA y PEDRO

Los ojos de SUSANA miran fijos al cielo. La CÁMARA ASCIENDE en TOP-BACK LENTO. Sobre las revueltas ropas, el cuerpo rígido, arqueado, vibra en trance autohipnótico, a la pálida luz de la veladora. La CÁMARA DESCIENDE en TILT-DOWN RÁPIDO, para descubrir a PEDRO, vestido de negro, escuchando la incomprensible confesión; después se acerca y sentándose, toma el cuerpo rígido de SUSANA y la abraza contra su pecho despertándola con besos silenciosos, mientras le acaricia el pelo.

SUSANA (delirante)
—Señor... ¡Tú no existes! Te pedí Tu protección para él. Que me lo cuidaras. Eso Te pedí... Pero Tú te ocupas nada más de las almas. Y yo lo que quiero de él es su cuerpo.

PEDRO
—Te he esperado toda la vida, Susana. Ahora tenemos que desquitarnos de tantos años en que les puse tu nombre y tu cara a todas las mujeres.

SUSANA se agita en los brazos de PEDRO, tratando de zafarse. Sus ojos se llenan de asombro, ante la fuerza de aquella pasión.

SUSANA
—Entonces déjame darte otro cuerpo y otro rostro, cuando vengas a verme. No me pidas más.

PEDRO, con retenida cólera, rompe su abrazo y se levanta.

PEDRO
—¿Crees que no has sido mía?

La CÁMARA AVANZA sobre la cara espantada de SUSANA, hundida en las almohadas.

SUSANA
—¿Tuya? ¿Tuya?... ¿Qué es eso?

248 MEDIUM SHOT PANNING: PEDRO

PEDRO, sin dejar de mirarla, se pasea encolerizado a los pies de la cama.

PEDRO
—¡Mía! La Susana de Pedro Páramo. Parte de mis posesiones. ¡Mía y de nadie más!

249 MEDIUM CLOSE-UP DOLLY-BACK: SUSANA y PEDRO

SUSANA, sin mirar a PEDRO, habla como para sí:

SUSANA (murmura)
—Me quieres mucho. Sí... Pero nunca entenderás que yo tengo mi sueño, y quiero mi mar.

PEDRO entra a cuadro cuando la CÁMARA SE RETIRA y vemos la renovada ternura del hombre, que se arrodilla ante el cuerpo de SUSANA, mirándola fijamente.

PEDRO
—¿Qué murmuras? ¿A quién deseas?... ¿Alguien te ha dado más placer que yo?

SUSANA quiere contestar, pero las palabras se convierten en un gemido ronco y PEDRO la abraza y besa con furia.

PEDRO (continúa)
—¡Jamás escaparás de mis manos!

250 SERIE DE FLASHES EN BIG CLOSE-UPS: SUSANA y PEDRO

F-1 Labios de SUSANA, palpitantes

SUSANA
—Ven.

F-2 Mano de Pedro, buscando su seno

F-3 Mano de SUSANA, atenazando su pelo

SUSANA
—No me importa.

F-4 Labios de PEDRO, mordiendo su oreja

F-5 Boca de SUSANA, junto a su oído

SUSANA
—Ven...

F-6 Dedos de PEDRO, entre su pelo

F-7 Bocas de ambos, uniéndose

SUSANA
—Aprende a recordarme...

F-8 Brazo de SUSANA, rodeando su cuello

F-9 Ojos de SUSANA, enloquecidos

SUSANA
—Aprende a soñarme, cuando yo esté viva, otra vez, con mi amor.

E S C E N A: 68 (REAL)

EXTERIOR. PORTÓN MEDIA LUNA. (ANOCHECER)

251 LONG SHOT: TILCUATE, REVOLUCIONARIOS y SOLDADERAS

El TILCUATE, con fantasioso atuendo revolucionario, caracolea su caballo frente al portón, para revistar el contingente de setecientos GUERRILLEROS y SOLDADERAS, que establecen su campamento en la Media Luna.

252 FULL a CLOSE SHOT: PEDRO, TILCUATE y REVOLUCIONARIOS

PEDRO PÁRAMO sale de la hacienda. Solo y ensombrecido se acerca al caballo del TILCUATE. Los dos hombres hablan dándose la espalda.

PEDRO
—Supe que te habían derrotado, Tilcuate. ¿Por qué te dejaste?

TILCUATE
—Le informaron mal, patrón. Tengo mi gente enterita. Lo que pasó es que algunos de mis hombres dispararon contra un pelotón que resultó ser todo un ejército. Villistas... ¿sabe usted?

PEDRO
—¿Y de dónde salieron esos?

TILCUATE
—Vienen del Norte, arriando parejo. Son poderosos. Eso, ni quien se los quite.

PEDRO
—Júntate con ellos. Ya te he dicho que hay que estar con el que va ganando.

53 MEDIUM SHOT: PEDRO y TILCUATE. CÁMARA BAJA

El rostro malicioso del TILCUATE frente a CÁMARA, mirando al horizonte, mientras transcurre el diálogo, provoca a PEDRO, que da media vuelta, enfrentándose con rabia seca al hombre armado, a la vez que alarga el brazo señalando el camino de Sayula.

TILCUATE
—Ya estoy. Pero necesitamos dinero. Aquí todos estamos emparentados y nos remuerde robar.

PEDRO
—Yo ya te di. ¿Para qué crees que andas en la revolución...? ¿Por qué mejor no asaltas a Sayula, que está que hierve de ricos? Quítales tantito de lo que tienen. Hazles ver que no andas jugando.

254 LONG SHOT: TILCUATE, PEDRO y REVOLUCIONARIOS

El TILCUATE se une a su pequeño ejército y señalando con el brazo el rumbo de Sayula, levanta el campo.

TILCUATE
—Lo que sea, patrón, de usted siempre saco algo de provecho.

255 MEDIUM LONG SHOT: PEDRO, SUSANA y DAMIANA. CÁMARA BAJA

PEDRO va hacia la casa y ve en la ventana a SUSANA y DAMIANA abrazadas, mirando el espectáculo.

E S C E N A: 69 (REAL)

INTERIOR. RECÁMARA SUSANA MEDIA LUNA. (ANOCHECER)

256 MEDIUM SHOT TRAVELING: SUSANA y DAMIANA

Desde el hueco del ventanal, DAMIANA conduce a SUSANA, afiebrada, hacia el lecho.

SUSANA
—¿Cuántos pájaros has matado en tu vida, Damiana?

DAMIANA
—Muchos, Susana.

SUSANA
—¿Y no has sentido tristeza?

DAMIANA
—Sí, Susana.

DAMIANA arropa, cariñosa, a la enferma, que se rehúsa a recostarse, quedando incorporada sobre sus almohadas.

SUSANA
—Entonces... ¿qué esperas para morirte?

DAMIANA
—La muerte, Susana.

SUSANA
—Si es eso nada más, ya vendrá. No te preocupes...

DAMIANA sale.

INTERIOR. PASILLO MEDIA LUNA. (NOCHE)

257 MEDIUM LONG a FULL SHOT: DAMIANA y PEDRO

Damiana viene de la recámara de SUSANA y se encuentra con PEDRO, junto a CÁMARA. Hablan en voz baja.

PEDRO
—¿Cómo está la señora?

DAMIANA
Mal. El doctor Valencia dijo que no puede hacer nada, porque la señora ya no quiere vivir.

PEDRO
—¿No ha venido el padre Rentería?

DAMIANA
—Ayer vino y la confesó. Pero todavía no le trae la comunión. La señora no debe estar en gracia.

PEDRO
—¿En gracia de quién?

DAMIANA
—De Dios, señor. La señora está perdida para todos.

PEDRO se aleja hacia la recámara de SUSANA y DAMIANA sale de cuadro, hipando.

E S C E N A: 70 (REAL)

INTERIOR. RECÁMARA SUSANA MEDIA LUNA. (NOCHE)

258 BIG CLOSE-UP: SUSANA y PEDRO. TOP SHOT TILT-UP

En la oscuridad apenas se distinguen los ojos de SUSANA SAN JUAN, acostada al través en la inmensa cama. Se abre la puerta y cae un rayo de luz sobre su boca entreabierta. La CÁMARA RETROCEDE SUAVEMENTE durante el monólogo, que apenas mueve sus labios resecos.

SUSANA (delirante)
—¿Qué haré de mis brazos sin su cuerpo para abrazarlo?... ¿Qué haré de mis adoloridos labios sin su boca para besarlos?...

Las manos de SUSANA recorren su cuerpo que se retuerce con espasmos violentos. PEDRO llega hasta la cama, abraza a la mujer, se acerca a su oído y le habla quedamente.

PEDRO (quedamente)
—Susana, Susana.

259 MEDIUM LONG SHOT: SUSANA, PEDRO, RENTERÍA y DAMIANA

La recámara se abre y entra el PADRE RENTERÍA trayendo los santos óleos. DAMIANA se acerca, con una vela prendida. PEDRO, deshaciendo su abrazo, la levanta recostándola contra el respaldo de la cama. RENTERÍA hace una seña para que todos se retiren. Salen y cierran.

260 CLOSE DOLLY SHOT: SUSANA y RENTERÍA. CÁMARA BAJA

SUSANA, con el cabello sobre su cara, murmura:

SUSANA
—¿Eres tú, padre?

RENTERÍA (F. de C.)
—Sí, hija mía.

La llama de la vela, protegida con la mano del sacerdote, va lentamente hacia SUSANA, quien abre los ojos llenos de lágrimas, diciendo:

SUSANA
—Vienes a contarme que murió Florencio? Ya lo sé. No te aflijas por mí.

261 BIG CLOSE-UP: VELA. CÁMARA SUBJETIVA (EFECTO ÓPTICO)

A través de la lluvia de sus lágrimas, el OJO DE SUSANA ve una figura borrosa, con una flama sobre el corazón, que palpita a punto de apagarse.

SUSANA (F. de C.)
—A ti se te está muriendo de pena el corazón.

262 MEDIUM CLOSE-UP: SUSANA y RENTERÍA

El PADRE RENTERÍA se hinca al lado de SUSANA y la llama de la vela parpadea, ahogándose. SUSANA, espantada, acerca las manos cuidando de la llama. Los cabellos de SUSANA caen sobre el pabilo y comienzan a chamuscarse. RENTERÍA la separa, apagando la vela de un soplo.

SUSANA (continúa)
—¡Déjame consolarte con mi desconsuelo!

263 TWO CLOSE SHOT: SUSANA y RENTERÍA

El PADRE RENTERÍA se sienta en la orilla de la cama. SUSANA frente a él, se tapa la cara cruzando sus brazos desnudos. El sacerdote le pone delicadamente, las manos sobre los hombros.

SUSANA
—Di, ¿para qué vienes a verme, si estás muerto?

RENTERÍA
—He venido a confortarte, hija.

SUSANA
—Adiós, Bartolomé. No vuelvas. No te necesito.

RENTERÍA
—Sólo vine a prepararte para la muerte.

SUSANA
—¿Ya me voy a morir?

RENTERÍA
—Sí, hija.

SUSANA destapa su rostro y se arrebuja entre las sábanas.

SUSANA
—Entonces déjame en paz. No me quites el sueño. ¿Qué haré después para encontrarlo?

RENTERÍA
—Susana, repite mis palabras, y te irás quedando dormida.

264 CLOSE SHOT: SUSANA y RENTERÍA

RENTERÍA incorpora a SUSANA y acercando su boca a los cabellos de la enferma, encaja, secretamente, las palabras de la terrible oración para los que van a morir.

RENTERÍA (continúa)
—"Tengo la boca llena de tierra".

SUSANA
—Sí, padre.

El CURA se separa mirándola con ternura y ella le devuelve la mirada con una triste sonrisa.

RENTERÍA
—No digas: "sí, padre". Repite conmigo lo que vaya diciendo y nunca volverás a despertar.

SUSANA se balancea, como si afirmara con todo el cuerpo.

SUSANA
—Haré lo que usted diga, padre.

265 CLOSE-UP: RENTERÍA frente a CÁMARA, parece ir y venir con los movimientos subjetivos de la cabeza de SUSANA.

RENTERÍA
—"Tengo la boca llena de tierra; trago saliva espumosa".

266 CLOSE-UP: SUSANA. TILTING BASCULANTE

La cabeza de SUSANA, con los ojos abiertos, frente a CÁMARA oscila sobre el murmullo monótono de la macabra letanía. Poco a poco, sus balbucientes labios pronuncian un cántico de amor:

SUSANA
—"Tengo la boca llena de tierra". Tengo la boca llena de ti, Florencio. Tú me cobijas entre tus brazos. Me das amor... Siento frío.

La CÁMARA SE ELEVA y la cabeza parece caer a una tumba, al INCLINARSE LATERALMENTE EL CUADRO.

SUSANA cierra los ojos y en su boca mustia se dibuja una sonrisa, forzada por el dolor.

La CÁMARA SE ALEJA cuando SUSANA se abraza al sacerdote.

INTERIOR. PASILLO MEDIA LUNA. (NOCHE)

267 FULL SHOT: PEDRO, DAMIANA y DOCTOR. PANNING

Cerca de la puerta de la recámara aguardan: DAMIANA, con la cabeza doblada, PEDRO sentado en un sillón, el DOCTOR VALENCIA de pie, fumando como una locomotora.

De pronto... un aullido humano atraviesa la casa. DAMIANA entra santiguándose, seguida de PEDRO. El DOCTOR se queda en el umbral.

INTERIOR. RECÁMARA SUSANA MEDIA LUNA. (NOCHE)

268 MEDIUM LONG SHOT: SUSANA, RENTERÍA, PEDRO, DAMIANA y DOCTOR

SUSANA SAN JUAN está hundida en las almohadas, con los ojos cerrados y los brazos rendidos. El PADRE RENTERÍA musita el rezo ritual y unge con aceite sacro los párpados cerrados de SUSANA, sus oídos, su boca y el nacimiento de su pecho.

DAMIANA cuaja su llanto contenido y cae de bruces sobre la cama. SUSANA se alza serena y tranquila, como si hubiera resucitado.

SUSANA
—¡Damiana, hazme el favor de irte a llorar a otra parte!

Después, la cabeza de SUSANA se clava en su vientre. PEDRO trata de enderezarla, pero cada vez se hunde más en sí misma, musitando sus últimas palabras:

SUSANA (musita)
—Hemos pasado un rato muy feliz, Florencio...

Brotan del fondo las estrofas rezadas a coro, de "La Magnífica". Un rictus de amargura contrae los labios de PEDRO PÁRAMO. La CÁMARA SE ACERCA a él, LENTA, SIN DETENERSE.

<u>DAMIANA y VOCES</u>:
"Glorifica mi alma al Señor.
"Desposeyó a los poderosos,
"y elevó a los humildes.
"A los necesitados los llenó (de bienes,
"y a los ricos los dejó sin (cosa alguna".

E S C E N A: 71 (REAL)

EXTERIOR. CALLES Y PLAZUELAS COMALA. (AMANECER)

269 SERIE DE ZOOMS:

Z-1 ZOOM-BACK: CAMPANA MAYOR de la iglesia principal, doblando a muerto

Z-2 ZOOM-IN: CAMPANAS VARIAS que tocan cada vez más alegres

Z-3 ZOOM-BACK-IN: HOMBRES y MUJERES en calles, esquinas, portones, ventanas y postigos, comentan entre sí:

HOMBRE 1
—¿Qué habrá pasado?

MUJER 1
—Se ha muerto doña Susana.

MUJER 2
—¿Muerto? ¿Quién?

HOMBRE 2
—La señora.

HOMBRE 3
—¿La tuya?

MUJER 3
—La de Pedro Páramo.

Los bronces ya repican a fiesta.

INTERIOR. RECÁMARA SUSANA MEDIA LUNA. (DÍA)

270 ZOOM-IN LENTÍSIMO: PEDRO y SUSANA

Los cirios chisporrotean pálidos, a la luz del día. PEDRO solo, súbitamente envejecido, junto al cuerpo inerte, besa los labios muertos, su cuello aún tibio, sus hombros ya helados.

PEDRO
—¿Desde dónde venías muerta, que nunca te conocí, Susana? Regresa, Susana San Juan. Regresa.

El rostro dormido de SUSANA, parece lleno de paz felicísima.

Repican todas las campanas de Comala, pero en la Media Luna, los perros aúllan con tristeza infinita.

EXTERIOR. CALLES Y PLAZUELAS COMALA. (DÍA)

271 SERIE DE ZOOMS SWINGS: DOROTEA, GALILEO, ABUNDIO, SALTAPERICO y COMPARSAS

El plateado repique de fiesta se funde con el bronce de las charangas y el estallido de la cohetería. Pasan DULCEROS, VENDEDORES, MARIACHIS, PAYASOS y TITIRITEROS.

Sobre este fondo de comparsas, seguida en GIROS RAPIDÍSIMOS DE CÁMARA, DOROTEA "LA CUARRACA" en acción creciente, chilla, salta, baila, corre, ríe, tocando puertas y ventanas, como el diablo de la Danza de la Muerte.

GALILEO ARÉCHIGA, el ranchero que conduce una carreta de granos, se cruza con DOROTEA que casi lo derriba.

DOROTEA

—¡Se petateó la desnivelada! ¡Récele, compadre Galileo! ¡A ver si salvamos las tierras y el pellejo!

ABUNDO MARTÍNEZ, el arriero, pasa con su recua bien provista y DOROTEA lo zarandea, escapándose como venado.

DOROTEA

—¿No vas al entierro con tu papacito, Abundio? ¡Acuérdate que te malparió la Chona!

INOCENCIO OSORIO, "SALTAPERICO", lleva unos potrillos bravos amarrados con sogas. DOROTEA se planta ante él, levantando las faldas.

DOROTEA

—¡Se murió la loca de la Media Luna, mi Saltaperico! ¡Vamos al borlote, antes que el cacique te quite lo "provocador"!

Entre el movimiento de las GENTES ENDOMINGADAS que van hacia la plaza, el "SALTAPERICO" y "LA CUARRACA" bailan y brincan con pasos de jarabe, mientras estallan fuegos de artificio.

EXTERIOR. CEMENTERIO COMALA. (ATARDECER)

272 CLOSE TILT-UP a MEDIUM SHOT: PEDRO, DAMIANA y SEPULTURERO

Caen paletadas de tierra sobre el féretro de SUSANA SAN JUAN. La CÁMARA ASCIENDE a los rostros abatidos de PEDRO y DAMIANA. El alegre repique de campanas mezclado con músicas, llega hasta el cementerio.	DAMIANA —No hay modo de que se vayan. No hay modo de hacerles comprender que es un duelo. Oyen las campanas y creen que es día de fiesta.
PEDRO levanta la cabeza nevada de canas. Los fuegos artificiales adornan el cielo.	PEDRO —Me cruzaré de brazos y Comala se morirá de hambre.
DAMIANA besa un puñado de tierra y la derrama sobre la fosa.	

273 CLOSE TOP SHOT: TUMBA

La fosa de SUSANA ya está rellena. Un perro vagabundo se acerca a olisquear la tierra recién removida. Se escucha un quejido suave.

E S C E N A: 72 (IRREAL)

INTERIOR. RECÁMARA ABANDONADA DAMIANA MEDIA LUNA. (NOCHE)

274 CLOSE ANGLE DOWN: DAMIANA y JUAN

El quejido de SUSANA SAN JUAN se prolonga sobre el rostro de DAMIANA, arrugada y gris como una parca, que aguza el oído mirando encima de JUAN, hacia lo profundo.

DAMIANA
—¿Nunca has sentido el quejido de un muerto?

275 TWO ANGLE UP: JUAN y DAMIANA

JUAN enfebrecido, con la frente perlada de sudor, niega con la cabeza y extiende los brazos, jadeante, como si se ahogara. DAMIANA va hacia la ventana y pasa la mano al través del marco, mirando con atención al vacío de la noche.

JUAN
—Sólo siento que el calor me consume. No hay aire en este cuarto. Abre, nana.

DAMIANA
—Ha de ser que tu noche se volvió espesa, porque estas ventanas ya no tienen cristales.

276 CLOSE SHOT: JUAN

JUAN abatido por la fiebre, se hunde en la mecedora.

JUAN
—Entonces he de tener hambre, sed, o las dos cosas.

277 CLOSE ANGLE DOWN: DAMIANA y JUAN

El quejido, continúa preocupando a DAMIANA, junto a la ventana deshecha.

DAMIANA
—Shh... ¿Oyes? Es ella. Susana San Juan. Una mujer que no era de este mundo... Parece que se queja. Debe ser por algo.

JUAN
—Tal vez Pedro Páramo la hizo sufrir.

DAMIANA señala con el brazo extendido hacia el portón de la Media Luna.

DAMIANA
—No creas. Ya se la entregaron sufrida y quizá loca. Pero él tan la quiso...

E S C E N A: 73 (REAL)

EXTERIOR. PORTÓN MEDIA LUNA. (DÍA)

278 LONG a CLOSE SHOT: PEDRO y GENTES. CÁMARA EN GRÚA

En primer término, de espaldas a CÁMARA, PEDRO PÁRAMO sentado en su equipal mira hacia el camino del cementerio. A lo lejos pasan GENTES con los colchones a cuestas y recuas de burros con enseres. Al fondo las quemas desprenden largas columnas de humo.

VOZ DAMIANA

—... que ahí se queda todas las tardes, sentado, mirando el camino al cementerio, mientras Comala se llena de adioses, y los hombres se van en busca de otros bebederos.

La CÁMARA GIRA, buscando al rostro avejentado del cacique.

PEDRO

—¡Que quemen las casas! ¡Que se vayan todos! ¡Para que sólo quedemos tú y yo... Susana! Hace mucho tiempo que te fuiste. Desde entonces, me muero cada día. ¡Susana, ven...!

PEDRO levanta su mano izquierda, pero el brazo cae muerto a un lado del equipal.

E S C E N A: 74 (IRREAL)

INTERIOR. RECÁMARA ABANDONADA DAMIANA MEDIA LUNA. (NOCHE)

279 MEDIUM SHOT: JUAN y DAMIANA.
CÁMARA EN RUEDAS

En primer término, JUAN sentado y DAMIANA frente a él. Al fondo, la puerta desvencijada por la que entraron.

JUAN
—Tengo frío... Me siento morir, Damiana.

DAMIANA
—Tu padre también cree que se está muriendo... ¡Válgame!

Se escuchan tres golpes fuertes.

Serán los tres toques de San Pascual Bailón, que viene a avisarle a algún devoto suyo que ha llegado la hora de su muerte.

Los tres golpes se repiten, más fuertes aún. Por primera vez, JUAN PRECIADO oye la voz de su padre. Se incorpora y sigue a DAMIANA que va presurosa hacia la puerta. La CÁMARA LOS ACOMPAÑA, pero, desde este punto de vista, no vemos a nadie en el umbral, a pesar de las maderas desencajadas.

PEDRO (F. de C.)
—¡Damiana! ¡Ábreme la puerta, Damiana!

E S C E N A: 75 (REAL)

EXTERIOR. PATIO MEDIA LUNA. (NOCHE)

280 MEDIUM LONG DOLLY SHOT: PEDRO, DAMIANA, PEONES y MUJERES

En primer término, PEDRO, con la misma vejez del equipal, pero erguido aún, golpea la puerta, entera y real, de DAMIANA. Al fondo los PEONES con sus MUJERES abandonan la hacienda con los pies descalzos, llevando sus petates silenciosamente.

DAMIANA (F. de C.)
—¿Para qué, patrón?

PEDRO
¡¡Ábreme!!

DAMIANA (F. de C.)
—¡Pero si ya estoy dormida, patrón!

PEDRO se retira de la puerta, rendido por los años. La CÁMARA AVANZA, al tiempo que la DAMIANA JOVEN mira y, defraudada, se retira dejando entornada la puerta.

E S C E N A: 76 (IRREAL)

INTERIOR. RECÁMARA ABANDONADA DAMIANA MEDIA LUNA. (NOCHE)

281 MEDIUM SHOT: DAMIANA y JUAN.
CÁMARA EN RUEDAS

DAMIANA, más envejecida aún, se voltea sonriente, frente a JUAN que se ha levantado, expectante, con la mano sobre el corazón.

DAMIANA
—¡Ay, qué don Pedro! No se le quita lo faldero.

Se oyen crujidos horrísonos de maderas y DAMIANA, mirando al techo abierto, le hace señas a JUAN que instintivamente se apoya contra la pared, saliendo los dos por lo que queda de la entornada puerta, SEGUIDOS POR CÁMARA.

DAMIANA (continúa)
—Ven, hijo. Estás muy pálido. Vámonos de esta maldita recámara, antes de que se desfonde con los temblores y un día me atrape en sus cimientos. Anda.

EXTERIOR. PATIO ABANDONADO MEDIA LUNA. (NOCHE)

282 FULL GRÚA SHOT: JUAN y DAMIANA

Atraviesan el desolado patio de la hacienda. JUAN, mirando angustiado en todas direcciones, sigue a DAMIANA con pasos vacilantes, hasta que llegan al portón y se detienen.

JUAN
—¿Y mi padre? ¿Dónde está mi padre?

DAMIANA
—Ya viste que le dejé entornada la puerta. Pero nunca regresó a buscarme. Lástima, porque tu padre es todo un hombre, en eso de quererla a una. Estoy por decir que deja pequeño al Miguelito.

EXTERIOR. PORTÓN ABANDONADO MEDIA LUNA. (NOCHE)

283 TOP GRÚA-DOLLY CIRCULAR 270°:
JUAN y DAMIANA

DAMIANA se detiene en el punto del encuentro y JUAN, agotado, se abraza a una de las columnas del portón, bañadas por la luz lunar.

JUAN
—¿Adónde iré ahora, para encontrarlo?

DAMIANA
—Sólo te queda un camino,

DAMIANA, señala con la mano extendida los rumbos, y la CÁMARA GIRA hasta enfocar el camino del camposanto.

muchacho. Éste, que viene de Sayula y atraviesa la tierra, es él que va más lejos.

JUAN
—Quizá por ahí llegue... ¿Para dónde va?

DAMIANA
—Al camposanto, Juan Preciado.

284 CLOSE SHOT: JUAN. CÁMARA ALTA

El rostro sudoroso de JUAN, desprendiéndose de la columna, expresa angustia mortal. Al oír las últimas palabras de la NANA, gira sobre sí mismo buscándola, gritándole con los brazos extendidos, encontrando al fin, el camino del cementerio.

DAMIANA (F. de C.)
—Yo me regreso. ¡No tengo a dónde ir, y la Media Luna se está quedando muy sola!

JUAN
—¡Damiana!... ¡Nana!... ¡No hay nadie más solo que yo!

E S C E N A: 77 (IRREAL)

EXTERIOR. CAMINO ABANDONADO CEMENTERIO COMALA. (NOCHE)

285 MEDIUM LONG SHOT: JUAN. CÁMARA BASCULANTE (EFECTO TEMBLOR)

JUAN camina tambaleándose, rumbo al camposanto. La CÁMARA SE BALANCEA y la tierra sacudida por el temblor de Colima, oscila frente a él. JUAN busca en su pecho el retrato de su madre pero el sudor lo ha desvanecido tanto, que ya es imposible definir las facciones de Doloritas Preciado.

JUAN (voz baja)
—¿Me oyes, madre?

VOZ DOLORITAS (débil)
—"¿Dónde estás, Juan?... ¿Qué haces?"

JUAN
—Bebiendo mi propio sudor. Aquí junto a tu gente... ¿No me ves?

EXTERIOR. CEMENTERIO ABANDONADO COMALA. (NOCHE)

286 MEDIUM LONG SHOT: JUAN. CÁMARA BASCULANTE (EFECTO TEMBLOR)

La voz de Doloritas domina con su resonancia los rechinidos subterráneos. JUAN traspasa el portón del camposanto y avanza dando traspiés entre las tumbas abandonadas que se agrietan con las vibraciones del suelo. JUAN cae de bruces lanzado sobre un montículo de polvo y pierde el retrato. La tierra se abre en una última convulsión y llega el silencio.

VOZ DOLORITAS (efecto)
—"No, hijo mío. No te veo".

JUAN
—Me mandaste a un pueblo solitario. Buscando alguien que no existe. Caminando, en esta larga noche, sólo para morir por ti.

287 CLOSE ANGLE SHOT TILT-UP: JUAN. CÁMARA EN FOSO

JUAN abraza amorosamente el montículo y hunde su rostro en el polvo. La CÁMARA SE LEVANTA y descubre atrás de la cabeza de JUAN, una cruz tosca de madera que corona el montículo desgajado

JUAN
—Madre, sabes a polvo.

por el temblor, con un nombre solitario, mal escrito: "DOROTEA".

VOZ DOROTEA
—"¿Tú me llamas así? Pero mi nombre es Dorotea y nunca tuve ningún hijo. Sólo tuve una vida arrastrada, un corazón de madre y una piel de prostituta".

JUAN acerca una mano a su boca llena de polvo, como si quisiera retener con los dedos el aliento.

JUAN
—Me falta aire... Tengo que sorber el mismo que sale de mi boca.

VOZ DOROTEA
—"¿Quieres hacerme creer que te está matando el ahogo? No, Juan Preciado. Te encontraste con los murmullos y se te reventaron las cuerdas".

LA CÁMARA ASCIENDE y JUAN se desliza, cayendo a la profunda falla abierta por el sismo y desapareciendo del encuadre, que llena la voz de "LA CUARRACA", sobre su pobre cruz de madera.

VOZ JUAN
—"¡Madre! ¡Quiero ver otra vez la luz del día!"

VOZ DOROTEA
—"Mira nomás, tú sin merecerlo ya en lo oscurito y tu padre sigue allí, al sol, como un espantapájaros, frente a sus tierras de la Media Luna. ¡Ah, condenado viejo, nunca se acaba de morir!"

E S C E N A: 78 (REAL)

<u>EXTERIOR. PORTÓN MEDIA LUNA. (DÍA)</u>

288 CLOSE-UP: PEDRO

PEDRO PÁRAMO hundido en su viejo equipal, cubiertos los hombros con pesado sarape, mira fijamente el camino del cementerio y mueve los labios, susurrando:

PEDRO (murmura)
—No tarda ya. No tarda.

289 FULL SHOT: PEDRO, DAMIANA y ANCIANOS

Sobre los campos desérticos, pasan los últimos ANCIANOS que huyen de Comala. DAMIANA echa a secar trapos negros, desgarrados, sobre las piedras del patio.

DAMIANA
—Don Pedro, se destruye usted. Las tierras de la Media Luna están baldías y secas. Las últimas familias se van. La gente se consume de allá para acá.

PEDRO
—Que vengan a suplicarme. Les diré que no hay tierras para ellos.

DAMIANA
—¡Y todo esto por sus pleitos de alma!

290 MEDIUM LONG SHOT PANNING: PEDRO, DAMIANA, TILCUATE y CRISTEROS

Cruza el llano una banda mermada, rota, de campesinos armados a caballo, que llevan escapularios colgados del pecho y de los sombreros. El TILCUATE saluda y detiene el pelotón, cuando la CÁMARA ENCUADRA a PEDRO y DAMIANA en primer término.

TILCAUTE
—Patrón, con la novedad de que se ha levantado en armas el padre Rentería para la guerra de los cristeros. ¿Nos vamos con él o contra él?

PEDRO menea la cabeza con desprecio.

PEDRO
—Eso ni se discute. Ponte del lado del gobierno.

TILCUATE
—Pero si somos irregulares, nos consideran rebeldes y nos fusilan.

PEDRO
—Entonces, vete a descansar.

DAMIANA vuelve a su trabajo.

TILCUATE
—¿Con el vuelo que llevo?

PEDRO
—Haz lo que quieras, Tilcuate.

TILCUATE
—Me iré a reforzar al padrecito. Con él, por lo menos, lleva uno ganada la salvación.

La banda se aleja al paso, cansada de la "bola".

291 MEDIUM CLOSE-UP: PEDRO y DAMIANA

PEDRO permanece sentado, inmóvil. Al fondo se vislumbra a DAMIANA trajeleando los trapos. PEDRO murmura, con los ojos cerrados, pero DAMIANA lo oye muy bien y le responde.

PEDRO (murmura)
—Susana... Yo te pedí que regresaras.

DAMIANA
—Dicen que todos los recuerdos acaban por olvidarse.

PEDRO (continúa)
—¿No ves amor en mi corazón?

292 FULL SHOT: PEDRO y DAMIANA.
DOLLY CIRCULAR 190°
(= EJE ANTERIOR)

DAMIANA sacude las faldas con furia y se acerca al equipal de PEDRO hasta enfrentarse rostro con rostro. Luego GIRA CON LA CÁMARA, cercándolo embistiéndolo, hasta que finalmente, señala al horizonte con la mano, temblorosa de coraje.

DAMIANA
—¡Sólo veo lodo! Un corazón ahogado en un lodazal negro. ¿Sabes qué?... He estado deseando tu muerte. Eso he estado haciendo. Para saber si así puedo llorar un poco.

PEDRO (murmura)
—¡Susana... recorreremos juntos toda la tierra!

DAMIANA

—¡El reino del cacique Pedro Páramo! Nos violaste, nos asesinaste, nos robaste, nos condenaste al hambre y a la miseria. Abandonaste a tus hijos ¡Y Comala se murió de hambre!

Al fondo la hacienda en ruinas. Ni un hombre. Ni un caballo.

E S C E N A: 79 (REAL)

INTERIOR. EXPENDIO MADRE VILLA COMALA. (TARDE)

293 CLOSE SHOT TILT-DOWN DOLLY: CÁMARA ALTA

De bruces sobre el mostrador cubierto de moscas, ABUNDIO, el arriero sordo, alega con voz quebrada por el duelo y la borrachera. La CÁMARA DESCIENDE a la MADRE VILLA, que guarda las pocas cosas que hay en los entrepaños, dentro de una enorme canasta. Después, la CÁMARA GIRA cuando ABUNDIO levanta la cabeza para seguir bebiendo, trago tras trago, echándose aire en la boca con la falda de la camisa.

ABUNDIO (no la oye)
—Todavía antier, retozaba conmigo como una potranca. Mi Cuca Refugio... Y nomás ayer se me murió de mal de ojo, de fríos y de la rescoldera. Mi Cuca Refugio. Ya no hay en el pueblo nadie que lo auxilie a uno, Madre Villa.

294 MEDIUM SHOT: ABUNDIO y MADRE VILLA

En vista de que ABUNDIO no oye nada, la MADRE VILLA termina de escombrar su tienda. Mientras, habla para sí:

MADRE VILLA
—Dicen que al otro lado de la cordillera hay una nueva vida. Que hasta han repartido las tierras. Que están haciendo escuelas para los pobres.

ABUNDIO (sin oírla)
—Dame el otro cuartillo que queda, Madre Villa.

MADRE VILLA
—Vete de Comala, Abundio.

La MADRE VILLA mide de un barrilito, el último cuartillo y lo trasiega a la botella de ABUNDIO, que echa la del estribo en largo gorgoteo.

ABUNDIO (sigue sin oír)
—Démelo sobradito, pos éste sí me lo iré a beber junto a la difunta. Junto a mi Cuca Refugio.

MADRE VILLA
—Puede que tanta sangre sirva de algo. GRITA: Todavía hay esperanza. ¡Vete de Comala, Abundio! ¡Vete volando y no se te olvide despedirte de tu padre!

ABUNDIO
—Mi padre... No lo conozco.

La CÁMARA PANNEA con el arriero cuando sale, tambaleándose, con el tequila en la mano.

E S C E N A: 80 (REAL)
EXTERIOR. PORTÓN MEDIA LUNA. (ATARDECER)

295 MEDIUM SHOT: PEDRO

PEDRO PÁRAMO, aplastado por los años en su equipal, grita:

PEDRO
—¡Damiana!

296 LONG SHOT: PEDRO y ABUNDIO

Por el camino polvoriento de Comala, ABUNDIO se acerca a la Media Luna, agachando la cabeza, bien borracho. El rostro de PEDRO se asienta firme, en primer término de CÁMARA.

PEDRO (continúa)
—Ve a ver qué quiere ese hombre.

297 MEDIUM LONG SHOT PANNING: DAMIANA, ABUNDIO y PEDRO

DAMIANA sale de la casa, restregándose las manos en el delantal y va al encuentro de ABUNDIO que ha llegado a cierta distancia del equipal y se detiene frente a PEDRO, balanceándose.

ABUNDIO
—Deme una caridad para enterrar a mi mujer.

ABUNDIO cae en cuatro patas, doblado por el alcohol, pero levanta la cabeza, aguardando respuesta.

298 FULL SHOT: DAMIANA, ABUNDIO y PEDRO (CONTRÁNGULO DEL ANTERIOR). CÁMARA BAJA

DAMIANA apunta con las manos a ABUNDIO, haciendo la señal de la cruz. ABUNDIO se estremece, mira tras de sí, se incorpora con dificultad y extiende la mano hacia PEDRO.

DAMIANA
—¡De las acechanzas del enemigo malo, líbranos, Señor!

299 FULL SHOT: PEDRO, ABUNDIO y DAMIANA

En primer término, la figura impasible de PEDRO. Enfrente, se acerca con la mano extendida ABUNDIO, mientras DAMIANA sigue haciendo la señal de la cruz.

ABUNDIO
—Vengo por una ayudita para enterrar a mi muerta, padre.

300 MEDIUM SHOT: PEDRO y ABUNDIO
DOLLY-IN

Delante de CÁMARA AVANZA la mano extendida de ABUNDIO. Enfrente, PEDRO se abriga con el sarape, como si sintiera frío.

PEDRO
—¿Quién eres?

301 MEDIUM SHOT: ABUNDIO y PEDRO.
DOLLY-BACK. CÁMARA BAJA

ABUNDIO baja la mano y se detiene. En un segundo saca un cuchillo. PEDRO en primer término, se tapa la cara con el sarape. Al mismo tiempo que la CÁMARA RETROCEDE, ABUNDIO se lanza sobre el bulto del cacique, cosiéndolo a puñaladas, al tiempo que escupe las palabras del odio:

ABUNDIO
—¡Soy-el-hijo-de-Pedro Páramo!

302 FULL SHOT PANNING: DAMIANA,
PEDRO y ABUNDIO. CÁMARA BAJA

DAMIANA, con la boca abierta, paralizada por el terror, deshace la señal de la cruz. ABUNDIO saca el puñal del cuerpo de PEDRO y huye dando traspiés por el camino del cementerio. Una espesa tolvanera se lo traga, cuando grita.

DAMIANA
—¡Están matando a don Pedro!

ABUNDIO
—¡Todos... somos... hijos... de...!

303 MEDIUM SHOT: DAMIANA y PEDRO.
DOLLY TILT-UP. CÁMARA BAJA

DAMIANA corre gritando hacia el equipal. PEDRO se levanta. En un postrer esfuerzo, se zafa de los brazos de DAMIANA y da unos cuantos pasos con el rostro contraído, murmurando:

DAMIANA
—(VOCES DE AUXILIO ad lib.)

PEDRO
—Voy para allá, Susana. Ya voy.

LA CÁMARA RETROCEDE, con la imponente figura de PEDRO PÁRAMO, luego SUBE RÁPIDA, cuando el cacique cae, con un golpe seco contra la tierra polvorienta, que suena como si se desmoronase un montón de piedras.

E S C E N A: 81 (IRREAL)

EXTERIOR. CEMENTERIO ABANDONADO COMALA. (ATARDECER)

304 CLOSE SHOT: TUMBA DE DOROTEA

La humilde tumba de tierra con la cruz de madera rota de "DOROTEA" está sobre aquel montículo de contornos redondos y sin ninguna grieta donde ella chillaba, coronada de flores. En el centro del montículo, al pie de la cruz, hay un agujero por el que salen unas pocas hormigas. Oímos de nuevo el inolvidable chillido burlón de "LA CUARRACA" y mientras la CÁMARA SE CLAVA LENTA, transcurre el íntimo coloquio.

VOZ JUAN
—"¡Qué bien quepo en tus brazos, madre! ¡Qué tibio es tu regazo!"

VOZ DOROTEA
—"Siempre he querido tener un hijo. Por eso te arrastré hasta mi tumba, Juan Preciado. Ya no estarás solo".

Hay una pequeña pausa en el diálogo. Las hormigas pululan sobre la tumba. La CÁMARA SE DETIENE.

VOZ JUAN
—"Siento como si alguien caminara sobre nosotros, mamá Dorotea".

Sobre la voz ríspida de DOROTEA, la CÁMARA SIGUE CLAVÁNDOSE en la entrada del hormiguero, hasta que se oye el chillido burlón de "LA CUARRACA".

VOZ DOROTEA
—"Ya déjate de miedos, hijito. Nadie nos puede atormentar ahora. Haz por pensar en cosas agradables, porque vamos a estar aquí mucho tiempo. Enterrados... Juntos...".

305 CLOSE DOLLY SHOT: PANTEÓN DE LOS PÁRAMO

Hay un profundo silencio. De pronto, las chicharras comienzan a zumbar y la CÁMARA RECORRE, LENTAMENTE, el panteón familiar con las inscripciones en cantería rústica, corroídas por los años:

PEDRO PÁRAMO

SUSANA SAN JUAN

MIGUEL PÁRAMO

ANA RENTERÍA

DAMIANA CISNEROS

que sirven de planteamiento a los TÍTULOS DE CRÉDITOS FINALES.

E S C E N A: 82 (REAL)

INTERIOR. RECÁMARA DOLORITAS SAYULA. (NOCHE)

306 BIG CLOSE-UP DOLLY-BACK:
DOLORITAS y JUAN

Las manos enlazadas de DOLORITAS y JUAN sobre la colcha bordada, vistas tan de cerca parecen galerías del hormiguero dentro de la tumba de DOROTEA.

La CÁMARA SE RETIRA y reconocemos las manos de JUAN que no ha podido desprenderse de las de su madre muerta.

307 MEDIUM CLOSE-UP: JUAN. CÁMARA SUBJETIVA

El rostro anhelante de JUAN escucha el eco retardado de la voz maternal y en el último instante de su vida, balbucea, sin aliento, las palabras de su propia agonía.

VOZ DOLORITAS
—"Se llama..."

JUAN (musita)
—¡Pedro... Páramo!

La cabeza de JUAN PRECIADO, cerrando los ojos, cae lentísima SOBRE CÁMARA y la pantalla se llena del

O S C U R O F I N A L

E S C E N A R I O S   I N T E R I O R E S

PUEBLO COMALA	
PASILLLO MESÓN EDUVIGES	(6), 7, 16, (31)
RECÁMARA MESÓN EDUVIGES	(6), 11, (15), 25, (31)
CUARTO RINCÓN EDUVIGES	25
RECÁMARA DOLORITAS (Soltera)	18
RECÁMARA ANA RENTERÍA	43
IGLESIA PRINCIPAL	(33), 40, 50, (52)
SACRISTÍA IGLESIA	(33), (39), (45), (45a), 50, (51)
EXPENDIO MADRE VILLA	38, 79
LA "MEDIA LUNA"	
EXCUSADO	9
COCINA	26
COMEDOR	26, 66
DESTILERÍA	41
PASILLO	56, 60, 69, 70
SALA	57, 66
RECÁMARA PEDRO	10, 24, 27
RECÁMARA DOLORITAS	21, 23, 24, 27
RECÁMARA MIGUEL	47
RECÁMARA DAMIANA	(55), (72), (74), (76)
RECÁMARA SUSANA	58, 60, 62, 65, 67, 69, 70, 71
VARIOS	
RECÁMARA DOLORITAS (SAYULA)	1, 82
RECÁMARA SUSANA "ANDRÓMEDA"	13, 14, 28, 61
COVACHA DE TRONCOS	48

E S C E N A R I O S   E X T E R I O R E S

TIERRAS DE COMALA	
CAMINO EN EL LLANO	( )
ENCRUCIJADA EN EL LLANO	(2)
CAMINO EN BAJADA	(3)
CAMINO AFUERAS	(4)
CAMINO SAYULA	46
CAMINO CEMENTERIO	49, (77)
CEMENTERIO	44, 71, (77), (81)
RÍO	8
COLINA	8
MILPAS	35
PASTIZALES	59
RANCHO SERRANO	63

PUEBLO DE COMALA

CALLE MESÓN EDUVIGES_ _ _ _ _ _ _ _ _ _ _ _	(5), (32)
PATIO MESÓN EDUVIGES_ _ _ _ _ _ _ _ _ _ _ _	(5), (32)
PATIO DOLORITAS _ _ _ _ _ _ _ _ _ _ _ _	18
CALLE EMPINADA_ _ _ _ _ _ _ _ _ _ _ _	29, 34, (53)
CALLE ABANDONADA_ _ _ _ _ _ _ _ _ _ _ _	(32)
CALLEJÓN ABANDONADO _ _ _ _ _ _ _ _ _ _ _ _	(32)
CALLE LATERAL IGLESIA _ _ _ _ _ _ _ _ _ _ _ _	34, 46
CALLE EXPENDIO_ _ _ _ _ _ _ _ _ _ _ _	38
CALLE PRINCIPAL _ _ _ _ _ _ _ _ _ _ _ _	66
CALLES Y PLAZUELAS_ _ _ _ _ _ _ _ _ _ _ _	71
PLAZA PRINCIPAL _ _ _ _ _ _ _ _ _ _ _ _	(53)
FACHADA IGLESIA _ _ _ _ _ _ _ _ _ _ _ _	29, (33)

LA "MEDIA LUNA"

PATIO _ _ _ _ _ _ _ _ _ _ _ _	17, 20, 22, 36, (54), 75, (76)
CORRAL_ _ _ _ _ _ _ _ _ _ _ _	19, 36, 64
PORTÓN_ _ _ _ _ _ _ _ _ _ _ _	29, 68, 73, (76), 78, 80

EXTERIORES VARIOS

CASA GRANDE "LA ANDRÓMEDA"_ _ _ _ _ _ _ _	12, 61
TIRO MINA "LA ANDRÓMEDA"_ _ _ _ _ _ _ _	13
PLAZOLETA "LA ANDRÓMEDA"_ _ _ _ _ _ _ _	30
ROMPEOLAS _ _ _ _ _ _ _ _ _ _ _ _	14
PLAYA LARGA _ _ _ _ _ _ _ _ _ _ _ _	14
DESFILADERO SERRANO _ _ _ _ _ _ _ _ _ _ _ _	30
MINERAL "LA MASCOTA"_ _ _ _ _ _ _ _ _ _ _ _	37
PARADOR DILIGENCIAS _ _ _ _ _ _ _ _ _ _ _ _	42
CORRAL CHIVOS _ _ _ _ _ _ _ _ _ _ _ _	42

Los créditos: Pedro Páramo

Pedro Páramo *(1966)*

Dirección: Carlos Velo

Producción: CLASA Films Mundiales, Producciones Barbachano Ponce

Productor: Manuel Barbachano Ponce; Federico Amérigo y Felipe Subervielle (producción ejecutiva); Héctor López (administración de producción); Enrique L. Morfín (jefe de producción)

Argumento: Juan Rulfo

Guion: Carlos Fuentes, Carlos Velo, Manuel Barbachano Ponce

Fotografía: Gabriel Figueroa; Manuel González (operación de cámara); Antonio Muñoz Ravelo (efectos especiales)

Edición: Gloria Schoemann

Sonido: José B. Carles, Galdino Sampeiro; José Li-Ho (efectos sonoros)

Música: Joaquín Gutiérrez Heras

Escenografía: Manuel Fontanals; Julio Alejandro (supervisión de mobiliario y ornato); Georgette Somohano (supervisión de vestuario); Vicente Rojo (títulos); Armando Meyer (maquillaje)

Reparto: John Gavin (Pedro Páramo), Ignacio López Tarso (Fulgor Sedano), Pilar Pellicer (Susana San Juan), Julissa (Ana Rentería), Graciela Doring (Damiana Cisneros), Carlos Fernández (Juan Preciado), Alfonso Arau (Saltaperico), Roberto Cañedo (Toribio Aldrete), Jorge Rivero (Miguel Páramo), Narciso Busquets (Bartolomé San Juan), Augusto Benedico (Padre Rentería), Beatriz Sheridan (Eduviges Dyada), Claudia Millán (Dolores Preciado), Rosa Furman (Dorotea), Joaquín Martínez (Abundio Martínez), Jorge Russek (Tilcuate), Eric del Castillo (Perseverancio), Amparo Villegas (Madre Villa), Graciela Lara (Chacha Margarita), Álvaro Ortiz (Cacarizo), Juan Ferrara (Florencio), Claudio Obregón (Licenciado), José Torvay (Terencio), Victorio Blanco (Galileo Aréchiga), Ramiro Orci (Casildo), Dolores Linares (Sixtina Cisneros), Javier Ruan (minero), Armando Acosta (revolucionario).

Detalles: 105 min., blanco y negro, clasificación B

Rodaje: Filmada del 17 de enero al 18 de marzo de 1966 en los Estudios Churubusco, en haciendas de los estados de México e Hidalgo (Tetlapáyac, Apan), en San Miguel de Allende y en Apulco.

Estreno: Estrenada el 26 de enero de 1967 en la llamada "exhibición vertical" en diez cines capitalinos: Alameda, Las Américas, Carrusel, Polanco, Nacional, Tlacopan, Álamos, Lindavista, Apolo y Morelia. Permanece tres semanas en pantalla.

Galardones: Selección oficial del Festival de Cannes (1967); Diosa de Plata (1968): Graciela Doring, actriz de cuadro; Julián Pastor, revelación.

Cartel de *Pedro Páramo*.

(10)

E S C E N A : 9 (FLASH-BACK # 1)

EXTERIOR. RIO COMALA. (DIA)

Los ojos de EDUVIGES NIÑA, mirando hacia el río desde la ribera. En el centro de la ligera corriente, dos niños juguetean alborozados. EDUVIGES NIÑA desabotona el corpiño, como si tuviera la esperanza de que la conviden a jugar. En el agua del río, que les llega hasta los pechos, juegan PEDRO PARAMO NIÑO, doce años, y SUSANA SAN JUAN NIÑA, ocho años. Los dos ríen. PEDRO se sumerge. SUSANA lo busca. El niño permanece sumergido.

SUSANA NIÑA
-¡Pedro! ¡Ya te dije que no me asustes! ¡Saca la cabeza, Pedro Páramo!

PEDRO emerge de repente, al lado de SUSANA, con gran alharaca.

PEDRO NIÑO
-¡Búuu!...¡Búuuh!

SUSANA grita asustada, luego ríe. PEDRO le tira del pelo, ella le contesta con un manotazo de agua. PEDRO se pone un carrizo, apretado, entre los dientes y habla, mascullando las palabras:

PEDRO NIÑO
-Mira: así puedes pasarte horas sin que te descubran debajo del agua...

SUSANA NIÑA
-No, ya te dije que me da miedo...

PEDRO NIÑO
-Oh, qué coyona serás, Susana...

PEDRO se sumerge con el carrizo en la boca, dejando un pedazo fuera. Burbujea alrededor del carrizo, mientras PEDRO nada debajo del agua y SUSANA sale del río y se viste con gran rapidez. Cuando PEDRO emerge, SUSANA ya está vestida, riéndose, en la ribera.

SUSANA NIÑA
-Ahora, si quieres, nada con Eduviges.

PEDRO NIÑO
-Esa no me gusta...

(SIGUE)

Ambas páginas: Escena no filmada de dos versiones del guion de *Pedro Páramo* (de 1962 primero, registrada como la Escena #9; de 1965 después, anotada como la Escena #8).

E S C E N A: 8 (REAL)

EXTERIOR. RIO COMALA. (DIA)

28 MEDIUM SHOT: PEDRO NIÑO y EDUVIGES NIÑA

Dorado por el sol, PEDRO PARAMO NIÑO, de doce años, enfurecido, rechaza con violencia a EDUVIGES NIÑA, que cae sobre el pasto sorprendida.

EDUVIGES NIÑA (F.de C.)
-¿Jugamos, Pedrito?

PEDRO NIÑO
-¡Contigo no, Eduviges!

29 FULL SHOT: PEDRO NIÑO y SUSANA NIÑA

Clavándose en el agua del río, PEDRO asusta a SUSANA SAN JUAN NIÑA, de 12 años, sumergida hasta el cuello, con las trenzas sujetas con juncos floridos. El niño se queda bajo el agua.

30 MEDIUM CLOSE SHOT: SUSANA y PEDRO NIÑOS

SUSANA lo busca. El niño permanece sumergido.

SUSANA NIÑA
-¡Pedro! ¡No me asustes! ¡Saca la cabeza, Pedro Páramo!

PEDRO emerge de repente, al lado de SUSANA, con gran alharaca.

PEDRO NIÑO
-¡Búuuu!... ¡Búuuu!

SUSANA grita asustada, luego ríe. PEDRO le tira del pelo, intentando sumergirla. Ella le contesta con un manotazo de agua.

SUSANA NIÑA
-No, ya te dije que me da miedo.

31 CLOSE TWO SHOT: PEDRO NIÑO y SUSANA NIÑA

PEDRO se sumerge. Burbujea alrededor, mientras PEDRO nada debajo del agua, pero SUSANA sale del río y cuando PEDRO emerge, SUSANA ya está vestida, riéndose, en la ribera.

Juan Rulfo durante el viaje de 1961, con Carlos Velo, por el sur de Jalisco y Colima, en busca de localidades y paisajes para la filmación de *Pedro Páramo*. En la imagen, Rulfo observa el cielo antes de hacer la toma (que existe) del pueblo que se ve a distancia. Fotografía de Carlos Velo.

Juan Rulfo y Carlos Velo durante el viaje de 1961. Aquí, ambos sentados en una banca de la plaza del pueblo de Comala, Colima. Fotografía tomada con la cámara de Carlos Velo.

Still tomada durante la filmación de *Pedro Páramo*. Carlos Velo habla con John Gavin e Ignacio López Tarso.

Still tomada durante la filmación de *Pedro Páramo*. Gabriel Figueroa con John Gavin.

Carlos Velo examina lo que puede ser su copia personal del guion definitivo de *Pedro Páramo*.

Hacienda de Tetlapáyac, estado de Hidalgo, que fue la locación usada para la Media Luna del *Pedro Páramo* de Velo. **Arriba:** fotofija de la película mostrando la llegada a la Media Luna de los revolucionarios. **A la izquierda:** fotos sacadas en 2016 durante la filmación de la serie documental *Cien años de Juan Rulfo*, dirección de Juan Carlos Rulfo. Abajo a la izquierda, Douglas J. Weatherford en el lugar en que Gabriel Figueroa habría ubicado su cámara para captar la escena de los revolucionarios. Tiene en las manos una fotocopia del recorte periodístico que se reproduce en las siguientes páginas y que ostenta un título muy llamativo: "'Pedro Páramo', ¿el film más importante de nuestro cine?".

Páginas siguientes: Nota periodística aparecida durante la preproducción de la película y cuyo título revela el optimismo que muchos sentían por la iniciativa: "'Pedro Páramo', ¿el film más importante de nuestro cine?" (*Esto*, 29 de marzo de 1966, sección B, pp. 4-5).

Datos, pelos y señales...

"PEDRO PARAMO", ¿EL F

El inicio del film. Juan Preciado (Carlos Fernández) llega a la desolada Comala, barrida por el viento y habitada por fantasmas.

La proxeneta "La Cuarraca" (Rosa Furman) lleva a Ana Rentería (Julissa) a una cita con Miguel Páramo, hijo del cacique.

Otros dos personajes del drama. La excelente Amparo Villegas encarna a la Madre Villa y Joaquín Martínez a Abundio.

**Que nosotros
to esfuerzo,**

HA COMENZ
borioso y delicad
laboratorio y ed
que quizás sea l
ambiciosa de tod
del cine mexica

*La muerte de Tim
(Jorge Rivero) se e
cacion*

Páramo".

Queda en man
nunca, de su dire
Velo, comúnment
en México como
más experimenta
res. Velo tiene m
nas un rollo. Los
13 tendrá que sa
más o menos 38
"rushes". Un tra
deramente monu
se calcula que q
para junio. Impo
pensar en el enví
Páramo" a Cann
que pensar, si se
viarla a un festiv
cia ó Berlín.

Tenemos a la
nos datos interes
filmación. Se tra
te 43 días comp
dos días de "pick
día de rodaje en

El guión que si
Velo al pie de la
rodaje, costó 5 a
paración. Intervi
distinta medida
tores y cineastas,
los Fuentes, Gab
Márquez, José Re
sé de la Cabada,
jandro, Juan Ga
Carlos Velo y Ma
bachano. No, Jua
autor de "Pedro P
metió la mano.

Se contrataron
con partes habla
días en que se en
extras. Se usaron
ras, y una grúa, c
caballos y 6 o 7
tintos para locaci
ellos la hacienda

...AS IMPORTANTE DE NUESTRO CINE?...

**bía empleado tan-
dinero en armar
ana.**

mo lugar escogido
stein para "Tor-
re México". Traba-
écnicos, el que más
aba 10,000 pesos a
El "llamado" dia-
rio era para un
promedio de
90 personas.

El sueldo del actor principal, John Gavin, es difícil de calcular. Se le contrató por producción por 15,000 dólares, pero desde luego hubo que pagar mucho más por gastos de pasajes, estancia, viáticos y por el "alquiler" de Gavin a la Universal que lo tiene contratado. En realidad, fue el empeño de John Gavin por hacer esta película la que considera que es la mejor oportunidad de su vida, y con razón, lo que permitió su
. Actualmente
una propuesta
en Italia. Suel-
dólares.
do de dinero, el
de "Pedro Pára-
e $3.500,000, de
Cinebanco pone
2.975,000).
s renglones más
film fue la am-
Ropa, muebles,
es, fueron super-
expertos. Julio
ue tiene un gus-
para las antigüe-
cargó de amue-
s interiores cons-
Manolo Fonta-
tte Samohano se

Un espléndido paisaje en una de las últimas escenas del film. El sitio es la hacienda de Tetlapaya en el estado de Hidalgo.

responsabilizó de la ropa. Los trajes de cada uno de los actores fueron sacados de fotografías de la época, del archivo de Casasola. Se emplearon más de 120,000 pies de película, lo cual para los "standards" de nuestro cine, es una cantidad extraordinaria.

En cuanto a los actores, durante más de 6 meses se hicieron pruebas cinematográficas de más de 300 aspirantes a los principales papeles. De esa pre-selección, y después de muchas sesiones de trabajo, fueron escogidos finalmente los intérpretes.

Como se dará cuenta el lector, "Pedro Páramo" se ha hecho en serio. No es la forma en que nuestro cine trabaja habitualmente. Por falta de ambición algunas veces, por estrechez económica las más, el cine mexicano tiene que hacerse a las carreras y terminarse al grito de "¡Ai' se va!"

Pero lo importante es el resultado. Todos esos cuidados, todos esos desvelos y ese dinero, esfuerzo y talento empleados en hacer "Pedro Páramo" no son, desde luego, garantía de que resultará un gran film.

Los factores que determinan la calidad de una película son, desgraciada o afortunadamente, menos concretos. Allá para junio se sabrá el resultado. Eso sí, "Pedro Páramo" no será un film vulgar. Se puede afirmar desde ahora.

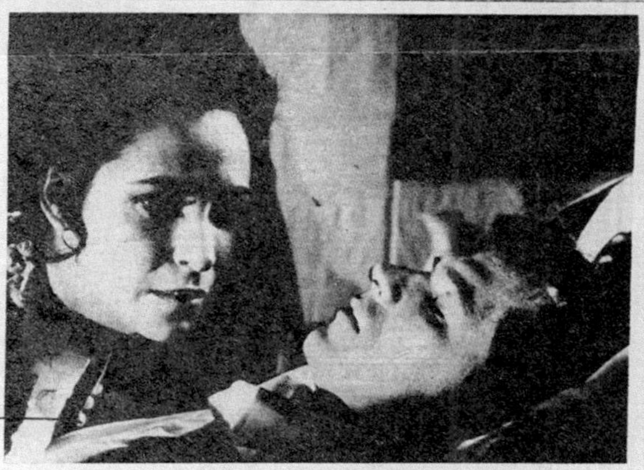

Pedro Páramo duerme, borracho, la noche de su boda con Doloritas Preciado (Claudia Millán). Edwviges Dyada (Beatriz Sheridan) la sustituye.

La vida de Susana Sanjuán (Pilar Pellicer) se consume. El Padre Rentería (Augusto Benedico) la asiste mientras Pedro Páramo (John Gavin) observa.

*...papel de Ana
...r de no ser muy
...serio de su ca-
...rra.*

Portada exterior de la carpeta en que se conserva el mecanuscrito original de la versión preliminar (de 1963) de *El gallo d*

Sobre las dos versiones del guion de El gallo de oro

CLASA FILMS MUNDIALES

Presenta

Una Película de

MANUEL BARBACHANO PONCE

" E L   G A L L O   D E   O R O "

Argumento

JUAN RULFO

Adaptación Cinematográfica

GABRIEL GARCIA MARQUEZ
CARLOS FUENTES

Director

ROBERTO GAVALDON

México, D.F.

Portada interior del mecanuscrito original del guion preliminar (de 1963) de *El gallo de oro*, con los créditos correspondientes al productor, el director, el autor del texto original (la novela *El gallo de oro*) y los adaptadores.

Problemáticas textuales en el guion de 1963 de El gallo de oro

JOSÉ CARLOS GONZÁLEZ BOIXO

Una considerable sorpresa ha supuesto la aparición de esta primera versión del guion de la novela de Rulfo, texto en el que se basó Roberto Gavaldón para filmar, un año más tarde, una película que llevaría el mismo título (sería casi inconcebible que existiese otra anterior). Firmada esta versión -como la del guion de 1964 (ya conocido desde hace algunos años, aunque es ahora cuando se publica por primera vez)- por Gabriel García Márquez y Carlos Fuentes, no puede menos que crear una gran expectación en el lector al ver unidos en un mismo proyecto a tres de los más egregios narradores hispanoamericanos del siglo XX. Nuestra innata curiosidad de lectores nos lleva a preguntarnos si es posible conocer qué grado de participación tuvieron ambos escritores en el guion. Las indagaciones de Douglas J. Weatherford y Fernando Mino Gracia, así como las observaciones de Roberto Gavaldón hijo y Víctor Jiménez, permiten atribuir con un grado aceptable de certeza que el papel fundamental lo tuvo Gabriel García Márquez. El hecho de que su nombre figure en primer lugar en la versión de 1963 ratificaría su mayor implicación en este caso, de la misma manera que ocurriría lo contrario en la de 1964, donde es Fuentes el que ocupa ese primer lugar. Testimonios de ambos muestran el enorme interés con que se tomaron el trabajo de versionar la novela de Rulfo y es cuestionable el supuesto desencuentro de García Márquez con Gavaldón.[1]

1 Ignacio López Tarso, el actor que interpretó el papel de Dionisio, habló de la elaboración del guion y de la fascinación que García Márquez sentía por ese mundo de los gallos y señaló que "esta idea de Rulfo lo tenía tan entusiasmado, que estuvo presente durante casi toda la filmación". La cita completa se encuentra en mi libro *Juan Rulfo. Estudios sobre literatura, fotografía y cine*, (citado así, en adelante), Madrid, Cátedra, 2018, pág. 350.

A pesar de este papel hegemónico por parte de cada uno de los dos grandes escritores en las versiones de 1963 y 1964, ambos textos ofrecen rasgos identitarios comunes que justifican su trabajo en equipo. Más allá de algunas diferencias formales, como son el hecho de que en el guion de 1964 las páginas aparecen divididas en dos columnas (la primera para las descripciones, con una anotación minuciosa de los movimientos de la cámara de filmación –hay que suponer que fue la participación de Gavaldón en el guion-, la segunda reservada a las frases que han de pronunciar los actores), el estilo, los modos narrativos, las descripciones, los recursos en los diálogos, la utilización de frases sentenciosas populares, la caracterización de los personajes, todo ello muestra una identidad tal que no se aprecian rasgos diferenciados entre las dos versiones. Lo cual no quiere decir que nos encontremos ante dos textos parecidos (una versión última que corrige la previa) sino de una segunda versión que reescribe la historia, relatando de nuevo parte del argumento, que varía muy pronto, y conservando únicamente algunos de los parlamentos de los personajes con frases que ni siquiera coinciden en su ubicación. Es decir, se trata de dos versiones totalmente diferentes, como el lector puede comprobar, pero escritas ambas con los mismos recursos. Cómo se dividieron ese trabajo Fuentes y García Márquez no lo sabemos, pero les debió resultar gratificante, dado que juntos elaboraron una docena más de guiones en los dos años siguientes.

Las aspiraciones "literarias" de un guion son por definición limitadas. Sus autores son conscientes del carácter subsidiario del mismo, de su carácter instrumental para un fin superior, la filmación de una película. Sin embargo, resultaría sorprendente que, escrito por autores de la talla de García Márquez y Fuentes, no se notase la fuerza de su escritura. En 2010 Fuentes recordaba el proceso de la escritura del guion y mencionaba que eran capaces de estar un día entero discutiendo si tal adjetivo era el adecuado o tal coma estaba en su lugar correcto,[2] algo que ratifica que, como era natural, no podían sustraerse a su papel de escritores. Las constantes descripciones tienen una finalidad práctica, visualizar las diversas escenas de la película, pero los rasgos de creatividad van más allá de su carácter informativo y las convierten en pequeñas piezas literarias. Lo mismo ocurre con la creación de los personajes, perfectamente delineados en su manera de ser y en su evolución en el guion, que se alzan con la consistencia que podrían alcanzar en una novela. Bernarda o Lorenzo Benavides emulan a los originales de Rulfo y otros, como Esculapio y Reglita, de nueva creación en el guion de 1964, son verdaderos hallazgos para el lector. Resulta, pues, evidente, que un análisis individualizado de los dos guiones da como resultado que nos encontramos

2 La cita puede verse en *Juan Rulfo. Estudios sobre literatura, fotografía y cine*, Madrid, 2018, p. 350.

ante textos que, al margen de su no pertenencia a la serie literaria (no son novelas), ofrecen los recursos propios de un texto literario. Su evidencia es tan grande que resulta ocioso demostrarlo. En cambio, sí tiene verdadero interés el análisis comparativo que debe establecerse entre la novela, los guiones y la película de Gavaldón. De esta manera se podrá responder a una serie de preguntas pertinentes: ¿qué calidad artística consiguió Gavaldón?, ¿se siguieron los planteamientos de Rulfo en la novela?, ¿en qué grado los dos guiones se mantuvieron fieles al texto de Rulfo, lo mejoraron o lo traicionaron? Es evidente que no se trata de limitar la propia autonomía artística de una película, y ni siquiera del guion que la sustenta, cuando se trata de comparar, como es este caso, la novela de la que surge con el nuevo producto fílmico. La novela, el guion y la película tienen sus propios espacios y una mayor o menor fidelidad al texto original es algo, en sí mismo, intrascendente. Lo valorable en la comparación es ver si el nuevo objeto artístico iguala o mejora el texto original. Es desde esta perspectiva que se exponen algunas consideraciones sobre el guion de 1963.[3]

Llama la atención que en un lapso de tiempo tan breve –el guion de 1963 está fechado en diciembre y el de 1964 se tuvo que realizar con carácter casi inmediato, ya que la película se estrena en diciembre de ese año- se llevase a cabo una reescritura total del guion. ¿Resultó fallido el primer intento? Al leerlo ahora, sorprende el rechazo, ya que el guion era muy minucioso, una versión que adaptaba el texto de Rulfo a los intereses de la "comedia ranchera" que quería realizar su director. La ausencia de referentes técnicos era intrascendente y, como se hizo en el guion de 1964, Gavaldón los podía haber incluido sin necesidad de una reescritura. La necesidad de un nuevo guion solo podía estar ocasionado o, bien, porque no se consideraba bueno, o porque no respondía suficientemente a esa categoría de la "comedia ranchera". Sin duda, esa fue la razón fundamental, aunque también es cierto que el deambular sin destino de Dionisio en la segunda parte del guion no resultó demasiado acertado. Fue así como los guionistas decidieron no corregir ciertas partes de su texto –lo que parecería lógico- sino volver a escribir el guion, casi sin tenerlo presente, incluso en aquellas partes en que se volvían a relatar las mismas escenas.

Es lo que ocurre en el primer núcleo temático, que sigue de manera bastante fiel el argumento de Rulfo, la presentación de Dionisio como pregonero y gritón de palenque, la muerte y entierro de su madre y la adquisición de un moribundo gallo dorado que, milagrosamente, revive gracias a los cuidados del también gallero. Algunas escenas pueden cambiar, pero no suponen

3 En el capítulo "La recepción de *El gallo de oro* en las adaptaciones cinematográficas mexicana" (págs. 343-379 de mi libro *Juan Rulfo: Estudios*... analizo el guion de 1964 en relación a la novela de Rulfo y a la película de Gavaldón.

cambios sustanciales: es lo que ocurre cuando, para mostrar la indigencia de Dionisio, el protagonista acude a solicitar ayuda al cura (1963), escena que se sustituye por la visita a la funeraria (1964). Ambos guiones mantuvieron la misma perspectiva en estas primeras secuencias, más allá de las descripciones concretas o de la caracterización de personajes secundarios como el dueño del gallo dorado en la pelea que transcurre en el patio de Secundino Colmenero, un tal Abajeño, sin rasgos definidos (1963) o el ya bien caracterizado Chinaco (1964). Las diferencias se observan, en relación con la novela de Rulfo, al plantearse una caracterización de Dionisio mucho más simple (en la película, Gavaldón exageró los rasgos al convertirlo en ser bondadoso e inocente). En la novela se indica en varias ocasiones, al comienzo, que Dionisio tiene un "brazo engarruñado", lo que le impide ejercer un trabajo mejor que el de pregonero y gritón de palenque. Es comprensible que los guiones omitieran ese defecto de su brazo, algo que podía dificultar la relación que en la pantalla establece con La Caponera. Menos admisible resulta la omisión en los guiones del carácter vengativo de Dionisio: los guiones recrean una escena de la novela de una gran plasticidad, cuando, al no poder enterrar a su madre con un mínimo de dignidad, se producen las burlas del vecindario que creen lleva a enterrar un animal muerto. Estas burlas y, también, la fuga de la "muchachita" de la que está enamorado (y que se ve obligado a pregonar) le llevan a odiar al pueblo y a jurarse no volver a él. Esta caracterización de Dionisio desaparece en los guiones que lo presentan feliz con su gallo dorado recuperado y con el que cree podrá ganar a cualquier contendiente. La simplificación de la caracterización es evidente y sólo puede tener la finalidad de adaptarse a los tópicos de la "comedia ranchera". Es más, ambos guiones coinciden en presentar una escena que en la película terminó siendo inverosímil. Dionisio ve en la lejanía el carro festivo en el que viaja La Caponera y se queda extasiado al contemplar su belleza. Algo comprensible si no fuera porque se supone que eso ocurre mientras trasporta el cadáver de su madre. En el guion de 1963 la escena, que no existe en la novela, no estaba mal planteada, porque se trataba de oponer la alegría del gentío en fiesta al dolor solitario de Dionisio, que casi no alza la vista. En cambio, el guion de 1964 ya habla de que Dionisio la sigue con la mirada y de que la presencia de La Caponera le ha distraído, aspectos que se magnificaron en la película.

El protagonismo indiscutible que Dionisio tiene en la novela (compartido con Bernarda, de manera que el resto de personajes son secundarios) se va haciendo menos intenso en el guion de 1963, pasando en el guion de 1964 a ser un personaje secundario y ocupando el protagonismo Lorenzo que, en su papel de charro, resultaba lo esperable en una película de este tipo. Así, un desvaído Dionisio llega al final de la trama en el guion de 1963, algo que se acentúa en el de 1964. En los dos guiones y en la película, el personaje de Dionisio, como si nada hubiera pasado, regresaba tan pobre como había salido a su pueblo de San Miguel del Milagro. La diferencia con la novela era que existía un planteamiento temporal muy diferente, ya que en vez del año aproximado en que trascurrían los acontecimientos en los guiones y en la película, en la novela pasaban más de veinte años (por ejemplo, casi dos años, hasta que Dionisio vuelve a San Miguel, luego su matrimonio con Bernarda y el nacimiento de su hija, diez años después gana la hacienda a Lorenzo, y otros tantos hasta la muerte de Bernarda y su suicidio). Una historia demasiado amarga para que encajara en los parámetros de la "comedia ranchera".

Como en el caso de Dionisio, también el papel del gallo de oro es muy diferente en la novela que en los guiones y en la película. En la novela la presentación del gallo de oro es la de un "fino gallo" que en la pelea queda "cojitranco" por puro azar, herido por su oponente, un "cocolote" que sólo quiere huir y que cae con su navaja accidentalmente sobre el gallo dorado. Sin embargo, el defecto del ala no tiene ninguna incidencia posterior y no se vuelve a mencionar: "Aunque le quedó un poco más levantada que la contraria, aleteaba con fuerza y su batir era brusco y desafiante al alumbrar cada mañana".[4] Su valor queda demostrado en la primera pelea en serio en San Juan del Río. En cambio, en los guiones y en la película es ese defecto del gallo un aspecto fundamental en sus victorias, ya que se burlan de su maltrecha figura y no se dan cuenta de su valía. Aunque Dionisio atribuye sus victorias al influjo mágico de Bernarda, no resulta seguro que esto sea así (al contrario, no hay duda que es la presencia de Bernarda la que permite tanto a Lorenzo como a él ganar sus partidas de cartas). En la novela, sin embargo, la importancia del gallo sólo se limita al inicio: mientras que en los guiones y en la película se finaliza con la muerte del gallo, en la novela muere casi al comienzo, sin que sea un suceso relevante: "Dos meses después, le mataron su gallo dorado en Tlaquepaque".[5] Sin duda, el tono mítico del título se impuso en la versión cinematográfica, pero conviene no olvidar que Rulfo también había barajado titular su novela como *El gallero*, más acorde con el desarrollo argumental.

La primera decisión importante que se adoptó en el guion de 1963 fue la relativa a que el gallo de oro no iba a morir en la pelea de Tlaquepaque. De esta manera se trastocaba la línea argumental de la novela. Varias escenas tienen como foco común el intento de Lorenzo Benavides de comprarle el gallo dorado a Dionisio. En la novela, después de la victoria del gallo dorado en Aguascalientes, Dionisio se dispone a cenar y es cuando le aborda Lorenzo, que va acompañado de Bernarda. Las negativas de Dionisio a vender su gallo muestran en la novela su obstinación, dado que tiene una gran confianza en

---

4 Juan Rulfo, *El gallo de oro y otros relatos*, Editorial RM-Fundación Juan Rulfo, México, 2017, p. 23.
5 *El gallo de oro*..., p. 36.

seguir ganando peleas con él. El guion de 1963 acentúa la determinación del carácter de Dionisio: "Eres medio corajudo", le llega a decir Lorenzo; por otra parte, la novela se limita a mostrar la relación amorosa entre Lorenzo y Bernarda, mientras que el guion de 1963 hace explícitas las constantes caricias que Bernarda dedica a Lorenzo, algo que produce una gran incomodidad en Dionisio. Tanto la novela como el guion de 1963 dan un salto brusco hasta la pelea de Tlaquepaque, algo que el guion de 1964 intenta paliar (lo que muestra, en el caso de la novela, la posibilidad de saltos narrativos, difíciles de aceptar en el relato cinematográfico). Así, el guion de 1964 añade una escena en que Dionisio se queda mirando los féretros expuestos en una funeraria y otra escena en que vuelve a encontrarse con Bernarda y Lorenzo, que van paseando en una calandria.

Si hasta este momento el guion de 1963 se había mantenido muy fiel al texto de la novela, a partir de ahora, al continuar el gallo con vida, todo se trastoca. Aunque por fin Dionisio accede al trato con Lorenzo, después de que Bernarda le amenace con que no la volverá a ver si sigue negándose, el gallo dorado pierde todo interés en la acción, ya que lo que se presenta son los tratos marrulleros que Dionisio acepta para realizar peleas con los gallos de Lorenzo. En el guion de 1963 el gallo dorado más bien parece un estorbo a partir de este momento, ya que la acción se traslada a los juegos de cartas. Se le menciona de vez en cuando, casi siempre atado a una de las patas de la silla que ocupa Dionisio, sin que se sepa qué hacer con él. En definitiva, resulta claro que los guionistas no se atrevieron a prescindir de él –les debió parecer que había que justificar el título del guion- y la imagen de que cabecea o parece dormido con la que se le suele presentar, bien poco tiene que ver con el esperado tono heroico que el título prometía. Bien es cierto que este aspecto tan importante se solucionó en el guion de 1964. Cambiando radicalmente el argumento de la novela de Rulfo, resulta ahora que la hacienda de Santa Gertrudis no es propiedad de Lorenzo, sino de un nuevo personaje: Esculapio Virgen. Todas las esperanzas de Lorenzo están puestas en ese gallo de oro que, al final, consigue que forme parte de su trato con Dionisio. En efecto, su aspecto derrengado hace que Esculapio no crea que es un oponente digno de sus gallos (recordemos que en Rulfo la secuela del ala es inapreciable) y pierde la hacienda. El nuevo argumento hace que Dionisio ceda su papel protagonista que ya no recupera en ningún momento. Su papel secundario en la hacienda, y su deambular sin objetivos luego, apenas varía cuando se produce la última pelea de su gallo, en que muere. La última escena cierra el círculo y vemos a Dionisio regresando a su pueblo, tan pobre como cuando salió de él. El guion de 1963, a pesar de que el gallo tampoco moría, intentó ser más fiel al relato de Rulfo. Lorenzo es el dueño de la hacienda de Santa Gertrudis y allí se traslada Dionisio, que aprende los trucos de los juegos de cartas. También, llegado un determinado momento, le gana a Lorenzo la hacienda. Desesperado al perder, se pega un tiro ante la indiferencia de Bernarda, con la que Dionisio inicia una relación amorosa tan apasionada como violenta. El guion termina con Dionisio perdiendo toda su fortuna en una partida de cartas al no darse cuenta de que Bernarda ya no ejerce su influjo mágico, y el final es similar al del guion de 1964, regresando a San Miguel del Milagro, tan pobre como al principio del relato.

El guion de 1963 se mantuvo relativamente cercano al relato de Rulfo, aunque presenta carencias clamorosas con respecto a la novela. El tema de la suerte, por ejemplo, se inscribe en la novela dentro de una filosofía fatalista de la vida regida por el azar. En el guion de 1963 queda explícito, lo mismo que en la novela, que Bernarda proporciona la suerte a quien está con ella, y esto lo saben bien Lorenzo y Dionisio, por lo que no hay explicación para justificar por qué pierde el gallo dorado su última pelea, estando presente Bernarda. En Rulfo todo es más nítido: las peleas del gallo nada tienen que ver con el tema de la suerte que, sin embargo, es la única razón de que Lorenzo o Dionisio ganen sus partidas de cartas. Afortunadamente, los dos guiones siguieron la terrible escena de la novela en la que la muerte de La Caponera hace que la suerte abandone a Dionisio (1963) o a Lorenzo (1964). Tampoco consiguieron los guiones las perfectas caracterizaciones de los personajes de la novela de Rulfo. Dionisio era el protagonista indiscutible junto a Bernarda, y Lorenzo no pasaba de ser un personaje secundario. En cambio, en ambos guiones la figura de Dionisio se desvanece: en la novela es el personaje humilde pero vengativo que se deja llevar de su ambición y perece en ella. En el guion de 1963 le vemos deambular por una decena de pueblos sin nombre, sin que su búsqueda de Bernarda llegue a justificar su errático proceder. En la versión de 1964, Dionisio, simplemente, es sustituido por Lorenzo, que resultaba en su papel de charro una figura más acorde con la "comedia ranchera". ¿Cómo encajar en este tipo de cine a un charro como Lorenzo, ya decrépito y en silla de ruedas, tal como lo presentó Rulfo en su novela? Aunque ya alejado de la profundidad con que Rulfo construyó el mundo de *El gallo de oro*, el guion de 1963 se mantuvo más fiel a la original propuesta de Rulfo que a la tópica película a la que dio origen el guion de 1964, que, incluso, varió el final adaptándolo a una convencional situación que podía ser más del agrado del espectador. Por lo menos, el guion de 1964 terminaba melodramáticamente con Lorenzo descerrajándose un tiro, mientras La Caponera, arrepentida, se abrazaba a su cadáver. En cambio, la película terminaba con Lorenzo, tan charro como siempre, y Bernarda tan esplendorosa como el primer día. Nada que ver con esa soledad representada en el penoso derrumbe de su belleza y su decrepitud como cantante, tal como evolucionaba en la novela de Rulfo.

¿Fue una ocasión perdida la versión de Gavaldón? Rulfo se sintió decepcionado y, a juzgar por lo dicho en estas páginas, el lector seguramente compartirá esa opinión. Creo que seríamos injustos si nos quedamos en esta conclusión. Nuestra crítica visión deriva de que en todo momento establecemos como punto de referencia el texto de Rulfo. Y hay que ser realistas. Cualquier texto de Rulfo nos va a deslumbrar y a opacar cualquier término de comparación. Rulfo es Rulfo, si se le imita el resultado siempre será mediocre y no conseguiremos mantener el fiel de la balanza con un peso similar en los dos platillos. Si García Márquez, como parece, fue el principal redactor del guion de 1963, tuvo algunos destellos de genialidad, como cuando quiso orientar la historia hacia una interpretación simbólica, situándola en un ambiente "irreal". Lea el lector el final del guion de 1963, cuando se indica que "empieza a hacerse de día con una rapidez sobrenatural" y el "adaptador" señala que ese es un recurso que considera fundamental "a pesar de las dificultades técnicas". Tal vez por ese camino el guion hubiese empezado a ganar el peso necesario para igualar el de la novela. Pero, una vez más, irremediablemente, nos estamos dejando llevar de una imposible comparación. Veamos la película de Gavaldón sin recelos, como una de las más animadas películas rancheras, llena de colorido y belleza. Leamos, luego, la novela de Rulfo, pero, por favor, no comparemos.

El gallo de oro, *la fascinación de García Márquez en un guion de 1963*

FERNANDO MINO GRACIA

La revisión del proceso de escritura y filmación de *El gallo de oro* (1956-1964) permite asomarse al difícil diálogo entre el cine y la literatura mexicana en una época de rupturas, pero también es una ventana privilegiada para analizar las diferencias entre las formas de expresión literarias y cinematográficas, en un momento en que el cine comenzaba a verse a sí mismo como capaz de proponer narrativas propias, desligadas de las fórmulas y referencias de la literatura.

El periodista y escritor Gabriel García Márquez, mucho antes de sus años de fama absoluta, se estableció en México al iniciar julio de 1961. Además de su trabajo periodístico –que le había granjeado merecido reconocimiento y algunas enemistades dentro de la turbulenta disputa política colombiana–, buscaba consolidar su carrera literaria y estabilizar su economía. Interesado en el cine y en establecer vínculos con el círculo intelectual de la ciudad de México, se integró a las tertulias que presidía Manuel Barbachano Ponce –en "aquel Castillo de Drácula de las calles de Córdoba",[1] sede de su empresa productora–, guiado por su viejo valedor, el también colombiano Álvaro Mutis. En esas reuniones conoció a varios exiliados españoles inmersos en la industria del cine, como Federico Amérigo y Carlos Velo, o en la publicidad, como Jaime Muñoz de Baena. También se encontró ahí con Carlos Fuentes, en lo que significó el principio de una amistad marcada por "la instantaneidad de lo eterno".[2]

1 Gabriel García Márquez, "Carlos Fuentes, dos veces bueno", *La Jornada*, 26 de junio de 1988, republicado a solicitud del autor colombiano el 18 de mayo de 2012, https://www.jornada.com.mx/2012/05/18/cultura/a05a1cul. Consultado el 10 de diciembre de 2019. En adelante, "Carlos Fuentes, dos veces bueno".

2 Carlos Fuentes, "Para darle nombre a América", discurso en la inauguración del IV Congreso Internacional de la Lengua Española, Cartagena de Indias, Colombia, 26 de marzo de 2007, http://congresosdelalengua.es/cartagena/homenaje/fuentes_carlos.htm. Consultado el 10 de diciembre de 2019. En adelante, "Para darle nombre".

Muy pronto, García Márquez se embarcó en algunos trabajos para Barbachano, por ejemplo, escribió materiales para *Cine Verdad*, el noticiario fílmico realizado por Velo, junto con Mutis, Fuentes, José Emilio Pacheco, Elena Poniatowska, Juan García Ponce y otros jóvenes escritores que prometían revolucionar la literatura y apoderarse de la escena intelectual. En medio de esa chamba, en 1963, Velo le propuso adaptar un argumento cinematográfico que Barbachano pensaba producir para CLASA Films Mundiales, empresa de la que era socio; se trataba de *El gallo de oro*, firmado por Juan Rulfo. García Márquez lo recuerda casi como una revelación:

> Carlos Velo me encomendó la adaptación para el cine de otro relato de Juan Rulfo, que era el único que yo no conocía en ese momento: *El gallo de oro*. Eran 16 páginas muy apretadas, en un papel de seda que estaba a punto de convertirse en polvo, y escritas con tres máquinas distintas. Aunque no me hubieran dicho de quién era, lo habría sabido de inmediato. El lenguaje no era tan minucioso como el del resto de la obra de Juan Rulfo, y había muy pocos recursos técnicos de los suyos, pero su ángel personal volaba por todo el ámbito de la escritura.[3]

Durante los últimos meses de ese año, García Márquez se enfrascó, con la colaboración de Carlos Fuentes y la participación de Velo y de Barbachano, en la adaptación de *El gallo de oro*. Era su gran oportunidad de cumplir un sueño, como confesaría tiempo después: "Fue también por la ilusión de hacer cine que vine a México".[4]

El resultado es un guion fechado en diciembre, firmado por García Márquez y Fuentes, que incluyó comentarios del mismo Juan Rulfo, como aclara una acotación entre escenas que refiere el atuendo que debería llevar Dionisio Pinzón:

> (El traje de DIONISIO, según descripción verbal del propio Rulfo, son unos pantalones negros con la bocapierna amarrada a los tobillos con cordeles, como suelen hacer los ciclistas: un chaleco negro y sin adornos y un paliacate negro en el cuello. El sombrero es un Tlapeahuala [*sic* por Tlapehuala]. DIONISIO no cambiará nunca este atuendo, pero a medida que progrese su situación económica irá mejorando la calidad de los materiales del vestido.)[5]

La participación de Rulfo en el proceso del guion es un misterio. De acuerdo con Miguel Barbachano, hermano de Manuel, Rulfo estuvo presente durante el trabajo del primer libreto. Dice que lo conoció cuando escribía notas

3 Gabriel García Márquez, "Breves nostalgias sobre Juan Rulfo", *Proceso* 204, 29 de septiembre de 1980, p. 47.
4 Gabriel García Márquez, *Notas de prensa. Obra periodística 5 (1961-1984)*, Editorial Diana, México, 2003, p. 51.
5 Escena #20.

para "redondear una página más" de *El gallo de oro* en un cuarto contiguo al que ocupaban los guionistas.[6] Por su parte, García Márquez dijo en 1980 que no conoció personalmente al jalisciense sino años después de este encargo.

García Márquez era aficionado a las peleas de gallo, tan populares en Colombia como en México, y había hecho del tema uno de los elementos centrales de su segunda novela, *El coronel no tiene quien le escriba* (1957). De tal forma, al escribir este guion estableció un rico diálogo con la obra de Rulfo que reforzó, en la propia, la idea del sino trágico de los palenques.[7]

Manuel Barbachano se dijo satisfecho con el resultado del primer guion. Sin embargo, para el director de la película, Roberto Gavaldón, resultaba insuficiente. Los primeros meses de 1964 fueron de reescritura para García Márquez y Fuentes. El primero aseguró años después que se trató del "capítulo más deprimente de nuestras carreras":

> Tuvimos que sufrir noches y noches de horror durante meses interminables porque un director de cine nos hacía deshacer todos los días el trabajo del día anterior, para rehacerlo otra vez al día siguiente, sólo porque él necesitaba retrasar el comienzo de la película para atender otro compromiso previo.[8]

Gavaldón, efectivamente, estuvo ocupado durante marzo y abril en la filmación de *Los hijos que yo soñé*, melodrama protagonizado por Libertad Lamarque (Fuentes recordaría que la simultaneidad de proyectos generaba confusión: "a veces poníamos al Gallo a cantar tangos y a doña Liber a cacarear").[9] De tal manera, las revisiones del guion de *El gallo de oro* se realizaban durante las noches. Más allá de la queja de García Márquez de que la reescritura tuvo como objetivo perder el tiempo para no empalmar rodajes, la primera adaptación sí necesitaba de ajustes para transformar su minuciosa y literaria descripción en un documento útil como guía para un rodaje.

A diferencia de sus adaptadores, Gavaldón tenía en claro que la literatura es un punto de partida: "A veces trasladar una novela al cine es difícil, han fracasado muchos intentos, que casi con poca imaginación cinematográfica se

---

6 Miguel Barbachano Ponce, "Juan Rulfo", *Excélsior*, 15 de enero de 1986.

7 Los gallos son presencia constante en *Cien años de soledad* (1967) y, nada menos, la causa del exilio que llevaría a José Arcadio Buendía a fundar Macondo, luego de matar a Prudencia Aguilar, su contrincante en una trágica pelea de gallos. Galleros serán también José Arcadio Segundo y Aureliano Segundo. Ambos encumbrados y luego traicionados por la esquiva fortuna. Incluso el oficio de los gemelos Segundo estará acompañado por los amores de Petra Cotes, que cual Caponera –sin trazas de cantadora– llevaba la fortuna a donde se posaba su magnética figura, pues provocaba una "proliferación sobrenatural" de cuanto animal estaba cerca de su embrujo. Un siglo de tragedias llevó a Úrsula Iguarán a sostener la verdad absoluta de que los gallos de pelea provocan "muertes de hombres y remordimientos de conciencia para el resto de la vida". Ahí mismo, en los orígenes de Macondo, aparece ya delineada la triste Eréndira prostituida por su abuela, que en su propia novela corta –*La increíble y triste historia de la cándida Eréndira y su abuela desalmada* (1972)– desfilará, como la Caponera, en una carreta arrastrada por bueyes.

8 "Carlos Fuentes, dos veces bueno".

9 Carlos Fuentes, "Gabo y yo: memorias intercambiables", *Reforma*, 7 de octubre de 2002.

someten demasiado a la novela misma; tratan de respetarla o por imposición del autor o porque realmente no la ven en cine. Trasplantar una obra original en numerosas ocasiones significa cambiarla".[10] El mismo Fuentes confesaría muchos años después que en los días de *El gallo de oro* quedó demostrada "nuestra verdadera vocación, cuando nos deteníamos horas en colocar una coma o en describir el portón de una hacienda. Es decir: nos importaba lo que se leía, no lo que se veía".[11]

El proceso de transformación del relato de Rulfo de un guion a otro permite palpar las modificaciones en la interpretación de la obra y las opciones narrativas y visuales para representarla en la pantalla. La desavenencia mayor fue la oposición rotunda de García Márquez al cambio de la trama. Según recordaría el mismo Rulfo años después, el desacuerdo se zanjó con la renuncia del colombiano porque "pensó que estaba traicionando el libreto" original.[12] De tal forma, Carlos Fuentes fue el encargado de ajustar y dejar listo el segundo guion de la película, como hace constar el orden de los créditos en pantalla: "Cinedrama de: Carlos Fuentes, Gabriel García Márquez, Roberto Gavaldón. Basado en el argumento original de Juan Rulfo".[13]

* * *

El primer guion de *El gallo de oro* se compone de 49 secuencias, pensadas para ser filmadas en blanco y negro y aderezadas con siete canciones debidamente indicadas. Una película ranchera a la vieja usanza que desarrolla prácticamente toda la anécdota del relato original de Rulfo. La trama arranca en la primera secuencia con la misma palabra elegida por Rulfo: "Amanece. Mientras pasan los créditos se oyen las campanas de una iglesia".

El lector que se enfrenta por primera vez a esta versión de *El gallo de oro* podrá presenciar la reverencia con la que García Márquez trata a la novela original. Su falta de pericia como adaptador cinematográfico y su indudable talento literario convergen en un texto que destaca la admiración y el acuerdo con un universo narrativo que sublima la tradición en una atmósfera de resonancias míticas. La primera aparición de la Caponera en el guion es un buen ejemplo:

10 Roberto Gavaldón, entrevista en Eugenia Meyer (coordinadora), *Cuadernos de la Cineteca Nacional. Testimonios para la historia del cine mexicano*, volumen 7, Cineteca Nacional, México, 1976, p. 75.

11 "Para darle nombre".

12 Heriberto Fiorillo, "Los muertos en libertad. Entrevista con Juan Rulfo", *La Jornada Semanal*, suplemento de *La Jornada*, 28 de enero de 1996, p. 20.

13 Roberto Gavaldón tuvo crédito de guionista en buena parte de las películas que filmó a lo largo de su carrera. Esto se debía a un acuerdo sindical que indicaba que se tenía que acreditar el trabajo de guiar con opiniones la labor de los escritores y, adicionalmente, desarrollar la adaptación técnica, es decir, las indicaciones de emplazamientos y encuadres.

De pronto, aparece por encima de la muchedumbre una visión fascinante: en una carroza tirada por dos bueyes, y sentada como una reina, va una mujer muy bella, con un rebozo color de metal, una falda de percal estampada y flores en las trenzas. Del cuello le cuelgan sartas de collares, lleva los brazos repletos de pulseras, anillos de fantasía en casi todos los dedos y en las orejas enormes arracadas de oro. Es BERNARDA CUTIÑO, la Caponera.

La carroza donde va la CAPONERA está adornada de carrizos, milpas tiernas y papeles de colores. La sigue un mariachi lujoso que toca una pieza alegre. Un grupo de hombres a caballo que le hacen a la mujer una corte bulliciosa, trata a cada paso de detenerla.[14]

Esta bella presentación de Bernarda resalta la habilidad literaria de sus autores, pero deja mucho que desear en cuanto a lo que un guion cinematográfico requiere en términos de puesta en imagen, como puede contrastarse al revisar la misma escena en el segundo y definitivo guion.

La aparición del gallo dorado es otra revelación providencial y una inmersión en los significados del género cinematográfico:

(El gallo dorado, en blanco y negro, debe tener el color que tiene el cabello de una rubia platinada. Será, desde luego, un color irreal, que imprimirá al gallo desde el primer momento y para siempre, un carácter definido y absolutamente inconfundible.)

(El gallo de oro tendrá siempre un aspecto desolado y taciturno. A partir de esta escena, su ala derecha, lesionada por un navajazo, estará paralizada y casi arrastrará por el suelo a lo largo de toda la película. Los propios protagonistas no entenderán nunca cómo este gallo puede ganar siempre. Objetivamente parece inverosímil. Su victoriosa trayectoria, por tanto, no se deberá a su poder de combate, sino a una inexplicable virtud sobrenatural.)[15]

En esta adaptación han desaparecido las sugerencias específicas de canciones que hizo Juan Rulfo en el relato original. Si Rulfo colocó el peso simbólico de lo popular en la música, con su minucioso trabajo de recuperación de canciones líricas tradicionales, García Márquez y Fuentes optaron por dejar esa huella a través de una recopilación minuciosa, y un tanto reiterativa, de refranes, en un recurso que había propuesto años antes Juan Bustillo Oro en su poco conocida película *Las mañanitas* (1948). Las más de quince frases

14 Escena #8.
15 Escena #10.

colocadas a lo largo del texto atan el relato a la sabiduría popular. Algunos ejemplos: "sólo el que carga el costal sabe lo que lleva dentro"; "el que nace pa' maceta no pasa del corredor"; "ay, cocol, ya no te acuerdas cuando eras chimisclán"; "la gratitud no es a perpetuidad como los sepulcros"; "no le tengas miedo al chile aunque lo veas colorado"; "no te hagas que la Virgen te habla, cuando ni te parpadea"; "en tiempos de tempestad cualquier agujero es puesto".

En la lectura de García Márquez y Fuentes, la primera mitad de la historia, hasta el juego de naipes en que Dionisio vence a Lorenzo, se distingue por su realismo, por su descripción minuciosa de los entornos y los personajes, de la pobreza del pueblo, de los intríngulis de las peleas de gallos, de la alegría de los palenques, de la vitalidad de las canciones rancheras y del magnetismo erótico de Bernarda. Este prolongado planteamiento incluye una construcción sólida de los personajes y los vínculos que los unen. Por un lado el advenedizo gallero Dionisio que desafía su propia suerte de la mano del gallo rescatado de la muerte. Enfrente, la vital y provocadora Bernarda y el altivo charro Lorenzo como amantes acoplados a fuerza de pragmatismo, conveniencia, alcohol y pasión. Son personajes de una pieza, arquetipos que responden a valores esenciales que justifican dramáticamente sus acciones: Bernarda es libertad y sexualidad; Dionisio es inocencia esencial y mansedumbre; Lorenzo es soberbia, fortaleza y ambición.

A partir de la derrota de Benavides en el juego de naipes y su posterior suicidio, secuencia descrita con una atmósfera que "se irá oscureciendo imperceptiblemente", los márgenes de la realidad se trastocan.[16] Ahí da un vuelco la fortuna y se vinculan el Gallo y la Caponera. Los personajes intercambian roles y el triángulo inicial se rompe con la violencia sexual de la secuencia en la que Dionisio se transforma, simbólicamente, en Benavides:

> Con una violencia sorpresiva, DIONISIO tira entonces del corpiño de la mujer y lo desgarra de arriba a abajo. Ella se apresura a cubrirse con su mano llena de anillos de fantasía, y sólo entonces deja de mirar al muerto. Empieza a reír con una risa baja, misteriosa, profunda. No se puede saber si es una risa de placer o de burla.[17]

A partir de este momento el punto de vista cambia, la limpia objetividad omnisciente de la primera parte es sustituida por una mirada subjetiva, como si la historia estuviera contada ahora a través de referencias difusas, recreadas más que atestiguadas: el sepulcro perdido de la madre en San Miguel del Milagro y el penoso fandango ordenado por Dionisio; el fárrago temporal y

16 Escena #27, Bis.
17 Ibidem.

espacial de la búsqueda de Bernarda, punteado de espectros y de presagios; la elipsis que transforma a Bernarda en una adocenada esposa de perlas al cuello en un tiempo ya para entonces incierto; hasta concluir con la muerte climática y la ruina del inclemente Dionisio. El final –que plantea visualmente un amanecer súbito, "sobrenatural"– parece el retorno a la objetividad del relato: "en el fondo de la calle, el pueblo se va llenando de ruidos cotidianos y hombres y mujeres indiferentes se sientan en los portales".[18] El regreso a San Miguel del Milagro da cuenta de la idea de la fortuna como un juego de altibajos. Al mismo tiempo sugiere un metarrelato –la idea de la circularidad del azar– que se mantendrá, con nuevos derroteros, en la disección de la segunda adaptación.

El embrujo de Bernarda se conjuró con su muerte y Dionisio no sólo regresó a su origen, sino que recobró su humanidad, al menos eso indica la consagración a Bernarda del suntuoso ataúd soñado para su madre. En el juego de transfiguraciones que propone el texto, la Caponera se funde con la figura materna, venerada y tutelar para Dionisio, mientras que el Gallo recupera su condición animal; su sustancia mágica, al parecer, dependía del poder de la Caponera.

* * *

Más allá de las evidentes modificaciones argumentales, la diferencia fundamental entre *El gallo de oro* de Juan Rulfo y la película de 1964 radica en el desarrollo de sendas ideas contrapuestas: la suerte, en la novela, y el azar, en el filme. Lo que para Rulfo es una historia sobre la significación y las resonancias sobrenaturales y malditas de la suerte, Roberto Gavaldón lo enfoca desde la perspectiva del azar como un fenómeno inasible e incontrolable, un hipnótico círculo de probabilidades en perpetuo y estático equilibrio; como la iteración fílmica nombrada "comedia ranchera", género que se nutre y se consume en sí mismo.

Mientras la segunda novela de Juan Rulfo rescata de un nacionalismo petrificado las resonancias esenciales de una tradición rural a punto de extinguirse, *El gallo de oro* cinematográfico apostó por encerrarse en un universo mítico poblado por arquetipos que se devoran a sí mismos en el círculo sin fin de un espectáculo de resonancias simbólicas. La película es el apoteósico estertor de la comedia ranchera –rabiosamente despreciado por toda una generación de cinéfilos renovadores y antinacionalistas–, al que el paso del tiempo ha devuelto buena parte de su lustre.

---

18 Escena #49.

(23)

(El traje de DIONISIO, según descripción verbal del propio Rulfo, son unos pantalones negros con la bocapierna amarrada a los tobillos con cordeles, como suelen hacer los ciclistas: un chaleco - negro y sin adornos y un paliacate negro en el cuello. El sombrero es un Tlapeahuala. DIONISIO no cambiará nunca este atuendo, pero a medida que progrese su situación económica irá mejorando la calidad de los materiales del vestido).

El nerviosismo de DIONISIO ha desaparecido. Está seguro de sí - mismo y actúa con movimientos ordenados y precisos.

El propietario del gallo perdedor acerca el suyo al de DIONISIO y éste vuelve a picotear encarnizadamente la cresta sangrante - del adversario muerto. Mientras, el gritón, fuera de cuadro, -- proclama:

GRITON (off)
-Gana San Miguel del Milagro... Pierde Tlaquepaque... ¡Todos contentos!

DIONISIO quita las navajas al gallo y las lleva a la mesa. En - ese momento empieza, en el templete, la canción de la CAPONERA (tercera canción). No la vemos: oímos y reconocemos su voz entre los gritos del palenque.

Cuando sale del anillo con su gallo, DIONISIO oye la voz de LORENZO BENAVIDES.

BENAVIDES (off)
-Se te hizo, gallero... Por esta vez me equivoqué... Tu gallito llegó a Tlaquepaque, y más vivo que nunca. Otra más.

DIONISIO lo mira: lleva un traje de charro, tan vistoso y nuevo como el de San Juan del Río. DIONISIO no espera la nueva frase que va a pronunciar LORENZO BENAVIDES. Sin detenerse le hace un saludo con el sombrero y abandona el palenque.

Al salir, DIONISIO pasa frente al templete donde canta la CAPONERA entre su séquito de alborotadores. La mira. Ella lo mira. DIONISIO sigue de largo, Pero la mujer, sin interrumpir la canción, sigue mirando a DIONISIO hasta que abandona el palenque.

21.- EXTERIOR. FERIA TLAQUEPAQUE. NOCHE.

Mesa de albures en una galería de arcadas. Se juega fuerte. - Fuera de cuadro: ruidos de feria grande.

DIONISIO, con el gallo de oro, se aproxima a la mesa. Observa un momento sin decidirse. El tallador baraja las cartas ante - la mirada febril de los jugadores. Uno de estos, de aspecto - bronco, le grita:

Página 23 de la versión preliminar de *El gallo de oro* que menciona (en la primera línea) a Juan Rulfo en los momentos en que se escribía el guion: "según descripción verbal del propio Rulfo".

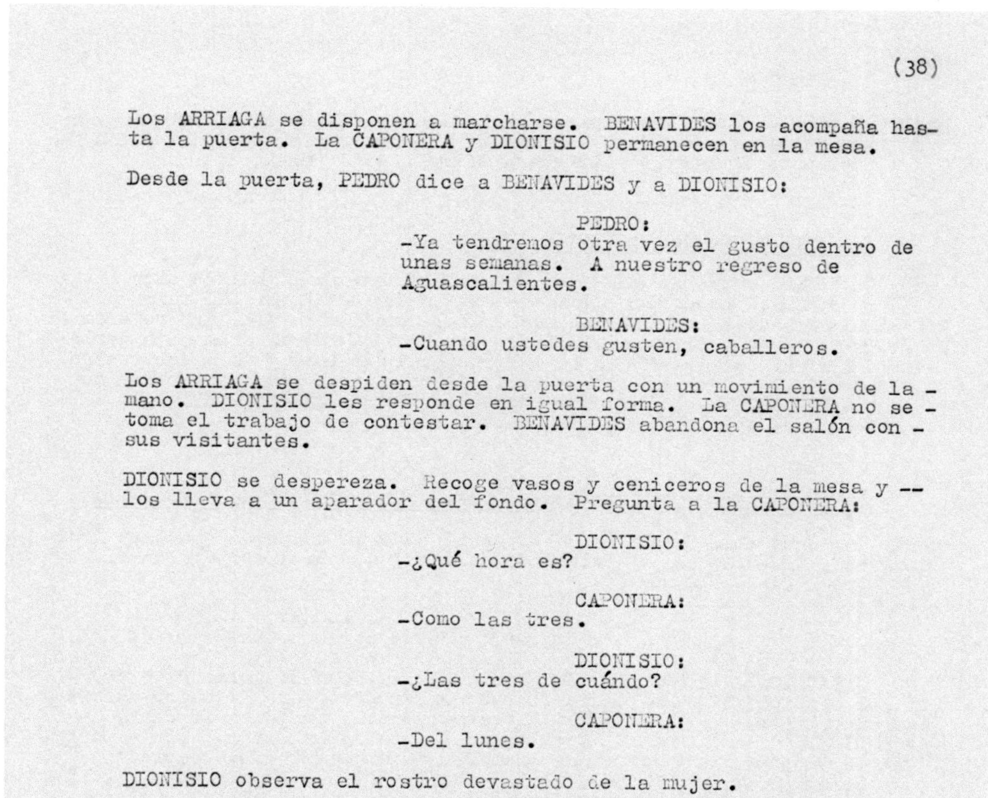

(38)

Los ARRIAGA se disponen a marcharse. BENAVIDES los acompaña hasta la puerta. La CAPONERA y DIONISIO permanecen en la mesa.

Desde la puerta, PEDRO dice a BENAVIDES y a DIONISIO:

PEDRO:
-Ya tendremos otra vez el gusto dentro de unas semanas. A nuestro regreso de Aguascalientes.

BENAVIDES:
-Cuando ustedes gusten, caballeros.

Los ARRIAGA se despiden desde la puerta con un movimiento de la mano. DIONISIO les responde en igual forma. La CAPONERA no se toma el trabajo de contestar. BENAVIDES abandona el salón con sus visitantes.

DIONISIO se despereza. Recoge vasos y ceniceros de la mesa y los lleva a un aparador del fondo. Pregunta a la CAPONERA:

DIONISIO:
-¿Qué hora es?

CAPONERA:
-Como las tres.

DIONISIO:
-¿Las tres de cuándo?

CAPONERA:
-Del lunes.

DIONISIO observa el rostro devastado de la mujer.

DIONISIO:
-¿Qué le pasa, Bernarda?

CAPONERA (sombría)
-Nada, nomás que me estoy muriendo de encierro.

En la mesa: dinero de BENAVIDES: dinero -muy poco- de DIONISIO; las barajas y la botella de mezcal. La CAPONERA tiene el vaso en la mano.

DIONISIO se guarda su dinero y desamarra el gallo de oro. Lo alimenta con migajas que saca de su bolsillo.

LORENZO BENAVIDES vuelve al salón. Tiene el semblante restablecido. Le dá una palmada en la espalda a DIONISIO.

BENAVIDES:
-Muy bien, gallero. Otros dos como éstos y le compramos todas sus tierras a don Pedro Páramo.

Página 38 de la versión preliminar de *El gallo de oro*: en las últimas líneas dialogan Dionisio Pinzón y Lorenzo Benavides: este último menciona a un terrateniente a quien podrían comprar sus tierras: Pedro Páramo.

(52)

DIONISIO lleva una expresión anhelante. El caballo tropieza con un puesto de comida y se arma un alboroto. Indiferente, DIONISIO desmonta frente al palenque y entra a toda prisa.

38-BIS.- INTERIOR PALENQUE. DIA.

DIONISIO entra al palenque en el instante en que la canción llega a su fin. Busca con ojos ansiosos a la CAPONERA. La mujer que ha acabado de cantar, en medio de la confusión y el alboroto de los hombres, trata de abrirse paso. DIONISIO no alcanza a verle la cara. La persigue, la agarra por la muñeca y va a decir algo cuando la mujer se vuelve hacia él como una fiera atrapada: no es la CAPONERA. Es una muchacha asombrosamente joven y bella. No puede tener más de 15 años.

39.- INTERIOR CARPA DE CANTADORAS. SEXTO PUEBLO ANONIMO. DIA.

Una cantadora joven se quita de la cara un trapo empapado en árnica y descubre un ojo violáceo e hinchado. Se incorpora en el catre y dice, furiosa:

CANTADORA:
-¿Qué? ¿Usted es su hombre?

DIONISIO ha estado parado frente a ella, con el gallo de oro y las alforjas. Sin darle tiempo para reaccionar, la mujer agarra un platón que tiene junto al catre y se lo arroja a la cara. -- DIONISIO se protege con el brazo y sale de la carpa. En la puerta tropieza con otras dos cantadoras que vienen del templete. Ellas gritan. DIONISIO monta en el caballo y huye a todo galope, mientras del interior de la carpa siguen lanzándole toda clase de objetos.

40.- EXTERIOR. SEPTIMO PUEBLO ANONIMO. DIA.

DIONISIO, de espaldas a la cámara y con el gallo de oro bajo el brazo, conversa con un viejo cantinero de rostro agrio. Están en la puerta de una cantina cuyo interior no alcanzamos a ver. DIONISIO tiene de la rienda el caballo acezante y sudoroso.

El cantinero mira a DIONISIO a la cara y le dice:

CANTINERO:
- Hace apenas tres días estuvo aquí.
-¡Mire!

Sólo entonces vemos el interior de la cantina: sillas y mesas destrozadas en un desorden de catástrofe. Dos hombres reparan los estragos.

Página 52 de la versión preliminar de *El gallo de oro*, la única que tiene algo escrito a mano, probablemente de la mano de Gabriel García Márquez.

(68)

(A pesar de las dificultades técnicas que presenta el hecho de que se haga día con una rapidez sobrenatural, la indicación se ha conservado con la esperanza de que sean estudiadas todas -- las posibilidades de su realización.

El adaptador considera que este recurso es esencial para establecer, en breves minutos, la rapidez con que DIONISIO, a su regreso, se ha asimilado de nuevo, y para siempre, al ambiente de San Miguel del Milagro).

DIONISIO avanza en silencio. Un cargador en burro pasa a su lado, en sentido contrario, y no se vuelve a mirarlo.

Al llegar a la misma esquina en que DIONISIO lanzó su primer - pregón al principio de la película, el sol ha empezado a salir y se ha disipado la niebla. El rocío se ha secado. DIONISIO respira entonces profundamente, dobla la esquina, y lanza su - pregón:

(Es un pregón largo y triste, en el cual DIONISIO proclama su propio regreso, el fugaz espejismo de su fortuna y sus relaciones con una mujer que ha muerto y cuyo cadáver trae dentro del ataúd, para enterrarlo en el mismo lugar y con los mismos honores que correspondían a su madre. Será en este pregón donde - DIONISIO diga, por primera vez, que BERNARDA CUTIÑO infundía a los hombres la buena suerte en el juego y la desgracia en el - amor).

A medida que DIONISIO se pierde con su pregón, en el fondo de la calle, el pueblo se va llenando de ruidos cotidianos y hombres y mujeres indiferentes se sientan en los portales, y el calor se hace intenso y el sol deslumbra en la cal de los muros. DIONISIO PINZON es otra vez, y para siempre, el eterno pregonero de San Miguel del Milagro.

F I N.

Diciembre 1963.

Última página de la versión preliminar de *El gallo de oro*. Es de interés particular la primera frase, que pide, en la segunda línea, que "se haga día con una rapidez sobrenatural". Igualmente, en la primera línea del segundo párrafo, el autor del mecanuscrito se refiere a sí mismo en la primera persona del singular: "el adaptador considera..."

E L G A L L O D E O R O: E L G U I O N

(VERSIÓN PRELIMINAR, DICIEMBRE DE 1963)

C L A S A   F I L M S   M U N D I A L E S

Presenta

Una película de:

M A N U E L   B A R B A C H A N O   P O N C E

"E L   G A L L O   D E   O R O"

Argumento

JUAN RULFO

Adaptación Cinematográfica

GABRIEL GARCÍA MÁRQUEZ
CARLOS FUENTES

Director
ROBERTO GAVALDÓN

México, D.F.

1.— CRÉDITOS. CALLE SAN MIGUEL DEL MILAGRO. AMANECER.

Amanece. Mientras pasan los créditos se oyen las campanas de una iglesia.

(San Miguel del Milagro en un pueblo de construcción colonial: portales con arcadas, casas de muros lisos y calles anchas y empedradas. Al amanecer, el clima es fresco y húmedo, y las piedras de las calles brillan con el rocío. Al mediodía es ardiente y seco, con un sol cenital y polvoriento que resplandece en los muros de cal y produce en el interior de las casas un sopor en penumbra.)

Mujeres con rebozos negros se dirigen a la iglesia.

Al fondo del sonido de la campana empieza a escucharse, remoto, el clamor de un pregonero. Sus palabras, todavía incomprensibles, parecen un lamento.

A medida que avanzan los créditos se vislumbra en el fondo de la calle la figura del pregonero. Lleva en la mano una lámpara de petróleo que balancea de un lado a otro mientras grita su pregón.

La campana deja de tocar al aparecer el último crédito. El pregonero se aproxima al primer plano. Es DIONISIO PINZÓN.

DIONISIO PINZÓN es un hombre de condición miserable, de unos 30 años, de cabello corto, negro y lacio, peinado hacia delante, y ojos estrechos y maliciosos. Su carácter se revela de inmediato en la densa parsimonia de sus ademanes y su modo de andar. Su voz—salvo cuando pregona—es pausada y vigilante. Usa traje de manta y guaraches.

2.— EXTERIOR. CALLE SAN MIGUEL DEL MILAGRO. AMANECER.

En primer plano, DIONISIO toma aire y repite el pregón:

DIONISIO:
—Alazán tostado... de gran alzada... orejano... fierro en "ese" marcado en el anca... Se extravió del corral de don Secundino Colmenero... Veinte pesos de albricias y sin averiguatas al que lo encuentre...

Se detiene en una esquina, vuelve a tomar aire, y dobla hacia la derecha con otro pregón:

DIONISIO:
—La media noche de ayer... aquí en San Miguel del Milagro... cerca de la Casa Grande... mataron un español... le echaron las tripas afuera... La viuda del difunto, doña Cenobia Morelos, premiará con quinientos pesos al señor o la señora o la persona que sea... que conozca el paradero del criminal asesino...

Al terminar el pregón DIONISIO apaga la lámpara y sigue hacia el fondo de la calle. Lejanos, los ruidos del tianguis mezclados con martillazos y ladridos de perros, empiezan a definirse.

3.— EXTERIOR. ZÓCALO SAN MIGUEL. DÍA.

El sol empieza a salir. El zócalo está animado con preparativos de feria. Se ven montones de ejes, mástiles, sillas voladoras, juegos mecánicos a medio armar. Los hombres que los montan trabajan activamente. Los arrieros descargan sus burros, se instalan puestos de comida y de juegos, y hay un ambiente general de urgencia y entusiasmo.

DIONISIO, con la lámpara apagada, pasa por entre el tumulto. Mira con curiosidad, pero sin detenerse, los preparativos de la feria.

4.— INTERIOR. PATIO SECUNDINO COLMENERO. DÍA.

DON SECUNDINO COLMENERO pastorea sus gallos en el patio. Es un hombre bajito, ladino, que siempre ríe al hablar. Su atuendo, sin ser lujoso, indica que tiene una buena situación económica. Su fortuna es reciente y precaria: ha sido hecha en los palenques a golpes de suerte y de trampas.

DIONISIO se acerca por el pasillo con su lámpara apagada y se detiene a pocos pasos de DON SECUNDINO.

(El siguiente diálogo transcurrirá mientras SECUNDINO pastorea sus gallos. DIONISIO hablará con una especie de ansioso respeto. SECUNDINO se ocupará más de sus gallos que de DIONISIO, pero su permanente sonrisa hará que su actitud sea un poco confusa.)

(Lo que SECUNDINO haga con sus gallos mientras habla con DIONISIO, debe estudiarse con precisión: se trata de dar en esta escena la mayor información posible sobre la técnica de pastorear y alimentar los gallos finos.)

DIONISIO (al detenerse):
—Buenos días, don Cundo. ¿Qué todavía no aparece el alazán?

SECUNDINO:
—Ni noticias tengo.

DIONISIO:
—Bueno, por las luchas no ha quedado. A usted le consta que vengo gritándolo desde la madrugada de ayer.

SECUNDINO:
—Allí estuvo lo peor, que perdí caballo y sueño. Imagínate, que en lo más sabroso de la dormida tú me despiertas nada más que para recordarme la pérdida.

Hay un largo silencio: DIONISIO observa y admira los sabios movimientos de SECUNDINO. Su atención no sólo revela que se interesa por los gallos, sino que sabe algo de su cuidado y mantenimiento. Luego dice:

DIONISIO:
—Don Secundino, usted ha de disculpar la aclaración.

SECUNDINO:
—Anda, sí, vete.

DIONISIO:
—Quiero decir: si usted me diera un adelanto de mis ganancias por la gritada del alazán... mi madre se está poniendo cada día más grave del mal de pecho.

SECUNDINO:
—Sí, cómo no. Te doy un adelanto, pero hasta después de la feria. Por ahorita estoy sin dinero. Ya sabes, Nicho, hay veces que nada el pato y hay veces que ni agua bebe. Por fortuna, desde mañana se nos viene la bonanza de la feria.

DIONISIO se despide con un ademán que SECUNDINO no ve por estar ocupado con sus gallos. Mientras se aleja, dice:

DIONISIO:
—De todas formas, muchas gracias, don Cundo.

SECUNDINO:
—De nada, Nicho.

5.— INTERIOR. CASA DIONISIO. DÍA.

La casa donde vive DIONISIO es un rancho decrépito, sin vecinos, en un extremo del pueblo. Las paredes están remendadas con latas y cartones, y la puerta que da a la calle se cierra con un petate. (El exterior de la casa sólo será mostrado incidentalmente, varias escenas más adelante, cuando DIONISIO salga llevando en hombros el cadáver de su madre.)

La MADRE DE DIONISIO, en primer plano, está acostada bocarriba en un catre construido de tablas: tiene una expresión apacible y el perfil nítido de los muertos.

Con respecto al primer plano en que se encuentra la madre, la puerta de entrada, cerrada con un petate, está en la pared del fondo. A la izquierda de la puerta, en el rincón más apartado del cuarto, hay un fogón encendido con una olla humeante.

El catre de la madre y el de Dionisio son los únicos muebles en la habitación. No hay ventanas ni claraboyas. Encima de los catres hay un zarzo vacío.

DIONISIO aparta el petate y entra al cuarto. Se dirige directamente al fogón sin mirar a su MADRE. Pone la lámpara apagada en el suelo y destapa la olla donde hierve un puñado de nopalitos.

DIONISIO:
—¿Se te mejoró la calentura?

La mujer no contesta. DIONISIO, acostumbrado a sus crisis, no se preocupa. Se sirve un puñado de nopalitos en un plato de metal y se sienta a comerlos junto al fogón. Mientras come, dice:

DIONISIO:
—Ya está prendida la feria, madre... Esta tarde, si te sientes bien, iremos a ver los payasos.

Está envuelto por el humo del fogón. Hace una pausa para saborear los nopalitos. Luego dice:

DIONISIO:
—Están buenos los "navegantes", madre... ¿sabes qué? Tengo mucho que hacer en la feria. Voy a gritar las partidas, los coleadores, las tapadas y todas las festividades de la iglesia, día tras día del novenario... Ahora sí, nos llegó la hora de despacharnos con la cuchara grande.

Interrumpe la comida para mirar a su MADRE. Se alarma. Pone el plato junto al fogón y exclama:

DIONISIO (sin dramatismo como llamándola):
—¡Madre...!

Avanza hacia el primer plano donde la mujer continúa inmóvil. En los pocos metros que recorre, su expresión pasa de la alarma al desconcierto y del desconcierto a la desesperación.

Todavía el cadáver no está rígido. DIONISIO lo agarra por el corpiño, lo sacude varias veces, y grita con la voz quebrada:

DIONISIO:
—¡Por qué no me avisaste!

Al sacudir el cuerpo, el rostro queda vuelto hacia la cámara, en primer plano. Tiene los ojos abiertos y una expresión muy dulce.

6.– INTERIOR. DESPACHO PARROQUIAL SAN MIGUEL. DÍA.

El CURA de San Miguel del Milagro abre la desvencijada puerta de su despacho. Entra DIONISIO con una expresión más severa que afligida, diciendo:

DIONISIO:
—Vengo con la paternidad a pedirle que me ayude con la muerte de mi madre. Sólo un cajón pa' enterrarla a lo decente.

(En el breve instante en que el CURA cede el paso a DIONISIO y cierra la puerta, se alcanza a ver un rincón del zócalo en plena feria. Hasta el interior del despacho penetra el confuso alboroto de los cohetes, la música de viento y los gritos de tahúres y vendedores. Estos ruidos servirán de fondo al diálogo.)

El CURA se abre de brazos, como burlándose de su destino, y exclama:

CURA:
—¡Ay, Dionisio Pinzón, a buen árbol te arrimaste...! ¿No ves que yo ando en las mismas?

Su aspecto confirma su sinceridad. Su pobreza es menos profunda pero más vieja que la de Dionisio. Se le ve en la cara. El cabello amarillento le cae a chorros en las orejas. Tiene los ojos cansados y el cuello lánguido. Aparenta unos 60 años vividos a la fuerza, y parece no tener nada más que el cuerpo voluminoso y flácido bajo la sotana sucia y remendada.

DIONISIO se detiene a pocos pasos en el interior del despacho, y dice:

DIONISIO:
—Ay padrecito, por muy mal que esté su paternidad no estará como yo.

CURA (señalando el interior del despacho):
—Mira. Sólo el que carga el costal sabe lo que lleva dentro.

Vemos el interior del despacho: una mesa con una silla, una poltrona rústica, un catre y sólo un crucifijo artesanal en las paredes descarapeladas. Todo es, en efecto, tan pobre como en la casa de Dionisio.

7.— EXTERIOR. CASA DIONISIO. DÍA.

DIONISIO sale de su casa con un pesado bulto en el hombro: es el cadáver de su madre envuelto en el petate que cerraba la puerta, y amarrado con mecates.

Se echa a andar por la calle con el bulto en el hombro. En el horizonte se oye el alboroto de la feria. El sol cae a plomo. Los muros de cal tienen un brillo deslumbrante.

8.— EXTERIOR. ZÓCALO SAN MIGUEL. DÍA.

DIONISIO llega al zócalo llevando en hombros el cadáver de su madre. Suda a chorros. Avanza por entre la muchedumbre jubilosa, entre el trueno de los cohetes, la música de viento y los gritos de vendedores, merolicos y jugadores de albures y lotería. No presta atención a la feria.

De pronto, aparece por encima de la muchedumbre una visión fascinante: en una carroza tirada por dos bueyes, y sentada como una reina, va una mujer muy bella, con un rebozo color de metal, una falda de percal estampado y flores en las trenzas. Del cuello le cuelgan sartas de collares, lleva los brazos repletos de pulseras, anillos de fantasía en casi todos los dedos y en las orejas enormes arrancadas de oro. Es BERNARDA CUTIÑO, la CAPONERA.

La carroza donde va la CAPONERA está adornada de carrizos, milpas tiernas y papeles de colores. La sigue un mariachi lujoso que toca una pieza alegre. Un grupo de hombres a caballo que le hacen a la mujer una corte bulliciosa trata a cada paso de detenerla.

La CAPONERA, dichosa con su séquito personal, ríe a carcajadas y retoza con los hombres, pero sabe rechazarlos. Es una hembra de mucho temple, de ojos relampagueantes y húmedos, de cuerpo duro y ágil y huesos grandes y sólidos.

DIONISIO se detiene un instante para verla pasar. Desde la distancia en que se encuentra, apenas si alcanza a percibir sus gritos. Después de seguir con la mirada su paso fugaz y deslumbrante, se pierde entre la muchedumbre con el cadáver de su madre.

(DIONISIO ve a la CAPONERA desde una distancia que le permite oír sus gritos, pero no entender sus palabras. Entre él y la carroza se interpone todo un espacio lleno de gente y de ruidos. La curiosidad con que la sigue con la mirada es inevitable, pero la situación en que se encuentra lo inhibe para cualquier reacción más profunda que la curiosidad. El espectador debe participar de ese punto de vista: no debe permitírsele que observe a la CAPONERA a una distancia menor que la del propio DIONISIO, ni por más tiempo. Es una visión fugaz.)

9.– EXTERIOR. CEMENTERIO SAN MIGUEL. DÍA.

Sobre una tierra recién removida, hay un tosco palo clavado. Enfrente hay un bosquecillo de huizaches y más allá barbechos pelones.

Entra a cuadro DIONISIO con un leño en la mano. Lo amarra en cruz al otro palo. Luego empieza a aplanar con los pies la tierra de la tumba. Por último, como avergonzado de haber terminado con los pies la tumba de su madre, arregla el montículo con cuidadosos golpecitos de las manos.

DIONISIO se persigna frente a la tumba y se aleja. A medida que lo hace, y sólo entonces, se descubre el terreno sembrado de cruces, losas y catafalcos.

10.– EXTERIOR. PATIO SECUNDINO. ATARDECER. (Primera pelea)

El patio de Secundino está animado. Los curiosos transponen el portón y se acomodan en torno a un círculo que DIONISIO está dibujando en la tierra suelta. Prepara el terreno con una escoba.

SECUNDINO, en traje de feria, tiene en los brazos un gallo oscuro de gran tamaño que parece impaciente por tirar picotazos. Le alisa las plumas mientras conversa con otro gallero que lleva chamarra de pana y sombrerito abajeño. Éste acaricia un gallo dorado, pequeño, de aspecto fatigado.

(El gallo dorado, en blanco y negro, debe tener el color que tiene el cabello de una rubia platinada. Será, desde luego, un color irreal, que imprimirá al gallo desde el primer momento y para siempre, un carácter definido y absolutamente inconfundible.)

(El gallo de oro tendrá siempre un aspecto desolado y taciturno. A partir de esta escena, su ala derecha, lesionada por un navajazo, estará paralizada y casi arrastrará por el suelo a lo largo de toda la película. Los propios protagonistas no entenderán nunca cómo este gallo puede ganar siempre. Objetivamente parece inverosímil. Su victoriosa trayectoria, por tanto, no se deberá a su poder de combate, sino a una inexplicable virtud sobrenatural.)

El ABAJEÑO le dice a SECUNDINO:

ABAJEÑO:
—Nomás hágase el cargo de lo aporreados que vienen mis gallos, don Secundino. Le hago el gusto nomás porque de esto vivo.

SECUNDINO:
—Se le agradece la valedura. Así de una vez me daré cuenta si estoy gastando mi dinero en ponedoras.

ABAJEÑO:
—Muy bien, don Cundo; juega mi gallo.

Le echa agua al gallo en la cabeza para bajarle el calor. Le sopla el pico. Por propia iniciativa la gente se acomoda en torno al círculo preparado por DIONISIO. Éste, al ver la pelea casada, asume su actitud de pregonero y grita:

DIONISIO:
—Silencio, señores. San Miguel del Milagro contra Teocaltiche, ¡Pelea de amigos!

Varios amigos aconsejan en voz baja a SECUNDINO. Éste propone:

SECUNDINO:
—¡Juegas libres!

ABAJEÑO:
—Van libres. Y sobre mil. Y sin careos.

SECUNDINO (después de dudar):
—Juegan. Ya estaría de Dios.

Carean los gallos y los sueltan.

El gallo dorado parece ridículo junto al oscuro. Éste no le presta atención: pasea su cuerpo pesado olisqueando el aire y da fuertes zancadas para lucir su figura. Por fin —en medio del silencio de la concurrencia— se arrima a su enemigo caminando de lado con un cacareo ronco.

El dorado le salta a la cabeza y lo prende del copete con el pico. Pero el otro se lo sacude con violencia. El dorado hace una maroma al caer.

La gente empieza a azuzar al oscuro. El dorado repite el ataque derecho a la cresta de su adversario. Allí se afianza, sin soltar, con las patas prendidas en las alas del oscuro.

El oscuro se retuerce al sentir que le están destrozando los ojos a picotazos. En su desesperación salta sobre el dorado <u>y le lastima el ala derecha con el espolón</u>. Entonces cae sobre él con todo su peso, y la pelea empieza a decidirse <u>por accidente</u> a favor del oscuro.

El fino gallito dorado, ya cojitranco, sigue atacando al oscuro. Éste trata de huir con su medio vuelo.

En este momento, por primera vez, se advierte que DIONISIO observa al gallo dorado con una tensa ansiedad.

En la clara y larga persecución, el dorado va perdiendo fuerzas, desangrándose por la herida, hasta que no puede más y arrastra el pico por el suelo. El oscuro sigue huyendo.

DON SECUNDINO recoge su gallo. El ABAJEÑO recoge el suyo y hace la prueba final de carearlos. Pero el gallo dorado, herido de muerte, no responde. DIONISIO salta al círculo:

DIONISIO:
—Atención, señores: gana San Miguel del Milagro. Pierde Teocaltiche. ¡Todos contentos!

La gente se retira en desorden. Comentan entre risas la conducta del oscuro. Los amigos que rodean a SECUNDINO parecen burlarse de su suerte.

AMIGO 1:
—Se te hizo, Cundo, aunque de puro panzazo.

AMIGO 2:
—Lo que sea de cada quien: tu gallo no sirve ni para plumero.

SECUNDINO:
—Y lo peor es que la duda no se aclaró. ¿Estaré criando gallos de gallinero? Haría la cala con otro.

El ABAJEÑO se ha retirado con un grupo al otro extremo del patio. Examina el ala del dorado. A unos dos o tres metros de distancia DIONISIO observa la escena.

ABAJEÑO:
—Éste ya no tiene compostura. De una vez le daremos su aplaque para que no esté sufriendo.

Agarra al gallo por el pescuezo. Va a campanearlo para darle muerte, cuando algo lo obliga a detenerse. Ha visto a...

... DIONISIO, que lo mira con una callada expresión de súplica.

No se cruzan una palabra, pero se miran intensamente. Entonces el ABAJEÑO toma el gallo con las dos manos y se lo arroja a DIONISIO como un trapo sucio.

DIONISIO atrapa el gallo en el aire. Al recibirlo, su rostro queda salpicado por algunas gotas de sangre, que él se limpia inmediatamente con el dorso de la mano.

11.— EXTERIOR. PATIO DIONISIO. NOCHE.

DIONISIO acaba de hacer un hueco en la tierra y pone allí el gallo moribundo. Lo cubre de tierra y sólo le deja fuera la cabeza.

A la distancia se oye el esplendor de la feria. El cielo está iluminado de cohetes. DIONISIO, indiferente a la feria, trata de revivir el gallo. Le arrima agua y comida, le mete migajas de tortillas remojadas y hojas de alfalfa en el pico. Mientras lo hace, murmura frases que deben de ser de ansiedad y ternura, pero que no alcanzamos a entender.

12.— EXTERIOR. PATIO DIONISIO. DÍA.

DIONISIO está sentado junto al gallo enterrado. Tiene el rostro devastado por la vigilia y contempla al animal como si se tratara de percibir algún signo de resurrección.

Los ruidos de la feria se han hecho más próximos. Ahora se oye, entre la música y los cohetes, la gritería del palenque. Por su intensidad y su confusión los ruidos son un poco irreales.

DIONISIO trata de mantener derecha la cabeza del gallo y murmura:

DIONISIO:
—Gallo de oro, ala doblada, cojitranco, salvado del corral de don Secundino Colmenero, gallito dorado como el sol, me hueles a buena pelea, aunque estés más muerto que vivo...

Suelta la cabeza del animal que vuelve a caer por su propio peso. Parece muerto. Entonces DIONISIO corre al interior de la casa y regresa con un cajón de madera. Lo pone sobre el animal agonizante y empieza a golpearlo con una piedra.

DIONISIO (al compás de los golpes):
—No se me duerma, mi gallo, nomás no se me duerma y póngale buenos ojos a la vida, bien levantadito; arriba, compañero, con esa cara no lo dejarán asomar por la feria; ¿no le da vergüenza?

El ruido de la piedra en el cajón hace más confuso el alboroto de la feria lejana.

13.– EXTERIOR. PATIO DIONISIO. NOCHE.

DIONISIO, con el rostro trastornado por la fatiga, sigue golpeando el cajón con la piedra. Está perdiendo la fuerza: los golpes son cada vez más débiles y espaciados.

DIONISIO:
—Atarántate, mi gallo, pero no te duermas, no estás herido de muerte mortal, nomás del puro pellejo; cuídate el pellejo y estíralo, gallo, pa' que te pongas bravo otra vez...

Los ruidos de la feria también se están debilitando. Es como si la música, los cohetes, los gritos de la gente, se hubieran contagiado del cansancio de DIONISIO.

DIONISIO quita el cajón. La cabeza del gallo continúa exhausta, pero sigue con vida. Trata de echarle agua dentro del pico. El animal lo recibe, traga un poco, y su cabeza vuelve a caer. DIONISIO, exasperado, golpea la tierra con el puño y exclama:

DIONISIO (con furia):
—¡Párate, gallo cobarde, gallo de sacristía, revive, que nunca los collones llenan los panteones y tú eres eso, puro gallo dormido y guango, puritito desinfle, revive pa' que te mande con las gallinas a cacarear, pobre pollo desplumado...!

14.– EXTERIOR. PATIO DIONISIO. MEDIODÍA.

El cajón está otra vez sobre el gallo. DIONISIO, sentado en el suelo, tiene la cabeza apoyada en el cajón. El sol cae a plomo sobre su cuerpo.

Los ruidos de la feria son ahora lejanos y espaciados: los últimos estertores de una fiesta que termina por agotamiento.

Despertado por la intensidad del sol, DIONISIO levanta la cabeza. Tiene el rostro oscurecido por la barba de varios días. Está sudoroso y sucio. Estira el cajón y examina el gallo. Nada ha cambiado.

En torno al animal han ido quedando los despojos de la solicitud de DIONISIO: latas de agua, pedazos de tortillas, puñados de alfalfa.

DIONISIO está tan fatigado que ha perdido su interés por el animal. Se incorpora. Atraviesa el patio tambaleando, y entra a la casa.

15.– INTERIOR. CASA DIONISIO. DÍA.

DIONISIO duerme profundamente. Tiene la barba crecida y el rostro revela un profundo agotamiento.

A lo lejos se oye una canción solitaria: la feria ha terminado.

Cuando cesa la canción, hay un profundo silencio. DIONISIO duerme. De pronto llega desde el patio el alegre canto de un gallo.

DIONISIO oye el gallo en el sueño. Lo vuelve a oír. Abre los ojos. Escucha en actitud tensa. Vuelve a oír el canto. Entonces salta del catre y corre hacia el patio.

16.– EXTERIOR. PATIO DIONISIO. DÍA.

El gallo tiene la cabeza erguida. Mira a DIONISIO aturdido y con el pico anhelante.

Con movimientos impacientes y expresión alborozada, DIONISIO desentierra el gallo. El animal picotea en busca de comida.

DIONISIO le acerca agua y alimentos. El gallo empieza a comer. Cojitranco, sucio de tierra y de sangre, va levantando poco a poco su fina condición ante la vida.

DIONISIO, a gatas frente al gallo, observa sus movimientos con creciente emoción. Murmura:

DIONISIO:

—Ánimo, mi gallito, ánimo; ya te vas levantando, ya te noto más tiesecito, como para llenarle las manos al mejor jugador, más durito, como pa' retar a las faldonas...

El gallo levanta la cabeza, sacude el ala buena y lanza una clarinada desafiante. Emocionado, DIONISIO golpea la tierra con el puño y grita:

DIONISIO:

—¡Silencio, señores! Mi gallito de oro ya salió del huevo y no habrá quién se le ponga enfrente en la feria de San Juan del Río!

17.– EXTERIOR. PORTALES SAN JUAN DEL RÍO. DÍA.

Arcos típicos de una plaza de pueblo. Ruidos de feria grande. Hasta uno de los pilares llega DIONISIO, miserable y fatigado, sucio de polvo y sudor. Lleva el gallo de oro bajo el brazo.

Junto al pilar hay una fritanga. Un CARNICERO arregla comidas. DIONISIO se acerca y le dice:

DIONISIO:
—Con su permiso, señor. Si no es molestia.

CARNICERO:
—Acomódese donde pueda, amigo. San Juan del Río es de todos.

DIONISIO se sienta y le sopla el pico al gallo. El animal tiene todavía un aspecto deplorable, agravado por el calor y la sed de viaje. El ala lesionada casi arrastra por el suelo.

DIONISIO ata el gallo a un palo del puesto. Empieza a darle picadillo de carne molida con chiles girasoles.

Un hombre (el PADRINO) se ha detenido a observar el gallo. Es un cacarizo como de 40 años, de bigote negro y chorreado, con un tic en la mejilla derecha. Esto provoca la confusión de DIONISIO: le parece que el hombre, deliberadamente, está transmitiendo al gallo alguna influencia maléfica. Entonces voltea al animal de modo que no pueda ver al desconocido.

El PADRINO no se altera. Da la vuelta alrededor de DIONISIO para ver el gallo de frente. Dice:

PADRINO:
—Bonito animal. ¿Es tuyo?

Sólo cuando se dirige a él, DIONISIO advierte que el hombre tiene un tic. Entonces deja de proteger el gallo, pero se lo pone en el brazo y le acaricia el espinazo.

DIONISIO:
—A la orden, vengo a calarlo.

PADRINO:
—¿Lo tienes ya inscrito o apenas lo vas a estrenar?

Al decirlo ha extendido la mano con intención de acariciar al animal. DIONISIO vuelve a protegerlo, se levanta y trata de alejarse del desconocido.

DIONISIO (levantándose):
—Acabo de llegar.

El desconocido lo sigue, diciendo:

PADRINO:
—Me lo imaginé desde un principio. ¿Todavía no tiene padrino? Pues si quieres yo lo hago fuerte con dinero.

La actitud de DIONISIO cambia por completo. Se detiene, un poco anhelante, y dice:

DIONISIO:
—Si se arriesga...

El PADRINO ha interpretado bien la reacción de DIONISIO. Lo toma del brazo y lo orienta por un camino distinto del que aquél se proponía tomar. DIONISIO va cediendo.

PADRINO:
—Le coloco algún dinero encima a tu gallo. Pero con esta condición: si hay gane, a ti te toca la tercera parte. Y si hay pierde yo cargo con el muertito.

A paso lento van penetrando en el ambiente de la feria. El PADRINO lleva a DIONISIO del brazo como se ayuda a un ciego a cruzar la calle. Los gritos del palenque han empezado a definirse.

DIONISIO:
—¿Y hay modo de ganarse algo en esos pleitos?

PADRINO:
—Algo se gana, si se gana. Entonces, ¿trato hecho?

DIONISIO:
—Trato hecho. A ver qué resulta.

La última frase la ha dicho frente al palenque. Los dos hombres se sumergen en su atmósfera turbulenta.

18.– PALENQUE SAN JUAN DEL RÍO. TARDE. (Segunda pelea)

La CAPONERA canta en el templete. (Primera canción) Los hombres acompañan la canción con sombrerazos y gritos frenéticos. Ahora, por primera vez, nos damos cuenta del irrefrenable temperamento de esta mujer que tiene la virtud de sacar de quicio a los hombres.

(Se sugiere que en ningún caso se detenga la acción para dar espacio a las canciones. En esta adaptación se ha procurado darles el mayor tiempo posible, sin perjuicio del relato. El sistema preferido, como en el caso de esta escena, ha sido el de continuar la acción con la canción al fondo. La canción debería ser cortada donde haya que cortar la acción. En algunos casos, que se señalarán específicamente, se usarán simplemente ráfagas de canciones.)

Mientras la CAPONERA canta, la cámara hace una rápida descripción del palenque.

Vemos a DIONISIO en un rincón. Tiene el gallo de oro en las manos. El PADRINO le amarra las navajas.

En el rincón opuesto, varios galleros de sombrero tejano preparan un retinto de soberbia estampa.

Entre la concurrencia de las graderías y al otro lado del anillo, un hombre no quita los ojos del gallo de oro: lleva espléndido traje de charro, blanco y plata, y todo en él es rebuscado y nuevo. Tiene unos 40 años, el rostro curtido por el sol y los ojos verdes y fijos. En sus carrillos se advierte que cuando piensa tiene los dientes apretados. Es LORENZO BENAVIDES.

DIONISIO no advierte, ni advertirá nunca, que su gallo es observado por LORENZO BENAVIDES. Está demasiado nervioso. Mientras el PADRINO amarra las navajas, DIONISIO le dice:

DIONISIO:
—Esta pelea a San Miguelito se la encomiendo. Y obre Dios.

PADRINO:
—¿Y ora esos nervios? A poco tú no sabías nada de palenque.

DIONISIO:
—Sí sabía, pero nomás como gritón. Y ahora, pos no es lo mismo. Obre Dios y San Miguelito el milagroso.

La CAPONERA acaba de cantar. Los hombres, alborotados, tratan de bajarla del templete. Ella salta sobre ellos. Se abre paso a través del grupo defendiéndose como una yegua brava. En ningún momento pierde su buen humor, su gracia demoledora y su inmenso poder de desorden. No le huye a los hombres: los afronta y se los quita de encima con violentas bofetadas que reparte a diestra y siniestra, siempre con el dorso de sus manos llenas de anillos de fantasía. Mientras lo hace, ríe a carcajadas y lanza potentes gritos de arriero. Se dirige al anillo.

El GRITÓN, (fuera de cuadro) proclama la pelea:

GRITÓN (off):
—¡Silencio, señores. Hay pelea. San Juan del Río contra San Miguel del Milagro. Juegan parejos. Cien pesos!

Los dueños del gallo retinto lo sueltan en el anillo. Al animal pasea su estampa soberbia. Fuera de cuadro estallan los gritos de los APOSTADORES:

VOZ 1 (off):
—¡A ochenta. A ochenta el colorado!

APOSTADOR 2 (off):
—Pago a setenta. A setenta. ¡Voy a San Juan del Río!

(En ésta, como en todas las peleas, se economizará la descripción pormenorizada de los APOSTADORES. Los suyos serán gritos de ambiente, siempre fuera de cuadro, que en la mayoría de los casos se reflejarán en las expresiones de DIONISIO.)

DIONISIO observa con nerviosismo creciente al gallo retinto. Tiene el gallo de oro en los brazos. El PADRINO, con un gesto que parece una exageración del tic, le indica que lo suelte. DIONISIO obedece.

El gallo de oro pasea por el anillo. Su aspecto, con su ala caída, es deplorable. El público lo recibe con una atronadora rechifla. Fuera de cuadro, entre la rechifla, se oye la voz de los APOSTADORES:

APOSTADORES (off):
—¡A sesenta!

—¡A cincuenta!

—¡Van cien contra cincuenta!

—¡Cien a cincuenta!

LORENZO BENAVIDES no rechifla al gallo de oro. Lo sigue con una mirada seria y meticulosa.

DIONISIO, en cuclillas junto al PADRINO, está pendiente de las apuestas. Están contra su gallo. Tiene el rostro tenso y mira hacia todos lados, siguiendo los gritos de los APOSTADORES. La voz del JUEZ, fuera de cuadro, lo pone en actividad.

JUEZ (off):
—Descubran, señores.

DIONISIO recoge su gallo. Le quita las fundas de cuero a las navajas. Se dirige con él a la raya, en el momento en que llega a ella el retador. La rechifla es sustituida por un silencio tenso.

Cuando reciben la orden de soltar, ambos sueltan. El dueño del retinto le arranca algunas plumas antes de hacerlo. DIONISIO pone al suyo con mucho cuidado en la raya.

No vemos la pelea: la seguimos por las expresiones de DIONISIO. Éste, después de soltar el gallo, retrocede en cuclillas sin mover la mirada de donde están los animales. Conocemos el instante del primer asalto porque estalla un grito del público, y se oye el choque de los gallos: el rostro de DIONISIO se frunce, como si él mismo hubiera sufrido un navajazo, y entonces se santigua. Sigue retrocediendo en cuclillas.

Cuando DIONISIO llega al anillo tropieza con los pies de alguien. Está demasiado nervioso para tratar de ver quién es. Junto a él hay una mujer, de pie, de la cual sólo vemos el borde de la falda con tulipanes estampados.

DIONISIO permanece en cuclillas un instante. Oímos el choque de los gallos, los gritos del público. Cada vez que su gallo da un buen golpe, DIONISIO parece lanzar un puñetazo. Cada vez que su gallo recibe un castigo, DIONISIO lo sufre en carne viva.

Siempre con la mirada fija en los gallos, DIONISIO empieza a levantarse. Entonces vamos descubriendo, de abajo hacia arriba, a la mujer de la falda con tulipanes. Es la CAPONERA.

En el instante en que descubrimos el rostro de la CAPONERA, se decide la pelea. La rechifla se mezcla con los gritos. La CAPONERA se aparta rápidamente para dirigirse al templete. DIONISIO salta hacia su gallo. El GRITÓN proclama fuera de cuadro:

GRITÓN (off):
—¡Se hizo chica la pelea! Pierde

San Juan del Río. Gana San Miguelito. ¡Todos contentos! ¡Abran las puertas!

Arrecia la rechifla del público desilusionado por el comportamiento de su favorito.

DIONISIO levanta su gallo y le quita las enormes navajas para que no se hiera. Indiferente a la rechifla, lleva las navajas a la mesa de "asiento". En el templete, los mariachis tocan los primeros compases de una nueva canción, y los hombres se olvidan de la pelea y se van a azuzar a la CAPONERA.

18.—BIS.

La CAPONERA vuelve a cantar en el templete. (Segunda canción) En actitud provocadora sacude los bordes de su falda en el rostro de los hombres que le hacen coro. En el templete hay otras cantadoras de quienes nadie se ocupa.

Después de dos estrofas de la canción, entra a cuadro DIONISIO acariciando el gallo de oro. El animal está intacto. DIONISIO se detiene a pocos metros del templete y contempla a la mujer. Ahora, por primera vez, hay en sus ojos codicia sin esperanza.

Poco después entra a cuadro el PADRINO con el dinero de las apuestas. DIONISIO parece despertar. Deja de mirar a la CAPONERA, y pregunta:

DIONISIO (sin mucho interés):
—¿Quién es ella?

PADRINO (también sin interés):
—Se llama Bernarda Cutiño, pero le dicen la Caponera. Es ajonjolí de todos los moles.

Toma del brazo a DIONISIO y lo lleva a un lugar apartado. La canción continúa como fondo del diálogo.

El PADRINO le da a DIONISIO un fajo de billetes. DIONISIO los cuenta. El PADRINO lo observa con su ojo incontrolable. Cuando termina de contar, DIONISIO se guarda el dinero y dice:

DIONISIO:
—Con esto me jalo pa'l rumbo de Zacatecas... Por allá se mandan fuerte.

PADRINO:
—Tú estarías mejor puebleando con ese gallo. En las ferias grandes te lo van a desplumar. Como si ya lo estuviera viendo.

DIONISIO se encoge de hombros. Mira a la CAPONERA. El PADRINO insiste:

PADRINO:
—Mira: te doy un consejo. A ti solo, ¿qué te pueden durar los pocos pesos que hayas ganado aquí? Busca alguien que te lleve de la manita, que el que nace pa' maceta no sale del corredor.

DIONISIO:
—Así como voy, voy bien. Al fin no tengo nada que perder.

Lo deja plantado. El PADRINO, sin moverse de su sitio, le dice:

PADRINO:
—¿Entonces ni siquiera vamos a celebrar el gane?

DIONISIO:
—Nunca bebo.

Sale del palenque. Al pasar frente al templete echa una última mirada a la CAPONERA, que llega al clímax de la canción.

La CAPONERA acaba de cantar en el momento en que DIONISIO abandona el palenque. Los hombres, como siempre, tratan de alcanzarla. Pero esta vez ella no tiene que defenderse. Sin decir una palabra, LORENZO BENAVIDES se dirige al templete, con su soberbia estampa de charro. Los hombres le abren paso. La CAPONERA le salta encima y se acaballa en su estómago. LORENZO BENAVIDES, encantado, la aprieta fuertemente por la cintura y la saca del palenque. La mujer, protegida por LORENZO, le quita el sombrero y azota con él a quienes se interponen en su camino, gritando feliz, como si estuviera arreando bueyes.

<u>19.— PUESTO DE MERIENDA SAN JUAN DEL RÍO. NOCHE.</u>

DIONISIO se dispone a comerse un pollo placero. El gallo de oro está amarrado a la pata de su mesa. Es un puesto típico, con botellones, flores, salsas y ollas humeantes. Atrás, braseros y cazuelas.

No hay muchos clientes. Fuera: ruidos de feria grande.

DIONISIO empieza su pollo cuando oye que lo llaman:

BENAVIDES (off):
—Hey, gallero.

DIONISIO mira hacia la voz. Ve a LORENZO BENAVIDES, espléndido, surgiendo de la sombra. Lleva una mujer tomada de la cintura, pero el rostro de ésta, y casi todo su cuerpo, está todavía en la penumbra.

DIONISIO:
—¿Es conmigo?

BENAVIDES:
—Contigo.

Avanza un paso más: su andar es apuesto, arrogante, de una presunción simpática. La mujer entra a la luz: es la CAPONERA, que lleva ahora un vestido diferente del que tenía en el palenque. Su temperamento alborotador parece apaciguado por la compañía de LORENZO.

(Mientras transcurre el diálogo siguiente, la CAPONERA hará toda clase de caricias a LORENZO BENAVIDES. Estas caricias, más que apasionadas, serán juguetonas. La actividad de LORENZO BENAVIDES será indiferente al principio. Inclusive se sacudirá alguna vez las manos o los labios de la mujer, con gestos inconscientes, para impedir que distraiga su atención del diálogo que sostiene con DIONISIO. Las caricias de la CAPONERA, poco a poco, irán alterando la pasividad de BENAVIDES. Éste terminará por corresponder a ellas, y su interés por DIONISIO languidecerá al mismo tiempo. Hacia el final de la escena, el centro de interés se habrá desplazado por completo hacia ellos. DIONISIO, incómodo con la actitud de la mujer, procurará no darse por enterado de la situación. Pero ha de sufrirla. Sus movimientos serán torpes, embarazados, y sus expresiones revelarán que desea quitarse de encima lo más pronto posible aquella carga mortificante.)

Cuando vuelve a hablarle a DIONISIO, desde el otro lado de la mesa, BENAVIDES revela una extraordinaria seguridad en sí mismo.

BENAVIDES:
—¿Cuánto quieres por tu gallo?

DIONISIO (respetuoso):
—No está de mercar, señor.

BENAVIDES:
—Te doy trescientos pesos y no le digas a nadie que me lo vendiste.

DIONISIO:
—No lo vendo, señor.

En este momento, DIONISIO advierte las caricias que la CAPONERA hace a BENAVIDES. Se incomoda. BENAVIDES le tiende la mano y DIONISIO se la estrecha sin mirarlo, con la cabeza baja.

BENAVIDES:
—¿Nunca has oído hablar de Lorenzo Benavides? Pues bien, ese soy yo. Te ofrezco quinientos pesos por tu gallo, y la única condición que pongo es que a nadie le cuentes que me lo vendiste.

DIONISIO (incómodo):
—Ya le dije que no está en venta, señor.

No puede evitarlo: mira a la CAPONERA en el instante en que ella le hace a BENAVIDES una caricia irresistible. BENAVIDES retira a la mujer con un gesto distraído, y dice a DIONISIO:

BENAVIDES:
—Otra más, gallero: te doy los mil pesos. Y además, dos gallos amarillos como el tuyo. En tus manos, con lo buenas que las tienes, puedes llegar a dar capote en cualquier parte. Otra más...

DIONISIO ha clavado los ojos en su plato. Hace esfuerzos por no mirar a la CAPONERA que pretende sofocar a BENAVIDES con sus caricias.

DIONISIO:
—¡No me interesa el trato...!

Y luego, tratando de eludir la situación:

DIONISIO:
—¿No gustan comerse un pollito?

BENAVIDES:
—No gallerito, yo jamás como pollo. Y mucho menos en temporada

de tapadas... Pero entonces qué... ¿Te arriesgas a correr el negocio?

DIONISIO (impaciente):
—¿Cuántas veces tengo que decirle que no?

No sabe dónde fijar la vista. Toma el gallo de oro en sus brazos y empieza a darle con los dedos pedacitos de comida de su plato. En este momento, BENAVIDES reacciona ante las caricias de la mujer. Empieza a corresponderle. Su interés por DIONISIO flaquea de un modo evidente.

BENAVIDES:
—Eres medio corajudo. Pero óyeme bien: ese animalito no vas a poder carearlo otra vez aquí. Ya se le conoce la pinta y el juego. Otra más, gallero...

DIONISIO sigue dándole de comer al gallo. La CAPONERA y BENAVIDES se acarician. Ella hace en su oído un ronroneo sordo. Sin levantar la cabeza, DIONISIO dice:

DIONISIO:
—No estoy pensando pelearlo. Esta misma noche me voy por el rumbo de Zacatecas... El mes entrante estaré en Tlaquepaque.

BENAVIDES está ahora totalmente seducido por las caricias de la CAPONERA. Desde las nebulosas de su embriaguez, dice a DIONISIO:

BENAVIDES (en retirada):
—Si tuvieras más colmillo te darías cuenta que ese gallo no llegará vivo a Tlaquepaque.

DIONISIO, con el gallo de oro entre las piernas, empieza a comer su pollo. BENAVIDES y la CAPONERA abandonan el establecimiento. Por la forma de acariciarse resulta evidente que van en busca de un refugio íntimo.

<u>20.— PALENQUE DE TLAQUEPAQUE. DÍA. (Tercera pelea)</u>

Un gallo giro, con la cresta ensangrentada, se lanza a un fuerte encontronazo con el gallo de oro. Éste lo para en seco. Luego se le trepa encima y le destroza la cabeza a picotazos mientras le hunde el espolón en la pechuga. El giro, en los últimos estertores, queda patas arriba lanzando navajazos.

JUEZ (off):
—Levanten los gallos, señores.

DIONISIO entra a cuadro a levantar su gallo. Es un hombre cambiado: viste un traje de luto, sobrio, de materiales baratos y botines negros.

(El traje de DIONISIO, según descripción verbal del propio Rulfo, son unos pantalones negros con la bocapierna amarrada a los tobillos con cordeles, como suelen hacer los ciclistas: un chaleco negro y sin adornos y un paliacate negro en el cuello. El sombrero es un Tlapehuala.[1] DIONISIO no cambiará nunca este atuendo, pero a medida que progrese su situación económica irá mejorando la calidad de los materiales del vestido.)

El nerviosismo de DIONISIO ha desaparecido. Está seguro de sí mismo y actúa con movimientos ordenados y precisos.

El propietario del gallo perdedor acerca el suyo al de DIONISIO y éste vuelve a picotear encarnizadamente la cresta sangrante del adversario muerto. Mientras, el GRITÓN, fuera de cuadro, proclama:

GRITÓN (off):
—Gana San Miguel del Milagro... Pierde Tlaquepaque... ¡Todos contentos!

DIONISIO quita las navajas al gallo y las lleva a la mesa. En ese momento empieza, en el templete, la canción de la CAPONERA. (Tercera canción) No la vemos: oímos y reconocemos su voz entre los gritos del palenque.

Cuando sale del anillo con su gallo, DIONISIO oye la voz de LORENZO BENAVIDES.

BENAVIDES (off):
—Se te hizo, gallero... Por esta vez me equivoqué... Tu gallito llegó a Tlaquepaque, y más vivo que nunca. Otra más.

DIONISIO lo mira: lleva un traje de charro, tan vistoso y nuevo como el de San Juan del Río. DIONISIO no espera la nueva frase que va a pronunciar LORENZO BENAVIDES. Sin detenerse le hace un saludo con el sombrero y abandona el palenque.

---

1 Mal escrito "Tlapeahuala" en el original.

Al salir, DIONISIO pasa frente al templete donde canta la CAPONERA entre su séquito de alborotadores. La mira. Ella lo mira. DIONISIO sigue de largo. Pero la mujer, sin interrumpir la canción, sigue mirando a DIONISIO hasta que abandona el palenque.

21.– EXTERIOR. FERIA TLAQUEPAQUE. NOCHE.

Mesa de albures en una galería de arcadas. Se juega fuerte. Fuera de cuadro: ruidos de feria grande.

DIONISIO, con el gallo de oro, se aproxima a la mesa. Observa un momento sin decidirse. El TALLADOR baraja las cartas ante la mirada febril de los jugadores. Uno de estos, de aspecto bronco, le grita:

JUGADOR:
—¡No baraje tan alto, que se le ve la puerta!

El que ha gritado está frente a DIONISIO, al otro lado de la mesa. Corre el albur. A la vuelta siguiente, DIONISIO se desfaja la víbora, saca un buen mazo de billetes y coloca una apuesta sobre el caballo, de oros, que está apareada con el as de copas.

Cuando DIONISIO apuesta, el gallo de oro levanta la cabeza, parece mirar la carta y emite un raro sonido gutural. Es como un reproche. DIONISIO le habla como a un ser humano:

DIONISIO:
—¿Qué pasó? ¿No te gustan los oros?

Corre el albur. El TALLADOR canta las cartas. DIONISIO pierde. El TALLADOR recoge el dinero y grita:

TALLADOR:
—En la otra está la suerte. Plántense onde quieran, señores. Corre el albur.

Como una sombra, la CAPONERA se acerca a la mesa de juego. Se detiene detrás del bronco que está frente a DIONISIO. Éste vuelve a jugar con la cabeza baja y no ve a la mujer. Corre el albur. Gana el bronco detrás del cual está la CAPONERA. Tampoco ella, pendiente del juego, ha visto a DIONISIO.

Vuelven a jugar. DIONISIO apuesta. Gana el bronco detrás del cual está la CAPONERA. Pero ésta, buscando un lugar de donde se vea mejor el tapete verde, se mueve hacia la izquierda. Se sitúa detrás de un hombre joven, lampiño, de sombrero tejano.

DIONISIO vuelve a jugar. Corre el albur. DIONISIO pierde. Gana el hombre detrás del cual está la CAPONERA. La actitud de ella, sin proponérselo, es la de un ángel guardián.

Entusiasmado por dos triunfos sucesivos, el hombre del sombrero tejano hace una apuesta fuerte. Se crea la expectativa. DIONISIO no juega esta vez. En medio de la tensión creada por la apuesta del tejano, empieza a correr el albur. La CAPONERA, que comparte la tensión general, se mueve entonces hacia la derecha, tratando de ver mejor el tapete verde, y abandona al hombre del sombrero tejano. Queda situada detrás de un charro. <u>En ese instante, DIONISIO la descubre</u>.

Pierde el hombre del sombrero tejano. Gana el charro detrás del cual está parada la CAPONERA.

DIONISIO guarda su dinero. Espera la próxima vuelta sin jugar. Mientras corre el albur le da de comer al gallo. Gana el charro detrás del cual está la CAPONERA.

Cuando el charro está recogiendo su dinero, la CAPONERA descubre a DIONISIO del otro lado de la mesa, le hace un guiño y se acerca.

CAPONERA (a Dionisio):
—Ay cocol, ya no te acuerdas cuando eras chimisclán. Cómo has cambiado, gallero.

DIONISIO:
—No soy yo el que ha cambiado, señora: es la suerte... Dígame: ¿a qué le juego?

CAPONERA:
—A nada. Estos fulanos traen siempre barajas viboreadas.

Lo toma del brazo y lo separa de la mesa. DIONISIO se deja llevar.

CAPONERA:
—Ven, acompáñame.

Se aleja por la galería de arcadas.

<u>22.— EXTERIOR. FRENTE AL PALENQUE TLAQUEPAQUE. NOCHE.</u>

DIONISIO y la CAPONERA van entrando al palenque. La feria está en su apogeo. Ella lo lleva todavía tomado del brazo y le dice:

CAPONERA:
—Oye la verdá de mis labios, que es la pura miel en penca: has debido aceptar el trato que te hizo Lorenzo Benavides en San Juan del Río.

DIONISIO:
—Es que nunca me han gustado los enjuagues.

Han llegado frente a la tolda que sirve de camerino a las cantadoras. Cerca están las perchas de gallos al cuidado de los amarradores. Frente a la carpa, DIONISIO se detiene. La CAPONERA lo obliga a entrar presionando en su brazo. Mientras, dice:

CAPONERA:
—¡Enjuagues las lavanderas! No seas menso, gallero, ni te hagas. Los que presumen de honrados son como las gallinas que mucho cacarean y luego no ponen ni un huevo. La verdá es que en los gallos todo está permitido y los vivos viven de los tarugos, y éstos nomás de su trabajo.

Una mujer muy vieja, en cuclillas, muele hierbas en un mortero pequeño. DIONISIO y la CAPONERA pasan junto a ella al entrar a la carpa.

<u>23.– INTERIOR. CAMERINO CAPONERA. NOCHE.</u>

En el interior de la carpa hay un ambiente de circo: alguna cantadora borracha tendida en un catre; otra, tal vez, amamantando una criatura mientras atiende la olla que hierve en un fogón improvisado con ladrillos.

La CAPONERA sigue llevando a DIONISIO hasta el fondo de la carpa donde está su camerino privado: un espacio de la misma carpa cerrado con cortinas. Hay, entre otras cosas, un tocador y un catre pequeño. Hasta allí llegan los ruidos del palenque.

Desde el momento en que entra a su camerino, la CAPONERA empieza a desvestirse. Lo hace con una gran naturalidad. Se despoja de la falda y queda en fondos. Luego empieza a quitarse el corpiño frente al espejo. Dice DIONISIO:

DIONISIO:
—Pos hasta orita he ganado con

legalidá y he careado mi gallito catorce veces por todos los rumbos.

CAPONERA:

—Nomás deja que amanezcas con la suerte atravesada y te sepulcren a tu gallo de oro en un palenque. Entonces, cuando ya no tengas fogón, a ver pa' qué rajas leña. ¿Dónde tienes el foco, gallero? Te conviene engancharte con nosotros que conocemos el camino hasta dormidos.

Tiene dificultades para zafarse el corpiño en la espalda. Se aproxima a DIONISIO y le pide:

CAPONERA:

—Ayúdame.

DIONISIO se enreda. No sabe qué hacer con el gallo de oro. Por fin lo pone en el suelo y trata de soltar los ganchos que tiene el corpiño en la espalda. La pieza se abre en una especie de explosión. La espalda de la CAPONERA queda al descubierto.

Ahora la CAPONERA no actúa con naturalidad. Cada uno de sus movimientos revela el propósito calculado de provocar a DIONISIO. Éste no sabe qué hacer con su cuerpo. Ha vuelto a levantar el gallo y lo acaricia de un modo que hace evidente su embarazo.

La CAPONERA se pone otro corpiño. Luego se mete en una falda con dibujos vistosos y se aproxima a DIONISIO, diciendo:

CAPONERA:

¡Ayúdame!

DIONISIO vuelve a poner el gallo en el suelo. La CAPONERA le indica entonces cómo ayudarla a vestirse. Le pide que le abroche el corpiño en la espalda. Hace que le arregle la cintura de la falda. Le da su sarta de collares para que le cierre los broches en la nuca. DIONISIO obedece con movimientos torpes.

Mientras DIONISIO ayuda a vestirse a la CAPONERA, sostiene el siguiente diálogo:

CAPONERA:

—Eres terco, eso sí. En eso nos parecemos. Gallo que llene las manos y mujer que llene los brazos, eso es lo que yo llamo una buena pareja, ¿No crees?

DIONISIO (intimidado):
—La mera verdá no sé, señora.

CAPONERA:
—Y no me sigas diciendo "señora". ¿Qué no somos ya viejos amigos? Ah, qué caray. Quien se conforma con ver, ni siquiera en tentar piensa. Llámame Bernarda. Y decídete a hablar con Lorenzo Benavides.

DIONISIO:
—Ya le dije que no tenemos nada qué hablar.

La CAPONERA piensa un instante mientras da los últimos toques a su atuendo. Luego mira de frente a DIONISIO, y le dice:

CAPONERA:
—Entonces nomás piensa que yo misma te pido que aceptes el trato, y si no, pues a tu palo, gavilana y a tu matorral conejo, y si te vi no me acuerdo. Quiero decir: jamásmente me volverás a ver.

DIONISIO no sabe dónde poner el cuerpo. Levanta otra vez el gallo y le acaricia el espinazo. La CAPONERA no espera su respuesta. Lo toma de la mano y lo lleva fuera de la carpa.

23.—BIS.— PALENQUE. EXTERIOR. NOCHE.

LORENZO BENAVIDES está en el garabato examinando los gallos muertos. Hay muchos, de todos los colores, como en la exhibición de una masacre.

La CAPONERA se aproxima llevando de la mano a DIONISIO. LORENZO BENAVIDES los ve acercarse. La CAPONERA le hace un guiño de ojo significativo, le deja a DIONISIO, y sigue hacia el templete. BENAVIDES, con su mejor estampa, le tiende la mano a DIONISIO:

BENAVIDES:
—Bueno, gallero. Entonces, somos socios.

DIONISIO (estrechándole la mano):
—Yo no he dicho nada.

BENAVIDES:
—Porque yo no he dicho en qué consiste el trato.

Descuelga un gallo muerto, bañado en sangre, y se lo muestra a DIONISIO.

(Mientras prosigue el diálogo de los dos, se oirá, fuera de cuadro, la ovación que recibe la CAPONERA al subir al templete. Enseguida, la introducción de los mariachis, y luego la canción de la CAPONERA y los gritos y sombrerazos de los hombres. Es la cuarta canción. Seguirá oyéndose como fondo del diálogo.)

Con el gallo muerto entre las manos, BENAVIDES dice a DIONISIO:

BENAVIDES:
—Y es muy sencillo: tú registrarás mis gallos a tu nombre y me servirás de soltador. Pero te acomodarás a lo que yo diga. Mira...

Le hinca una uña en el costillar al gallo muerto, y agrega:

BENAVIDES:
—...Si hay que quebrarle el costillar a un gallo antes de soltarlo, pues a romperle el costillar. Se trata sólo de meter viruta, y no hay más que tener los dedos un poco ágiles, como los tuyos. Y otra más...

Vuelve a colgar el gallo muerto.

BENAVIDES:
—Veme a mí, bien rico que estoy, y a todo eso se lo debo. Nunca se me ha ocurrido ponerme al brinco como tú haces.

Se interrumpe al advertir que DIONISIO ha empezado a pensar. Lo observa con la misma atención y el ojo experto con que examina a los gallos. Cambia de tema:

BENAVIDES:
—¿Qué hacías en tu pueblo, si no es mucho preguntar?

DIONISIO:
—Vivía.

BENAVIDES:
—Sí: vivías de milagro. Sé medir a las gentes con sólo un vistazo, y adivino a leguas que eres como yo: te gusta un oficio livianito como éste de los gallos.

DIONISIO:
—Puede que tenga usted razón.

BENAVIDES:
—Entonces... ¿te combinas conmigo? Eres poco conocido y todos creerán que vas al puro arriesgue, como hasta ahora.

DIONISIO:
—Y mi gallito... ¿seguirá siendo mío?

BENAVIDES:
—Como tú digas.

DIONISIO:
—Si es así, lo de las matuterías y esos tejemanejes no me quitarán el sueño. Le agarro la palabra: soy su amarrador, don Lorenzo.

24.— PALENQUE AGUASCALIENTES. DÍA. (Cuarta pelea)

El palenque repleto de público. Fuera: ruidos de feria grande y un camión con altavoces que se impone por encima del bullicio.

VOZ ALTOPARLANTE (off):
—Atención, culto público de la muy culta ciudad de Aguascalientes: Brothers Hermanos y Compañía tienen el gusto de invitar a todos ustedes a su grandiosa función de inauguración, que puede ser también de despedida, a según nos vaya.

Mientras oímos el pregón, hemos visto a DIONISIO junto a la báscula, preparando un gallo prieto. Le ha soplado el pico al animal. Ahora DIONISIO lleva pistola.

En el otro extremo del anillo, BENAVIDES toma un trago de tequila y se lo arroja a la cabeza a un gallo blanco de buena estampa. La reacción del animal es de rabia ciega.

DIONISIO suelta su gallo y lo pastorea en el anillo. El animal parece andar a tientas. Estalla una rechifla en el público. Todas las protestas son fuera de cuadro:

VOZ 1 (off):
—¡Ese gallo tiene cataratas!

VOZ 2 (off):
—¡Es una matadura... Uuujole!

VOZ 3 (off):
—Llévalo al rastro, así pierdes menos.

(Los gritos se reflejarán en las expresiones de DIONISIO, que estará en cuadro mientras transcurre la rechifla, y también más adelante, cuando arrecien las apuestas contra su gallo. Se trata de comparar las expresiones de DIONISIO en esta escena, y las que tuvo en San Juan del Río, cuando soltó por primera vez el gallo de oro. Las apariencias son iguales: todos apuestan contra su gallo. Pero mientras en San Juan del Río aquello era un motivo de tensión para él, ahora es un motivo de satisfacción. Está totalmente corrompido por los oscuros trucos del palenque.)

DIONISIO, con una sonrisa maliciosa, casi imperceptible, sigue atentamente los gritos contra su gallo.

La CAPONERA, en primera fila, también interviene en la rechifla. Con su buena garganta de alborotadora, grita:

CAPONERA:
—¡Siquiera ponle antiparras, valedor!

La reacción del público es justamente la que esperaba DIONISIO. Cumplido su propósito, recoge su gallo y empieza a amarrarle las navajas.

BENAVIDES, del otro lado del anillo, pone su gallo en exhibición. El animal pasea su buena estampa. Las apuestas arrecian en su favor. Sólo vemos el gallo: los gritos de las apuestas están fuera de cuadro.

DIONISIO avanza con su gallo, siempre con la sonrisa maliciosa, hacia el centro del anillo.

LORENZO BENAVIDES pone su gallo en la raya. Le arranca plumas de la cola antes de soltarlo.

Ambos sueltan.

Es una pelea fulminante: desde el primer asalto, el ciego se le prende al blanco por el cuello y lo acribilla con sus espolones. Y cuando lo ve desplomarse herido de muerte, sigue golpeándolo con las alas y el pico, hasta dejarlo inmóvil.

DIONISIO se apresura a levantar su gallo en medio de una rechifla atronadora. Casi todos han perdido. Un hombre de tejana y pistola, alto y flaco como un <u>cow-boy,</u> salta al anillo, le arrebata el gallo a DIONISIO, lo agarra por las dos patas y lo levanta por encima de su cabeza a la altura de su brazo.

No se sabe quién hace un primer tiro que da justamente en el gallo. El COW-BOY sigue sosteniéndolo en alto. En una fracción de segundos, todos los perdedores han sacado sus pistolas y han disparado sobre el gallo. Sostenido en alto por el COW-BOY, el animal ha sido despedazado por cincuenta balazos disparados de todos lados, que han hecho saltar plumas y sangre, y casi lo han convertido en una piltrafa.

El COW-BOY sostiene el gallo en alto mientras éste tiene consistencia para mantenerse erguido. Luego, y antes de que cese el furioso abaleo,[2] campanea el animal por las patas y lo arroja contra el público de las graderías.

DIONISIO, muerto de risa, se ha escapado. El COW-BOY lo sigue. La CAPONERA se abre paso a través de una muchedumbre colérica que está destrozando el palenque. Las graderías empiezan a convertirse en un montón de escombros.

En medio de la bronca multitudinaria, LORENZO BENAVIDES, tranquilo, se dirige a la puerta. Sus ojos verdes están vivos y alerta. Lleva en una mano el gallo muerto, y la otra a la altura de la pistola, lista para desenfundarla.

<u>25.- INTERIOR. CUARTO HOTEL AGUASCALIENTES. NOCHE.</u>

DIONISIO, BENAVIDES y el COW-BOY, ríen a reventar. Nunca habíamos visto reír en esa forma al taciturno DIONISIO. Tiene el gallo de oro en los brazos.

Están sentados en torno a una mesita de cuatro puestos, en un cuarto de hotel. En la mesa hay botellas vacías, ceniceros

---

2 "Baleo" sería el término más común en México.

llenos de colillas y platos con restos de alimentos.

Es una habitación escueta: una cama matrimonial, metálica, de estilo anticuado, y muebles fin de siglo. Todo muy viejo y descuidado. En las patas de la cama, en el marco de la ventana, en las sillas, en casi todos los objetos, están amarrados los gallos de BENAVIDES.

Acostada en la cama, fumando en silencio, está la CAPONERA, y su expresión es sombría.

Los hombres ríen por un largo momento. BENAVIDES agarra la mesa por un lado, la voltea y echa al suelo todo lo que está en ella. Hay un estrépito de cristales destrozados. DIONISIO y el COW-BOY siguen riendo.

BENAVIDES:
—Llegó la hora de volar, muchachos. Si nos vuelven a ver por estos rumbos nos parten la torre.

El COW-BOY le da a DIONISIO una fuerte palmada en la espalda, y le dice:

COW-BOY:
—Te mandaste, gallero... No hay gallo ciego que pueda hacer eso ni con anteojos de larga vista.

DIONISIO no dice nada. Acaricia el gallo de oro. BENAVIDES saca del bolsillo un impresionante fajo de billetes. Le da un mazo a DIONISIO y otro al COW-BOY. Éste lo deja sobre la mesa. DIONISIO se pone el gallo de oro entre las piernas y empieza a contar los billetes. BENAVIDES lo observa:

BENAVIDES:
—Estás en la buena, gallero. Otra temporada como ésta y le pones navajas de oro a tu gallito.

DIONISIO sigue contando. BENAVIDES saca del bolsillo una baraja española, la pone en la mesa, y le dice al COW-BOY:

BENAVIDES:
—¿Juegas?

COW-BOY:
—¡Sale!

DIONISIO va a guardar su dinero, pero BENAVIDES le dice:

BENAVIDES:
—Nada de irse así, gallero. Estos fierros son para jugárselos. Es la costumbre. Otra más.

En este momento, la CAPONERA se ha levantado, ha ido al armario y se acerca a la mesa con una botella de mezcal y cuatro vasos. Se sirve un buen trago y se lo toma, mientras DIONISIO dice:

DIONISIO:
—No sé jugar nada, don Lorenzo.

La CAPONERA lo mira por encima del vaso: ella lo ha visto jugar los albures en Tlaquepaque. DIONSIO comprende su mirada, y agrega:

DIONISIO:
—Sólo a los albures.

BENAVIDES:
—Pues jugamos a los albures... Pero ya es tiempo que aprendas todos los trucos de la baraja. Ahora que nos vamos a descansar a mi hacienda de Santa Gertrudis estarás sobrado de tiempo y de ganas para volverte un maestro.

La CAPONERA acaba de tomar su trago, pone el vaso en la mesa y dice:

CAPONERA (irónica):
—Feliz viaje...

BENAVIDES le echa una mirada sombría. Ella la registra y dice:

CAPONERA (desafiante):
—No me mires con esos ojos, que no me harás cambiar de parecer. A Santa Gertrudis se van solos, y que Dios los acompañe. La Caponera se queda en sus palenques. Para ella no se hizo la vida de encierros.

BENAVIDES (tranquilo):
—La Caponera va donde ordene Lorenzo Benavides. Otra más...

DIONISIO y el COW-BOY se han dado cuenta de la situación. El ambiente es tenso. No tomarán partido en la disputa.

La CAPONERA no ha dejado terminar a LORENZO BENAVIDES. Ha asumido la actitud altanera que suele tener en el tapanco, y le ha dicho con una sonrisa amarga:

CAPONERA:
—Jamásmente ha nacido el hombre que pueda decir eso. Tú lo sabes: la Caponera escoge el hombre que se le antoja, y le da de baja cuando le sale de los riñones... Así se llame Lorenzo Benavides. De modo que a Santa Gertrudis...

No tiene tiempo de terminar. BENAVIDES, sin manifestar el más leve síntoma de alteración, se levanta de la mesa y le suelta una tremenda bofetada que la manda dando vueltas hasta la cama. Allí se queda, inmóvil, respirando como un gato, pero sin llevarse la mano a la mejilla. BENAVIDES da un paso más hacia ella, y con un perfecto dominio, pero con una decisión que no admite ninguna duda, le dice:

BENAVIDES:
—Otra más, decía yo... A Santa Gertrudis y con Lorenzo Benavides.

Se pone la mano en la pistola, y agrega de un modo terminante:

BENAVIDES:
—O te mueres, ¿me entiendes?

La CAPONERA lo mira a los ojos. Las dos miradas se sostienen por un instante. Luego, ella dice con voz ronca y trémula:

CAPONERA:
—¿Me sirves un trago?

BENAVIDES:
—Cómo no, paloma.

Sirve un trago y se lo da a la CAPONERA. Ella lo empieza a beber a sorbos lentos. DIONISIO y el COW-BOY no han movido un músculo. BENAVIDES vuelve a ocupar su puesto. Como si nada hubiera pasado, empieza a barajar el naipe, y dice a DIONISIO:

BENAVIDES:
—Fíjate bien. También esto tiene sus intríngulis...

DIONISIO mira sus manos con ojos codiciosos. BENAVIDES maniobra las cartas con increíble habilidad. Mientras lo hace, mira a

DIONISIO y le dice:

BENAVIDES:
—Se me hace que si resultas tan bueno para esto como para los gallos, nuestra sociedad va a llegar muy lejos. Otra más...

Antes de seguir hablando pone el naipe en la mesa para que DIONISIO lo corte. La CAPONERA, ya calmada, observa a DIONISIO, mientras bebe a sorbos lentos su trago de mezcal.

26.— EXTERIOR. SANTA GERTRUDIS. DÍA.

Dos hombres atraviesan a caballo el portal de una hacienda. En el arco hay un letrero: SANTA GERTRUDIS.

Los jinetes son los HERMANOS ARRIAGA, abogados de San Luis Potosí y conocidos tahúres. El mayor —PEDRO— aparenta unos 42 años, viste un traje ligero, muy claro, con corbata y botas de charro. Tiene un ancho bigote muy bien cuidado. El menor —LUIS—, de unos 35 años, lleva pantalones de montar y chamarra de cuero. Ambos usan sombrero tejano.

Los jinetes avanzan a paso reposado de sus caballos hacia la casa situada al fondo de la alameda. Es un día caluroso y seco.

DIONISIO está sentado en la balaustrada del corredor de la casa. Juega un solitario. Junto a él, amarrado en un pilar, está el gallo de oro.

BENAVIDES aparece en el corredor. Viste de un modo informal, pero aún así conserva su apostura. Divisa a los jinetes que se aproximan por la alameda, y dice a DIONISIO:

BENAVIDES:
—Son los hermanos Arriaga, abogados de San Luis Potosí... Están picados de la araña; juegan duro y parejo. Pero ándate con cuidado, que se las saben todas. Hay que jugarles limpio.

Da dos pasos hacia delante y hace a los jinetes un saludo con la mano. PEDRO ARRIAGA le contesta, y grita:

PEDRO:
—Con su permiso, don Lorenzo.

BENAVIDES (gritando):
—Pásele no más, licenciado. Están en su casa.

BENAVIDES permanece inmóvil mientras se aproximan los ARRIAGA. DIONISIO interrumpe el solitario. En la puerta, detrás de BENAVIDES, aparece la CAPONERA. Está aburrida y desarreglada.

<u>27.— INTERIOR. SALÓN GERTRUDIS. NOCHE.</u>

BENAVIDES, DIONISIO y los ARRIAGA juegan con una baraja española en el salón principal de la hacienda de Santa Gertrudis. Están en torno a una mesa de cuatro puestos: DIONISIO frente a BENAVIDES; PEDRO a la derecha de BENAVIDES, y frente a LUIS.

Una lámpara de petróleo colgada del techo con un cable largo pende sobre la cabeza de los jugadores, y en pleno centro de la mesa. La luz ilumina los rostros tensos y fatigados. El salón está lleno de humo. Hay un silencio absoluto.

La lámpara de la mesa es la única encendida en el salón. En la mesa, además de las cosas del juego, hay cajetillas de cigarros, ceniceros llenos de colillas, una botella grande de mezcal casi vacía, y un vaso frente a cada jugador, salvo frente a DIONISIO.

La mayor cantidad de dinero está frente a LORENZO BENAVIDES.

A la izquierda de BENAVIDES, y como a medio metro hacia atrás de su silla, hay un asiento oscuro, suntuoso y extraño: es cómodo; con brazos de madera labrada y cojinetes de peluche, y un alto respaldar capitonado de peluche y con un remate capital de complicados adornos de ebanistería. Sin que haya un solo detalle que lo defina, el asiento tiene un cierto esplendor funerario: algo de carroza mortuoria o de catafalco de lujo.

En la pata de la silla de DIONISIO está amarrado el gallo de oro. Cabecea de sueño.

Es evidente que los hombres llevan muchas horas en la mesa de juego. Están en mangas de camisa. Sudan. Con movimientos calmados, DIONISIO inicia la partida. Se dirige a PEDRO. (Partida 1)

DIONISIO:
—Usted habla, licenciado.

PEDRO da una palmada en la mesa y se incorpora.

PEDRO:
—Se acabó. Yo me rajo.

DIONISIO (familiar):
—Otra vez será, licenciado. Hoy se trajo la suerte atravesada.

PEDRO mira todo el dinero en poder de BENAVIDES y dice:

PEDRO:
—No sé cómo le hace para tenerla siempre de su lado, don Lorenzo.

BENAVIDES (satisfecho):
—No se crea, licenciado. Es de puro panzazo. Y ya sabe: aquí está su dinero para cuando quiera la revancha.

DIONISIO se dirige entonces al licenciado LUIS y le pregunta:

DIONISIO:
—¿Y usted, licenciado?

LUIS:
—Sigo hasta donde aguante el cuerpo.

Mientras se reanuda el juego, PEDRO toma un trago de la botella que está en la mesa, y se retira a un sofá del fondo del salón. Se acuesta en la penumbra. Continúa el juego.

Un momento después, como una sombra que surge de la sombra, aparece la CAPONERA detrás de BENAVIDES. Viste un traje de cantadora, pero blanco y sin adornos. Parece acabada de despertar: tiene el rostro lívido, los ojos abotagados y el cabello recogido en la nuca. Se aproxima en silencio, toma un cigarrillo de la cajetilla que está junto a BENAVIDES y mientras lo enciende se interesa en el juego. Se sienta en el sillón de espaldar alto.

La mano se decide a favor de BENAVIDES.

A la siguiente vuelta (Partida 2) BENAVIDES vuelve a ganar. LUIS ha perdido todo. Pero no se retira del juego: pone la pistola en la mesa. BENAVIDES le pregunta:

BENAVIDES:
—¿Por cuánto se la juega, licenciado?

LUIS:
—Usted dirá, don Lorenzo.

BENAVIDES:
—Arreglamos más adelante. ¿Conforme?

LUIS
—Conforme.

Corre el albur. (Partida 3) La CAPONERA sigue en el sillón, como una sombra, bebiendo mezcal en silencio. Gana BENAVIDES. Recoge la pistola. LUIS se estira y dice:

LUIS:
—Están servidos, señores.

Se levanta. En el sofá del fondo, donde parecía dormir, PEDRO se incorpora y empieza a ponerse el saco.

BENAVIDES toma la pistola que ha ganado y se la devuelve al perdedor:

BENAVIDES:
—Llévesela, licenciado. Un hombre a caballo no debe andar desarmado a esta hora. Es un regalo de Lorenzo Benavides.

Los ARRIAGA se disponen a marcharse. BENAVIDES los acompaña hasta la puerta. La CAPONERA y DIONISIO permanecen en la mesa.

Desde la puerta, PEDRO dice a BENAVIDES y a DIONISIO:

PEDRO:
—Ya tendremos otra vez el gusto dentro de unas semanas. A nuestro regreso de Aguascalientes.

BENAVIDES:
—Cuando ustedes gusten, caballeros.

Los ARRIAGA se despiden desde la puerta con un movimiento de la mano. DIONISIO les responde en igual forma. La CAPONERA no se toma el trabajo de contestar. BENAVIDES abandona el salón con sus visitantes.

DIONISIO se despereza. Recoge vasos y ceniceros de la mesa y los lleva a un aparador del fondo. Pregunta a la CAPONERA:

DIONISIO:
—¿Qué hora es?

CAPONERA:
—Como las tres.

DIONISIO:
—¿Las tres de cuándo?

CAPONERA:
—Del lunes.

DIONISIO observa el rostro devastado de la mujer.

DIONISIO:
—¿Qué le pasa, Bernarda?

CAPONERA (sombría):
—Nada, nomás que me estoy muriendo de encierro.

En la mesa: dinero de BENAVIDES: dinero —muy poco— de DIONISIO; las barajas y la botella de mezcal. La CAPONERA tiene el vaso en la mano.

DIONISIO se guarda su dinero y desamarra el gallo de oro. Lo alimenta con migajas que saca de su bolsillo.

LORENZO BENAVIDES vuelve al salón. Tiene el semblante restablecido. Le da una palmada en la espalda a DIONISIO.

BENAVIDES:
—Muy bien, gallero. Otros dos como éstos y le compramos todas sus tierras a don Pedro Páramo.

DIONISIO:
—Es que con su suerte no se puede, don Lorenzo.

De un modo distraído BENAVIDES agarra con las dos manos su dinero y lo arrastra hacia el puesto que antes ocupaba DIONISIO. Se sienta. El puesto que él mismo ocupaba junto a la CAPONERA ha quedado libre. DIONISIO bosteza y dice:

DIONISIO:
—Bueno, don Lorenzo, con su permiso.

BENAVIDES (sorprendido):
—Cálmate, gallero. No puedo dormir tranquilo si no te doy la revancha. Has perdido mucho. Ándale.

DIONISIO se encoge de hombros y vuelve a la mesa. Ocupa el lugar que antes tuvo BENAVIDES. La CAPONERA, a su lado, sigue bebiendo. DIONISIO amarra el gallo a la pata de su silla. BENAVIDES baraja con calma.

<u>27.—BIS.</u>

Hacia las siete de la mañana todavía siguen jugando. La lámpara está apagada y ha sido suspendida mediante un lazo que alguien ha hecho en el cordón. La CAPONERA duerme plácidamente en su asiento. Está muy pálida. DIONISIO y BENAVIDES, con los estragos de la prolongada vigilia impresos en la cara, juegan a los albures. (Partida 4)

Ahora DIONISIO tiene casi todo el dinero. Baraja las cartas en silencio. Pregunta:

DIONISIO:
—¿Albur?

BENAVIDES:
—Viene.

DIONISIO lo proclama:

DIONISIO:
—As de bastos y caballo de oro.

BENAVIDES separa el caballo de oro. DIONISIO canta las cartas, lentamente, con calculada frialdad. Al verse perdido, BENAVIDES rueda hacia DIONISIO su último dinero, y dice:

BENAVIDES:
—Ni modo, gallero, se me acabó el efectivo. Pero tengo un ranchito aquí cerca. Tú dirás.

DIONISIO:
—Un ranchito. ¿Y como para cuánto le gusta, don Lorenzo?

BENAVIDES:
—Cuando pierdas te diré. ¿Estás conforme?

DIONISIO:
—Conforme.

Continúa el juego. (Partida 5)

(A partir de este momento, la escena se irá oscureciendo imperceptiblemente. Al final de ella será otra vez de madrugada.)

Como dándose cuenta del sesgo que ha tomado el juego, la CAPONERA abre los ojos. Está bien despierta y atenta a la partida.

Pierde BENAVIDES.

DIONISIO:
—Usted pierde, don Lorenzo. ¿Qué otra cosa juega?

BENAVIDES:
—Esta casa. Contra el rancho y... digamos... cincuenta mil pesos. ¿No crees que los valga?

DIONISIO:
—Como usted mande. Al fin y al cabo estamos platicando.

BENAVIDES:
—No, Pinzón. Va en serio. Sé que no puedes ganarme. Tu suerte no da para tanto... ¡Entonces... la casa!

DIONISIO:
—¿Con todo y las perchas de gallo, don Lorenzo?

BENAVIDES:
—Con todo lo que tiene dentro.

DIONISIO:
—Viene, pues.

BENAVIDES:
—¡Cartas!

DIONISIO reparte en la mesa varios montones de barajas. (Partida 6) BENAVIDES toma uno y pregunta:

BENAVIDES:
—¿Albur?

DIONISIO:
—¡Sale el albur!

BENAVIDES lo proclama:

BENAVIDES:
—Seis de espadas y sota de copas.

BENAVIDES separa el seis de espadas.

BENAVIDES:
—¿Lo matas o lo dejas?

DIONISIO:
—Lo voy.

BENAVIDES canta las cartas:

BENAVIDES:
—As, malilla, cuatro, seis... ¡Es tuya la casa!

DIONISIO:
—Le doy la revancha, don Lorenzo. Escoja carta.

BENAVIDES:
—¿Revancha contra qué?

DIONISIO:
—Es que, francamente... No voy a aceptarle la casa. Me conforma demostrarle que no soy un desagradecido. Puedo decir que a usted le debo todo lo que tengo.

BENAVIDES:
—No me tengas lástima, gallero. La gratitud no es a perpetuidad como los sepulcros.

En este momento el salón está en penumbra. La CAPONERA se levanta, enciende la lámpara, y deshace el lazo del cordón. Los jugadores quedan en el círculo de luz. BENAVIDES toma a la CAPONERA por la muñeca y la sienta en la silla que antes ocupaba Pedro Arriaga. Queda a igual distancia de ambos.

BENAVIDES:
—Quédate aquí, Caponera.

Ella lo hace con un aire de fastidio. DIONISIO ha seguido barajando sin comprender las intenciones de su adversario.

BENAVIDES:
—Bueno, gallero. A ver si es que

tienes tamaños. Te juego a la Caponera contra todo lo que has ganado esta noche.

CAPONERA (tratando de levantarse):
—Está loco, Lorenzo. Hasta lo buen perdedor estás perdiendo.

BENAVIDES, mirando a DIONISIO, la vuelve a agarrar por la muñeca. Ella se queda sentada. Permanece a la expectativa.

BENAVIDES (a Dionisio):
—A lo mejor te la ganas, y no tendrás que seguir mirándola con esos ojos de becerro degollado. ¿O te imaginas que no me he dado cuenta?

DIONISIO (muy calmado):
—Se equivoca, don Lorenzo. Yo sé ocupar mi lugar y siempre he sabido que soy muy poca cosa para doña Bernarda.

BENAVIDES:
—No le tengas miedo al chile aunque lo veas colorado. Es mi revancha. Va la Caponera.

La CAPONERA ha reflexionado. La ha picado la suficiencia de BENAVIDES. Con una sonrisa de malicia, se decide:

CAPONERA (maliciosa):
—Ay, Lorenzo, no te hagas que la Virgen te habla, cuando ni te parpadea. (A Dionisio, picada.) Ándale, gallero. ¡Va la Caponera!

DIONISIO lo piensa. Baraja el naipe. Los otros esperan. De pronto, con una sonrisa imperceptible, DIONISIO toma la decisión:

DIONISIO:
—Sale, don Lorenzo. Usted lo quiso.

DIONISIO extiende dos cartas bocarriba. (Partida 7) Caballo de espadas, malilla.

DIONISIO:
—Escoja, pues.

BENAVIDES:
—Malilla.

DIONISIO:
—Corre.

Canta las cartas. La decisión es fulminante. BENAVIDES pierde a la CAPONERA.

Los tres permanecen callados. Es de madrugada y hay un silencio absoluto.

De pronto, BENAVIDES saca su pistola con un movimiento calmado. DIONISIO, nervioso, saca la suya. No la levanta. Permanece con ella en la mano debajo de la mesa. La CAPONERA, tensa, vuelve al sillón de espaldar alto.

BENAVIDES desocupa el tambor de su pistola. Deja cuatro balas en la mesa y pone una en el tambor. Lo hace girar rápidamente, y con un golpe seco cierra la pistola. DIONISIO y la CAPONERA no respiran.

BENAVIDES se pone el cañón de la pistola en la sien. Busca una posición digna. Tiene la mirada fija en un punto indefinido. Aprieta los dientes. Sus ojos empiezan a llenarse de lágrimas. Dice con voz calmada y firme:

BENAVIDES:
—Otra más.

Aprieta el gatillo. La pistola cae al suelo y su frente golpea contra la mesa. Muere en orden: sin sangre ni estrépito.

DIONISIO y la CAPONERA no apartan la vista del cadáver. DIONISIO guarda su pistola, con calma, y empieza a barajar el naipe. Ambos miran el cadáver. Después de un silencio, la CAPONERA murmura:

CAPONERA (cruel):
—¡Muertos los piojos por hacer maromas!

El rostro de DIONISIO parece de piedra. Siempre barajando, dice:

DIONISIO:
—Usted debía estar llorando.

CAPONERA:
—¿Llorando porque al fin soy libre?

DIONISIO:
—Usted se queda en Santa Gertrudis.

CAPONERA (desafiante):
—¿Quién va a obligarme?

DIONISIO abandona el naipe y tiende la mano hacia la CAPONERA. Le aprieta el brazo, sin mirarla, y dice:

DIONISIO:
—Nadie. Usted se queda por su gusto, como dueña y señora de casa.

La mira: está serio y trémulo. La CAPONERA sigue mirando al muerto. Dice:

CAPONERA:
—Eso se dice fácil. Pero yo misma quisiera saber donde está el hombre que pueda mantenerme encerrada en estas cuatro paredes...

Mientras ella lo dice, DIONISIO se vuelve por completo, se echa sobre su cuerpo, sin violencia, y empieza a olisquearle el cuello con ansiedad. Ella permanece rígida, pero su voz ha tomado una tonalidad profunda y conmovida cuando dice:

CAPONERA:
—Como no sea por la fuerza...

Con una violencia sorpresiva, DIONISIO tira entonces del corpiño de la mujer y lo desgarra de arriba a abajo. Ella se apresura a cubrirse con su mano llena de anillos de fantasía, y sólo entonces deja de mirar al muerto. Empieza a reír con una risa baja, misteriosa, profunda. No se puede saber si es una risa de placer o de burla.

Aquella risa que se va haciendo cada vez más grave, parece enloquecer a DIONISIO. Se derrumba sobre ella y busca su boca con labios anhelantes. Pero la CAPONERA lo esquiva, echa la cabeza hacia atrás, le mete a DIONISIO los dedos en el cabello, y con voz ronca y brumosa, siempre riendo y con los ojos abiertos, murmura:

CAPONERA:
—Cuidado, gallero, no sea que se nos indigeste el muerto.

<u>28.— EXTERIOR. CALLE SAN MIGUEL DEL MILAGRO. MEDIODÍA.</u>

El CURA de San Miguel del Milagro abre la puerta de su casa sobre el ardiente mediodía, y exclama:

CURA:
—Dichosos los ojos que vuelven a verte por acá, Dionisio.

DIONISIO PINZÓN, con actitud altanera, dice:

DIONISIO:
—Vengo sólo a enterrar a mi madre.

Cuando dice esto, y sólo entonces, empezamos a descubrir que DIONISIO, con el gallo de oro bajo el brazo, está frente a la casa cural de San Miguel, montado en un buen caballo, y jalando una mula sobre la cual hay un féretro de terciopelo negro con esquinas de plata. En la misma mula hay una percha de gallos. Un grupo de curiosos presencia a cierta distancia la entrevista entre DIONISIO y el CURA.

DIONISIO sigue vistiendo de luto riguroso, pero su traje, sus botines y su paliacate son ahora de materiales más finos. Su arrogancia aprendida resulta un poco inverosímil.

Desde la puerta, el CURA replica:

CURA:
—Pero si está enterrada desde hace tiempo.

DIONISIO:
—Sí, pero mal enterrada. Quiero que al menos muerta conozca el descanso y la comodidad que no consiguió conocer en vida. Para eso mandé hacer este cajón en San Luis Potosí.

CURA (benévolo):
—Tu madre no podrá ser desenterrada antes de que cumpla cinco años, Dionisio. Es la ley.

DIONISIO (altanero):
—Tengo bastante dinero para cambiar la ley.

Sacude las riendas de su caballo y lo echa a andar hacia el cementerio. Los curiosos lo siguen. El CURA se queda perplejo.

29.– EXTERIOR. CEMENTERIO SAN MIGUEL. ATARDECER.

Entre las cruces más pobres del cementerio, DIONISIO y el ENTERRADOR exploran el terreno. Cerca de ellos, amarrada a una cruz, está la mula con el féretro. El caballo, suelto, mordisquea los yerbajos de la tumba.

Una charanga que pasa acompañando a un entierro pobre se detiene a la vista de DIONISIO y empieza a tocar una tonadita desafinada. DIONISIO no se ocupa de ellos.

ENTERRADOR (a Dionisio):
—No, Nicho. Lo más seguro es que los restos de la pobrecita andan por el "güesario".

DIONISIO, tras contemplar el terreno por un instante, se dirige al caballo. Jala la mula con el féretro. Los músicos dan muestras de extrañeza. Pero DIONISIO les hace con la mano una seña de que lo sigan. Todos se dirigen al pueblo.

30.– EXTERIOR. CALLES SAN MIGUEL. NOCHE.

El cielo iluminado por los cohetes. La charanga que hemos visto en el cementerio toca a todo vapor "El Zopilote Mojado". Es una fiesta pobre.

En medio de la gente que procura sostener una alegría falsa, y entre las parejas que parecen bailar a la fuerza, vemos a DIONISIO presidiendo aquella fiesta sombría. Está sentado en su viejo sillón que de alguna manera recuerda un trono. Su actitud, en rústico, es la de un príncipe del Renacimiento que rumia su tedio frente al jolgorio de sus vasallos. En la pata del trono: el gallo de oro. Cerca: el caballo y la mula con el féretro.

Cuando la charanga acaba de tocar, DIONISIO se mete la mano en el bolsillo, saca un rollo de billetes y un puñado de monedas, y les dice:

DIONISIO:
—¿Qué pasó con esa música? Yo pago, y pago bien. Pa' eso traigo estos fierros.

Vuelve la música. Las parejas reanudan el baile en plena calle. Lo hacen sin entusiasmo, como si bailaran a sueldo. DIONISIO parece advertir su desgano y lanza sobre ellos un puñado de monedas.

Todos dejan de bailar y se precipitan sobre el dinero. También los curiosos se lanzan a la rebatiña. Hay un torbellino de risas, gritos y empellones, que DIONISIO estimula lanzando más dinero.

De pronto, la actitud de DIONISIO cambia por completo al descubrir...

... a SECUNDINO COLMENERO, vestido con ropas muy pobres, que lo mira con un cierto fervor.

DIONISIO se olvida de la fiesta y se dirige a él, con los brazos abiertos.

DIONISIO:
—¡Don Secundino Colmenero!

SECUNDINO se deja abrazar un poco avergonzado.

SECUNDINO:
—El mismo, Nicho. Sólo que ahora ya sin el "don" que no cuadra a la facha.

Lo dice con tristeza, pero la eterna sonrisa de sus labios produce una sensación extraña.

DIONISIO:
—Y ahora, ¿por qué tan caído de oficio, don Cundo?

SECUNDINO:
—Nada, que los gallos como te alzan te refunden. En una sola tarde de tapadas perdí perchas y dinero, y además un rancho lleno de gallinas y veintidós vacas que eran toda mi propiedad.

Mientras SECUNDINO decía la frase, DIONISIO lo ha ido llevando hasta donde está la mula con el féretro y las perchas. Baja los gallos y pastorea algunos, diciendo:

DIONISIO:
—En cambio yo, don Cundo, estoy tan ocupado que ya no tendré tiempo de cuidar estos animales.

SECUNDINO observa los gallos y exclama asombrado:

SECUNDINO:
—Es la mejor percha que he visto en mi vida, Nicho.

DIONISIO:
—Pues es como si fuera suya, don Cundo. Se la dejo, y le pongo buenos pesos en la mano para que me la lleve de feria en feria.

Toma el gallo de oro en las manos y explica:

DIONISIO:
—Todos... menos éste.

SECUNDINO (recogiendo los gallos):
—Trato hecho: soy tu amarrador, Nicho.

NICHO monta su caballo, jala la mula con el féretro, y deja a SECUNDINO con los gallos, pero se lleva el dorado.

DIONISIO:
—Así que buena suerte, don Cundo. Dentro de dos o tres meses lo espero en Santa Gertrudis con una mula cargada de pesos.

SECUNDINO:
—Hasta más vernos, Nicho. Y gracias.

DIONISIO no le contesta. Espolea el caballo, se quita el sombrero y grita:

DIONISIO:
—Hasta nunca, San Miguel del Milagro.

31.— EXTERIOR. HACIENDA SANTA GERTRUDIS. DÍA.

Sudoroso, con la ropa blanqueada por el polvo del camino, DIONISIO desmonta frente al corredor de Santa Gertrudis. Junto a él —acezante— está la mula con el féretro.

DIONISIO, con el gallo de oro bajo el brazo, examina la fachada y los contornos de la casa. Está cerrada y silenciosa. Empuja la puerta y entra.

32.— INTERIOR. SANTA GERTRUDIS. DÍA.

El salón permanece en una silenciosa y fresca penumbra. DIONISIO, con el gallo de oro, lo atraviesa a pasos largos. Manifiesta los primeros indicios de inquietud.

DIONISIO pasa frente al sillón donde se sentaba la CAPONERA. Al rebasarlo, grita:

DIONISIO:
—¡Bernarda!

Sólo le responde el eco en la casa cerrada.

Entra al dormitorio. Hay una cama matrimonial con barandas de cobre; un viejo tocador con espejo y un ropero ancho y pesado.

A la derecha de la puerta de entrada hay un espacio vacío. Es, probablemente, un antiguo armario empotrado en el muro, al que ahora le falta la puerta.

La cama está en desorden. En la mesita de noche y en el suelo hay botellas vacías de mezcal y colillas de cigarros.

DIONISIO ha perdido la serenidad. Abre la ventana: la claridad del día penetra en la habitación y acentúa el desorden y la soledad.

DIONISIO abre el armario. Allí está su ropa: una hilera de trajes negros, todos iguales. A la derecha hay un gran espacio vacío, y allí la única prenda de mujer, colgada de un gancho. Es el corpiño desgarrado que llevaba la CAPONERA la noche en que DIONISIO se la ganó en la mesa de juego.

DIONISIO queda petrificado. El gallo de oro, bajo su brazo, levanta la cabeza y lanza un extraño sonido gutural. DIONISIO se dirige a él, como si fuera una persona, y le reprocha:

DIONISIO:
—Te lo dije. ¡Las viejas no saben perder!

El gallo baja la cabeza. DIONISIO vacila un instante. Luego abandona el dormitorio a grandes trancos, casi corriendo.

33.— EXTERIOR. SAN COSME DE LAS ÁNIMAS (IMAGINARIO). DÍA.

DIONISIO entra a caballo a un pueblo desierto y pobre. El animal, acezante, cubierto de un amasijo de sudor y polvo, lleva un paso reposado.

En una ruinosa galería de arcadas que parece en completo abandono, está sentado un hombre viejo: no tiene menos de 90 años. Su ropa es humilde. Parece como si fuera el único habitante de aquel pueblo fantasma. DIONISIO detiene su caballo frente a él.

DIONISIO:
—Perdone, ¿dónde está el palenque?

ANCIANO:
—No hay palenque.

El viejo parece de piedra. Responde sin mover los músculos de la cara, con una voz interior y llena de resonancias, como un ventrílocuo.

DIONISIO:
—¿Qué no es aquí San Cosme de las Ánimas?

ANCIANO:
—Aquí es, señor.

DIONISIO:
—¿Y no hay palenque?

El ANCIANO niega con la cabeza. DIONISIO echa una mirada a la calle soleada y desierta.

DIONISIO:
—¿Está seguro?

ANCIANO (terminante):
—Nací aquí, señor.

<u>34.— INTERIOR. CANTINA PRIMER PUEBLO ANÓNIMO. DÍA.</u>

Un hombre joven, con el cabello negro y parado como un erizo y unos ojos de gallina que parecen saltar de las órbitas, señala hacia el exterior de la cantina y dice:

HOMBRE:
—Sí señor, se fue por el rumbo del Árbol Grande.

Sólo entonces nos damos cuenta de la situación: el HOMBRE está sentado ante una mesita de la cantina. Tiene sobre ella tres corcholatas y una bolita. Frente a él ha estado DIONISIO, quien al oír la información se levanta de la mesa y se dispone a marcharse. Lleva el gallo de oro y unas alforjas que le sirven de equipaje.

A través de la puerta de la cantina vemos el caballo de Dionisio amarrado a un pilar de la casa.

El HOMBRE sigue a DIONISIO con la mirada alrededor de la mesa, y prepara las corcholatas y la bolita, diciendo:

HOMBRE:
—¿Qué no le juega otros diez pesos a la bolita?

DIONISIO (va hacia la puerta):
—No. Hoy la traigo atravesada.

(Los movimientos de DIONISIO, a partir de ahora, y hasta que vuelva a encontrarse con la CAPONERA, son rápidos y ansiosos.)

35.— EXTERIOR. SEGUNDO PUEBLO ANÓNIMO. DÍA.

Un gallo giro pasea su estampa soberbia dentro de un círculo trazado en la tierra, en plena calle. En torno al anillo hay muchos curiosos que esperan la pelea.

Vemos a DIONISIO a un lado del anillo, en cuclillas, a punto de soltar el gallo de oro. Tiene la misma expresión de nerviosismo que tuvo en San Juan del Río. Detrás de él está el caballo. La ropa de DIONISIO está desarreglada. Está mirando al giro.

Una voz fuera de cuadro, dice:

VOZ (off):
—Juegan parejos, señor. Cien pesos.

En el instante en que oye la voz, DIONISIO decide no soltar el gallo de oro: lo toma entre los brazos, se retira del anillo con un movimiento brusco, salta al caballo y huye a todo galope, mientras los curiosos rechiflan y gritan:

CURIOSOS (ad libitum):
—Se raja... Rajón... Gallina... (etc.)

36.— EXTERIOR. TERCER PUEBLO ANÓNIMO. NOCHE.

Noche de feria. DIONISIO está frente a una mesa de ruleta. En su rostro se refleja el cansancio del largo viaje y la tensión de la búsqueda. Tiene el gallo de oro bajo el brazo. Cerca está el caballo. Junto a DIONISIO hay una MUJER de edad aproximada a la de la CAPONERA y hasta con un cierto parecido, pero su maquillaje no admite equívocos: es una prostituta de feria.

Vemos a DIONISIO en el momento en que el rastrillo se lleva todo el dinero del tapete. DIONISIO se aleja de la mesa y le da un billete a la MUJER que estaba a su lado. Salta al caballo y lo espolea con impaciencia. La MUJER mira el billete indignada, y dice:

MUJER:
—¿Nada más que esta porquería
después de hacerme perder toda la
noche en la ruleta? ¡Valedor!

37.— INTERIOR. CARPA DE CARTOMANCISTA. CUARTO PUEBLO ANÓNIMO. NOCHE.

Una mujer madura pero todavía muy bella, tiene sobre la mesa un naipe extendido. Frente a ella está DIONISIO con el gallo de oro y las alforjas. La mujer, mirando las cartas, dice con voz melodiosa:

VIEJA:
—O la encuentras dentro de tres
días, tres meses, o tres años...
o no la encuentras nunca.

38.— EXTERIOR. FERIA. QUINTO PUEBLO ANÓNIMO. DÍA.

DIONISIO, en el caballo acezante y sudoroso, se abre paso a través de la muchedumbre de la feria. Lleva el gallo de oro y las alforjas. En medio de los gritos y los ruidos, se oye perfectamente definida la voz de la CAPONERA. Canta una canción que le hemos oído en otras ferias. (Quinta canción)

DIONISIO lleva una expresión anhelante. El caballo tropieza con un puesto de comida y se arma un alboroto. Indiferente, DIONISIO desmonta frente al palenque y entra a toda prisa.

38.—BIS.— INTERIOR PALENQUE. DÍA.

DIONISIO entra al palenque en el instante en que la canción llega a su fin. Busca con ojos ansiosos a la CAPONERA. La mujer que ha acabado de cantar, en medio de la confusión y el alboroto de los hombres, trata de abrirse paso. DIONISIO no alcanza a verle la cara. La persigue, la agarra por la muñeca y va a decir algo cuando la mujer se vuelve hacia él como una fiera atrapada: no es la CAPONERA. Es una muchacha asombrosamente joven y bella. No puede tener más de 15 años.

39.– INTERIOR CARPA DE CANTADORAS. SEXTO PUEBLO ANÓNIMO. DÍA.

Una CANTADORA joven se quita de la cara un trapo empapado en árnica y descubre un ojo violáceo e hinchado. Se incorpora en el catre y dice, furiosa:

CANTADORA:
—¿Qué? ¿Usted es su hombre?

DIONISIO ha estado parado frente a ella, con el gallo de oro y las alforjas. Sin darle tiempo para reaccionar, la mujer agarra un platón que tiene junto al catre y se lo arroja a la cara. DIONISIO se protege con el brazo y sale de la carpa. En la puerta tropieza con otras dos cantadoras que vienen del templete. Ellas gritan. DIONISIO monta en el caballo y huye a todo galope, mientras del interior de la carpa siguen lanzándole toda clase de objetos.

40.– EXTERIOR. SÉPTIMO PUEBLO ANÓNIMO. DÍA.

DIONISIO, de espaldas a la cámara y con el gallo de oro bajo el brazo, conversa con un viejo CANTINERO de rostro agrio. Están en la puerta de una cantina cuyo interior no alcanzamos a ver. DIONISIO tiene de la rienda el caballo acezante y sudoroso.

El CANTINERO mira a DIONISIO a la cara y le dice:

CANTINERO:
—[Hace apenas tres días estuvo aquí.][3] ¡Mire!

Sólo entonces vemos el interior de la cantina: sillas y mesas destrozadas en un desorden de catástrofe. Dos hombres reparan los estragos.

41.– EXTERIOR. FERIA OCTAVO PUEBLO ANÓNIMO. NOCHE.

DIONISIO está en la mesa de albures en una plaza de feria. Oímos los gritos y la voz del hombre que canta las cartas. Vemos a DIONISIO de espaldas, en primer plano, pendiente del juego.

De pronto, entra a cuadro una mano que se posa en el hombro de DIONISIO, mientras oímos, fuera de cuadro, la voz de SECUNDINO COLMENERO:

3 Línea que Gabriel García Márquez escribió a mano en el original mecanográfico del guion de 1963 conservado en el archivo de Roberto Gavaldón, depositado ahora en la Fundación Juan Rulfo por la generosa decisión del hijo del director mexicano, y que se usó para la presente transcripción.

SECUNDINO (off):
—En menos de dos meses me mataron una docena de los mejores animales, Nicho.

DIONISIO se vuelve y sólo entonces descubrimos su rostro: la barba en sombras, los ojos inyectados, el cabello con mucho tiempo sin cortar.

CORTE DIRECTO A:

41.—BIS.

DIONISIO:
—¿No sabe por dónde puede andar ahora?

SECUNDINO se quita el sombrero, señala hacia la derecha de la pantalla, y dice:

SECUNDINO:
—Según el vuelo que llevaba, a esta hora debe andar por la feria del Cuquío.

42.— FERIA DEL CUQUÍO. ATARDECER.

El Cuquío es la apoteosis del juego. Aquí no hay vendedores, carrozas ni cohetes. Ni siquiera se bebe. Sólo se oyen gritos de juego. Por todos lados, aun en las aceras de las casas, en el atrio de la iglesia y en la mitad de la calle, hay hombres jugando todos los juegos conocidos.

Mientras hacemos un rápido recorrido de una típica calle del Cuquío, oímos la voz de la CAPONERA, un poco forzada, que se hace cada vez más próxima a medida que conocemos aquel abigarrado casino al aire libre. (Sexta canción)

En el recorrido, descubrimos el lugar donde canta la CAPONERA. Está sobre una mesa, acompañada por un mariachi pobre, en un chinchorro atiborrado de jugadores.

El aspecto de la CAPONERA es más de cansancio que de embriaguez. Lleva ropas vistosas y sus habituales aderezos de fantasía, pero todo notablemente envejecido y triste. Por primera vez la vemos sin sus trenzas floreadas: tiene el cabello suelto en la espalda.

Su voz parece más fatigada por los esfuerzos que hace al tratar de imponerla sobre los gritos indiferentes del público. Está muy cerca de una mesa de ruleta.

La CAPONERA sube una octava al principio de una estrofa. Los músicos se desconciertan. La voz de la mujer se quiebra. No insiste. Se siente de un salto en el borde de la mesa y se echa el cabello sobre la cara. Nadie le presta atención.

Un mariachi panzón que toca la guitarra sube con gran trabajo a la mesa y continúa la canción. El tono le resulta forzado. Hay una rechifla ensordecedora.

La CAPONERA, indiferente a la rechifla, continúa sentada en el borde de la mesa, con el cabello en la cara. De pronto, como obedeciendo a un presentimiento, levanta la cabeza y ve...

... a DIONISIO PINZÓN frente a ella, serio, vestido de luto, y con el gallo de oro bajo el brazo. Tiene un aspecto miserable.

La mujer no parece sorprendida. Apenas sonríe. Sin levantarse de la mesa, dice:

CAPONERA:
—De que el temporal es bueno, hasta los troncos retoñan. Creí que ya nunca te volvería a ver, gallero.

DIONISIO (finge indiferencia):
—¿Y qué pasa contigo, Bernarda? ¿Por qué ahora aquí, en este chinchorro?

CAPONERA:
—Nada. Que los palenques se están llenando de advenedizas. Por donde quiera que voy encuentro la plaza ocupada. ¿Y tú?

DIONISIO:
—En las mismas. Entre el pinto y el colorado.

La CAPONERA salta de la mesa, se compone el cabello, toma a DIONISIO de la mano y lo arrastra hacia el mostrador.

CAPONERA:
—Ven. Esto hay que celebrarlo.

Llegan al mostrador. Hay muchos hombres, pero ninguno bebe: todos juegan. La CAPONERA ordena:

CAPONERA:
—Un cuarto de "raicilla"...

Y luego, con una risa de burla, agrega:

CAPONERA:
—Y para el señor, una grosella.

DIONISIO parece reposar del largo viaje. La CAPONERA lo examina. Está acabado. Con una cierta crueldad, dice:

CAPONERA:
—¿Entonces qué, gallero? ¿Vienes a matarme?

DIONISIO:
—Vengo a que cumplas tu palabra: vuelve a Santa Gertrudis.

El cantinero pone en el mostrador el cuarto de raicilla y la grosella. La CAPONERA se sirve medio vaso, se toma un trago grande y concluye:

CAPONERA:
—Jamásmente, gallero. Sólo tú podías ser tan nuevito como para creer que yo sostendría esa palabra.

DIONISIO no parece haber oído la última réplica. Ha mirado hacia la ruleta y en sus ojos se ha encendido la fascinación del azar. Sin probar su grosella, agarra a la CAPONERA por el brazo y le dice:

DIONISIO:
—Ven...

CAPONERA (se resiste):
—Te espero aquí.

DIONISIO agarra la botella de raicilla y arrastra a la CAPONERA hacia la ruleta. Ella le quita la botella y se deja llevar.

DIONISIO pone el gallo de oro en la mesa de la ruleta. La CAPONERA toma otro trago de la botella. Observan el juego. Luego DIONISIO saca un puñado de billetes y lo pone en el siete rojo. Mientras gira la rueda, coloca su mano en el hombro de la CAPONERA. El CRUPIER proclama:

CRUPIER:
—Siete rojo.

Empuja hacia DIONISIO el dinero que ha ganado. DIONISIO le apuesta todo al nueve negro. Se cierran las apuestas. La rueda vuelve a girar. DIONISIO, sin mirarla, dice a la CAPONERA:

DIONISIO:
—Mi casa es grande, Bernarda.

BERNARDA:
—Pero tiene paredes.

DIONISIO:
—Conmigo no habrá más encierros.

CAPONERA:
—La burra no era arisca, los palos la hicieron. Ya no te creo nada, gallero. Te has vuelto igual a Lorenzo Benavides.

La rueda se detiene. El CRUPIER interrumpe la frase de la CAPONERA.

CRUPIER:
—El nueve negro (a Dionisio): Es suyo señor.

DIONISIO recoge todo su dinero y lo apuesta al 16 negro. Ahora tiene un aire seguro y una expresión maligna. El CRUPIER se inquieta. La mayoría de los jugadores deja de apostar y concentra su atención en DIONISIO.

La rueda gira otra vez. DIONISIO no la pierde de vista. Mientras, dice a la CAPONERA:

DIONISIO:
—¿Qué decías, Bernarda?

CAPONERA:
—Que ahora eres igual a Lorenzo Benavides. Es como si aquella noche, después de ganarle todo, le hubieras ganado también su modo de ser.

DIONISIO (después de una pausa):
—En Santa Gertrudis no te faltará nada, Bernarda. Te cubriré de joyas... piedras de a deveras: diamantes, esmeraldas.

CAPONERA:
—Para lucirlas frente al espejo. ¡Mira qué gracia! No, gallero, prefiero morirme en el palenque con mis estoperoles.

El grito del público la interrumpe. El chinchorro se conmueve. El CRUPIER, de mala gana, proclama el resultado:

CRUPIER:
—El 16 negro, señor. Se le hizo la grande.

Todos los clientes del chinchorro se acercan a la mesa. Hasta los mariachis. DIONISIO barre una impresionante cantidad de billetes y monedas y los pone todos sobre el 12 rojo. Nadie más apuesta.

La rueda vuelve a girar. El público rueda sillas y mesitas y se sube en ellas para ver mejor. DIONISIO, sin apartar la vista de la ruleta, pregunta a la CAPONERA:

DIONISIO:
—¿En qué estábamos, Bernarda?

Ella se acaba de empinar otro trago grande. También está pendiente del juego.

CAPONERA:
—Que me volarán en el palenque.

DIONISIO:
—Dentro de poco, ni siquiera ahí te dejarán morir. Ya ni mariachis tienes.

La CAPONERA guarda silencio. DIONISIO continúa:

DIONISIO:
—En Santa Gertrudis, si quieres, puedes tener un mariachi para ti sola.

CAPONERA (irónica):
—¡Un mariachi entre cuatro paredes!

DIONISIO:
—Quítate esa idea de la cabeza. Tendrás todo, y además tu libertad para andar de feria en feria,

si es tu gusto. Con que estés dos o tres meses en Santa Gertrudis, con eso me basta.

CAPONERA (un poco conmovida):
—Cálmate, gallero. Por ese camino me vas a convencer de que me quieres.

Sin perder de vista a la ruleta que empieza a detenerse ante la tensión del público, DIONISIO sonríe astutamente y dice:

DIONISIO:
—¿Quién quita?

La rueda se detiene. La ovación del público resuena en todo el pueblo. El CRUPIER, haciendo de tripas corazón, proclama:

CRUPIER:
—¡El doce rojo!

El público delira. Imperturbable, perfectamente seguro de sí mismo, DIONISIO barre un espectacular montón de monedas y billetes y lo reúne todo sobre el siete rojo. El CRUPIER lo observa. Luego tira el rastrillo en la mesa, y grita:

CRUPIER:
—Está servido, señor. ¡Quiebra la casa!

En medio del delirio del público, DIONISIO tira entonces del tapiz, envuelve en él todo el dinero, y se lo echa al hombro como un costal. El gallo de oro le estorba. La CAPONERA se lo quita. Está emocionada. DIONISIO la mira a los ojos y le dice:

DIONISIO:
—¡Vamos!

CAPONERA:
—¿Sostienes todo lo prometido?

DIONISIO:
—Lo sostengo.

CAPONERA:
—Pos ni modo. En tiempos de tempestad cualquier agujero es puerto.

43.- EXTERIOR. CORREDOR SANTA GERTRUDIS. NOCHE.

Cae una lluvia densa. En el corredor de Santa Gertrudis, y frente a la ventana del dormitorio principal, un conjunto de mariachis canta una canción de otro tiempo. (Séptima canción)

44.- INTERIOR. DORMITORIO SANTA GERTRUDIS. NOCHE.

El dormitorio, antes escueto, tiene ahora una profusa decoración de objetos de artesanía popular, que revela la presencia y el cuidado permanentes de una mujer.

La CAPONERA está tendida en la cama, oyendo la canción que cantan los mariachis frente a su ventana. Tiene un vestido negro de una sola pieza, liso y ajustado en el busto, como un corset, y amplio y con volantes en la falda. Es cerrado al frente por una larga abotonadura que va desde el cuello hasta la cintura.

Lleva zapatos de pana, negros y muy sencillos, con un tacón bajo y cuadrado. Es un atuendo severo, de cuello alto y mangas hasta los puños. La mujer lleva en el cuello un collar de perlas legítimas, de dos vueltas; un pesado brazalete de diamantes, y un anillo con un gran diamante en el anular de la mano derecha. El cabello muy estirado hacia atrás, en dos crenchas partidas por una raya central, hace resaltar la palidez de su rostro. Lleva en las orejas pendientes de diamantes.

A pesar de la compostura de su atuendo, la CAPONERA está derrumbada de la borrachera. En la mesita de noche hay varias botellas vacías de mezcal, un vaso a medias y un cenicero lleno de colillas. La expresión de la mujer es de un infinito abandono.

DIONISIO entra al dormitorio. Tiene el traje descompuesto, el aire cansado y la cara oscurecida por la barba de varios días. Pero ahora ha adquirido un porte de gran señor. Sus ademanes parsimoniosos no sólo están afirmados por un perfecto dominio, sino aún por una cierta distinción. Lleva siempre un traje luctuoso pero de materiales muy finos. Se detiene a unos pasos de la cama.

DIONISIO:

—Vuelve al salón, Bernarda.

Ella llena el vaso y se toma medio de un golpe sin ocuparse de DIONISIO. Luego, con un humo insoportable, grita hacia la ventana:

CAPONERA:

—Cállense ya, canijos. ¡Cállen-se!

Los mariachis continúan tocando. DIONISIO abre la ventana, y con una corrección impecable les dice:

DIONISIO:
—Por hoy está bien, muchachos. Gracias y buenas noches.

Los mariachis se retiran. DIONISIO vuelve a cerrar la ventana y dice a la CAPONERA:

DIONISIO:
—Vamos, Bernarda. Estoy perdiendo.

CAPONERA:
—¿Y nuestro trato? ¿No que nunca me encerrarías como lo hizo Lorenzo Benavides?

DIONISIO:
—No es hora de discusiones. Mis invitados me esperan.

CAPONERA:
—Me está matando este encierro, Dionisio. Meses y meses en un rincón de la sala, noche tras noche, siempre mirar esa punta de tahúres, lejos del sol y la luz del día, sorbiendo humo y peste de hombres.

DIONISIO la ayuda a incorporarse.

DIONISIO:
—Ya hablaremos más tarde sobre eso. Pero por lo pronto, tienes que acompañarme esta noche. Vamos.

Ella se levanta sin resistencia. Se suelta de las manos de DIONISIO y abandona el dormitorio. DIONISIO la conduce con un gran cuidado.

Cuando pasan del dormitorio al salón, alcanzamos a ver en el nicho empotrado en la pared, el féretro de terciopelo con esquinas de plata. Es una visión puramente incidental.

<u>45.— INTERIOR. SALÓN GERTRUDIS. NOCHE.</u>

(Las escenas siguientes, hasta la penúltima, transcurren en un mismo ambiente: el salón de juegos de Santa Gertrudis.

La numeración indica el paso del tiempo, por corte directo, para abreviar esta larga e indispensable sesión de juego.

A cada corte se tendrá cuidado de ir deteriorando imperceptiblemente no sólo los elementos del decorado, sino también la calidad general del ambiente, y la ropa y las expresiones de los personajes. El salón estará cada vez más desordenado, el aire lleno de humo y enrarecido por el aliento y el sudor de varios días. En la escena que se describe de inmediato, el salón tendrá la compostura de un tibio y confortable rincón de hacienda, donde un grupo de caballeros juegan a las cartas. En la última, se habrá llegado a pasos lentos a convertirlo en un antro irrespirable, y los protagonistas tendrán el aspecto de una sombría cuerda de tahúres.

Se juega a los albures. Se ha preferido este juego por su gran flexibilidad dramática: puede ser fulminante cuando convenga, y pausado y tenso cuando esto sea indispensable para la eficacia del relato. El juego reflejará el estado de ánimo de DIONISIO: desesperación, astucia, tensión, según sea su situación en cada partida.)

DIONISIO y la CAPONERA entran al salón de Santa Gertrudis. Ella lleva un aire estirado y trémulo. DIONISIO se detiene en un armario, saca dos botellas de mezcal y las lleva hacia la mesa de juego.

En la mesa, dentro del círculo de luz, están sentados los hermanos ARRIAGA y el GENERAL OCAMPO, en el siguiente orden.

Vacío para Dionisio.

Sillón de la Caponera.

Luis Arriaga.

General Ocampo.

Pedro Arriaga.

Junto al puesto vacío de DIONISIO está el sillón de la CAPONERA. Y junto al sillón de ésta, una mesita donde DIONISIO pone una botella de mezcal. La otra la pone en la mesa de juego. El gallo de oro está amarrado en la pata de la silla de DIONISIO. La CAPONERA, sin saludar, ocupa el sillón. DIONISIO ocupa su silla y dice:

DIONISIO (sentándose):
—Bueno, señores. Estoy a sus órdenes.

LUIS:
—Descansó usted bien pronto, don Dionisio.

Fuera se oye el ruido de la lluvia. En la mesa hay una botella vacía y la otra llena que acaba de poner DIONISIO. El GENERAL OCAMPO tiene unos pocos billetes en su puesto. Hay también muy pocos en el puesto de DIONISIO. La mayor cantidad de dinero está en poder de LUIS ARRIAGA.

El ambiente se nota despejado, a pesar de que los jugadores tienen el rostro endurecido por el cansancio.

Juegan. (Partida 8) La CAPONERA, en su sillón junto a DIONISIO, tiene el rostro en penumbra, pero su cuello y sus manos son de una palidez sobrenatural. En su pecho espejea el collar de perlas y en su puño el brazalete de diamantes. Se sirve medio vaso de la botella que está en la mesita individual junto a su sillón.

Es una vuelta fulminante: gana DIONISIO.

46.—

Termina otra vuelta. El GENERAL OCAMPO se quita los lentes, los limpia con su paliacate, y dice:

GENERAL:
—He dicho, señores. Yo abandono el campo.

DIONISIO, que ha vuelto a ganar, le dice:

DIONISIO:
—Lo siento, general. Ya conoce las reglas de la casa: aquí está su dinero para cuando quiera la revancha.

GENERAL:
—Gracias, Dionisio. Voy a echarme un rato por aquí, mientras pasa la lluvia.

Desaparece en la sombra.

(El GENERAL OCAMPO tiene unos 60 años. Es corpulento, sólido, de carácter afable y ademanes reposados. Viste una especie de guerrera de caqui, lleva un paliacate colorado en el cuello y usa botas de charro. Se está quedando calvo. Sus lentes son redondos con monturas de metal, y no parece acostumbrado a llevarlos: es como si se los hubieran ordenado la semana pasada y todavía no estuviera asimilados a su personalidad.)

DIONISIO, que ahora tiene en su puesto una impresionante cantidad de dinero, queda solo con los hermanos ARRIAGA. El ambiente empieza a llenarse de humo. Hace calor.

La CAPONERA, con el rostro en la penumbra, bebe en silencio.

Se inicia otra vuelta. (Partida 9) En el horizonte empiezan a cantar los gallos. Amarrado a la pata de la silla de DIONISIO, el gallo de oro les responde. DIONISIO saca un poco de alimento de su bolsillo y se lo da al animal.

Gana DIONISIO. Recoge el dinero y empieza a barajar las cartas.

<u>47.-</u>

DIONISIO queda solo en la mesa con LUIS ARRIAGA. Éste ocupa ahora, frente a DIONISIO, el puesto que ocupaba antes su hermano PEDRO. Éste está ahora detrás de su hermano, de pie, observando el juego que termina a favor de DIONISIO.

Casi todo el dinero está en poder de DIONISIO. La atmósfera es asfixiante. El humo empieza a oscurecer el salón. La lluvia ha cedido casi por completo. Los jugadores sudan a chorros.

DIONISIO recoge el dinero y vuelve a barajar. Aburrido, PEDRO ARRIAGA se retira al fondo del salón. Allí alcanzamos a ver, dormido en un sofá, al GENERAL OCAMPO. PEDRO se acuesta en otro sofá.

Junto a DIONISIO, con la cara en la penumbra, continúa la CAPONERA. Vemos su mano lívida que pone el vaso vacío en la mesita que tiene al lado, y lo vuelve a llenar. En la mesa hay ahora cuatro botellas vacías, y otra a medias.

Mientras los dos hombres inician una nueva vuelta (Partida 10) se oye la voz de la CAPONERA en el profundo silencio del salón. Es una voz triste, fatigada, nostálgica, que apenas murmura en la penumbra:

CAPONERA:

—¿Qué te falta, mujer, qué te falta, qué te falta si estoy a tu lado? Soy dichoso, no soy desgraciado, tengo madre que llora por mí...

Murmura esa única estrofa. Al terminar, pone el vaso en la mesita y no se vuelve a servir.

Los jugadores no hacen caso de la canción. Terminada la mano, LUIS observa un cierto desaliento en el rostro de DIONISIO.

LUIS:
—¿Qué pasa, don Dionisio?

DIONISIO tiene entonces una sonrisa de burla.

DIONISIO:
—¿Sabe qué, licenciado? Aunque usted no lo crea: yo pierdo.

LUIS:
—Caray, ya era hora. No se puede tener la suerte cebada durante tanto tiempo.

48.—

La atmósfera del salón empieza a ser insoportable. La CAPONERA, en el sillón, continúa inmóvil. DIONISIO y LUIS sudan a chorros respirando el aire denso de humo.

No hay dinero en el puesto de DIONISIO, que mira a LUIS con una expresión desconcertada, mientras éste recoge las cartas.

LUIS:
—No está obligado a jugar más allá de su efectivo, don Dionisio. ¿Tiene con qué ir?

DIONISIO se levanta, va a la caja fuerte, y regresa a la mesa con un rollo de papeles: escrituras de sus propiedades. Mientras LUIS prepara las cartas, DIONISIO se quita la camisa empapada en sudor. La cuelga en el espaldar de su silla. Queda en camiseta de mangas revocadas.

LUIS:
—¡Va!

DIONISIO pone en el centro de la mesa parte de los papeles, y repite exactamente las mismas palabras que pronunció Lorenzo Benavides en una ocasión semejante:

DIONISIO:
—Tengo un ranchito aquí cerca,

licenciado. Usted dirá.

LUIS:
—¿En cuánto lo calcula, don Dionisio?

DIONISIO:
—Digamos unos once mil pesos. ¿Le sirve?

LUIS:
—Sale, don Dionisio... puesto que usted lo quiere.

Juegan. (Partida 11) El GENERAL OCAMPO se ha dado cuenta del sesgo que toma el juego. Se levanta y se aproxima a la mesa en silencio. Queda junto a LUIS. DIONISIO empieza a perder el control: mientras corre el albur, tiene la misma expresión de nerviosismo que tuvo en el palenque de San Juan del Río. Pierde.

LUIS ARRIAGA recoge el dinero y las cartas. DIONISIO, sin tomarse una tregua, dice:

DIONISIO:
—Va la hacienda de Santa Gertrudis. Con todo lo que tiene dentro.

El otro ARRIAGA, al oír esto, se aproxima a la mesa. Su victorioso hermano, que ahora padece la desazón de su implacable fortuna, dice:

LUIS:
—De acuerdo, don Dionisio. Pero que sea mañana. Quiero que se tome todo su tiempo para pensarlo.

DIONISIO (tenso):
—Es ahora, licenciado. Es mi revancha.

LUIS:
—Muy bien. ¿Y contra qué?

La respuesta es la misma de Lorenzo Benavides:

DIONISIO:
—Digamos, contra el rancho... y cincuenta mil pesos. ¿No cree que los valga?

LUIS:

—¡Sale!

Esta vez el albur corre con una lentitud opresiva. (Partida 12) ARRIAGA, que ha barajado con una calma excepcional, lo proclama:

LUIS:

—Seis de espada y sota de copas.

DIONISIO, como en otra noche memorable, separa el seis de espadas. Los testigos lo ven sin atreverse a respirar. DIONISIO se seca el sudor con la camisa.

LUIS (calmadísimo):

—¿Lo mata o lo deja?

DIONISIO:

—Lo voy.

ARRIAGA empieza a sacar y a cantar las cartas con una lentitud desesperante:

LUIS:

—As, malilla...

Cuando sale la carta que lo pierde, la tragedia se refleja en el rostro de DIONISIO. LUIS recoge las cartas y dice:

LUIS:

—¿Tienes con qué seguir jugando?

DIONISIO (terco):

—Tengo.

Entonces desata el gallo de oro de la pata de su silla y lo pone en la mesa. El animal, con su ala caída, cabecea de sueño. El GENERAL OCAMPO, estremecido de estupor, dice:

GENERAL:

—No tiene caso que haga esto, DIONISIO. Se está jugando su destino.

DIONISIO no le presta atención.

DIONISIO (a su adversario):

—¿Para cuánto le sirve?

LUIS ha caído en una situación contradictoria: es un ganador desdichado.

LUIS:
—No tengo la menor idea. He oído decir que ese gallo vale una fortuna.

DIONISIO:
—¿Y cuánto es una fortuna? Usted dice licenciado.

LUIS (afligido):
—Dígale usted, don Dionisio. Entre amigos: el gallo vale lo que usted diga.

DIONISIO:
—Para mí no tiene precio.

LUIS trata de consultar con la mirada la opinión de su hermano. Pero éste tiene una expresión de absoluta imparcialidad.

LUIS:
—¿Y si dejamos las cosas de este tamaño y mañana sometemos el gallo a una evaluación justa?

DIONISIO:
—Sí, pero lo jugamos ahora. Cualquiera que gane, mañana se le busca un precio. ¿Hecho?

LUIS:
—Hecho.

LUIS reparte varios montones de barajas. (Partida 13) DIONISIO toma uno y pregunta:

DIONISIO:
—¿Albur?

LUIS:
—Sale el albur.

DIONISIO lo proclama:

DIONISIO:
—Caballo de oro, as de bastos.

LUIS separa el caballo de oro. DIONISIO empieza a cantar las cartas. Esta vez las canta rápidamente, casi sin pensar en ellas, como si estuviera convencido de antemano de que no tiene salvación. En el momento en que sale la carta que lo pierde, ni siquiera la canta. Se agarra de los bordes de la mesa, se suspende casi a pulso, y se vuelve hacia la CAPONERA, gritando como un alucinado:

DIONISIO:
—¡Bernarda! ¡Despierta, Bernarda! ¡Lo hemos perdido todo! ¿Me oyes?

El gallo de oro, con su ala caída, se despabila con los gritos. Levanta la cabeza. Como la mujer no responde, DIONISIO vuelve a gritar:

DIONISIO (fuera de sí):
—¡Lo hemos perdido todo!

Agarra el collar de perlas que ella tiene en el cuello, y agrega:

DIONISIO:
—¡Hasta esto!

Tira del collar con toda su fuerza. El hilo se rompe. Las perlas se dispersan en el salón. Sacudido por la violencia de DIONISIO, el cuerpo de la mujer se derrumbe sobre el lado izquierdo. Entonces, el rostro que había permanecido tanto tiempo en la sombra entra en el círculo de luz: tiene una palidez mortal y los ojos abiertos y fijos.

En el instante mismo en que el rostro se derrumba dentro del círculo de luz, DIONISIO, con la voz quebrada, lanza un grito desgarrador:

DIONISIO:
—¡Bernarda! ¡¿Por qué no me avisaste?!

<u>49.— SAN MIGUEL DEL MILAGRO. AMANECER.</u>

Amanece. Una campana llama a misa. Las piedras brillan con el rocío. Mujeres enfundadas en rebozos negros se dirigen a la iglesia.

En la penumbra del amanecer empieza a dibujarse en el fondo de la calle un conjunto de sombras. Avanzan hacia el primer plano. Se oyen, cada vez más próximos, los pasos de una mula.

En la penumbra identificamos a DIONISIO PINZÓN. Viste de luto. Camina con el mismo paso que le vimos la primera vez, y lleva de cabestro la mula con el ataúd de terciopelo.

En el momento en que identificamos a DIONISIO, la campana deja de tocar. Y entonces empieza a hacerse día con una rapidez sobrenatural.

(A pesar de las dificultades técnicas que presenta el hecho de que <u>se haga día con una rapidez sobrenatural</u>, la indicación se ha conservado con la esperanza de que sean estudiadas todas las posibilidades de su realización.

El adaptador considera que este recurso es esencial para establecer, en breves minutos, la rapidez con que DIONISIO, a su regreso, se ha asimilado de nuevo, y para siempre, al ambiente de San Miguel del Milagro.)

DIONISIO avanza en silencio. Un cargador en burro pasa a su lado, en sentido contrario, y no se vuelve a mirarlo.

Al llegar a la misma esquina en que DIONISIO lanzó su primer pregón al principio de la película, el sol ha empezado a salir y se ha disipado la niebla. El rocío se ha secado. DIONISIO respira entonces profundamente, dobla la esquina, y lanza su pregón.

(Es un pregón largo y triste, en el cual DIONISIO proclama su propio regreso, el fugaz espejismo de su fortuna y sus relaciones con una mujer que ha muerto y cuyo cadáver trae dentro del ataúd, para enterrarlo en el mismo lugar y con los mismos honores que correspondían a su madre. Será en este pregón donde DIONISIO diga, por primera vez, que BERNARDA CUTIÑO infundía a los hombres la buena suerte en el juego y la desgracia en el amor.)

A medida que DIONISIO se pierde con su pregón, en el fondo de la calle, el pueblo se va llenando de ruidos cotidianos y hombres y mujeres indiferentes se sientan en los portales, y el calor se hace intenso y el sol deslumbra en la cal de los muros. DIONISIO PINZÓN es otra vez, y para siempre, el eterno pregonero de San Miguel del Milagro.

F I N.

Diciembre 1963.

Arriba: Portada exterior con dibujo de una edición del guion definitivo de *El gallo de oro.* **Página siguiente:** Portada interior de una edición del guion definitivo de *El gallo de oro* con los créditos del productor, el director, el autor del original del texto literario y los adaptadores que produjeron el guion.

C L A S A   F I L M S   M U N D I A L E S
presenta

Una película de:

MANUEL BARBACHANO PONCE

" E L   G A L L O   D E   O R O "

Cinedrama de:

CARLOS FUENTES
GABRIEL GARCIA MARQUEZ
ROBERTO GAVALDON

Basado en el argumento original de
JUAN RULFO

Dirección:

ROBERTO GAVALDON

México - 1964

E L   G A L L O   D E   O R O

Los TITULOS irán apareciendo sobre el proceso de integración de un gallo pintado por Chucho Reyes: cresta, plumas, espolones, pico, irán formando a color el gran gallo de oro que, con el último título, habrá cubierto toda la pantalla.

EXTERIOR. ZOCALO SAN PEDRO DE LA PASION. AMANECER.

1 TOP SHOT.

En primer término, una veleta oxidada en forma de gallo, gira impulsada por el viento. Abajo, se ven preparativos de feria: ejes, mástiles, sillas voladoras y juegos mecánicos a medio armar. Algunas luces, aún prendidas.

VOZ DIONISIO
(lejana, off)
–Alazán tostado, de gran alzada, orejano, fierro en "ese" marcado en el anca, se extravió del corral de don Secundino Colmenero...

2 FULL SHOT.

Un grupo de cargadores, ensarapados, sentados en cuclillas en torno a una olla de hojas. De espaldas y a un lado, entra la figura de DIONISIO, envuelta en el humo del fogón. Uno de los cargadores vacía un chorro de aguardiente en la olla.

CARGADOR 1
–¿Y don Secundino de qué corral lo robó antes?

DIONISIO da el rostro a la cámara por primera vez, al ver al cargador. Es un hombre de condición miserable, de unos 30 años, mal afeitado, sombrero de palmas deshebradas, camisa de manta parchada, pantalones remendados de charro, hechos de gamuza y demasiado estrechos y cortos, y viejos zapatos de una pieza, con el resorte flojo.

(Sigue

Primera escena del guion definitivo de *El gallo de oro*.

E L   G A L L O   D E   O R O: E L   G U I O N

(VERSIÓN DEFINITIVA, 1964)

C L A S A   F I L M S   M U N D I A L E S

Presenta

Una película de:

M A N U E L   B A R B A C H A N O   P O N C E

"E L   G A L L O   D E   O R O"

Cinedrama de:

CARLOS FUENTES
GABRIEL GARCÍA MÁRQUEZ
ROBERTO GAVALDÓN

Basado en el argumento original de

JUAN RULFO

Dirección

ROBERTO GAVALDÓN

México - 1964

E S C E N A R I O S

INTERIORES	
	JACAL DIONISIO FUNERARIA PATIO MESÓN SAN JUAN DEL RÍO PALENQUE (VACÍO) DE SAN JUAN DEL RÍO TRASTIENDA PALENQUE SAN JUAN DEL RÍO PALENQUE DE TLAQUEPAQUE SALÓN JUEGO O ÁNGULO PLAZA CARRO PULLMAN VAGÓN SEGUNDA CLASE SALÓN SANTA GERTRUDIS RECÁMARA DIONISIO PALENQUE POBRE DORMITORIO PRINCIPAL STA. GERTRUDIS TAPADO DE JUEGO EN FERIA POBRE

EXTERIORES	
	ZÓCALO SAN PEDRO DE LA PASIÓN CALLE SOLITARIA SAN PEDRO DE LA PASIÓN PUESTO FRITANGAS PATIO SECUNDINO COLMENERO ZÓCALO SAN PEDRO CEMENTERIO JACAL DIONISIO COLINA FRENTE A SAN JUAN DEL RÍO PUESTO MERIENDA SAN JUAN DEL RÍO BARRANCA JUEGOS SAN JUAN DEL RÍO FERIA SAN JUAN DEL RÍO CALLES TLAQUEPAQUE ESTACIÓN PUEBLECITO ESTACIÓN HACIENDA STA. GERTRUDIS HACIENDA STA. GERTRUDIS PATIECITO STA. GERTRUDIS CORREDOR STA. GERTRUDIS CALLECITA PUEBLO POBRE CALLE DE PUEBLO GRAN PALENQUE DESCUBIERTO FERIA

P E R S O N A J E S

DIONISIO PINZÓN
BERNARDA CUTIÑO, LA CAPONERA
LORENZO BENAVIDES
ESCULAPIO VIRGEN
REGLITA VIRGEN
SECUNDINO COLMENERO
CHINACO
COYOTE
COYOTITO
LUIS ARRIAGA
PEDRO ARRIAGA
GENERAL OCAMPO
PADRINO I
PADRINO II
FERMINA
DESTEÑIDO
YAQUI
DON PERFECTO, FUNERARIO
GRITÓN SAN JUAN DEL RÍO
GRITÓN TLAQUEPAQUE
GALLERO I
GALLERO II
APOSTADOR
JUEZ
VENDEDORA VÍSCERAS
CARGADOR I
HOMBRE
BURLÓN
MADRE DE DIONISIO

E L G A L L O D E O R O

Los TÍTULOS irán apareciendo sobre el proceso de integración de un gallo pintado por Chucho Reyes: cresta, plumas, espolones, pico, irán formando a color el gran gallo de oro que, con el último título, habrá cubierto toda la pantalla.

EXTERIOR. ZÓCALO SAN PEDRO DE LA PASIÓN. AMANECER.

1 TOP SHOT.

En primer término, una veleta oxidada en forma de gallo, gira impulsada por el viento. Abajo, se ven preparativos de feria: ejes, mástiles, sillas voladoras y juegos mecánicos a medio armar. Algunas luces, aún prendidas.

VOZ DIONISIO
(lejana, off)
—Alazán tostado, de gran alzada, orejano, fierro en "ese" marcado en el anca, se extravió del corral de don Secundino Colmenero...

2 FULL SHOT.

Un grupo de cargadores, ensarapados, sentados en cuclillas en torno a una olla de hojas. De espaldas y a un lado, entre la figura de DIONISIO, envuelta en el humo del fogón. Uno de los cargadores vacía un chorro de aguardiente en la olla.

CARGADOR I
—¿Y don Secundino de qué corral lo robó antes?

DIONISIO da el rostro a la cámara por primera vez, al ver al cargador. Es un hombre de condición miserable, de unos 30 años, mal afeitado, sombrero de palmas deshebradas, camisa de manta parchada, pantalones remendados de charro, hechos de gamuza y demasiado estrechos y cortos, y viejos zapatos de una pieza, con el resorte flojo. Lleva una linterna apagada en la mano. Le contesta al cargador, guiñando un ojo y en voz baja.

DIONISIO
—Todo en el mundo es robar y el que dude que haga cuentas.

Da media vuelta y continúa su camino.

3 DOLLY. MEDIUM C.U.

de DIONISIO que sigue pregonando.

DIONISIO (grita)
—¡Alazán tostado, cinco años, falsa rienda, veinte pasos de albricias y sin averiguatas al que lo encuentre!

PANNING hasta encuadrar los pies y la linterna apagada.

La CÁMARA se centra en la linterna.

<u>EXTERIOR. CALLE SOLITARIA SAN PEDRO DE LA PASIÓN. NOCHE.</u>

4 ACERCAMIENTO

a la linterna encendida, que se desplaza hacia el fondo de la callejuela, proyectando sobre los muros la figura alargada de DIONISIO.

DIONISIO (grita)
—A la hora del Alabado, aquí en San Pedro de la Pasión y cerca del Potrero Hondo, mataron un caballero español...

DIONISIO se aleja, da espaldas a la CÁMARA.

<u>EXTERIOR. PUESTO FRITANGAS. NOCHE.</u>

5 MEDIUM C.U.

La CÁMARA se va retirando hasta un F.S. de DIONISIO que pasa entre puestos.

DIONISIO (grita)
—La viuda del difunto, doña Cenobia Morelos, premiará con 500 pesos al señor o a la señora o la persona que sea que conozca el paradero del criminal asesino.

La CÁMARA se detiene al tiempo que DIONISIO termina el pregón frente a un puesto de vísceras. DIONISIO observa con deseo disimulado las tiras de cecina, criadillas, tripas ensangrentadas y cabezas de buey.

VENDEDORA
—¿Quedó muy lastimado?

DIONISIO (voz baja)
—Le echaron las tripas fuera por avaro y duro con los afligidos.

La CÁMARA lo sigue hasta la esquina donde él se detiene ligeramente a ver un cartel de gallos pegado en el muro, y sale de cuadro. La luz de la linterna proyecta la sombra de DIONISIO sobre el cartel. Al salir de cuadro la sombra, el cartel empieza a aclararse con la luz del día.

A medida que se aclara el cartel, empezamos a oír cantos y cacareos y ruidos de gallos reales.

<u>EXTERIOR. PATIO SECUNDINO COLMENERO. DÍA.</u>

(NOTA PREVIA. Esta escena se procurará hacer sin cortes, apoyándose en diferentes aspectos del manejo de gallos de pelea, sin interrumpir la acción ni el diálogo.)

6 ACERCAMIENTO

a varios gallos finos dándose su "baño de tierra". Levantan polvareda, vuelan plumas, cacareos y ruidos que se iniciaron sobre el cartel.

La CÁMARA se retira, manteniendo los gallos en primer término, y viendo al fondo a DIONISIO que entra al patio con su lámpara apagada, y se dirige hacia donde SECUNDINO COLMENERO pastorea otros gallos.

DIONISIO
—Buenos días, don Secundino.

SECUNDINO no mira a DIONISIO. Sigue ocupado con los gallos moviéndose de un lugar a otro.

SECUNDINO
—¿Qué sabes de mi alazán?

DIONSIO

—Ni noticias tengo, aunque por las luchas no ha quedado. A usté le consta que vengo gritándolo desde la madrugada de ayer.

Por primera vez, SECUNDINO, con reproche, dirige la mirada a DIONISIO y dice:

SECUNDINO

—Ay, Dionisio Pinzón, ahí estuvo lo peor, que perdí caballo y sueño. Imagínate que en lo más sabroso de la dormida tú me despiertas nada más que para recordarme la pérdida.

SECUNDINO indica un gallo blanco de gran estampa, y dice a DIONISIO:

—A ver, prepárame ese blanco.

DIONISIO toma el gallo entre las manos y con una navaja que le arroja SECUNDINO le corta la cresta y la barba, las coloca en un plato de latón y se las ofrece al gallo, que se come sus propios recortes.

DIONISIO

—Este se me hace puro cocolote. Mire cómo me tiembla en las manos...

Señala con la navaja a otro gallo oscuro de gran estampa.

...en cambio aquel sí parece gallo de ley suprema, don Secundino. Se ve constante y de golpe macizo.

SECUNDINO levanta un gallo giro y lo pone de cara al sol, murmurando:

SECUNDINO

—Pues a ver cómo se porta en las calas y careos de esta tarde. No se te olvide llegar a tiempo para gritar y ayudarme.

Luego sale de cuadro y nos quedamos con DIONISIO que vacila un poco; se arma de valor y lo seguimos hasta alcanzar a SECUNDINO.

DIONISIO

—Don Secundino, usté ha de disculpar la aclaración...

SECUNDINO

(sin volverse)

—Anda, sí, vete.

DIONISIO

—Quiero decir, si usted me diera un adelanto por las gritadas de esta tarde. Mi madre se está poniendo muy grave del mal de pecho.

SECUNDINO

—Sí, cómo no, te doy un adelanto, pero hasta después de la feria. Por ahorita estoy sin dinero. Ya sabes, Nicho: hay veces que nada el pato y hay veces que ni agua bebe. Y los gallos, como te alzan te refunden. Por fortuna, desde hoy se nos viene la bonanza de la feria.

DIONISIO se despide con un ademán que SECUNDINO no ve por estar ocupado de los gallos.

DIONISIO

—De todas formas, muchas gracias, don Cundo.

SECUNDINO

—De nada, Nicho. A las cuatro en punto, ¿eh? Viene desde Tepic el Chinaco con todas sus perchas de gallos y quiere impresionarlo con un buen gritón como tú.

<u>INTERIOR. JACAL DIONISIO. DÍA.</u>

7 MEDIUM SHOT DOLLY.

DIONISIO aparta el petate que cubre la puerta de un jacal de adobe en ruinas.

La CÁMARA se retira mientras DIONISIO entra, mirando hacia donde su MADRE está acostada sobre un petate.

La CÁMARA sigue los movimientos de DIONISIO: cuelga la linterna y el morral de un gancho del techo; se quita el sombrero.

Entra en cuadro el cuerpo de la MADRE de DIONISIO, acostada de lado y la CÁMARA se detiene. DIONISIO se dirige al fogón humeante donde hierve una olla con un puñado de nopalitos.

DIONISIO
—¿Se te mejoró la calentura, madre?

Ella no contesta. DIONISIO no se preocupa. Se sirve un puñado de nopalitos con una cuchara de palo. Se sienta junto al fogón. Mientras come con avidez, envuelto en el humo del fogón, dice:

—Ya está prendida la feria.

8 BIG C.U.

Mano rígida y abierta de la cual se desliza al petate un rosario, con un ligero rumor.

La CÁMARA PANEA manteniendo el BIG C.U. hasta abarcar el rostro inmóvil de la MADRE: ojos abiertos y expresión melancólica.

9 MEDIUM C.U. DIONISIO comiendo.

DIONISIO
—Esta tarde, si te sientes bien, iremos a ver los payasos.

Hace una pausa mientras mastica. Mira hacia su madre con ternura.

10 FULL SHOT MADRE DIONISIO

desde el punto de vista de DIONISIO. La mujer, de espaldas a DIONISIO.

DIONISIO
—Están buenos los navegantes, madre. (PAUSA) ¿Sabes qué? Tengo mucho quehacer en la feria.

10A MEDIUM SHOT DIONISIO

que vuelve a servirse.

DIONISIO
—Voy a gritar las partidas, los coleaderos, las tapadas y todas las festividades de la

iglesia día tras día del novenario. Ahora sí, nos llegó la hora de despacharnos con la cuchara grande.

Interrumpe la comida para mirar a su MADRE. Se alarma. Pone el plato en el suelo. Se pone de pie.

—¿No me oyó, madre?

11 M.S. MADRE

con DIONISIO al fondo, que avanza hacia ella. Llega a ella, la toma del corpiño, la sacude varias veces y grita:

DIONISIO
—¡Madre!

Sostiene un monólogo sordo e ininteligible.

<u>INTERIOR. FUNERARIA. DÍA.</u>

12 DOLLY

hacia atrás desde un lujoso féretro abierto, forrado con terciopelo y con molduras de plata.

El rostro del FUNERARIO en el extremo izquierdo del cuadro; un dedo que indica hacia el féretro en el extremo derecho.

VOZ DIONISIO (off)
—¡Ése!

EL FUNERARIO se ríe.

La CÁMARA se retira rápidamente y enmarca a DIONISIO de perfil.

DIONISIO
—Yo se lo pago, don Perfecto. Nomás que me encuentre con la suerte.

DON PERFECTO
—Ni con diez años de gritadas me podrías pagar este estuchito. Mejor ve con Chon el carpintero y que te arme cuatro tablas.

13 M.S.

DIONISIO con sugestión de don PERFECTO.

DIONISIO
—De no enterrarla en lo mejor, por vía de mientras cualquier petate es bueno.

EXTERIOR. ZÓCALO SAN PEDRO. DÍA.

14 C.U.

del cuerpo de la madre envuelto en un petate sobre las espaldas de DIONISIO.

La CÁMARA se retira y se eleva para abarcar todo el ambiente de la feria en su apogeo.

DIONISIO avanza por entre una muchedumbre jubilosa, entre el tronar de los cohetes, la música de viento y los gritos de vendedores, merolicos y jugadores de albures y lotería. No presta atención a la feria. Se detiene de espaldas a la CÁMARA y mira fuera de cuadro.

15 M.S.

DIONISIO mirando hacia un punto del zócalo.

16 M.L.S.

BERNARDA CUTIÑO, LA CAPONERA, desde el punto de vista de DIONISIO.

Va sentada en una carroza tirada por dos bueyes. Viste un rebozo color de metal, una falda de percal estampado y flores en las trenzas. Del cuello le cuelgan sartas de collares. Tiene los brazos repletos de pulseras, anillos de fantasía en casi todos los dedos y en las orejas enormes arracadas de oro.

La carroza está adornada de carrizos, milpas tiernas y papeles de colores.

La sigue un mariachi lujoso que toca una pieza alegre. Un grupo

de hombres a caballo trata a
cada paso de detenerla.

La CAPONERA, dichosa con su séquito personal, ríe a carcajadas y retoza con los hombres, pero sabe rechazarlos.

La CÁMARA sigue en PANNING el recorrido de la CAPONERA.

17 M.C.U.

DIONISIO la ve pasar, con una expresión de lejano asombro.

18 M.C.U.

CAPONERA en DOLLY, en la misma actitud de su primera aparición: provocativa y alegre.

19 F.S.

DIONISIO de espaldas a la CÁMARA.

Mientras la CAPONERA hace el recorrido en un semicírculo, obliga a DIONISIO a girar, siguiéndola con la mirada y sirviendo de eje en la composición de la escena. La CAPONERA, al fondo, sale de cuadro seguida por su corte y DIONISIO, reaccionando de la distracción, aprieta el paso cargando el cadáver envuelto en el petate y se pierde entre la multitud.

<u>EXTERIOR. CEMENTERIO. DÍA.</u>

20 DOLLY ACERCAMIENTO

a los pies de DIONISIO sobre el montículo de tierra que forma la tumba de su madre.

Los pies empiezan a aplanar la tierra recién removida.

La CÁMARA se retira hasta encontrar la figura completa de DIONISIO que continúa aplanando la tierra con los pies y tiene dos palos amarrados en cruz en una mano.

Le rodea un terreno sembrado de cruces, losas y catafalcos. Súbitamente deja de mover los pies, como avergonzado de haber terminado en esa forma la tumba de su madre.

Retira un pie con cuidado, en seguida el otro; se hinca y clava la cruz en el montículo. Arregla el montículo con cuidadosos golpecitos de las manos.

21 ACERCAMIENTO

manos de DIONISIO que continúa aplanando con delicadeza.

<u>EXTERIOR. ZÓCALO SAN PEDRO. DÍA.</u>

22 ACERCAMIENTO

a las pezuñas de un caballo sobre el empedrado de la plaza. La CÁMARA sigue las pezuñas un tramo y PANEA hacia arriba para presentar al CHINACO. En el recorrido de la CÁMARA, observamos la indumentaria del personaje: botas a media pierna, espuelas lujosas de plata, pantalón y chaqueta de gamuza con alamares negros, un paliacate rojo amarrado a la cabeza. Usa patillas largas y sonríe todo el tiempo, aunque en sus ojos ojerosos y profundos hay una tristeza indefinida. Su aire es de otra época.

Después de acompañar al CHINACO un buen tramo, la CÁMARA recibe en DOLLY al DESTEÑIDO y al YAQUI.

El DESTEÑIDO es un albino molacho que guiña los ojos contra el sol y el YAQUI un indio tocado con sombrero de fieltro de cuatro pedradas que ostenta al frente un escapulario de la Virgen de Guadalupe y detrás un espejo. Todos van a caballo. Salen de cuadro.

Mantenemos en cuadro las perchas de gallos del CHINACO, conducidas por mulas o en una carreta: son perchas riquísimas, pobladas de gallos de todos colores.

PANNING viendo a la comitiva del CHINACO confundirse entre la multitud.

La CÁMARA sube para encuadrar una rueda de la fortuna que gira.

<u>EXTERIOR. PATIO SECUNDINO COLMENERO. TARDE.</u>

23 FULL TOP SHOT DIONISIO,

con un bote de cal en una mano y un chulo o escobajo en la otra, termina de trazar con éste una rueda en el suelo del patio, en sentido contrario al de la rueda de la fortuna.

Al lado del círculo, SECUNDINO y el CHINACO entran a cuadro. A los lados del CHINACO, el YAQUI y el DESTEÑIDO. SECUNDINO lleva un gallo oscuro de gran tamaño, e impaciente por tirar picotazos.

24 F.S. OTRO ÁNGULO EMPLAZAMIENTO BAJO del grupo SECUNDINO, CHINACO, DESTEÑIDO y YAQUI.

CHINACO

—Nomás hágase el cargo de lo aporreados que vienen mis gallos desde Tepic. Le hago el gusto sólo porque de esto vivo.

SECUNDINO
—Se le agradece la valedura, Chinaco. Así de una vez me daré cuenta si estoy gastando mi dinero en ponedoras.

El CHINACO se dirige al DESTEÑIDO.

CHINACO
—A ver, Desteñido, que muestre el pico el dorado ése, hijo de la Pelona y el Virrey.

25 M.S. DESTEÑIDO

que saca de su sarape un gallito dorado de aspecto fatigado: es el gallo de oro. El DESTEÑIDO suspira:

DESTEÑIDO
—Nunca un descolorido pudo ver de frente el sol. A ver si de mis manos sin suerte le viene la fortuna a este güerito del alma.

PANNING para ver el paso del gallo de oro de las manos del DESTEÑIDO a las del CHINACO.

CHINACO
—Muy bien, don Cundo. Juega mi gallo.

El YAQUI está detrás del CHINACO. Éste, al recibir el gallo, con la mano libre voltea la imagen de la Virgen en el sombrero del YAQUI.

(Al Yaqui:)
—Ya sabes que a la Virgen no le gustan los albures y las peleas, Yaqui.

26 M.C.U.

El CHINACO le sopla al gallo por el pico y la rabadilla.

VOZ DIONISIO (off)
—¡Sileeeencio...

PANNING rápido buscando a DIONISIO que grita en el centro del círculo.

seeeñores! ¡San Pedro de la Pasión contra Tepic! ¡Pelea de amigos!

Varios curiosos ya se han acomodado en torno al círculo a presenciar la pelea.

27 FULL SHOT

de SECUNDINO y el CHINACO frente a frente dentro del círculo a punto de soltar los gallos.

PANNING a SECUNDINO con el gallo entre las manos.

SECUNDINO
—Juegan libres...

28 M.S.

CHINACO con YAQUI y DESTEÑIDO a sus flancos. Y el gallo de oro entre las manos.

CHINACO
—Van libres. Y sobre mil. Y sin careos.

29 TOP SHOT.

Todo el círculo rodeado de gente en el instante de soltar los gallos.

SECUNDINO
—Juegan... ya estaría de Dios.

El gallo de oro parece ridículo junto al oscuro. Éste no le presta atención: pasea su cuerpo olisqueando el aire y da fuertes zancadas para lucir su figura. Por fin, en medio del silencio de la concurrencia, se arrima a su enemigo caminando de lado con un cacareo ronco. El dorado le salta a la cabeza y lo prende del copete con el pico. El otro se lo sacude con violencia. El dorado hace una maroma al caer. La gente empieza a azuzar al oscuro. El de oro repite el ataque a la cresta de su adversario y se afianza con las patas prendidas en sus alas. El oscuro se retuerce al sentir que lo están destrozando los ojos a picotazos. En su desesperación, le da un tremendo varazo en la pata al gallo de oro. Éste, ya cojitranco a causa del varazo, sigue atacando al oscuro, que trata de huir con su medio vuelo.

(30-31-32-33-34-35)

36 M.C.U.

DIONISIO observa al gallo dorado con una tensa ansiedad.

En la clara y larga persecución, el dorado va perdiendo fuerzas hasta que no puede más y arrastra el pico por el suelo. El oscuro sigue huyendo.

(37)

38 EMPLAZAMIENTO BAJO. F.S.

Don SECUNDINO y el CHINACO recogen sus gallos y los carean. El dorado no responde. DIONISIO salta al círculo y grita:

DIONISIO
—¡Atención, señores! ¡Gana San Pedro de la Pasión! ¡Pierde Tepic! ¡Todos contentos!

39 M.S. CHINACO, DESTEÑIDO y YAQUI.

El CHINACO mira hacia donde está SECUNDINO

CHINACO
—Se le hizo, don Cundo, aunque de puro panzazo.

40 M.S. SECUNDINO acaricia su gallo.

SECUNDINO
—Y lo peor es que la duda no se aclaró. ¿Estaré criando gallos de gallinero?

Se retira seguido de casi todos los curiosos.

41 F.S. CHINACO

dentro del círculo, con sus hombres. Examina al gallo.

CHINACO
—Éste ya no tiene compostura. De una vez le daremos su aplaque para que no esté sufriendo.

Agarra al gallo por el cuello y lo zarandea como volantín, campaneándolo, pero se detiene al ver:

42 M.S. DIONISIO

que mira al CHINACO con una callada expresión de súplica.

43 M.S. CHINACO,

siempre riendo, ve con cierta lástima a DIONISIO, toma al gallo de oro entre sus dos manos y se lo arroja a DIONISIO como un trapo sucio.

44 M.S. DOLLY hacia DIONISIO,

que atrapa el gallo en el aire y lo acaricia. Nos acercamos al gallo de oro.

<u>INTERIOR. JACAL DIONISIO. NOCHE.</u>

45 ACERCAMIENTO

a manos de DIONISIO que echan hojas en un hueco cavado en la tierra. Pasan ráfagas de humo. Las manos se desplazan hasta donde está el gallo de oro, más muerto que vivo, con una pata entablillada con un carrizo. Lo recogen, y con mucha delicadeza lo colocan dentro del hoyo, de modo que la cabeza queda fuera. Una mano sostiene la cabeza para que no caiga por su propio peso, mientras la otra echa tierra en el hoyo enterrando al animal.

Terminada esta maniobra, la CÁMARA hace un PANNING hasta la cara de DIONISIO, que tiene una expresión de ansiedad y esperanza.

Vemos en segundo término, y colgada del techo del jacal, a un lado del cuadro, la linterna de DIONISIO, encendida. Se oyen, a lo lejos, los ruidos de la feria.

La CÁMARA sigue a DIONISIO que sin quitar la vista del gallo se dirige a gatas hacia el rincón donde está el petate. Se acuesta bocabajo siempre mirando al animal, y empieza a cabecear. Se sobresalta. Se sienta recargado en la pared. Siente frío, toma su sarape, se envuelve en él y permanece en esa posición mirando al gallo. Éste emite raros sonidos respiratorios.

DIONISIO se duerme sin cambiar de posición.

EXTERIOR. JACAL DIONISIO. AMANECER.

46 FULL SHOT. PANNING.

Sale humo por el techo del jacal.

DIONISIO, con el sarape sobre los hombros, una canasta y un cuchillo en la mano, abandona el jacal. Arranca hierbas y plantitas que va echando en la canasta, y corta unas dos pencas de nopal. Sale de cuadro y la CÁMARA se queda fija en el nopal.

INTERIOR. JACAL DIONISIO. DÍA.

47 M.S.

el fogón en primer término, con la olla donde hierve el agua.

En segundo término, el gallo, que cabecea. Entra DIONISIO a cuadro con la canasta. Se pone en cuclillas junto al fogón pica las dos pencas del nopal y las echa en la olla. Gira sobre los talones con la canasta de hierbas en la mano y de rodillas llega hasta donde está el gallo.

48 M.S.

del gallo y DIONISIO, que mastica varios pedacitos de hierbas y plantas, se los escupe en la palma de la mano y trata de metérselos al gallo por el pico, mientras murmura:

DIONISIO

—Gallo de oro, cojitranco, salvado del corral de don Secundino Colmenero. Gallito dorado como el sol, me hueles a buena pelea aunque estás más muerto que vivo.

El gallo no reacciona. DIONISIO experimenta un instante de desesperación. Se levanta y la CÁMARA lo sigue en PANNING hasta el rincón, donde coge un cajón de madera y regresa con él adonde está el gallo.

49 ACERCAMIENTO

al gallo en el momento en que DIONISIO lo tapa con el cajón.

La CÁMARA se retira para incluir a DIONISIO en el cuadro, en el momento en que toma una piedra y empieza a golpear sobre el cajón. Mientras lo hace dice:

DIONISIO

—No se me duerma, mi gallo, nomás no se me duerma, y póngale buenos ojos a la vida. Bien levantadito; arriba, compañero, con esa cara no lo dejarán arrimar por la feria. ¿No le da vergüenza?

La CÁMARA se acerca a la mano golpeando el cajón.

<u>EXTERIOR. JACAL DIONISIO. NOCHE.</u>

50 M.L.S.

Se sigue oyendo el golpe, ahora lento y cansado, de la piedra en el cajón. Hay luz en el jacal. Un perro ladra a lo lejos. Cuando cesan los golpes, detenemos todavía un instante la visión del exterior del jacal en silencio absoluto.

51 F.S. de DIONISIO

durmiendo en el petate muy cerca del cajón que continúa sobre el gallo. El fogón está apagado. Se oye ahora con más vigor el gorgoteo del gallo. DIONISIO despierta sobresaltado, escucha atentamente, levanta un poco el cajón, se cerciora de que el gallo está vivo, vuelve a poner el cajón y golpea con los dos puños, ahora con más entusiasmo, diciendo:

DIONISIO
—Atarántate, mi gallo, pero no te me duermas. No estás herido de muerte mortal, no más del puro pellejo. Cuídate el pellejo y estíralo, gallo, pa' que te pongas bravo otra vez.

52 M.S. de DIONISIO

que deja de golpear y con una expresión de esperanza hace a un lado el cajón.

El gallo sigue exhausto. DIONISIO le echa agua en el pico. El animal la recibe, pero su cabeza vuelve a caer. Exasperado DIONISIO le da la espalda, pero luego se vuelve hacia él con brusquedad y empieza a insultarlo:

DIONISIO
—¡Párate, gallo cobarde. Gallo de sacristía. Revive, que nunca los collones llenan los panteones, y tú eres eso, puro gallo dormido y guango, puritito desinfle. Revive pa'que te mande con las gallinas a cacarear, pobre gallo desplumado!

DIONISIO se incorpora.

53 F.S. de DIONISIO

que descuelga la lámpara, sarape y sombrero, y sale del jacal.

<u>EXTERIOR. JACAL DIONISIO. DÍA.</u>

54 F.S.

DIONISIO sale del jacal con lámpara, sarape y sombrero, y parece dispuesto a abandonarlo. Manteniendo siempre el jacal en cuadro, vemos a DIONISIO que se aleja de espaldas a paso rápido. De pronto cambia de actitud, aminora el paso y se dirige al nopal. Saca el cuchillo de su morral, corta unas dos o tres pencas y resignado regresa al jacal.

INTERIOR. JACAL DIONISIO. NOCHE.

55 DOLLY BACK

desde DIONISIO que duerme sobre el cajón debajo del cual está el gallo. Sobre el cajón vemos una cazuela, con restos de nopales y una cuchara de palo.

La CÁMARA se retira hasta M.S. DIONISIO, agotado, sigue durmiendo. De repente se oye dentro del cajón, el canto del gallo. DIONISIO da un salto, hace a un lado el cajón y descubre el gallo que ahora tiene la cabeza erguida. Con movimientos impacientes y expresión alborozada, desentierra el gallo y el animal cojitranco empieza a picotear en busca de comida. DIONISIO le acerca agua y alimentos que el gallo come con ansiedad. DIONISIO, a gatas, observa sus movimientos y murmura:

DIONISIO
—Ánimo, mi gallito. Ya te vas levantando. Ya te noto más tiesecito, como pa' llenarle las manos al mejor jugador. Por el pico te entra y te sale el aire de la resurrección.

El gallo, satisfecho, sacude las alas y lanza una clarinada desafiante y sale del jacal. DIONISIO lo sigue.

(56-57-58-59)

EXTERIOR. JACAL DIONISIO. NOCHE.

60 F.S.

del gallo saliendo del jacal. DIONISIO lo alcanza, lo levanta como a un animal victorioso y la CÁMARA se acerca hasta un

M.S. de DIONISIO que grita:

DIONISIO

—¡Silencio, señores, mi gallito de oro ya salió del huevo y no habrá quien se le pare enfrente en la feria de San Juan del Río!

EXTERIOR. COLINA FRENTE A SAN JUAN DEL RÍO. ATARDECER.

61 TOP SHOT.

CÁMARA emplazada en una prominencia que domina el pueblo de San Juan del Río.

Ruidos y luces de feria, cohetes, charangas, rueda de la fortuna, volantines, etc. Entra a cuadro DIONISIO para quedar de figura completa al margen de un F.S.

62 M.S.

rostro DIONISIO: esperanza y exaltación dominadas: ha llegado a su meta y lleva al gallo en un brazo, tapado con el sarape. Empieza a descender hacia el pueblo.

INTERIOR. PATIO MESÓN SAN JUAN DEL RÍO. NOCHE.

63 DOLLY F.S. DIONISIO,

fatigado y sucio por el largo viaje, paga unos centavos a cambio de un petate deshebrado y enrollado que le entrega un empleado del mesón. Lo coloca bajo el brazo y avanza cautelosamente entre cuerpos dormidos tratando de no pisarlos. La CÁMARA se va desplazando para ir ampliando el cuadro hasta recoger el ambiente del mesón: un patio con viajeros que descargan y ensillan sus bestias, corredores llenos de hombres, mujeres, niños, perros, gallinas, cerdos. Muchos duermen en el suelo envueltos en sarapes, pocos en catres de campaña, algunos en cuclillas.

64 F.S. DIONISIO

entra a cuadro en otro ángulo del mesón, con el petate y el gallo en los brazos, buscando un lugar donde colocarse. El gallo de oro brilla mágicamente en la oscuridad. Como es su costumbre, DIONISIO le habla en voz baja al gallo:

DIONISIO
—A ver por dónde nos arrejolamos, compañero, que aquí debe haber mucho amigo de lo ajeno.

Descubre un estrecho espacio vacío entre un petate y un catre. Se detiene y tiende su petate, dirigiéndose al hombre que ocupa el contiguo.

DIONISIO
—Con su permiso, señor, si no es molestia.

El HOMBRE, sin verlo, sigue en postura de dormir.

HOMBRE
—Acomódese, amigo, San Juan del Río es de todos.

65 EMPLAZAMIENTO BAJO. M.S.

DIONISIO en cuclillas amarra el gallo a su muñeca con el mecate corto a fin de tener al animal cerca de él. Se recuesta sobre el petate y se enrolla en el sarape, dando la espalda a la CÁMARA.

El gallo queda entre el catre y DIONISIO.

Asoma desde arriba la cabeza del COYOTITO, que duerme en el catre.

66 ACERCAMIENTO a COYOTITO.

COYOTITO
—¿Es tuyo?

DIONISIO inmediatamente recoge a su gallo y lo abraza, protegiéndolo. Asiente con un leve gruñido.

COYOTITO
—¿Cuánto quieres por él?

DIONISIO
—Ni el gallo tiene precio, ni usted podría pagarlo.

El COYOTITO mira con curiosidad al gallo.

COYOTITO
—A ver qué tiene de tan notable ese gallo...

67 ACERCAMIENTO al gallo.

DIONISIO lo suelta y el gallo cojea lastimosamente. El COYOTITO observa con cara de burla.

COYOTITO
—¡Ah, caray, y con esa pata amolada...!

68 ACERCAMIENTO a

DIONISIO quien detiene el gallo con el mecate.

DIONISIO
—Así y todo, no le faltará un padrino con buen ojo...

69 M.S. DIONISIO, COYOTITO y GALLO.

Otro ángulo. DOLLY para terminar en DIONISIO y su gallo.

COYOTITO
—Yo te llevo con él mañana, pinacate. Coyotito es mi nombre y Coyote el de mi compadre, que puede apadrinarte al gallo para una pelea. Date cuenta que a los palenques no se entra así como así.

DIONISIO
—Yo sé el valor de mi gallo, señor.

COYOTITO
—El valor no cuenta sin las influencias. Mi compadre te lo

juega, seguro, pero por estrenar a un gallo desconocido no te paga nada, gane o pierda. Piénsalo y mañana decides. Y date a entender que si no ahí andarás de por vida cascareando en los corrales donde se apuesta de a tostón. Así son los gallos. Todo o nada.

DIONISIO abraza a su gallo, como si le hablara:

DIONISIO

—Todo o nada...

<u>INTERIOR. PALENQUE VACÍO SAN JUAN DEL RÍO. DÍA.</u>

70 F.S. PAN.

Un barrendero barre las gradas. Otro apisona la arena. DIONISIO sigue al COYOTITO hasta una puerta que da a la trastienda del palenque.

<u>INTERIOR. TRASTIENDA PALENQUE SAN JUAN DEL RÍO. DÍA.</u>

71 F.S.

Un garabato de cuyos ganchos cuelgan los gallos muertos, sangrantes, que después saldrán a la venta como carne de pollo.

Hora temprana. La gente anda envuelta en jorongos y sarapes.

Es el lugar donde se preparan tratos, ventas, apadrinamientos y peleas. El COYOTITO, seguido de DIONISIO se dirige a un tipo enjuto tocado con sombrero tejano, que habla con gente, anota en una libreta, recorre perchas, pesa gallos en una romana, etc.

Los GALLEROS cuidan las perchas de diversos dueños, con letreros indicando el nombre del propietario. Es el COYOTE.

El COYOTITO detiene a DIONISIO y le quita el gallo.

COYOTITO
—Tú, espérate aquí.

Se dirige adonde está el COYOTE.

72 M.S. COYOTE y COYOTITO. Éste le muestra el gallo.

COYOTITO
—Oyes, Coyote, ¿estrenamos a éste?

Lo suelta y el gallo cojea. El COYOTE mira al animal con desprecio.

COYOTE
—Con los cojos ni a bailar, no sea que te pisen chueco.

73 M.C.U.

DIONISIO que sigue con desconfianza la maniobra.

74 F.S.

El gallo, rengueando en el piso. DOLLY hasta recoger a la pareja en M.S.

El COYOTE recoge el gallo.

COYOTE
—Nadie le va a querer apostar.

COYOTITO
—Ahí está la cosa. De repente se hace la chica y el gane grande.

COYOTE
—Con suerte, hasta don Lorenzo Benavides pica el anzuelo. A ver, tráete ese colorado.

El COYOTITO sale de cuadro.

75 C.U.

DIONISIO preocupado y silencioso.

76 F.S.

de espaldas, en el primer término, con el gallo de oro en las manos, el COYOTE. Del fondo se acerca a él el COYOTITO con el gallo colorado en las manos.

También vemos a DIONISIO que se acerca, le quita el gallo al COYOTE y le dice:

DIONISIO
—Es mi gallo. Yo lo careo.

El dorado y el colorado son careados por DIONISIO y el COYOTITO. Se lanzan picotazos furiosos. Es evidente la bravura del dorado.

COYOTE (off)
—Ya está bueno. Se ve que el gallo es de ley.

77 M.S. de los tres. El COYOTE apunta en su libreta.

COYOTE
—Lo inscribimos en la tercera de esta tarde. ¿Con qué nombre lo quieres?

Mira a DIONISIO.

DIONISIO
—El Gallo de Oro de San Pedro de la Pasión.

COYOTE
—Ya sabes el trato. Si gana te lo devolvemos vivo y encima famoso, por haber peleado en San Juan del Río. Si pierde nos quedamos sin dinero y tú sin gallo. Pero tú no ves un centavo, nomás el favor que te hacemos.

DIONISIO
—Mi gallo no pierde. Sólo yo sé la vida que trae dentro.

INTERIOR. PALENQUE SAN JUAN DEL RÍO. DÍA.

78 TOP SHOT

abarcando todo el palenque atiborrado. Ruidos de feria grande. Entra el mariachi de la CAPONERA tocando la misma pieza (rúbrica) que le oímos en San Pedro de la Pasión. Los hombres se alborotan, se ponen de pie y estalla una ovación cuando entra la CAPONERA con un vestido espléndido.

79 F.S. DOLLY

de la CAPONERA que grita al entrar:

CAPONERA
—¡Ábranse familias, que a pesar de ser gallina tengo más plumas que un gallo!

En el DOLLY que sigue a la CAPONERA subiendo al templete, vemos a un BURLÓN que le grita, mostrándole el sombrero con la copa hacia abajo:

BURLÓN
—En vez de cacarear tanto, pon un huevo en este nido.

La CAPONERA, pasando, se vuelve hacia él y le grita:

CAPONERA
—Y lo pondré de oro, tarugo, a ver si le puedes meter diente.

80 M.S.

de DIONISIO y el COYOTITO que están pesando el gallo de oro, pero DIONISIO se ha olvidado de todo y mira perplejo a la mujer. El COYOTITO, indiferente, le dice:

COYOTITO
—Calcúlale más que estas romanas siempre andan chuecas.

Como DIONISIO sigue absorto, el COYOTITO lo sacude por la camisa y le dice:

—Fíjate en la pesa, gallerito, luego no vas a saber ni por qué perdiste.

81 M.S.

de la CAPONERA que empieza a cantar en el templete. Un grupo de hombres que la rodea, acompañan la canción con sombrerazos y gritos frenéticos.

82 M.S.

DIONISIO, en un rincón del anillo, tiene el gallo en las manos mientras el COYOTITO lo ayuda a prepararlo. DIONISIO se ve nervioso.

83 M.S.

en el rincón opuesto, varios

soltadores, de sombrero tejano, preparan un retinto de soberbia estampa.

84 M.S.

de la CAPONERA cantando, que imprime a la canción un especial entusiasmo al mirar hacia la puerta del palenque.

85 F.S. de LORENZO BENAVIDES

que hace su entrada al palenque rodeado de aduladores. Lleva un estupendo traje de charro, y su apostura de gran señor se impone en el palenque. Dirige una sonrisa a la CAPONERA.

La CÁMARA lo sigue en DOLLY hasta que ocupa un puesto que otros aduladores le han estado guardando. En el momento en que se sienta, el COYOTE le entrega un papel. LORENZO lo lee rápidamente y mira hacia el otro lado del anillo, donde está el gallo de oro.

86 F.S. (punto de vista de BENAVIDES)

de DIONISIO y el COYOTITO, que se preparan para exhibir al gallo de oro.

DIONISIO se ve muy nervioso.

DIONISIO (al gallo)
—Esta pelea a San Pedrito se la encomiendo, y obre Dios.

COYOTITO
—¿Y ora esos nervios? ¿A poco tú no sabías nada de palenques?

DIONISIO
—Yo sí sabía, pero nomás como gritón. Y ahora, pos no es lo mismo.

87 F.S.

de los adversarios de DIONISIO que sueltan el gallo retinto. Su soberbia estampa provoca un murmullo de admiración en el público. Lo recogen.

88 M.S.

del COYOTE que hace una señal al COYOTITO para que suelte el gallo de oro.

89 M.S.

del COYOTITO que recibe la señal del COYOTE, y dice a DIONISIO:

COYOTITO
—¡Suéltalo!

DIONISIO suelta el gallo. Lo seguimos en PANNING en la vuelta que da en el anillo. Su aspecto con la pata rota es deplorable. El público lo recibe con una atronadora rechifla que apaga la canción de la CAPONERA.

El PANNING termina en LORENZO que observa al gallo con una mirada atenta y sabia.

90 VISTA TOTAL

del palenque, alborotado, en el que se oyen los gritos de burla al gallo de oro.

VOCES (burlonas)
—¡Ponle muletas!

La canción de la CAPONERA sigue perdida en el bullicio.

—¡Ése es Veterano de la Revolución!

—¡Devuélvanlo al hospital!

La CAPONERA, en medio de la atronadora rechifla, se ve forzada a interrumpir la canción.

91 M.S.

de DIONISIO que, con expresión ladina, recoge el gallo.

Mientras, el gritón proclama la pelea.

GRITÓN
—Silencio señores. Hay pelea. San Juan del Río contra San Pedro de la Pasión. Juegan parejo. Cien pesos.

Diferentes SHOTS de apostadores inclinados todos en favor del Colorado.

(92-93-94-95-96-97)

98 M.S.

de LORENZO, tranquilo, en medio de los gritos que hace una señal secreta a la CAPONERA.

99 M.S.

de la CAPONERA que capta la señal de LORENZO en el momento en que baja del templete, y empieza a apostar a favor del gallo de oro.

CAPONERA
—¡Ciento cincuenta al dorado! ¡A ver si una vieja tiene más colmillo que todos los marrulleros juntos!

La seguimos en PANNING, hacia donde está DIONISIO, mientras sigue gritando:

—¡Y más pantalones también, chambones! ¡Doscientos! Doscientos al gallo de oro. ¡Calandrias, canten o les apachurro el nido!

Al paso de la CAPONERA, un apostador de las graderías recoge sus apuestas.

APOSTADOR
—Doscientos. Doscientos a cien.

CAPONERA
—¿Qué dice el aire cuando ni hay viento? Collones. De balde ni los hijos salen buenos. ¡Doscientos cincuenta!

00 M.S.

de LORENZO, satisfecho, por los resultados de su maniobra. Fuera de cuadro se oyen gritos dirigidos a la CAPONERA.

VOCES (off)
—¡Gallina clueca!

—¡A la cocina con todo y trastes!

101 F.S.

de DIONISIO con el gallo, que ya tiene las navajas puestas. Mira con un gesto de gratitud hacia donde se aproxima la CAPONERA.

Entra a cuadro la CAPONERA.

102 F.S.

del JUEZ que ordena en medio de la gritería:

JUEZ
—¡Descubran, señores!

103 M.S.

de DIONISIO que le quita las fundas de cuero a las navajas. La CÁMARA lo sigue en PANNING hasta la raya, donde llega al mismo tiempo que el soltador del retinto. La rechifla y los gritos se convierten en un silencio tenso. El soltador del retinto lo arranca algunas plumas para enfurecerlo. DIONISIO en cambio, pone el suyo con mucho cuidado en la raya.

104 ACERCAMIENTO

al JUEZ que grita:

JUEZ
—¡Suelten señores!

105 F.S.

del palenque (emplazamiento alto).

La pelea se inicia.

106 ACERCAMIENTO

a los dos gallos en el momento en que el retinto se prende de la cresta del dorado.

107 ACERCAMIENTO

a DIONISIO que observa con angustia la pelea y murmura:

DIONISIO
—Sacúdetelo, aunque te arranque la cresta...

108 ACERCAMIENTO.

El gallo de oro, violentamente, se zafa del retinto; éste da una maroma en el aire y cae enfurecido, listo para atacar con la navaja.

109 ACERCAMIENTO

a LORENZO, disimulando su gusto.

110 ACERCAMIENTO

a los gallos. El gallo de oro se va encima del retinto y casi hace correr al retinto.

VOCES (off)
—¡No le corras a ese cojo!

—¡De una vez mándalo al rastro!

— (etc. etc.)

11 ACERCAMIENTO CAPONERA

junto al anillo, gritando.

CAPONERA
—Ándele, mi dorado, remata de una vez a ese pollo placero para comérmelo después en un puesto de la feria...

12 ACERCAMIENTO

de la pelea. El gallo de oro empieza a sacarle ventaja al retinto.

13 F.S. PALENQUE.

De nuevo, gran silencio. Encarnizamiento y alternativas de la pelea. Reacciones del público ante cada alternativo. Cada incidente alternado con acercamientos de:

DIONISIO, que sufre con los golpes que recibe su gallo, y se anima cada vez que el dorado asesta un buen navajazo.

LORENZO que sigue la pelea con expresión seria y atenta y ojos de experto.

La CAPONERA, que alborota y anima al gallo con su buena garganta:

CAPONERA
—¡Qué bonito es lo bonito! Ésta es la grande. ¡Arriba, gallito de oro! Mira que te está apostando Bernarda Cutiño, bien llamada La CAPONERA. ¡No me hagas quedar mal!

La CAPONERA se ha colocado detrás de DIONISIO. Su falda bordada de tulipanes está detrás del gallero.

DIONISIO empieza a incorporarse. Entonces vamos descubriendo, de abajo hacia arriba, el cuerpo de la gritona.

En el momento en que DIONISIO se ha incorporado lo suficiente para que veamos el rostro de la CAPONERA, ella proclama su propio nombre y la pelea se decide a favor del gallo de oro.

CAPONERA
—¡Qué lindo es mi Dios cuando lo visten de charro! ¡Ayayayyyyy!

(Cinco emplazamientos para cubrir los aspectos de la pelea y cinco para reacciones del público y personajes.)

(114-115-116-117-118-119-120-121-122-123)

124 M.S.

DIONISIO trata de agradecerle a la CAPONERA. PANNING a la CAPONERA que huye hacia el templete, entre el alboroto de hombres.

125 M.S.

El GRITÓN proclama:

GRITÓN
—Se hizo chica la pelea. Pierde San Juan del Río. Gana San Pedrito de la Pasión. ¡Todos contentos!

La CÁMARA hace un barrido rápido para ir al cuerpo del retinto muerto; uno de los apostadores más fuertes lo levanta con el brazo en alto y lo arroja al aire desde la mano izquierda, al tiempo que, con la derecha, desenfunda la pistola y lanza un primer balazo que atraviesa el gallo muerto.

126 F.S.

Los apostadores que han perdido, también disparan hacia el retinto.

127 ACERCAMIENTO

al retinto. Casi sostenido en el aire por la balacera de los descontentos.

128 M.S. PANNING a DIONISIO

que se escabulle con el gallo de oro entre los brazos, casi escondido protegido. Se pierde entre el alboroto del palenque. Se arrojan bancas al anillo. El palenque comienza a ser destrozado por la furia de los que perdieron.

129 M.S. LORENZO — PANNING

que llega hasta donde se encuentra la CAPONERA, junto al templete.

La CAPONERA salta encima de LORENZO acaballándosele, gozando en medio de la confusión y la destrucción y el ruido. Salen por una de las puertas del palenque.

La CAPONERA ha ido distribuyendo cachetadas y sombrerazos.

La CÁMARA se centra en la destrucción del palenque.

EXTERIOR. PUESTO DE MERIENDA SAN JUAN DEL RÍO. NOCHE.

130 DOLLY

con una gran cazuela de mole y otra de arroz en primer término. Al fondo: mesas con gente comiendo, un trío que canta. Entra a cuadro DIONISIO con el gallo de oro bajo el brazo, husmeando los olores de la comida. La CÁMARA se mueve con él, lateralmente, pasando por las diferentes cazuelas. DIONISIO se detiene ante un puesto de lechugas frescas, toma una hoja subrepticiamente y la baja. El gallo sigue con la mirada el trayectorio de la hoja. DIONISIO sale de cuadro.

131 F.S.

de una mesa en una enramada apartada del merendero, donde está LORENZO con el trío que se ha acercado a ofrecerle una canción.

LORENZO, con una seña, dice "que no", mirando hacia donde está DIONISIO, fuera de cuadro.

132 F.S. DOLLY (punto de vista de LORENZO)

de DIONISIO en un rincón apartado, con poca luz, junto al gallo que picotea en el suelo la hoja de lechuga.

La CÁMARA se acerca hasta encuadrar el gallo, los pies de DIONISIO y la lechuga.

Entran a cuadro, llenas de anillos y pulseras, las manos de la CAPONERA, que se apoderan del gallo.

La CÁMARA PANEA hacia arriba, siguiendo la trayectoria del animal en manos de la CAPONERA, hasta encuadrarla a ella y a DIONISIO. Éste se turba.

CAPONERA
—Este gallito después del gane que nos ha dado, se merece más que una hoja de lechuga. Vente.

La CAPONERA echa a andar con el gallo hacia la mesa de LORENZO.

DIONISIO, que continúa con el gallo amarrado a la muñeca, se ve arrastrado por la mujer.

La CÁMARA PANEA hasta verlos llegar a la mesa de BENAVIDES.

133 F.S.

LORENZO en la mesa, le hace un gesto de invitación a DIONISIO. Tiene al lado un anafre y una olla humeante de pozole.

LORENZO
—¿Tú nunca has oído hablar de Lorenzo Benavides? Pues, bien, ése soy yo. Otra más. Siéntate a comer con nosotros. Con ese gallito de oro no tienes por qué volver a pasar hambres.

DIONISIO toma asiento y empieza a comer pozole y tacos, desatado, hambriento. La grasa le escurre por el mentón y le mancha los dedos.

LORENZO (continúa)
—Vaya estreno que tuviste: la armó buena tu gallo, y desde ahora es bien famoso.

134 M.S.

La CAPONERA da de comer al gallo de oro y ríe viendo a DIONISIO.

CAPONERA
—Nomás no te atragantes, que el estómago de pobre es como tambor de feria: arrugado todo el año, y cuando lo tocan truena.

135 M.C.U.

DIONISIO continúa comiendo ávidamente. LORENZO sonríe.

LORENZO
—Ya sé que jugaste al "todo o nada", pero no te preocupes,

que con Lorenzo Benavides no hay burla de la rectitud.

136 M.C.U. LORENZO.

137 M.S. LORENZO, DIONISIO, CAPONERA.

DIONISIO levanta la mirada al tiempo que BENAVIDES le tiende un fajo de billetes.

LORENZO
—Toma, es lo que te toca en buena ley.

DIONISIO niega con la cabeza. LORENZO insiste.

LORENZO
—No es limosna, gallero, sino justicia. Otra más. No es para ti, sino para la mejor vida del gallo que nos dio el gane grande.

DIONISIO duda pero toma el dinero.

DIONISIO
—Se le agradece la fe en mi gallito, señor.

138 M.S. CAPONERA, DIONISIO.

CAPONERA
—¿Cuánto quieres por tu gallo?

DIONISIO la mira extasiado, intimidado y aturdido.

DIONISIO
—No sé, señora, no está de mercarse. Pero quería agradecerle... la suerte que nos trajo con su cantar.

139 M.C.U.

LORENZO interrumpe:

LORENZO
—Te doy quinientos pesos por él.

140 M.S. CAPONERA, DIONISIO, LORENZO.

La expresión de DIONISIO cambia. La CAPONERA termina de atarle el moño a la cabeza, al gallo de oro con un lazo de sus trenzas.

CAPONERA
—Mira que tu famoso gallito se escabechó al colorado de brava ley de Lorenzo, pero así y todo te perdonamos.

DIONISIO asombrado, nervioso, le quita el lazo al animal y lo devuelve a la CAPONERA, después de limpiarse apresuradamente

DIONISIO
—Pues usté apostó a mi gallo...

la mano en el pantalón. La CAPONERA ríe.

CAPONERA
—Ay, Herodes, uno más que se te fue. No seas inocente, gallero. ¿Qué no sabes nada de matuterías? En los gallos todo está permitido. No es verso, pero es verdad...

141 M.S. OTRO ÁNGULO DIONISIO, CAPONERA y LORENZO.

DIONISIO, burlado, turbado, abraza a su gallo mientras LORENZO lo mira fríamente y la CAPONERA, cerca de BENAVIDES, le acaricia la nuca, la oreja, le besa la sien, etc.

LORENZO
—Otra más, decía yo. Te doy los mil pesos y además dos gallos amarillos como el tuyo.

PANNING y DOLLY a

DIONISIO, disgustado, se levanta.

DIONISIO
—Gracias por el pozole y los centavos, pero no me interesa el trato, señor.

DIONISIO hace el gesto de marcharse. LORENZO lo detiene del brazo.

LORENZO
—Otra más, gallero.

DIONISIO se zafa de la mano de BENAVIDES y huye hacia la calle.

142 M.S.

La CAPONERA abraza a LORENZO del cuello y le grita a DIONISIO, siempre divertida:

CAPONERA
—Véndelo ahora que todavía resuella. Y déjate llevar de la manita, que el que nace pa' maceta no sale del corredor.

143 F.S.

DIONISIO desde el punto de vista de LORENZO y la CAPONERA, que sale a la calle. Se detiene al oír las palabras de la CAPONERA y en seguida se va con el gallo en brazos.

EXTERIOR. BARRACA JUEGOS SAN JUAN DEL RÍO. NOCHE.

144 F.S. PANNING

de DIONISIO a quien le llaman la atención, fuera de cuadro, los gritos de la ruleta. Se acerca a la mesa de juego y mira con indecisión, pero no juega, sino que se aleja de la mesa. La CÁMARA se centra en la rueda de la ruleta.

EXTERIOR. FERIA SAN JUAN DEL RÍO. NOCHE.

145 F.S. DOLLY

del aparador de una tienda de ataúdes, cerrada e iluminada por dentro. Reflejada en el aparador del cristal, vemos a DIONISIO que entra a cuadro con el gallo y se pone a contemplar los ataúdes.

También en el vidrio vemos reflejándose, a un lado, una calandria que se detiene frente a la tienda. En ella van LORENZO y la CAPONERA, cargados de flores, paquetes y otros regalos. LORENZO, burlón, dice a DIONISIO:

LORENZO
—Ahí no hay pa' gallos, y el tuyo se verá mejor en una cazuela.

146 M.S.

de DIONISIO en el momento en que se vuelve hacia la calandria. Se siente lastimado por la burla.

147 M.S.

de la CAPONERA y LORENZO en el carruaje lleno de regalos. LORENZO le dice a DIONISIO:

LORENZO
—Tienes la sombra pesada, gallero. Pero ese animalito no vas a poder carearlo otra vez aquí. Ya se lo conoce la pinta y el juego.

148 M.S.

de DIONISIO, un poco picado que contesta:

DIONISIO
—No pienso carearlo más aquí. Esta misma noche me jalo pa'l rumbo de Tlaquepaque.

149 M.S. PANNING

de LORENZO y la CAPONERA. La calandria se echa a andar, mientras LORENZO le grita:

LORENZO
—Pues allá nos vemos. A ver si ese gallo va a poder con los míos en Tlaquepaque.

150 M.S.

de DIONISIO que echa una última mirada a los féretros y sale de cuadro.

DIONISIO (al gallo)
—Ten fe, mi gallo, que 'onde ella cante, el gane será nuestro, la sincera verdá.

<u>INTERIOR. PALENQUE DE TLAQUEPAQUE. NOCHE.</u>

151 M.C.U.

de la CAPONERA cantando. La CÁMARA se retira haciendo PANNING para encuadrar a DIONISIO, acompañado de dos individuos que apadrinan al gallo de oro contra el gallo giro de LORENZO BENAVIDES. Ahora DIONISIO viste traje de luto, sobrio, de materiales baratos, y botines negros. Tiene las bocapiernas de los pantalones amarradas a los tobillos, como un ciclista y lleva en el cuello un paliacate negro.

El gallo ya tiene las navajas puestas. DIONISIO mira hacia el templete y con las dos manos hace gesto de mostrarle el gallo a la CAPONERA.

152 F.S.

de la CAPONERA que contesta el gesto de DIONISIO y mira hacia otro lado del palenque, buscando a LORENZO.

153 F.S.

LORENZO con sus amarradores que sostienen un gallo giro. LORENZO parece nervioso y preocupado.

La CAPONERA termina de cantar off.

PANNING al gritón.

GRITÓN

—Silencio, señores. Hay pelea. Tlaquepaque contra San Pedro de la Pasión.

154 F.S.

del palenque: empiezan las apuestas acaloradas. Los padrinos de DIONISIO, al igual que LORENZO son los protagonistas centrales de las apuestas.

(155-156-157-158-159-160-161-162)

para cubrir apuestas y llegar hasta el momento en que los gallos están en la raya.

163 ACERCAMIENTO.

El gallo giro se lanza a un fuerte encontronazo con el gallo de oro. Éste lo para en seco. Se le trepa encima y le destroza la cabeza a picotazos mientras le hunde el espolón en la pechuga.

El giro, en los últimos estertores, queda patas arriba lanzando navajazos.

164 M.S. PANNING

de DIONISIO y el AMARRADOR de LORENZO, que han recogido los gallos y los carean. El giro está muerto. El gallo de oro la picotea encarnizadamente.

PANNING hacia el GRITÓN que proclama:

GRITÓN
—Pierde Tlaquepaque. Gana San Pedro de la Pasión. ¡Abran las puertas!

INTERIOR. SALÓN DE JUEGO O ÁNGULO PLAZA. NOCHE.

165 F.S. DOLLY.

La CAPONERA, acompañada por mariachis, canta en un templete. La CAPONERA desciende, y siempre cantando, empieza a recorrer el lugar, de modo que a su paso vamos describiendo el ambiente: mesas de juego de toda clase, una barra repleta de gente tomando, etc.

Siguiendo a la CAPONERA encontramos a los PADRINOS sentados a una mesa con tres muchachas, celebrando el triunfo. Uno de ellos hace una seña hacia la puerta.

166 F.S. (punto de vista de los PADRINOS) de DIONISIO que capta la señal desde la puerta y se dirige a la mesa de los PADRINOS. Lleva al gallo de oro.

167 M.S.

de los PADRINOS y las MUCHACHAS. Todos miran hacia donde se aproxima DIONISIO. El PADRINO 1, en voz baja, dice a una de las muchachas (FERMINA):

PADRINO 1
—A ver por donde lo toreas, Fermina, que ése parece tarugo a ratos y a ratos más largo que la cuaresma.

FERMINA
—Yo te digo si es o se hace.

Al terminar el diálogo, entra a cuadro DIONISIO. Parece desconfiado. Mira a la CAPONERA, que sigue cantando entre las mesas, y no se atreve a sentarse.

El PADRINO 1, tratando de atraerlo, le extiende un fajo de billetes y le dice:

PADRINO 1
—Aquí está tu parte del gane. Siéntate a celebrarlo.

DIONISIO (toma el dinero)
—Gracias. Nunca bebo.

168 M.S.

de PADRINO 2, DIONISIO Y FERMINA.

PADRINO 2:
—Se cumplió la fama de tu gallo. De aquí nos vamos pa'l Real.

DIONISIO
—"Nos vamos" somos muchos.

FERMINA agarra a DIONISIO por el brazo y lo sienta a su lado. PADRINO 2 le echa el brazo por sobre el hombro. DIONISIO trata de proteger al gallo.

FERMINA
—Enlutado más chulo, ya no penes, que aquí estoy yo.

PADRINO 2:
—Mira, te doy un consejo, tú necesitas que te sigamos apadrinando tu gallito.

169 M.S. del PADRINO 1, que dice a DIONISIO:

PADRINO 1:
—¿A ti solo que te pueden durar los pesos que acabas de ganar?

170 M.S.

de la mesa, favoreciendo a DIONISIO, quien se levanta.

DIONISIO
—Así como voy, voy bien. Y hasta ahora más vale solo...

PADRINO 2:
—Mira que la suerte no anda en burro.

DIONISIO
—Por eso no ando con ustedes.

DIONISIO sale de cuadro.

171 ACERCAMIENTO DOLLY

a una ruleta de dardos.

La CÁMARA se retira para encuadrar, frente a la ruleta, pero alejado de ella, a LORENZO, que tira un dardo, haciendo blanco en el centro del disco.

LORENZO mira de lado y ve pasar a DIONISIO, con el gallo en brazos, que no aparta la vista de la CAPONERA que continúa su canción ante un grupo de jugadores.

La CÁMARA en PANNING sigue a DIONISIO, quien no ha advertido la mirada de LORENZO, hasta salir con él del salón.

La CÁMARA mantiene siempre en cuadro a LORENZO, hasta la salida de DIONISIO.

72 M.S. REVERSO de LORENZO,

en el momento en que un CANTINERO le entrega una copa de coñac. LORENZO la bebe de un golpe, toma un puño de dardos y sale.

EXTERIOR. CALLES TLAQUEPAQUE. NOCHE.

73 F.S. DOLLY.

DIONISIO camina bajo las arcadas. A corta distancia lo sigue LORENZO.

DIONISIO da vuelta al terminar las arcadas y entra en un callejón de barracas.

La música de la feria se escucha a lo largo de toda escena.

74 DOLLY M.S.

DIONISIO, con el gallo en brazos. Avanza por el callejón con aire de contento, de suficiencia. Va tarareando la canción que acaba de escucharle a la CAPONERA.

LORENZO da prisa, pero con dignidad, llega a corta distancia de DIONISIO, lo alcanza, pero sigue caminando detrás de él.

Lleva el puñado de dardos en la mano. Al escuchar la voz de LORENZO, DIONISIO deja de tararear y aminora el paso. Aprieta el gallo contra su pecho. No voltea a ver a LORENZO.

LORENZO
—Por esta vez me equivoqué, gallero. Tu dorado pudo con mi giro de Tlaquepaque. Otra más: ya van dos que me rematas.

Éste sigue a corta distancia de DIONISIO. Los dos avanzan por el callejón oscuro.

...¿Qué hacías en tu pueblo, si no es mucho preguntar?

DIONISIO
—Vivía...

Continúan caminando en las mismas posiciones. Al final del callejón, hay un lugar descampado con una fuentecilla en forma de concha y un grifo en la pared.

LORENZO
—Sí, vivías de milagro. Sé medir a las gentes con sólo un vistazo, y adivino a leguas que eres como yo: te gusta un oficio livianito como éste de los gallos.

175 M.S. PANNING LORENZO, DIONISIO.

DIONISIO recoge una lata vacía del suelo, la llena de agua y se acerca a un palo clavado en el descampado.

DIONISIO
—Puede que tenga usted razón. ¿Pero a qué viene todo esto?

Pone la lata en el suelo y amarra el gallo al palo.

LORENZO
—Quiero decirte, que un día te matarán tu gallo y no te quedará otra que volver a tu pueblo. En cambio, si te asocias conmigo, podemos llegar muy lejos. Mírame: bien rico que estoy y a los gallos se lo debo.

DIONISIO, en cuclillas, le da de beber al gallo.

DIONISIO saca un paliacate lleno de granos y los riega por el suelo mientras el gallo de oro los picotea. DIONISIO se incorpora.

DIONISIO
—No, señor, la sincera verdá es que mi gallo tiene segura la

vida mientras sepa estar cerca de quien le da la suerte.

DOLLY a:

176 M.C.U. PANNING LORENZO.

La CÁMARA sigue sus movimientos de un lado a otro, pasando por detrás de DIONISIO y baja a los pies de LORENZO mientras camina y levanta polvo arrojándolo a los ojos del gallo.

LORENZO

—Muy místico, ¿eh gallero? Pues yo a los santos les troncho las alas, porque en los palenques no hay más todopoderoso que Lorenzo Benavides. ¿Qué dijiste, sonso? ¿Crees que vas a hacer tu fama y tu fortuna a costillas de mis gallos y de mi dinero? Pues andas mal norteado, pinacate.

177 M.C.U. PANNING DOLLY DIONISIO

en movimiento de protección a su gallo contra las patadas de tierra de LORENZO.

LORENZO (continúa)

—Ya puedes ir escogiendo: o te asocias conmigo o no vuelves a pisar un palenque grande y ahí te pudres rascando las paredes con tu gallo rabón en las ferias de pulgas.

78 F.S. LORENZO, DIONISIO y el gallo.

LORENZO simula retirarse. Da dos pasos. A la distancia adecuada se detiene.

Se voltea con violencia y arroja uno de los dardos.

...Si es que antes no decido torcerle el cuello a tu gallo ponehuevos...

...o atravesarlo con un dardo...

79 ACERCAMIENTO al gallo en el momento en que el dardo le pasa volando junto a la cabeza y se clava en la tabla de una de las barrancas.

PANNING a:

80 M.S. DIONISIO

en actitud de angustia, casi a

punto de arrojarse sobre el gallo para protegerlo. Reacciona y se enfrenta a LORENZO.

LORENZO le da un empujón a DIONISIO y comienza a aventar un dardo tras otro en la dirección del gallo, con puntería de experto, evitando tocar al gallo.

LORENZO
—No te me pongas al brinco.

181 ACERCAMIENTO gallo

entre la lluvia de dardos que pegan con impacto sobre los tablones.

182 M.C.U. PANNING DIONISIO,

que después de un instante de angustia, se arroja sobre el gallo, cubriéndolo con los brazos, protegiéndolo más que a su vida, sudoroso, cubierto de polvo, hasta temblar sobre el gallo, sin disfrazar su temor.

183 M.S. DOLLY.

LORENZO da dos pasos, se detiene y se vuelve para dar un último puntapié al polvo hacia el rostro de DIONISIO, que yace sobre el gallo.

LORENZO
(antes de dar la patada)
—¡Otra más!

<u>EXTERIOR. ESTACIÓN PUEBLECITO. NOCHE.</u>

184 DOLLY ACERCAMIENTO

a los escapes de vapor de una locomotora en el momento de detenerse en la estación.

La CÁMARA se retira hasta abarcar todo el andén. Hay poca gente.

LLUEVE.

El carro pullman se detiene frente a la caseta de la estación.

Los vidrios del vagón están empañados por la lluvia.

INTERIOR. CARRO PULLMAN. NOCHE.

185 M.S. de LORENZO y la CAPONERA

a medio vestir en su compartimento.

Ella limpia con la mano el cristal empañado, mira al exterior, y vemos a través del vidrio a DIONISIO, con una manga de hule y el gallo de oro bajo el brazo.

La CAPONERA le hace una señal silenciosa a LORENZO, éste asoma y ve también a DIONISIO que se mantiene en cuadro por un momento y desaparece hacia donde se supone estar los vagones de segunda clase.

CAPONERA
—Sigue con su gallito vivo bajo el brazo. Seguro que va para Aguascalientes.

LORENZO (rencoroso)
—Es terco el condenado. Pero se le va a aparecer el diablo.

LORENZO se levanta, vistiéndose, y sale de cuadro. Nos quedamos en la CAPONERA que dice:

CAPONERA
—Ya deja que ese pobre infeliz juegue su gallo donde quiera. ¿Qué harías tú en su lugar?

86 M.S. de LORENZO que se pone la camisa y contesta:

LORENZO (prepotente)
—¿Qué haría yo? Con ese gallito en lugar de ir a Aguascalientes me bajaba en la Hacienda de Santa Gertrudis y por primera vez le quitaría el hipo al mejor gallo de Esculapio Virgen.

87 M.S. de la CAPONERA

que dice:

CAPONERA
—¿Qué me das si esta misma noche te traigo ese gallito?

LORENZO (off)
—Tu boca es la medida, mi Caponera.

La CAPONERA estira los brazos y, fuera de cuadro, atrae a LORENZO, quien entra a cuadro en el momento en que el tren arranca, y cae encima de ella.

INTERIOR. VAGÓN SEGUNDA CLASE. NOCHE.

188 M.S.

de DIONISIO, envuelto en un sarape y con el gallo entre los brazos, dormita junto a la ventanilla. Continúa la lluvia. Junto a la ventanilla, está colgada la manga de hule. En el vagón abigarrado, los pasajeros dormitan. Todo está a media luz.

189 F.S. DOLLY

de la CAPONERA que entra al vagón buscando a DIONISIO. A su paso vemos el ambiente: guitarras, arpas, guitarrones; todos los instrumentos de mariachis, y perchas de gallos. Vemos un grupo de hombres que juegan baraja sobre una maleta. Hablan en voz baja.

Una guitarra puntea una canción triste. La CAPONERA, con gran cuidado se sienta frente a DIONISIO sin despertarlo.

190 M.S. de DIONISIO y la CAPONERA (con sugestión de ella).

Vemos que en la muñeca de DIONISIO está amarrado el mecate del gallo. Con el movimiento del tren afloja el brazo. Con un gran cuidado, la CAPONERA toma al gallo adormilado y se lo pone en las piernas.

El animal se despabila con un ruido gutural que despierta a DIONISIO.

191 M.S. de DIONISIO y la CAPONERA.

DIONISIO, ofuscado, trata de descubrir a su gallo, pero se aturde más con la inesperada presencia de la CAPONERA.

Se frota los ojos como para convencerse de si es sueño o realidad. La CAPONERA le dice:

CAPONERA
—De que el temporal es bueno, hasta los troncos retoñan, gallero. Soy yo... yo, mírame bien. ¿Cuántas veces has vuelto a ganar con tu dorado?

DIONISIO
—La sincera verdá, no lo he vuelto a carear desde Tlaquepaque.

CAPONERA
—¿Y eso?

DIONISIO
—Por ahí anduve puebleando un mes. Pero la sincera verdá es que mi dio miedo jugarlo si no estaba usté ahí pa' darle la suerte...

192 M.C.U. de DIONISIO que continúa hablando.

DIONISIO (continúa)
—...Entonces me imaginé que usted no fallaría a la feria de Aguascalientes, y por eso me tiene en este tren...

193 M.C.U. de la CAPONERA,

astuta, acariciando al gallo, mientras dice:

CAPONERA
—No seas menso, gallero. Conmigo o sin mí, ese animalito vale oro.

194 M.S. de DIONISIO y la CAPONERA

quien termina la frase. Y pasa a sentarse junto al gallero.

—...Aunque la mera verdá, si quieres asegurarte la suerte... ¿por qué no aceptas el trato que te hizo Lorenzo Benavides?

¿No quieres ganar dinero? ¿No quieres algo de la vida?

195 M.C.U. DIONISIO, CAPONERA.

DIONISIO
—Sí. Mi madre quedó mal sepultada y quiero ajuarearle un buen ataúd. Con mis primeros dineros sólo me alcanzó para este traje de respeto a su memoria.

CAPONERA (maliciosa)
—¿Y no deseas nada más?

DIONISIO la mira con codicia.

DIONISIO
—Hay cosas que aunque se quieran uno sabe que no las ha de alcanzar.

La CAPONERA se acerca más a DIONISIO, acariciando al gallo.

CAPONERA
—¡Quién quita, gallero! A ver: ¿cómo te hiciste de este gallo? ¿No te costó trabajo ponerlo filoso para la pelea brava? No hay imposibles en este mundo, pero las cosas cuestan...

PANNING.

Se recuesta sobre el asiento, levantando el gallo en alto.

—...Y los quereres cambian... ¡quién quita! Tú lo sabes: la Caponera escoge al hombre que se le antoja y lo da de baja cuando le sale de los riñones...

196 C.U.

DIONISIO, atarantado por la situación.

197 M.C.U. CAPONERA.

Se posa el gallo sobre los pechos y mira con intención a DIONISIO, que la contempla entre azorado y codicioso.

...De manera que escoge: te asocias con Lorenzo y cobras la esperanza de ganarte sus derechos y facultades, o ahí sigues de perico perro, y jamásmente me vuelves a ver. ...Ahí tú dirás...

198 M.S. PANNING DIONISIO, CAPONERA.

La CAPONERA se incorpora rápidamente, desata el cordel que une a DIONISIO y al gallo, aprieta éste contra su pecho y sale de cuadro.

CAPONERA
—Aquí se va a morir de frío. En estos carros de segunda no le dan agua ni al gallo de la pasión. Por esta noche el gallito de oro va a dormir conmigo.

La CÁMARA permanece con DIONISIO confundido por la situación y sobre todo por las intimaciones de la CAPONERA. No sabe qué hacer con su cuerpo. Va a seguir a la CAPONERA, pero recuerda sus cosas de viaje y se demora recogiéndolas.

199 F.S.

del pullman teniendo en primer término el compartimento de la CAPONERA y al fondo la puerta que comunica con el vagón de segunda.

Recogemos a la CAPONERA a la mitad del vagón, y camina hasta llegar a la puerta de su compartimento.

Al abrirla, vemos a DIONISIO que entra al fondo del pullman con sus cosas de viaje, de modo que alcanza a ver en qué compartimento entra la CAPONERA.

DIONISIO llega hasta la puerta del compartimento, duda un momento y al fin se decide y toca. La puerta se abre. Aparece LORENZO sonriente, con el gallo de oro bajo el brazo, y dice de buen humor:

LORENZO
—Buenas noches, socio.

200 M.C.U. de DIONISIO

sorprendido, demudado ante la inesperada aparición de LORENZO.

201 M.S. de DIONISIO y LORENZO,

que le tiende la mano al primero. DIONISIO, todavía un poco azorado, se la estrecha.

LORENZO (tendiendo la mano)
—Lo pasado muerto está, gallero. Otra más: somos socios y no te has de arrepentir.

202 M.S. de LORENZO y DIONISIO,

favoreciendo a este último.

DIONISIO
—Sólo resta aclarar unas cosas pa' que no haya malos entendidos: primero, que'l gallito sigue siendo mío, y segundo, ¿cuál ha de ser mi parte en las ganancias?

PANNING.

203 M.S. PANNING

de LORENZO y DIONISIO, favoreciendo a LORENZO que le entrega el gallo a DIONISIO mientras dice:

LORENZO
—El gallo es tuyo y te llevas la tercera parte de las ganancias. Y recuerda que al que a buen árbol se arrima...

DIONISIO, contento, se va hacia el vagón de segunda, y LORENZO entra al compartimento.

EXTERIOR. ESTACIÓN HACIENDA SANTA GERTRUDIS. DÍA.

204 M.S. EMPLAZAMIENTO ALTO.

La estación privada en primer término, con su letrero: SANTA GERTRUDIS.

En segundo término, un gran arco hecho de palmas y flores de papel con un letrero nuevo:

"BIENVENIDOS".

Entra a cuadro la máquina, pitando largamente. Pasa y se detiene dejando en cuadro el carro pullman, el de segunda y dos carros jaula con animales. Al fondo, se advierten jinetes bien vestidos, en estupendos caballos y se escucha la música melancólica de una bandita de bombo. Estallan cohetes. Repican las campanas de la iglesia.

205 F.S. DOLLY.

La comitiva de recepción se acerca a la estación en un auto descubierto de la época, acolchado y con flecos. Al volante, con una seguridad que contrasta con su aspecto conservador, tocando el claxon y con el rostro severo, una mujer de unos 60 años, menuda y seca, de corte porfiriano: gola de encajes, medallón, peinado alto.

Es REGLITA VIRGEN. En el asiento posterior del coche, y ocupándolo por completo, va el hombre más voluminoso que se pueda concebir. Tiene un potente rostro de niño, el cabello corto y rizado y un traje de charro de colores chillones espectacularmente bordado. Parece el monarca de una leyenda oriental.

Es don ESCULAPIO VIRGEN, el patrón de la hacienda. En el asiento junto al volante, y apretujados en el puesto de ESCULAPIO, hay varios niños de seis y siete años. El auto se detiene frente al andén.

206 M.S.

del conjunto al detenerse el auto de REGLITA y ESCULAPIO. De los carros de ferrocarril empiezan a bajar caballos, perchas de gallo y pasajeros.

(207-208-209-210)

Desembarque de caballos, perchas, gente, mariachis, etc.

211 F.S. LORENZO, CAPONERA y DIONISIO.

Descienden del pullman. Lo primero que ven al bajar es a ESCULAPIO en su coche, rodeado de mujeres de diferentes edades y una impresionante cantidad de niños que suben y bajan del vehículo.

Una de las mujeres, con un niño en brazos, sostiene una sombrilla sobre la cabeza del patrón.

La bandita continúa la pieza junto al automóvil.

Al ver aparecer a LORENZO, el gran ESCULAPIO hace un ademán displicente hacia los músicos que dejan de tocar.

212 F.S. PANNING LORENZO, CAPONERA y DIONISIO.

LORENZO da órdenes a tres o cuatro hombres para que atiendan el descenso de caballos y perchas. Siguen avanzando hasta llegar frente al auto.

DIONISIO lleva al gallo de oro bajo un brazo y sus pertenencias en el otro.

ESCULAPIO
—Ya no te esperábamos, Lorenzo.

Le estrecha la mano y hace un gesto hacia la mujer del volante.

...Aquí mi hermana doña Reglita, como tú sabes, vive de sus agüeros y corazonadas; desde hace una semana está soñando que este año no vendrías.

LORENZO
—Lorenzo Benavides no le fallará nunca a Esculapio Virgen. Otra más...

213 M.S.

LORENZO se vuelve a estrecharle la mano a la mujer.

...Los sueños de usted, señorita, no hacen sino picarme.

REGLITA lo mira fijamente al darle la mano.

REGLITA
—Cuando usted aparece en ellos, mis sueños se llaman pesadillas.

214 F.S. REGLITA, ESCULAPIO y LORENZO

y el automóvil lleno de niños que suben y bajan.

LORENZO
—Sigue creciendo la prole, ¿no? ¿Cuántos van ya?

ESCULAPIO
—Este año me han nacido cuatro más. Mis gallinas son buenas ponedoras.

ESCULAPIO mira fuera de cuadro.

215 F.S. CAPONERA y DIONISIO.

La mujer un poco incómoda.

216 M.S.

ESCULAPIO se acerca a LORENZO con un gesto y le dice al oído con picardía.

ESCULAPIO
—Veo que al fin se te hizo con la Caponera. Lo que te falta en suerte te sobra en terquedad.

LORENZO sonríe, con el pie sobre el estribo.

LORENZO
—Va lo uno por el otro...

ESCULAPIO sigue dominando todas las situaciones. Ve hacia los caballos.

ESCULAPIO
—¿Esos son tus caballos?

217 F.S. CABALLOS

que descienden de los vagones.

ESCULAPIO (off)
—Pues te advierto que no le verán el polvo a los míos...Y gallos, ¿no trajiste?

218 F.S. LORENZO, ESCULAPIO.

LORENZO hace un gesto a DIONISIO.

219 F.S. PANNING.

DIONISIO deja sus cosas en el suelo y se aproxima con el gallo de oro. Está intimidado.

ESCULAPIO no se fija en DIONISIO. Observa al gallo con ojo experto.

220 ACERCAMIENTO

al gallo.

ESCULAPIO (a Dionisio)
—Anda, pastoréalo un poco para verle el garbo.

DOLLY. PANNING.

La CÁMARA se retira. El grupo rodea al gallo.

DIONISIO lo coloca en el suelo. El gallo cojea lastimosamente.

ESCULAPIO ríe.

ESCULAPIO
—Hombre, Lorenzo, estás como el calendario de Galván, que promete tempestad y nomás cae pura agüita.

221 M.C.U.

DIONISIO, dolido de que se rían de su gallo.

ESCULAPIO (off)
—¿Con ese inválido te vas a enfrentar a mi gallo búlique gambeteador?

222 F.S. GRUPO.

REGLITA comenta son sorna:

REGLITA
—¿Cómo quieres que te lo preparemos, Esculapio: en pipián, escabechado o sólo para darle sabor al caldo?

ESCULAPIO se desentiende del gallo y le dice a LORENZO:

ESCULAPIO
—Pues lo dicho, Lorenzo: eres terco. Todos los años tienes que rehacer tu fortuna para venir a perderla en Santa Gertrudis. No escarmientas. Pero si tú te lo buscas, ni modo. Para tus caballos tengo caballos...

Y mirando al gallo de oro, termina:

...Y para ese pinche gallito tengo dos o tres gallinas que lo dejarán como perro de rancho.

LORENZO sonríe enigmáticamente.

LORENZO
—No calienta el sol temprano, Esculapio.

La CAPONERA se tercia el rebozo y grita, ansiosa de ser, como siempre, protagonista:

CAPONERA
—¡Pero de que pega duro, hasta levanta ampolla!

Se ha puesto al frente de la banda de bombo; le hace un gesto para que la siga y empieza a cantar una canción retadora.

Encabeza, con la banda, a la comitiva que se dirige a la hacienda, en medio del alboroto que sólo la CAPONERA sabe crear.

223 F.S. DOLLY.

La CAPONERA al frente de la comitiva. LORENZO, a caballo, llega a emparejarse con ella. La CAPONERA lanza un falsete.

<u>EXTERIOR. HACIENDA SANTA GERTRUDIS. DÍA.</u>

224 DOLLY a C.U.

de la CAPONERA que continúa la misma canción sobre un templete adornado con arcos de papel. La acompaña ahora un mariachi suntuoso.

ACCIÓN DE LA CARRERA DE CABALLOS, CON LA CANCIÓN DE LA CAPONERA AL FONDO.

Se prepara una carrera de caballos.

LORENZO, tranquilo, prepara su

animal y lo lleva al arrancadero. Da algunas instrucciones ineludibles al jinete.

En el puesto de honor, junto a su hermana y rodeado de mujeres y niños, está ESCULAPIO sentado en un sillón de espaldar alto, con patas de gallo labradas en madera o en cobre. Junto a él hay hombres y mujeres de buena posición económica.

Mientras se prepara la carrera, ESCULAPIO devora un almuerzo pantagruélico. En torno a él hay mujeres con grandes bandejas llenas de alimentos.

ESCULAPIO come un poco de cada una, y va echando los huesos en una cazuela que su hermana sostiene en las piernas.

Se celebra la carrera. Hay un instante de expectación. El propio ESCULAPIO deja de comer.

Se da la orden y arrancan los caballos. La decisión es rápida. Gana el caballo de LORENZO.

En medio del gran alboroto, LORENZO lleva su caballo de cabestro frente a ESCULAPIO.

(225-226-227-228-229-230-231-232-233-234-235-236-237-238-239-240)

241 F.S.

BENAVIDES frente a ESCULAPIO.

LORENZO

—Estás servido, Esculapio. Me quedan todavía dos caballos frescos para lo que dispongas. Otra más...

242 M.S.

LORENZO, ESCULAPIO, favoreciendo a éste.

ESCULAPIO (lo interrumpe)

—No, Lorenzo. Ya se vio que hoy

la traigo atravesada con los caballos... Pero esta noche, después de cenar, nos vemos para el desquite. ¿De acuerdo?

LORENZO

—De acuerdo.

INTERIOR. SALÓN SANTA GERTRUDIS. NOCHE.

243 En torno a la mesa, LORENZO y ESCULAPIO juegan a las cartas. El salón está en penumbra. La única luz: la lámpara que pende del techo sobre las cabezas de los jugadores.

ESCULAPIO, que ha perdido una fortuna, está desarreglado y sudoroso. Ocupa el gran sillón con patas de gallo.

Ahora sus ademanes son torpes.

Junto a ESCULAPIO está sentada REGLITA. La hermana va sacando nueces que tiene en un tazón, las parte con unas pinzas y las pone en un plato que hay junto al puesto de ESCULAPIO. Éste, mientras juega, come puñados de nueces.

LORENZO, seguro de sí mismo, tiene frente a sí una impresionante cantidad de dinero. Junto a LORENZO, pendiente del juego, está la CAPONERA.

Cuando se inicia la escena, están empezando una mano de albures. Fuera se oyen voces dispersas y una pieza de la bandita de bombo. Pero a medida que avanza la mano, las voces se apagan, termina la música y en el silencio del salón sólo se escuchan, espaciados y desesperantes, los ruidos del cascanueces.

Termina la mano. Pierde ESCULAPIO.

LORENZO recoge el dinero de las apuestas y vuelve a barajar el naipe. Se dispone a repartir.

(244-245-246-247-248-249-250-251-252-253-254-255-256-257-258-259-260-261-262-263-264)

para la partida de cartas.

265 F.S.

de toda la mesa, favoreciendo a ESCULAPIO, quien dice, ahogándose de calor:

ESCULAPIO
—Estás servido, Lorenzo. Te llevas una fortuna. No me queda sino lo que tengo encima. Yo no te apuesto a mi hermana nomás porque es viejecita y santa.

266 M.S. LORENZO y CAPONERA.

LORENZO con gran corrección contesta.

LORENZO
—Te doy la revancha.

267 M.C.U.

de ESCULAPIO.

ESCULAPIO
—¿Revancha contra qué?

268 M.C.U.

de LORENZO.

LORENZO
—Digamos, contra esta hacienda.

269 M.S.

ESCULAPIO y REGLITA. Ésta truena una nuez, mientras ESCULAPIO dice:

ESCULAPIO (irónico)
—¿Es el sueño de tu vida, verdad?

270 M.S.

LORENZO y CAPONERA. LORENZO siente en silencio.

271 F.S.

de toda la mesa, en el cual sólo se oye el crujido de las nueces. De pronto ESCULAPIO dice:

ESCULAPIO
—Pues bien... va la hacienda de Santa Gertrudis... pero a los gallos...

LORENZO
—Va. Nos vamos mañana temprano.

ESCULAPIO
—Mañana no. Es ahora mismo. Tu gallito cojo contra mi gallo búlique gambeteador.

Al decir la frase, ESCULAPIO tira al aire todas las cartas.

EXTERIOR. PATIECITO SANTA GERTRUDIS. NOCHE.

272 GRÚA: M.L.S.

empezando en el gallo de oro y el búlique que se dan un fuerte encontronazo. Saltan plumas.

La CÁMARA se eleva lo suficiente para encuadrar a todos los personajes, quedando en primer término REGLITA en un balcón que da sobre el patiecito de arcadas. Está de codos en la balaustrada y exactamente sobre ESCULAPIO. Éste se encuentra sentado en un rincón del patio, en su gran sillón de patas de gallo, observando la pelea.

En otro rincón, tranquilo, está LORENZO de pie con la CAPONERA, tomada por la cintura. En otro rincón, solo, en cuclillas, en un insoportable estado de tensión, está DIONISIO.

Aparte de la luz general de la luna, ciertas áreas del patio están iluminadas por linternas de gasolina. Dos de ellas están sobre el suelo y proyectan sombras agigantadas de los animales en combate.

273 ACERCAMIENTO

a los gallos teniendo al fondo a DIONISIO, seguro del triunfo al saber cerca a la CAPONERA, con la cual intercambia miradas.

Las sombras de los gallos se proyectan en su rostro. La pelea es encarnizada.

274 M.S.

de LORENZO y la CAPONERA en cuyos rostros también se proyecta la sombra de los gallos.

275 M.C.U.

de ESCULAPIO, cansado y sudoroso, que observa la pelea con una expresión tensa.

También en su rostro se proyectan las sombras de los gallos.

276 M.C.U.

de REGLITA, de codos en la balaustrada, también con la sombra de los gallos en el rostro.

(277-278-279-280-281)

diferentes aspectos de la encarnizada pelea, hasta que en una reacción desesperada, el gallo de oro fulmina el búlique de un navajazo y sigue dando navajazos mortales en el cuerpo inerte.

No hay un solo grito.

282 F.S.

de todo el grupo, viendo a DIONISIO que se apresura a levantar su gallo.

283 M.S.

de ESCULAPIO que mira hacia su hermana y dice:

ESCULAPIO
—Se acabó. Nos vamos.

284 M.S. PANNING

de REGLITA, sobreponiéndose a la derrota.

285 M.S. PANNING

de LORENZO que se mueve hacia donde está ESCULAPIO, llevando la CAPONERA tomada por la cintura.

LORENZO
—Tú no te vas a estas horas, Esculapio. Otra más: te quedas en Santa Gertrudis hasta cuando a bien tengas, como huésped de Lorenzo Benavides.

LORENZO mira hacia el balcón y agrega:

LORENZO
—Y por supuesto, usted también, señorita.

286 F.S.

de REGLITA (desde el punto de vista de LORENZO) que se incorpora sin contestar y sale de cuadro.

287 M.S.

de ESCULAPIO, LORENZO y la CAPONERA.

ESCULAPIO responde:

ESCULAPIO
—Gracias, Lorenzo, pero no seré un arrimado en mi propia casa. El muerto y el arrimado a los tres días apestan...

En ese momento entra a cuadro REGLITA.

ESCULAPIO se vuelve hacia ella y dice:

—Recoge lo que haya que recoger.

REGLITA
—¿Despierto a la gente?

ESCULAPIO
—No molestes a nadie. Las mujeres y los niños se irán mañana...

Se vuelve hacia LORENZO y agrega:

...Si <u>Don</u> Lorenzo lo permite.

288 M.S.

de LORENZO y la CAPONERA con ESCULAPIO.

La CÁMARA PANEA para seguir a la CAPONERA que se separa del grupo y se dirige hacia donde está DIONISIO atendiendo a su gallo, y le dice:

CAPONERA
—Ahora sí se ganó sus navajas de oro este gallito.

La CAPONERA le quita el animal a DIONISIO, lo besa y acaricia sin mirar a DIONISIO, pero con una coquetería retenida y picante.

DIONISIO
—Gracias a usted, señora.

CAPONERA
—No me sigas diciendo "señora". ¿Qué no somos ya viejos amigos? Ah, qué caray. Quien se conforma con ver, ni siquiera en tentar piensa. Llámame Bernarda, que con el vuelo que llevas, hasta el tuteo se me hace poco...

La CAPONERA, con el gallo, sale de cuadro.

DIONISIO la mira alejarse con la mirada extraviada.

<u>EXTERIOR. CORREDOR SANTA GERTRUDIS. NOCHE.</u>

289 TOP SHOT

de la bandita de bombo, fatigada, toca una pieza lenta. La CÁMARA PANEA para encuadrar a LORENZO que arrima unas botellas a los miembros de la banda y entra riendo en el salón, cerrando la puerta.

INTERIOR. SALÓN SANTA GERTRUDIS. NOCHE.

290 F.S.

con el sofá en primer término y el gallo levantado por unas manos.

Entra LORENZO, un poco ebrio, se dirige a la lámpara de gasolina colgada del centro, baja la intensidad y el salón queda a media luz.

Se escucha, lejana, la bandita de bombo. LORENZO avanza hacia el sofá, toma el gallo y lo arroja lejos.

Se arroja sobre la CAPONERA, escondidos por el respaldo del sofá.

291 M.S.

LORENZO arrojado sobre la CAPONERA vestida de camisón. La besa apasionadamente. En la mesa vecina hay vasos y botellas de coñac.

Se escucha un ruido.

292 M.S.

DIONISIO acaba de abrir la puerta y mira con azoro la escena. Está a punto de retirarse.

293 M.S. DOLLY CAPONERA y LORENZO.

Éste se aparta de la CAPONERA.

En PANNING y DOLLY lo seguimos hasta la puerta, donde toma a DIONISIO del brazo.

LORENZO

—Pásale, gallero, estás en tu casa.

DIONISIO

—Usté perdone, don Lorenzo; ese animalito tiene que dormir.

Lo conduce hasta la mesa llena de botellas junto al sofá.

La CAPONERA trata de recobrar su compostura. LORENZO empieza a servir tragos, y mientras llena las copas, DIONISIO recupera al gallo y lo toma en brazos.

LORENZO
—Está bien, pero antes te tomas un trago con nosotros. Tú también tienes que celebrar el gane.

294 M.S. DIONISIO, LORENZO, CAPONERA.

La CAPONERA se incorpora, medio borracha. Agarra una copa y se aproxima con ella a DIONISIO.

DIONISIO
—Perdóneme, señor, pero yo nunca bebo.

CAPONERA
—No se puede confiar en un hombre sin vicios. Acércate. Tenemos que nivelarnos de la impresión. ¿No crees?

295 M.S.

favoreciendo a DIONISIO. La CAPONERA lo obliga a beber. DIONISIO se atraganta de coñac mientras la mujer ríe divertida y LORENZO hace el brindis.

LORENZO
—Por el gallo de oro puro, que a todos nos ha dado lo que más deseamos en este mundo.

LORENZO sale de cuadro.

DOLLY.

296 M.S. PANNING. LORENZO abre una caja fuerte de llave, saca un rollo de billetes y lo seguimos en...

PANNING y DOLLY hasta reunirlo con DIONISIO y la CAPONERA. Le entrega un fajo de billetes a DIONISIO.

LORENZO
—Éste es un anticipo de tus ganancias. Mañana, cuando valoremos la hacienda, tú dirás si quieres tu tercera parte en dinero o si te quedas como socio.

DIONISIO sale del salón con el gallo en brazos.

DIONISIO
—Ya lo veremos en su hora.

EXTERIOR. CORREDOR SANTA GERTRUDIS. NOCHE.

297 F.S.

La bandita de bombo sigue tocando, con desgane. Unos dejan de beber por tocar y otros de tocar por beber.

INTERIOR. RECÁMARA DIONISIO. NOCHE.

298 M.S. PANNING.

DIONISIO termina de darle agua y maíz al gallo, en cuclillas. El gallo está amarrado a una silla. Se levanta, apaga la luz y se recuesta, boca arriba, pensativo. Se enciende la luz de la recámara de enfrente e ilumina la de DIONISIO.

DIONISIO se levanta y la CÁMARA PANEA hasta la ventana. DIONISIO corre el visillo.

299 F.S. (punto de vista DIONISIO).

Ve la silueta de la CAPONERA desvistiéndose detrás de la cortina de la ventana. Ve, también en silueta, a LORENZO acercarse a ella y apagar la luz.

300 M.S. PANNING DIONISIO

se aleja de la ventana.

Se sienta en la cama pensativo. Toma su chaqueta y su sarape, desata al gallo, lo toma entre las manos y dice:

DIONISIO

—Le dijo la guacayama al pájaro azul turquí. "Vámonos a la tiznada, ¿Qué estamos haciendo aquí?"

EXTERIOR. CORREDOR SANTA GERTRUDIS. AMANECER.

301 F.S.

La bandita, adormilada, sigue con su pieza interminable.

EXTERIOR. HACIENDA SANTA GERTRUDIS. AMANECER.

302 F.S. PANNING.

DIONISIO monta en un caballo frente al pajar. Espolea a la bestia y se aleja de la hacienda. Su figura se recorta contra el marco del zaguán y se pierde en la alameda, mientras se escucha el trombón monótono de la bandita.

INTERIOR. PALENQUE POBRE. DÍA.

303 ACERCAMIENTO DOLLY.

DIONISIO se dirige a la báscula con el gallo de oro.

La CÁMARA se retira y abarca todo el palenque, manteniendo en primer término al gallo y DIONISIO. Llega a la báscula. El registrador toma el peso del gallo. Se acercan los curiosos.

VOCES AD LIBITUM

—¡Es el gallo que armó la grande en San Juan del Río!

—¡Es el dorado que le mató los mejores gallos a Lorenzo Benavides!

—¡Es el mero cojito que acaba de quitarle la hacienda al panzón Esculapio!

304 DIONISIO

frente a ellos, solo, mirando con desazón el alboroto, el dueño del gallo contrincante, un colorado esponjado, de gran estampa.

Trata de disimular su perturbación. Escucha una voz que se levanta del alboroto alrededor de DIONISIO:

VOZ
—¡Éste es mi gallo! ¡Y doy tronchado!

(F. de C. se empieza a escuchar una canción que ya ha cantado antes la CAPONERA. La canta otra cancionera.)

DIONISIO reacciona y vuelve la mirada hacia el templete.

305 M.S.

DIONISIO, sin apartar la mirada del templete, casi como un autómata, recoge el gallo y lo detiene contra el pecho.

PANNING. DIONISIO parece tomar una decisión, abraza al gallo, se abre paso a través del grupo bullicioso que lo rodea y sale del palenque.

EXTERIOR. CALLECITA PUEBLO POBRE. DÍA.

306 F.S. PANNING.

DIONISIO salta al caballo, lo espolea y se aleja por la callecita.

Lo persiguen las voces indignadas del palenque. Se oyen, inclusive, algunos disparos.

INTERIOR. DORMITORIO PRINCIPAL SANTA GERTRUDIS. NOCHE.

307 ACERCAMIENTO

disco viejo y rayado sobre una victrola de cuerda.

Se escucha la voz de la CAPONERA medio ebria, que canturrea:

VOZ CAPONERA (off)
—¿Qué te falta, mujer, qué te falta?

Se ven las manos de la mujer, llenas de anillos, sobre los bordes del aparato.

—¿Qué te falta si estoy a tu lado?

La CÁMARA se retira y vemos a la CAPONERA que sigue canturreando informalmente, perdiendo a veces la música, mientras se sirve una copa. Canta para ella, con nostalgia (f. de c. se oyen voces de hombres).

...soy dichoso, no soy desgraciado. Tengo madre que llore por mí.

—Antenoche soñé que te amaba, como se ama una vez en la vida...

La CAPONERA va vestida con un traje blanco y el cabello suelto. Se ve pálida y aburrida.

Se toma el trago y se echa sobre la cama desordenada. Se oye abrir la puerta.

...desperté y todo era mentira ni siquiera me acuerdo de ti.

308 F.S. RECÁMARA.

CAPONERA en primer término, sigue canturreando. Entra LORENZO y se dirige a ella. Se sienta en la cama.

LORENZO
—Ven al salón. Ya llegaron nuestros invitados. Ya no estés triste.

309 M.S. LORENZO, CAPONERA,

favoreciendo a ésta, disgustada.

CAPONERA
—No estoy triste, nomás ofendida, que no es la misma cosa. Me estoy muriendo aquí, lejos del sol y la luz del día, sorbiendo humo y peste de hombres. Yo quiero el mundo por casa.

LORENZO la toma de los brazos y trata de levantarla.

LORENZO
—Árbol que no enraíza, no crece. Además, otras habrán ocupado ya tu lugar en los palenques. Ven, nos esperan.

La CAPONERA se zafa del brazo, irritada.

CAPONERA
—Sí, ya voy...

LORENZO sale mientras la CAPONERA se levanta. Se dirige al espejo.

310 M.S.

CAPONERA frente al espejo, peinándose de cualquier modo, hablándole a su propia imagen.

CAPONERA (a su imagen)
—Decir que ibas a clavarte de mirona con un tahúr, siendo que de por vida has querido morirte en los palenques, con tus estoperoles...

Arroja el peine, se dirige a la victrola y al terminar el disco, acompaña la última estrofa y sale.

—Si te quise no fue que te quise, si te amé fue por pasar el rato,
Ahí te mando tu triste retrato
para nunca acordarme de ti...

<u>INTERIOR. SALÓN SANTA GERTRUDIS. NOCHE.</u>

311 ACERCAMIENTO DOLLY

manos que rompen la envoltura de un mazo de cartas nuevas. Al fondo, la puerta de la recámara por la que sale la CAPONERA. La CÁMARA se aleja para revelar la mesa de juego, donde se encuentran sentados LORENZO, el GENERAL OCAMPO y los hermanos LUIS y PEDRO ARRIAGA. LUIS baraja las cartas mientras la CAPONERA toma asiento en la silla vacía detrás de LORENZO: es la silla con patas de gallo de ESCULAPIO. Al alcance de su mano, la CAPONERA tiene una mesita con una botella de mezcal y un vaso. Los invitados ríen.

LORENZO
—Disculpen, pero mientras esté ella aquí no perderé una mano. ¿No se han dado ustedes cuenta, señores?

312 F.S.

LUIS ARRIAGA termina de repartir las cartas.

LUIS
—Pues usted lo dirá en broma, pero yo lo estoy sintiendo en carne propia.

313 M.S. PANNING.

LORENZO, CAPONERA, sentada detrás de él. Aburrida, toma la botella y está a punto de servirse. LORENZO le quita la botella y mira sus cartas.

CAPONERA
—No hagas que la Virgen te habla cuando ni te parpadea, Lorenzo. Ya andas tú con las mismas supersticiones de ese

gallerito de San Pedro de la Pasión, que se nos fue con todo y reata...

INTERIOR. TAPADO DE JUEGO EN FERIA POBRE. NOCHE.

314 ACERCAMIENTO DOLLY

a cartas de la baraja española que van cayendo sobre un tapete.

La CÁMARA se retira. DIONISIO: el cabello largo, la barba en sombra, el traje desarreglado, está frente a la mesa de juego. Tiene al gallo sobre las piernas. Un rastrillo recoge todo su dinero.

DOLLY.

315 M.S. DOLLY.

DIONISIO hurga en un paliacate: le quedan sólo dos o tres billetes. Le dice al gallo:

DIONISIO
—Vámonos antes de que nos dejen sin con qué comer...

Se levanta y se abre paso entre los grupos de jugadores de la feria.

Dos galleros se interponen en el camino de DIONISIO. Uno de ellos dice:

GALLERO 1
—¿Cuánto quieres por tu gallo?

DIONISIO
—No está en venta, señor.

GALLERO 2
—Déjanos apadrinarlo en las peleas de mañana, y vamos al partir.

La CÁMARA PANEA hacia DIONISIO que huye.

DIONISIO
—Gracias, señor, pero este gallo no volverá a pelear nunca...

EXTERIOR. CALLE DE PUEBLO. NOCHE.

316 F.S. PANNING.

DIONISIO viene hacia la CÁMARA, montado en el caballo. Súbitamente, el caballo se encabrita.

La CÁMARA PANEA hacia el aparador iluminado de una tienda de féretros.

317 M.S.

DIONISIO domina al caballo, parece reflexionar un instante y luego se aleja a todo galope.

INTERIOR. SALA SANTA GERTRUDIS. NOCHE.

318 F.S.

GENERAL OCAMPO, PEDRO y LUIS ARRIAGA sentados a la mesa de juego, esperando en silencio. Se escuchan voces violentas detrás de la puerta de la recámara. Los invitados se miran entre sí sin hablar. LUIS baraja con desidia, PEDRO bebe lentamente, el GENERAL se escarba los dientes con un palillo. Las miradas que cruzan son serenas y hasta un poco irónicas.

INTERIOR. RECÁMARA SANTA GERTRUDIS. NOCHE.

319 M.S.

CAPONERA en primer término, se sirve una copa y la bebe de un golpe. LORENZO la toma en brazos con violencia. La MUJER parece envejecida, tal vez porque lleva el cabello estirado hacia atrás y usa un traje negro cerrado hasta el cuello. Tiene un sencillo collar de perlas.

CAPONERA
—No soporto más este encierro.

LORENZO
—La casa es grande.

La CAPONERA le retira las manos a LORENZO y se enfrenta a él.

CAPONERA
—Sí, pero tiene paredes.

320 M.S. CAPONERA, LORENZO,

favoreciendo a éste, que la vuelve a tomar de los brazos.

LORENZO
—Estate sosiega, Bernarda.

LORENZO (continuando)
—...Tú sabes que no podemos separarnos nunca. Así fue la ley.

321 M.S. LORENZO, CAPONERA,

favoreciendo a ésta, tomada de los brazo por él. Ella se muestra entre tierna, bronca y desanimada.

CAPONERA
—Si ya sé que me traes más liada que un cohete, pero eso no quita que esté ahí sentada, sin dormir durante cinco noches, como las madres de las cantadoras: de oyona y en buen lugar.

322 M.S. LORENZO, CAPONERA.

LORENZO la sacude.

LORENZO
—Estoy perdiendo macizo. Tú regresas a la sala y adonde ordene Lorenzo Benavides...

La CAPONERA, agitada, intenta liberarse.

CAPONERA
—Que yo sepa no ha nacido el hombre que pueda decir eso...

LORENZO le golpea la cara a la CAPONERA con la mano abierta.

LORENZO
—Por tu culpa no voy a perder, bruja... otra más...

LORENZO la manda dando vueltas a la cama.

PANNING a la CAPONERA que cae sobre la cama y se queda ahí, inmóvil, respirando como un gato, pero sin tocarse la mejilla.

LORENZO avanza hacia ella y con un perfecto dominio, pero con una decisión que no admite ninguna réplica, le dice:

LORENZO
—Otra más, decía yo. A tu lugar en la sala y con Lorenzo Benavides.

La CAPONERA lo mira a los ojos. Las dos miradas se sostienen por un instante. Luego, ella dice con voz ronca y trémula:

CAPONERA
—¿Me sirves una copa?

LORENZO
—Cómo no, paloma.

Toma la botella y sirve un trago.

—Arréglate la cara y sígueme a la sala.

<u>INTERIOR. SALÓN SANTA GERTRUDIS. NOCHE.</u>

323 F.S.

LORENZO sale por la puerta que da de la recámara a la sala y se detiene, verdaderamente sorprendido ante lo que ve:

a) BIG C.U.
Las manos de REGLITA VIRGEN cascan una nuez con las pinzas.

b) BIG C.U.
ESCULAPIO sonriendo.

c) BIG C.U.
LORENZO azorado.

d) M.S.
GENERAL, PEDRO y LUIS ARRIAGA sonrientes.

e) F.S.
CONJUNTO LORENZO avanza hacia la mesa donde están sentados el GENERAL, los ARRIAGA y ESCULAPIO con REGLITA al lado, cascando NUECES.

Nadie dice una palabra. La CÁMARA sigue en PANNING a

LORENZO que se sigue de largo hasta una caja fuerte de chapa, la abre y extrae un montón de papeles. Sólo se escucha el ruido del cascanueces. LORENZO cierra la caja fuerte.

324 M.S.

LORENZO de espaldas a la CÁMARA arroja los papeles sobre la mesa.

LORENZO
—Efectivo ya no tengo. Sólo me quedan estas escrituras. ¿Les sirven?

325 M.S.

ESCULAPIO, REGLITA. ESCULAPIO soba la esquina de unos de los papeles.

ESCULAPIO
—No del todo, Lorenzo. Yo no he venido nomás por papeles y bilimbiques.

326 M.S.

LORENZO, con toda su dignidad sin pestañear. Avanza hasta la mesa y toma asiento.

LORENZO
—Sí, ya lo sé... Va la hacienda de Santa Gertrudis.

327 F.S. MESA.

ESCULAPIO
—Pero con perdón de los señores, sólo lo encaramos tú y yo...

LORENZO
—Sale. Y para acabar bien pronto: ¡a carta mayor!

Se escucha, desde la recámara la música de la victrola. Es la misma pieza que siempre toca la CAPONERA: "Qué te falta, mujer..."

328 M.S.

LORENZO, que al escuchar el disco pone las manos sobre la mesa y empieza a levantarse.

LORENZO
—Pero primero les ruego que me dispensen un momento.

329 M.S.

REGLITA, ESCULAPIO. Éste acaricia la funda de su pistola y dice: —Sigue el disco.

ESCULAPIO
—Lo siento, Lorenzo, pero para mirones, sobran.

330 F.S. MESA.

LORENZO a medio levantar. Todos lo miran. —Sigue el disco.

PEDRO
—Usted no se mueve de ahí don Lorenzo.

GENERAL
—Ya sabe las reglas de la casa. Va nuestra revancha.

LORENZO cae sentado sobre la silla. Detrás de él, el sillón vacío de la CAPONERA.

331 M.S. PANNING.

LORENZO toca un brazo de la silla de la CAPONERA y se dirige a ESCULAPIO.

LORENZO
—Tú, como agraviado, eres mano... ¡jala!

La CÁMARA PANEA hasta ESCULAPIO y REGLITA.

ESCULAPIO agarra a su hermana por la muñeca, le lleva la mano hacia las cartas y dice:

ESCULAPIO
—Jálala tú... con tu manita inocente...

La CÁMARA PANEA siguiendo la mano de REGLITA que tiembla imperceptiblemente, vacila y toma una carta. Todavía vacila sin atreverse a voltearla, pero la mano de ESCULAPIO la obliga a hacerlo. Vemos la carta que la mano de REGLITA suelta bocarriba en la mesa: es un tres de oros.

332 M.C.U.

de ESCULAPIO y REGLITA demudados por la carta baja.

333 M.C.U. DOLLY y PANNING

de LORENZO, con una sonrisa de complacencia. Tomándose todo su tiempo, a paso muy lento, levanta una carta cuidadosamente, la retira sin voltearla y enseguida, violentamente, la arroja bocarriba junto al tres de oros.

334 INSERTO:

Vemos la carta de LORENZO: un dos de bastos.

335 M.C.U. DOLLY

de Lorenzo, que mira la carta con gran dignidad, se incorpora y se dirige a la puerta de la recámara desde donde suena la victrola.

La CÁMARA se va retirando lentamente a medida que LORENZO se aleja hacia la puerta. Al llegar a ésta, se vuelve por última vez y barre todo el ambiente con la mirada, sin fijarse en nadie en particular.

La mesa ha quedado en primer término y LORENZO al fondo, a punto de entrar a la recámara. ESCULAPIO le dice:

ESCULAPIO
—No tienes que irte así, Lorenzo. Estás entre amigos. Quédate hasta mañana.

336 M.S.

de LORENZO que replica desde la puerta.

LORENZO
—Te digo lo que me dijiste una vez, Esculapio: no quiero ser un arrimado en mi propia casa. Que pasen ustedes muy buena noche.

337 M.C.U.

de ESCULAPIO que se encoge de hombros, mientras REGLITA, a su lado, comenta con sorna en voz baja:

REGLITA
—Y no se jugó a la Bernarda, nomás porque es señorita... y santa.

INTERIOR. DORMITORIO PRINCIPAL GERTRUDIS. NOCHE.

338 F.S. PANNING.

LORENZO entra al dormitorio con un ímpetu furioso, como si hubiese abandonado su serenidad en el umbral. El disco termina y empieza a girar, rayado. La recámara está vacía y la cama hecha. LORENZO gira sobre sí mismo y se dirige al ropero.

339 M.S. PANNING (con sugestión de LORENZO).

En el ropero vemos los dos trajes —uno blanco y otro negro— que usó la CAPONERA en escenas anteriores. El viento que entra por la puerta abierta del corredor mueve los vestidos y los ganchos vacíos que golpean entre sí.

340 M.C.U.

LORENZO se detiene y grita con la voz ronca:

LORENZO
—¡Bernarda, por qué no me avisaste! ¡Ya nos llevó... el demonio con todo y corte!

341 M.S. PANNING.

LORENZO se dirige a la puerta del corredor y mira hacia fuera. El ruido del disco de la victrola se acentúa. LORENZO se dirige al aparato y le da una patada que lo hace rodar por el suelo.

LORENZO espera un poco, colérico, hasta reponerse de la impresión. Luego recoge de un gancho su sombrero y su sarape y sale del dormitorio por la puerta que da al corredor.

EXTERIOR. GRAN PALENQUE DESCUBIERTO. DÍA.

342 GRAN ACERCAMIENTO

de la CAPONERA, acompañada de mariachis, que lanza un grito bravío.

Antes de empezar a cantar en firme —triste y medio borracha— lanza otro grito:

CAPONERA
—¡Libre, aunque sola y en este muladar sin techo!

La CAPONERA empieza a cantar y la CÁMARA se va levantando en GRÚA, hasta salirse del palenque para abarcar gran parte de la feria instalada alrededor. En esta posición mantenemos una estrofa de la canción.

EXTERIOR. FERIA. DÍA.

343 F.S. DOLLY

de DIONISIO, con el gallo de oro, que ha escuchado la canción y acelera el trote del caballo y se aproxima al palenque lo más rápidamente que se lo permite la multitud.

A medida que DIONISIO avanza, la canción y los gritos de la CAPONERA se oyen más cercanos.

DIONISIO sale de cuadro.

344 M.S.

de la CAPONERA que continúa la canción.

345 M.S. DOLLY

de DIONISIO que continúa, cada

vez más ansioso, acercándose al palenque.

346 F.S.

del palenque con la CAPONERA cantando, y grita:

CAPONERA (grita)
—¡Me duele, me duele y por eso canto! Pero ahí seguiré en la vida hasta que las calacas me gruñan. ¡Esta vida es un camote, y el que no lo traga se ahoga!

Continúa cantando, mientras vemos entrar a DIONISIO a pie, con el gallo.

347 M.S. PANNING

de DIONISIO que camina entre la gente por el callejón del palenque sin apartar la vista de la CAPONERA y tratando de hacerse notar por ella.

348 M.C.U.

La CAPONERA que al descubrir a DIONISIO imprime más entusiasmo a su canción.

349 M.C.U.

de DIONISIO que le enseña el gallo a la CAPONERA.

350 M.C.U.

de la CAPONERA que responde a DIONISIO con un gesto que quiere decir: "¡Éntrale!".

351 F.S.

de varios padrinos de listón rojo colgando en el pecho, que rodean a DIONISIO para admirar el gallo de oro, mientras en el palenque resuena los habituales gritos de entusiasmo.

VOCES OFF (ad líbitum)
—Van mil a la par y doy tronchado.

DIONISIO se dirige a la báscula. Está rodeado de galleros, cuando alguien dice a sus espaldas:

—Voy dinero y madre sobre ese gallo de oro.

—No apuestes lo que no tienes, achichincle...

—Se rifa y vuelve a ir tronchado.

CHINACO (off)
—Yo tengo gallo para esa gallinita dorada.

DIONISIO y los galleros se vuelven, y ven (en una barra de la CÁMARA) a el CHINACO y sus dos secuaces, el YAQUI y el DESTEÑIDO.

Los secuaces de el CHINACO llevan dos estupendos gallos. Se aproximan al grupo, mientras el CHINACO dice:

CHINACO
(con su eterna sonrisa de burla)
—Calma, señores, que para todos hay con tal de que no arrebaten. (al Yaqui) Ándale, Yaqui, suelta al Capulín contra este Cocolote de Oro.

352 M.S.

del YAQUI que inicia los trámites para carear su gallo.

353 F.S.

del palenque en gran alboroto por la emoción de la pelea casada. La CAPONERA termina su canción.

354 F.S. DOLLY y PANNING

del CHINACO que va recogiendo apuestas contra su gallo.

VOZ OFF
—Dos mil al gallo de oro.

CHINACO
—Recojo dos mil y pago con plata sellada.

VOZ OFF
—Subo doble la apuesta y voy al dorado.

De pronto, un murmullo de sorpresa sustituye a los gritos. Todos miran hacia la puerta, en el momento en que allí se oye la voz de LORENZO.

CHINACO
—Pujen fuerte, que para todos hay.

LORENZO (off)
—¡Otra más!

En una barrida de la CÁMARA vemos a LORENZO, tan seguro como siempre, que entra al palenque. En medio de un gran silencio, lo seguimos hacia el anillo.

355 M.C.U.

de la CAPONERA, todavía en el templete, que se queda petrificada al ver a LORENZO.

356 M.C.U.

de DIONISIO, expectante, con el gallo de oro.

57 M.C.U.

del CHINACO, con su sonrisa de burla, viendo entrar a LORENZO.

58 M.S.

de LORENZO que se planta en el anillo, dando la espalda a la CAPONERA, y dice:

LORENZO
—Lorenzo Benavides recoge todas las apuestas que se hagan contra el gallo de oro.

59 F.S.

del CHINACO, el YAQUI y el DESTEÑIDO. El YAQUI sostiene al gallo adversario del dorado. El CHINACO, sonriente, dice:

CHINACO
—Me extraña, don Lorenzo, que siendo usted tan buen conocedor de estos menesteres se la juegue fuerte con este pollito placero.

360 F.S.

de LORENZO que camina hasta colocarse junto a DIONISIO, manteniendo siempre atrás a la CAPONERA.

LORENZO (al Chinaco)
—Usted a lo suyo, que en lo mío nomás yo.

361 M.S.

del CHINACO.

CHINACO
—Ese animal yo lo saqué del cascarón. Es hijo de la Pelona y el Virrey.

362 M.S.

de LORENZO, altanero.

LORENZO
—No me importa de qué huevo salió. Le voy lo que usted manda y apuesta.

363 M.C.U.

del CHINACO, entre aprovechado y burlón.

CHINACO
—¿Hasta su hacienda de Santa Gertrudis?

364 M.C.U.

Abarcando a CHINACO y LORENZO.

LORENZO
—Hasta <u>mi</u> hacienda de Santa Gertrudis. ¿Contra qué?

365 F.S.

del palenque con todos los personajes. El CHINACO contesta:

CHINACO
—Contra mi hacienda de Las Palomas. ¿Le sirve?

LORENZO
—Sale.

366 M.S.

de la CAPONERA, tensa, que mira alternativamente a LORENZO y a DIONISIO.

367 M.S.

de DIONISIO (desde el punto de vista de la CAPONERA) que lleva el gallo hacia la raya.

PANNING hacia el YAQUI que hace lo mismo con otro gallo.

Hay un gran silencio de expectativa.

DIONISIO se vuelve a mirar a la CAPONERA.

368 M.C.U.

de la CAPONERA, tensa, y más bien interesada en LORENZO.

369 Sueltan los gallos.

370 M.C.U.

de LORENZO. Tiene la certeza da ganar.

371 ACERCAMIENTO

a los gallos en el momento en que cae fulminado por un navajazo, en medio de un hondo clamor general, el gallo de oro.

372 FLASH

de LORENZO.

373 FLASH

de la CAPONERA.

374 M.S.

de DIONISIO que, paralizado con los ojos húmedos, parece no creer en la suerte de su gallo. Lo recoge con manos temblorosas. Un manantial de sangre brota de la arteria rota.

375 M.C.U.

de LORENZO que por primera vez mira a la CAPONERA.

376 M.C.U.

de la CAPONERA, con lágrimas en los ojos, casi a punto de lanzarse en brazos de LORENZO.

377 M.S. DOLLY

de LORENZO, que da la espalda a la CAPONERA, da la cara a la CÁMARA y empieza a caminar con paso lento y firme, hacia la puerta del palenque mientras se oyen fuera de cuadro los habituales gritos del gritón.

Al fondo vemos que la CAPONERA trata de alcanzarlo en medio de la confusión.

378 M.C.U. DOLLY

de la CAPONERA, abriéndose paso entre la multitud.

379 M.S.

de LORENZO, ya fuera del palenque, que se detiene, saca la pistola, se la pone en la sien, y dice con voz digna:

LORENZO
—¡Otra más!

380 M.S. PANNING

de la CAPONERA que acaba de abrirse paso entre la multitud. Sobre la imagen de la CAPONERA oímos el disparo. Corre hacia LORENZO y recibe en los brazos el cuerpo exhausto.

La CAPONERA abraza, besa y solloza sobre el cuerpo de LORENZO.

381 M.S.

de DIONISIO azorado, con el gallo muerto en las manos, mirando a todos lados sin saber qué hacer. La gente corre hacia el lugar en que se oyó el disparo.

De pronto, DIONISIO levanta la vista y ve:

382 M.S.

del CHINACO, que mira a DIONISIO con su sonrisa enigmática.

383 M.S.

de DIONISIO que le arroja el gallo al CHINACO como si fuera una piltrafa, con los dientes apretados y los ojos llenos de lágrimas.

384 M.S.

del CHINACO que, sorprendido por el gesto inesperado de DIONISIO, atrapa el gallo en el aire y su rostro se salpica de sangre. Pero no deja de sonreír.

Fuera de cuadro, se sigue escuchando la gritería de la gente.

EXTERIOR. ZÓCALO SAN PEDRO DE LA PASIÓN. DÍA.

385 TOP SHOT

mirando hacia la plaza.

En primer término, gira la veleta oxidada en forma de gallo.

En segundo, la feria: y una rueda de la fortuna que empieza a girar.

386 M.L.S.

La CAPONERA, idéntica a la primera vez que la vimos, acompañada de charros y mariachis, sobre una carroza decorada con flores y milpas tiernas, retoza con los hombres que la rodean. Se escucha la misma canción (rúbrica) del principio.

387 M.S.

DIONISIO con una rienda entre las manos y una cabeza de caballo al lado. Su mirada sigue el paso de la CAPONERA, con un aire de tristeza y desengaño. El traje de DIONISIO está descuidado, con jirones.

388 F.S.

DIONISIO, de espaldas a la CÁMARA, mientras la CAPONERA hace el recorrido en un semicírculo obliga a DIONISIO a girar siguiéndola con la mirada y sirviendo de eje en la composición de la escena.

La CAPONERA al fondo, sale de cuadro y la CÁMARA en PANNING sigue a DIONISIO por una de las calles del pueblo.

Entran a cuadro el caballo, sobre el cual va un ataúd miserable, de tablas.

La CÁMARA lo sigue unos pasos, de espaldas.

DIONISIO (pregonando)
—Tengan presente todos, que aquí en San Pedro de la Pasión y en el año que corre, uno llamado Dionisio Pinzón salió con su gallo de oro a buscar las ilusiones del mundo... ¡Ay, Dionisio Pinzón, sólo saliste a buscar lo que nunca habías perdido! ¡El que nace pa' maceta, no sale del corredor!

Sobre la imagen de DIONISIO, perdiéndose en el fondo de la calle, aparece la palabra:

FIN

Los créditos: El gallo de oro

El gallo de oro *(1964)*

Dirección:	Roberto Gavaldón
Producción:	CLASA Films Mundiales
Productor:	Manuel Barbachano Ponce, Federico Amérigo
Argumento:	Juan Rulfo
Guion:	Carlos Fuentes, Gabriel García Márquez, Roberto Gavaldón
Fotografía:	Gabriel Figueroa
Edición:	Gloria Schoemann
Sonido:	Luis Fernández
Música:	Chucho Zarzosa, Rubén Fuentes
Escenografía:	Manuel Fontanals

Reparto: Ignacio López Tarso (Dionisio), Lucha Villa (Bernarda Cutiño, la Caponera), Narciso Busquets (Lorenzo Benavides), Carlos Jordán (Esculapio Virgen), Diana Ochoa (Reglita, hermana de Esculapio), Agustín Isunza (Secundino), José Torvay (Coyote), José Chávez (Coyotito), Pedro Galván (General, jugador de cartas), Jorge Lavat (Jugador de cartas), Salvador Lozano (Jugador de cartas), Manuel Dondé (Don Perfecto), Agustín Fernández (El Yaqui)

Detalles: 105 min., color, clasificación B

Rodaje: Filmada del 17 de junio al 24 de julio de 1964 en los Estudios Churubusco y en las siguientes locaciones, entre otras, del estado de Querétaro: Bernal, San Juan del Río, Hacienda de Chichimequillas, Querétaro, Estación de Ferrocarril de Tequisquiapan, Palenque de Cuatro Caminos.

Estreno: Estrenada el 18 de diciembre de 1964 en el Cine Alameda.

Galardones: *Diosas de Plata* (1965): Mejor película; Roberto Gavaldón, dirección; Lucha Villa, mejor actuación femenina; Carlos Fuentes, Gabriel García Márquez y Roberto Gavaldón, adaptación.

Cartel para *El gallo de oro.*

Carlos Fuentes en el jardín de un hotel. Fotografía de Juan Rulfo. Década de 1960.

Juan Rulfo y Gabriel García Márquez. Fotografía de Rafael López Castro. Década de 1980.

Roberto Gavaldón (al frente) y Gabriel Figueroa (tras la cámara) durante la filmación de *La Escondida* en Tlaxcala, noviembre-diciembre de 1955. Fotografía de Juan Rulfo.

Ambas páginas: *Stills* sacadas durante la filmación de *El gallo de oro.* **Arriba,** Ignacio López Tarso como Dionisio Pinzón, con el gallo de oro en la mano. **A la derecha, arriba,** Lucha Villa y López Tarso recibiendo indicaciones de Robert Gavaldón. **A la derecha, abajo,** Lucha Villa, Narciso Busquets y López Tarso (con el gallo) en una escena de la película.

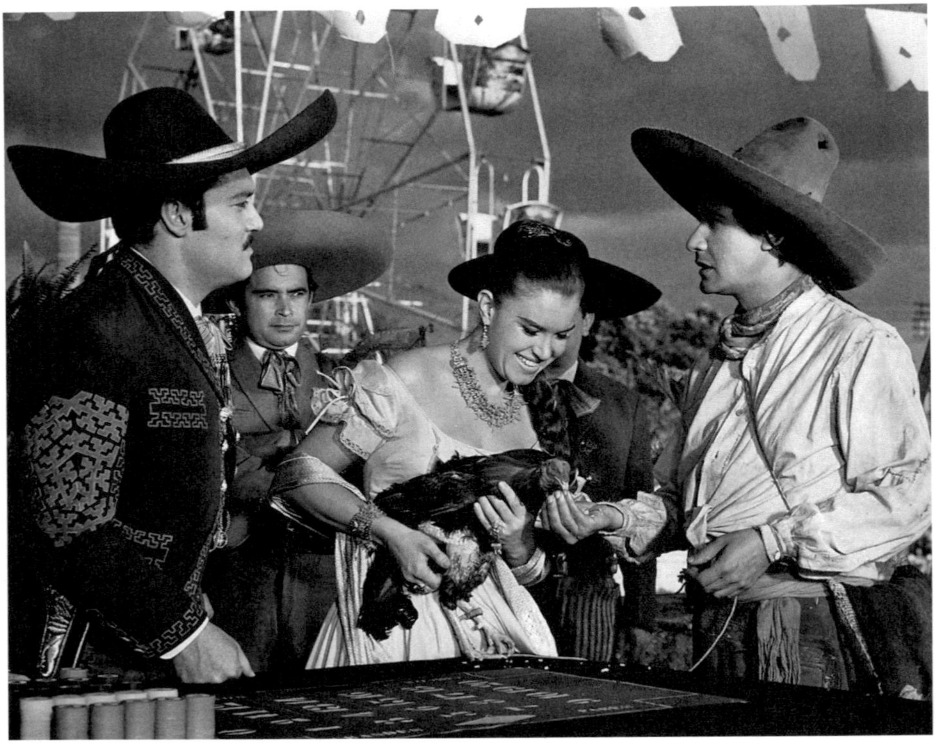

Busquets, Villa y López Tarso en un *still* sacado durante el rodaje de la película.

Dos carteles promocionales, con fotografías insertas de *stills* de *El gallo de oro*.

Cartel cubano para *El gallo de oro.*

Glosario de términos cinematográficos

Nota: La mayoría de los términos cinematográficos de este glosario aparece en inglés, algo no inusitado en el ámbito fílmico mexicano. Algunos términos encontrados en estos guiones (especialmente los de *Pedro Páramo*) son una combinación de dos o más conceptos distintos: "Big close up tilting", "Close dolly back", "Long shot panning close dolly back", entre muchos otros. Estas expresiones combinadas aparecen abajo enlistadas individualmente. Por ejemplo, para entender lo que significa "big close-up tilting", el lector deberá buscar cada término por separado: "big close-up" y "tilting".

Acercamiento: Indicación de que la cámara debe acercarse al sujeto.

Aceleración a 64 c.p.s.: Indicación de que la cámara debe acelerar a 64 cuadros por segundo. Una grabación acelerada, con mayor número de cuadros por segundo, puede generar la sensación de cámara lenta cuando se proyecte.

Angle: Ángulo.

Ángulo (ver también "cámara alta" y "cámara baja", "emplazamiento alto" y "emplazamiento bajo"): La inclinación de la cámara con respecto al sujeto que se filma.

Back: Hacia atrás.

Big C.U.: Ver "big close-up".

Big close-up (también "big C.U." y "gran acercamiento"): Plano de detalle. Un plano que se acerca aún más al objeto que el primer plano, o "close-up".

C.U.: Ver "close-up".

Cámara alta (también "emplazamiento alto"): Colocación de la cámara en una posición superior, mirando hacia abajo en un ángulo en picado.

Cámara baja (también "emplazamiento bajo"): Colocación de la cámara en una posición inferior, mirando hacia arriba en un ángulo en contrapicado.

Cámara basculante: Indicación de que la cámara se sacude. En *Pedro Páramo* se usa para crear el "efecto temblor" que acompaña el momento en que la tierra del camposanto de Comala se abre para tragarse a Juan Preciado.

Cámara en (o sobre) ruedas: Ver "dolly".

Cámara subjetiva (o "punto de vista"): Similar al plano de punto de vista. A diferencia de un plano objetivo, la cámara subjetiva intenta replicar el punto de vista de un personaje, o sea, lo que ve o tal vez lo que siente esa persona.

Close-up (también "close", "close shot" o "C.U."): Primer plano, o plano cercano que comúnmente incluye poco más de la cara de un personaje.

Corte: Cambio entre dos planos.

Criss/Cross: Cruzado, o sea, emplear dos cámaras para registrar la misma escena desde dos perspectivas diferentes que se cruzan en forma de equis.

Dolly (también "dolly shot", "dolly-truck" o "cámara en ruedas"): Dolly se refiere a un plano que se toma desde un "dolly", o sea, una plataforma en rieles o en ruedas que permite que la cámara se mueva con o alrededor (**dolly circular**) de la acción. **Dolly back** es un plano fotografiado desde un "dolly" que retrocede o se aleja del sujeto, mientras **dolly in** (o **dolly acercamiento**) se acerca a lo mismo.

Down: Hacia abajo, se refiere básicamente a un ángulo en picado, como en "angle down".

Efecto óptico: O sea, una ilusión óptica que nos puede llevar a dudar de la realidad de la imagen representada en la pantalla.

Emplazamiento (ver también "ángulo"): Se refiere a la colocación de la cámara en el momento de filmar una escena.

Encuadrar: Hacer un encuadre con la cámara, o sea, determinar los límites del espacio y de los objetos que van a aparecer en la imagen fotografiada.

Extra long shot: Conocido mejor como "extreme long shot". Gran plano largo o plano panorámico que se filma a gran distancia.

F. de C.: Fuera de cámara. O sea, una indicación de que alguna acción o sonido ocurre fuera de los límites del encuadre.

Flash (flashes, plural): Se refiere a un plano que aparece en la pantalla por un breve instante, como un *flash*, o destello.

Fondo: Asociado con la profundidad del espacio, el fondo es la parte de la escena que está más lejos de la cámara.

F.S.: Ver "full shot".

Full shot (también "F. S.", o simplemente "full"): Plano general o completo, o sea un plano que incorpora el cuerpo completo (de pies a cabeza) de un protagonista.

Gran acercamiento (también "Big close-up"): Plano detalle. Un plano que se acerca aún más al objeto que el primer plano, o "close-up".

Grúa: La grúa de grabación es un aparato que se emplea para desplazar la cámara por encima y por los lados de la escena y así crear la sensación de movimiento. **Grúa shot** o **cámara en grúa** es el plano que se graba al usar una grúa.

Inserto: Una toma, frecuentemente de algo mostrado en plano detalle, que se inserta en medio de otra toma.

Long shot: Plano largo, o sea, un plano alejado que se ubica entre el plano completo y el gran plano largo.

Mat-shot: Un compuesto, escrito más correctamente en inglés como "matte-shot". El compuesto se aplica al proceso de efecto especial que superpone dos imágenes diferentes para crear un solo plano que parece haberse filmado normalmente.

Matching plano: Expresado frecuentemente como "matching cut" o "match cut", esta convención del montaje clásico consiste en unir un plano con el que sigue mediante la similitud o el contraste que existe entre las imágenes.

M.C.U.: Ver "medium close-up".

Medium C.U.: Ver "medium close-up".

Medium close-up (también "medium close", "medium close shot", "medium C.U." y "M.C.U."): Plano entre el plano medio ("medium shot") y el primer plano ("close-up"). Se corta más o menos al nivel del pecho de una persona.

Medium long shot (también "M.L.S."): Plano medio largo, o sea, el plano que se coloca entre el plano completo y el plano largo.

M.L.S.: Ver "medium long shot".

M.S.: Ver "medium shot".

Medium shot (también "M.S."): Plano medio. Se corta más o menos en la cintura de una persona.

Montaje: El proceso de edición que yuxtapone varias imágenes para crear un efecto por su similitud o diferencia.

Off: Voz en *off*, o sea, una voz (diegética o no diegética) que se escucha fuera del encuadre que capta la cámara.

Panear (escrito frecuentemente en los guiones como "pannear"; también "Pan", "Panning"): Paneo, o sea, movimiento de la cámara sobre su propio eje, de un lado a otro.

Primer término (también "P.T."): Asociado con la profundidad del espacio, el primer término es la parte de la escena que está más cerca de la cámara. Sigue el segundo término y después, en la distancia, el fondo o último término.

Punto de vista (o "cámara subjetiva"): En el cine, el punto de vista se refiere al intento de emplear la cámara como los ojos (o punto de vista) de algún personaje y representar así lo que esa persona ve.

Reverso: Ángulo reverso o inverso. Se refiere a un plano que muestra la misma escena desde el lado opuesto.

Segundo término: Asociado con la profundidad del espacio, el segundo término es la parte de la escena que se encuentra entre el primer término y el fondo, o último término.

Shot: Plano, o lo filmado de una sola vez.

Shot subacuático: Plano fotografiado debajo del agua.

Swings: Se refiere a un movimiento oscilante de la cámara.

Three shot: Plano triple, o sea plano que incluye a tres personas en el encuadre.

Tilt o tilting: La cámara se inclina hacia arriba (**tilt-up**) o hacia abajo (**tilt -down**). **Tilting basculante** se usa en *Pedro Páramo* para referirse a una cámara inclinada que se sacude.

Top shot (también “top”): Conocido también como el plano de vista de pájaro, top shot es un plano que se filma inmediatamente sobre el objeto, mirando hacia abajo.

Travelling (o “travelling shot”): Plano en que la cámara se desplaza sobre vías, grúas, dolly, etc.

Two shot (o simplemente “Two”): Plano doble, o sea plano que incluye a dos personas en el encuadre.

Up: Arriba, como en “angle up” donde la cámara se inclina hacia arriba.

Zoom: Lente variable que crea una sensación de alejamiento (“**Zoom-back**”) o acercamiento (“**Zoom-in**”).

***Juan Rulfo en el cine: Los guiones de* Pedro Páramo *y* El gallo de oro**
Primera edición

Textos
© Juan Rulfo, 1980, y Herederos de Juan Rulfo
© Carlos Fuentes, 1964, y Herederos de Carlos Fuentes
© Gabriel García Márquez, 1963, 1964, y Herederos de Gabriel García Márquez
© Roberto Gavaldón, Herederos de Roberto Gavaldón
© Carlos Velo
© José Carlos González Boixo
© Víctor Jiménez
© Fernando Mino Gracia
© Douglas J. Weatherford

Imágenes
© Sus autores

Págs. 205, 209 (superior), 314, 315, 417 y 418:
Estas imágenes forman parte del Acervo de la Filmoteca UNAM.
Págs. 203, 204, 208, 209 (inferior), 411, 414, 415 y 416:
"Estas fotografías forman parte de la colección propiedad de la Cineteca Nacional".
Página 206:
Fotografía de Carlos Velo, archivo de la Fundación Juan Rulfo.
Página 412 (inferior):
Fotografía de Rafael López Castro, archivo de la Fundación Juan Rulfo.
Página 207:
Fotografía de autor desconocido, archivo de la Fundación Juan Rulfo.
Páginas 212, 213 y 313:
Archivo de la Fundación Juan Rulfo.
Páginas 412 (superior) y 413:
Fotografías de Juan Rulfo.
Página 210:
Archivo de Douglas J. Weatherford.
Página 211:
Foto fija de la película *Pedro Páramo.* Cinefotografía de Gabriel Figueroa.
Páginas 214, 216, 232, 233, 234 y 235:
Archivo de Roberto Gavaldón Arbide (documento depositado en el archivo de la Fundación Juan Rulfo).

Editor
Douglas J. Weatherford
Dirección creativa
Fundación Juan Rulfo, Ramón Reverté
Coordinación editorial
Mara Garbuno
Cuidado de edición
Fundación Juan Rulfo
Diseño
José Luis Lugo
Escaneo y preprensa
Agustín Estrada, Araceli Limón

Editorial RM, S.A. de C.V.
Córdoba 234 int. 7, colonia Roma Norte
06700, Ciudad de México, México

RM Verlag, S.L.
C/Loreto 13-15 Local B
08029, Barcelona, España

www.editorialrm.com

ISBN Editorial RM: 978-607-8295-46-3

ISBN RM Verlag: 978-84-17975-16-6
Depósito legal: B 6860-2020

#284

Impreso en España por Nova Era Barcelona
Tiro: mil ejemplares. Marzo de 2021.

Esta obra ha recibido una ayuda a la edición del Ministerio de Cultura y Deporte.

MINISTERIO DE CULTURA Y DEPORTE
DIRECCIÓN GENERAL DEL LIBRO Y FOMENTO DE LA LECTURA